MW01715477

S. A. Cosby

Originaire du sud-est de la Virginie, S. A. Cosby a grandi auprès de son frère dans une caravane. Il n'a pas poursuivi d'études mais s'est initié lui-même à la littérature, avant de devenir écrivain.
En 2019, S. A. Cosby publie sa première nouvelle à succès, *Brotherhood of the Blade*, qui remporte un Anthony Award. Il enchaîne avec son premier roman, *Les Routes oubliées*, qui se voit couronné de nombreux prix dont le *Los Angeles Times* Book Prize en 2020 et l'Anthony Award en 2021. Son deuxième roman, *La Colère*, publié chez Sonatine en 2023, salué par la critique, a reçu le Prix Nouvelles Voix du Polar des éditions Pocket, et les droits cinématographiques ont été immédiatement achetés par l'équipe de Jerry Bruckheimer (*Pirates des Caraïbes*, *Bad Boys*, *Les Experts*). *Le Sang des innocents*, lauréat du Prix des lectrices *ELLE*, a paru en 2024 chez le même éditeur. Tous les romans de l'auteur sont repris chez Pocket.
S. A. Cosby vit aujourd'hui à Gloucester, en Virginie.

LE SANG
DES INNOCENTS

ÉGALEMENT CHEZ POCKET

LES ROUTES OUBLIÉES
LA COLÈRE
LE SANG DES INNOCENTS

S. A. COSBY

LE SANG DES INNOCENTS

Traduit de l'anglais (États-Unis)
par Pierre Szczeciner

SONATINE ÉDITIONS

Titre original :
ALL THE SINNERS BLEED
Éditeur original : Flatiron Books

ISBN 978-2-266-34614-6
Dépôt légal : janvier 2025

PRÉFACE

Chaque fois qu'on me demande de parler de la littérature du sud des États-Unis, je finis immanquablement par m'appuyer sur une citation de Flannery O'Connor : « Le Sud est, sinon centré sur le Christ, du moins *hanté* par lui. » Ce mot, « hanté », est la véritable clé, car, en tant que gens du Sud, nous avons tous grandi entourés de fantômes.

Si l'Église en est un, la terre imbibée de sang que nous foulons au quotidien en est un autre. Car nous sommes tous soit descendants d'esclaves, soit descendants d'esclavagistes. La guerre de Sécession n'a duré que quatre ans mais, un siècle et demi plus tard, le fardeau de cet héritage demeure écrasant.

Nous vivons parmi ses reliques. Comment ignorer la présence constante des statues de généraux sudistes qui trônent dans nos centres-villes ou des drapeaux confédérés qui flottent le long de nos routes ? Ma famille a beau être établie en Caroline du Nord depuis douze générations, je peux vous assurer que ces rappels omniprésents me sont toujours aussi insupportables.

Quand on naît dans le Sud, on grandit dans une ambivalence permanente. Mais il faut comprendre une chose au sujet de ces fantômes qui nous hantent : « [Ils] peuvent être à la fois féroces et très instructifs, en dit Flannery O'Connor. Ils projettent des ombres étranges, en particulier dans notre littérature. »

Si le roman est une forme littéraire qui se nourrit de la tension, quel meilleur cadre imaginer pour un récit que ce Sud hanté par son passé ? Nos fantômes sont les braises qui couvent sous la cendre, et sur lesquelles nos écrivains n'ont qu'à souffler.

La première fois que j'ai rencontré S. A. Cosby, ce qui m'a le plus frappé est qu'il savait parfaitement comment raviver le feu. Pour avoir une connaissance aussi intime de cet espace si particulier, il faut être né avec cette terre sous les ongles et avoir passé sa vie à arpenter ses routes. Dès les premiers mots, sa voix claire respirait l'authenticité. Dans un monde où les imposteurs sont légion, c'est assez rare pour être souligné.

Mais j'ai également été marqué par la poésie de sa langue et par la richesse de son récit, deux points forts dont il se sert comme d'un bidon d'essence. Dans ses livres, les pages semblent se tourner d'elles-mêmes et les flammes montent vers le ciel. Que ce soit dans ses romans précédents ou dans celui que vous tenez entre les mains, S. A. Cosby a une maîtrise du rythme époustouflante.

Cependant, la littérature ne saurait se limiter au mouvement. Elle doit aussi assumer de porter un poids.

Je me souviens d'une table ronde avec Megan Abbott à l'occasion d'un festival en France, à Vincennes, lors de laquelle elle a expliqué que le polar, plus que tout autre genre littéraire, pouvait devenir la quintessence du roman social. Je n'avais encore jamais envisagé les choses sous cet angle, et ça a été pour moi une révélation. Quand il est bien fait, le polar permet non seulement de lever le voile et de faire tomber les masques, mais il donne aussi une voix à ceux qui n'en ont pas et grignote le monde jusqu'à en mettre au jour la carcasse.

Le roman que vous vous apprêtez à lire traite d'une enquête menée par le shérif Titus Crown, ex-agent du FBI. Un roman policier, donc. Mais derrière cette trame narrative transparaît une ambiance qui n'est pas sans rappeler celle de la littérature gothique ; cette fameuse ambiance, c'est la signature qui a valu sa renommée à S. A. Cosby. Et, à mon sens, cet ouvrage va encore plus loin, car rares sont les livres qui osent s'intéresser de si près à nos fantômes.

S. A. Cosby nous décrit un lieu et ses habitants avec beaucoup de soin, sans jamais céder au sentimentalisme ou à un lyrisme malvenu. Il se contente de brandir un miroir à la face du Sud, afin de nous montrer tels que nous sommes, dans toute notre imperfection. Ce qu'Abbott avait suggéré, S. A. Cosby l'a réalisé.

Ainsi, *Le Sang des innocents* n'est pas qu'un roman policier. C'est un roman de poids.

David Joy

Pour mon frère, Darrell Cosby.
Ce que l'on sait, nous seuls pouvons le savoir.

Il n'est pas nécessaire de croire à une origine surnaturelle du mal ; les hommes sont parfaitement capables d'inventer tout seuls n'importe quelle iniquité[1].

Joseph Conrad, *Sous les yeux de l'Occident*

Voici, je fais toutes choses nouvelles.

Apocalypse, 21, 5

1. Traduction de Jean Deurbergue dans Joseph Conrad, *Œuvres*, III, Gallimard, « Bibliothèque de la Pléiade », 1987. (*N.d.T.*)

Charon

Le comté de Charon avait été fondé dans le sang et l'obscurité.

Au sens propre comme au figuré.

Charon. Le nom même était associé aux ombres et à la mort. Selon la légende, le comté aurait dû s'appeler « Charlotte » ou « Charles » mais, comme les deux étaient déjà pris lorsque les anciens s'étaient enfin décidés à baptiser leur jeune colonie, ils avaient continué à parcourir la liste alphabétique des patronymes jusqu'à ce qu'ils tombent sur celui de Charon. De toute évidence, ces hommes à la peau tannée comme du cuir et aux mains mutilées par une vie de labeur n'étaient pas superstitieux. À moins qu'ils aient opté pour ce nom parce que la rivière qui traversait leur région pour se jeter dans la baie de Chesapeake leur évoquait le Styx.

Qui pouvait bien savoir ce qui était passé par la tête de ces colons morts depuis plusieurs siècles ?

Ce qu'on savait, en revanche, c'était que, par une nuit de 1805, un groupe de propriétaires terriens blancs animés par leur propre vision de la civilisation avaient mis le feu au dernier village indigène de cette péninsule en forme de goutte d'eau, avant de passer par les armes les quelques malheureux qui avaient survécu à l'incendie, sans même épargner femmes, enfants, vieillards ou infirmes.

Cet épisode constituait la première des nombreuses tragédies qui allaient ponctuer l'histoire de Charon : les actes de cannibalisme de l'hiver 1853, l'épidémie de malaria de 1901, le pique-nique empoisonné de l'Union des filles de la Confédération en 1935, la tuerie familiale de 1957 – qui avait vu le père Danforth massacrer toute sa famille avant de se suicider –, les noyades de 1968 lors d'une cérémonie évangélique de baptêmes à la chaîne... Bref, Charon était semblable à la majorité des villes et des comtés du Sud : son sol était imbibé de plusieurs générations de larmes et, ici comme ailleurs, violence et chaos étaient érigés en symboles d'un passé idéalisé qu'on célébrait tous les ans à l'occasion de la fête des Pères fondateurs.

Violence et chaos, sang et larmes, amour et haine... Autant de pierres sur lesquelles s'était bâti le Sud, autant de fondations sur lesquelles se dressait désormais le comté de Charon.

La plupart des habitants de Charon jugeaient que ces histoires morbides appartenaient au passé, et que la rivière et le temps les avaient balayées depuis une éternité ; certains estimaient d'ailleurs qu'il valait mieux oublier tout ça.

À écouter le shérif Titus Crown, ces gens étaient soit des fous, soit des menteurs. Si vous l'aviez rencontré après les événements de ce terrible mois d'octobre, il vous aurait fait part de ses conclusions : pour lui, un mal profond se logeait jusque dans les fondations qui soutenaient Charon, une plaie purulente au cœur même du comté. Pour lui, la gangrène avait gagné ces pierres pavant le sol du Sud et avait déjà commencé à les disloquer. Si Moïse les avait frappées de son bâton, il n'aurait pas fait jaillir de l'eau, mais du sang.

Peut-être que Titus Crown vous aurait regardé droit dans les yeux en effleurant distraitement les cicatrices sur son visage ou sur sa poitrine et qu'il vous aurait dit, de sa voix qui n'était plus qu'un chuchotement rauque :

« Le Sud ne change pas. On a beau essayer d'oublier le passé, il finit toujours par se rappeler à nous de la pire des manières. »

Et peut-être qu'après un long soupir, il aurait détourné la tête et ajouté :

« Seuls les noms, les dates et les visages changent – et encore, pas nécessairement. Parfois, quand on ferme les yeux, ce sont les mêmes visages qui apparaissent. Les mêmes visages qui vous attendent dans l'obscurité. »

1

Titus se leva à 6 h 55, cinq minutes avant que son réveil sonne, et se fit couler un café à la machine Keurig que Darlene lui avait offerte à Noël. À l'époque, ils ne se fréquentaient que depuis quatre mois et il avait trouvé le cadeau beaucoup trop coûteux mais, au fil du temps, il avait dû reconnaître qu'elle avait visé juste, avec cette idée.

Lui s'était contenté d'un flacon de parfum.

En y repensant, il grimaça. Si le fait de bien connaître son partenaire avait été une compétition, Darlene aurait remporté la médaille d'or haut la main. Titus, lui, ne méritait même pas d'être sur le podium. Pourtant, au cours des dix derniers mois, il avait fait des progrès en matière de cadeaux.

Il prit une gorgée de café.

Sa précédente compagne avant Darlene avait dit de lui qu'il était un bon petit ami, mais que les relations n'étaient pas son fort. Il pouvait difficilement lui donner tort.

Alors qu'il portait à nouveau la tasse à ses lèvres, il entendit l'escalier grincer sous les pas de son père.

Ce bruit sinistre lui rappela les nombreux vendredis soir où Marquis et lui avaient reçu un savon pour être rentrés à une heure impossible. De l'histoire ancienne : cela faisait bien longtemps que Titus ne sortait plus et que Marquis avait déménagé.

« Eh, au lieu de rester planté là en sous-vêtements, tu voudrais pas plutôt me servir un de tes cafés de luxe ? » demanda Albert Crown.

Titus regarda son père boitiller jusqu'à la table de la cuisine et s'asseoir prudemment sur une des chaises en métal et Skaï qui auraient fait pâlir d'envie le premier hipster venu. Depuis un an qu'il s'était fait poser sa prothèse de hanche, Albert avait toujours du mal à se déplacer mais il mettait un point d'honneur à ne pas utiliser de canne. Pourtant, Titus voyait bien son visage à la peau brune se crisper chaque fois qu'une tempête approchait de la baie ou que la température chutait.

Pendant quarante ans, Albert Crown s'était brisé le dos quatorze heures par jour, six jours sur sept le long des côtes de Piney Island, à remonter des casiers à bord de bateaux appartenant à des gens qui le considéraient à peine comme un être humain. Pas de mutuelle, pas d'épargne retraite, mais, entre ses efforts et le sens des économies d'Helen, la mère de Titus, ils avaient mis suffisamment de côté pour faire construire une petite maison de trois chambres sur Preach Neck Road. Ils étaient la seule famille, Noirs et Blancs confondus, à posséder une vraie maison en dur. La jalousie avait surpassé les vieux clivages et uni les voisins face à cette bâtisse qui se dressait au milieu des mobile homes comme une rose dans un champ de mauvaises herbes.

« Quand on sera à la retraite, on s'installera sur le perron dans nos fauteuils à bascule assortis et on fera coucou à Patsy Jones chaque fois qu'elle passera en voiture avec son air ulcéré », avait lancé Helen à son mari, un samedi soir où il n'était pas sorti à l'Oasis ou au Grace's Bar avec ses compagnons de beuverie.

Titus inséra une capsule dans la machine, posa une tasse sous le bec verseur et actionna le bouton.

Hélas, comme souvent avec les projets, celui de sa mère ne s'était jamais concrétisé, puisqu'elle était morte bien avant de pouvoir prendre sa retraite de l'usine de drapeaux Cunningham. Patsy Jones, en revanche, passait toujours régulièrement devant la maison en voiture avec son air ulcéré.

« Tu m'as mis quoi ? » demanda Albert en ouvrant le journal.

Titus vit les lèvres de son père remuer en silence tandis qu'il suivait les mots du bout de l'index. Si sa mère avait été la grande lectrice de la famille, son père n'avait jamais laissé passer une journée sans éplucher le journal de la première à la dernière ligne.

« Goût noisette. Le seul que tu acceptes de boire.

— Va pas le répéter à ta copine ! ricana Albert. Au prix qu'elle a payé cet engin ! »

Il se lécha le bout du doigt, tourna la page et poussa un grognement.

« Ces suprémacistes ne lâchent jamais l'affaire, maugréa-t-il. Voilà que ces péquenauds veulent organiser un défilé pour leur foutue statue, sous prétexte que quelqu'un a enfin eu le cran de leur dire que leur arrière-grand-papy était un assassin et un traître.

— Je sais, soupira Titus. Ricky Sours et sa clique des Fils de la Confédération me harcèlent avec ça depuis deux semaines.

— Ah bon ?

— Ouais, ils ont peur que des contre-manifestants se pointent et ils veulent s'assurer que le shérif "honorera ses obligations et assurera leur sécurité". Tu comprends, vu que Ricky est blanc et qu'on n'a pas les mêmes "origines culturelles", pour lui, je vais forcément soutenir le camp d'en face. »

Albert secoua la tête.

« Ricky n'aurait pas emmerdé ton prédécesseur avec ça. En même temps, il n'en aurait pas eu besoin, vu que Ward Bennings aurait été le premier à défiler avec eux, et en uniforme. "Pas les mêmes origines culturelles", hein ? Vous avez grandi au même endroit, que je sache. La seule différence entre vous, c'est que toi, t'es noir, et lui, il est raciste. Je te jure, fils, il y a des fois où je me demande comment tu fais pour supporter ce genre de conneries.

— C'est facile, j'imagine le général Sherman qui botte le cul à tous leurs arrière-grands-papys réunis et ça me détend. »

Titus avait gardé un ton neutre, celui qu'on lui avait appris à employer lorsqu'il travaillait au FBI, et son père éclata de rire.

« Ça me fait penser… Vendredi dernier, à l'épicerie, Linwood Lassiter a abordé un des copains de Ricky Sours et lui a demandé pourquoi ils érigeaient pas une statue en hommage à… Comment il s'appelle, déjà, le gars qui a voulu livrer le fort de West Point aux Britanniques, pendant la guerre d'Indépendance ?

— Benedict Arnold ?

— Voilà. Il lui a dit que quitte à honorer des traîtres, autant choisir le pire d'entre eux ! Le môme a bredouillé trois mots sur l'importance de l'histoire et de notre héritage à tous, et Linwood a dit OK, dans ce cas-là, pourquoi on n'érigerait pas une statue en hommage à Nat Turner ? Les esclaves qui se révoltent, c'est aussi "notre héritage à tous", non ? L'autre a pas répondu, il a sauté dans son pick-up avant de démarrer en trombe dans un nuage de fumée noire ! »

Titus plissa les yeux.

« T'as noté la plaque ? Ou le modèle du véhicule ?

— Tu parles, on était trop occupés à rigoler ! C'était un de ces machins comme ils en ont tous, avec des roues surdimensionnées, des autocollants du drapeau confédéré et un plateau qu'a jamais vu la couleur d'un sac de sable. Ça me fait toujours penser à ces touristes richissimes qui vont pêcher dans la baie à bord de leurs gros bateaux flambant neufs et qui sont incapables d'attraper le moindre poisson. Des outils de professionnels, juste pour faire joujou. »

Titus termina son café, rinça la tasse et la posa dans l'évier.

« Ces gens se foutent pas mal de Benedict Arnold, papa. Il détestait pas les mêmes gens qu'eux. Bon, je vais me préparer, je bosse jusqu'à 21 heures. Il y a un reste de ragoût dans le frigo, si tu veux, pour le dîner.

— Je sais que je suis vieux, fils, mais je suis encore capable de me faire à manger ! Rappelle-moi qui t'a appris à cuisiner, d'ailleurs ? »

Un sourire se dessina sur le visage de Titus.

« Toi », répondit-il.

Il se garda d'ajouter : *Mais il aura fallu attendre que maman soit morte et enterrée et que tu rencontres Jésus.*

« Exactement ! s'exclama Albert d'un ton triomphant. Bon, je te cache pas qu'il y a quand même des chances que je finisse ton ragoût, mais ça veut pas dire que je suis pas capable de me débrouiller tout seul ! »

Titus secoua la tête et se dirigea vers l'escalier. Alors qu'il posait le pied sur la première marche, son père lui lança :

« Si j'ai le temps, je passerai peut-être acheter des huîtres pour les faire au barbecue, ce week-end. On pourrait proposer à ton frangin. »

L'espace d'un instant, Titus se raidit. Il savait que Marquis déclinerait l'invitation. Comme toujours. Et il se sentait à la fois triste et agacé de constater que son père conservait l'espoir de réunir ses deux fils sous son toit. Marquis avait appris le métier de menuisier en autodidacte et travaillait à son compte. Il habitait dans un mobile home à quelques kilomètres de là, mais il aurait tout aussi bien pu vivre au Népal. En effet, il pouvait se passer plusieurs mois sans qu'ils se croisent, ce qui, dans un comté aussi minuscule que celui de Charon, constituait un véritable exploit.

Titus monta dans sa chambre et ouvrit le placard. Pendus à des cintres en bois, il y avait à droite ses uniformes, et à gauche ses vêtements de tous les jours. Il évitait le terme d'« habits civils » pour qualifier ces derniers, car cela aurait conféré à sa tenue professionnelle un côté militaire qui ne lui plaisait pas. Ses vêtements de tous les jours, donc, étaient classés par couleurs et par ordre alphabétique : blanc, puis bleu, noir, rouge, etc. Un jour, Darlene avait dit de lui qu'il était l'homme le plus organisé qu'elle avait jamais rencontré. Il faut dire qu'il utilisait le même système pour ses chaussures. Quant à Kellie, son ex, à l'époque où il travaillait dans l'Indiana, elle prenait un malin plaisir à mettre le bazar dans ses affaires chaque fois qu'elle passait la nuit chez lui.

« C'est pour ton bien que je fais ça, Virginia, disait-elle. Si tu te détends pas un peu, tu vas finir par péter un plomb. Je prends soin de ta santé mentale ! »

Virginia. Le surnom qu'elle lui avait donné, en référence à l'État dont il était originaire. Lui l'appelait Indiana.

Titus avait des doutes sur l'altruisme de Kellie. Il pensait plutôt qu'elle agissait ainsi pour le provoquer et pour déclencher une dispute qui se terminerait inévitablement en réconciliation sauvage sur l'oreiller.

Il soupira.

Kellie appartenait au passé. Et Faulkner avait beau prétendre que ce dernier ne mourait jamais, Titus considérait cette partie de sa vie comme révolue. Le présent, c'était Darlene.

Il observa un instant ses uniformes alignés à droite de la penderie : les chemises marron foncé et les pantalons un peu plus clairs avec sur chaque jambe une rayure brune qui descendait jusqu'au pied. À l'extrémité de la tringle étaient suspendus deux gilets pare-balles. Pour compléter la tenue, deux paires de chaussures en cuir noires posées par terre et un chapeau de shérif en feutre brun sur une étagère. Son « chapeau de Chuck Norris », comme disait Darlene.

« Parce que t'es mon Texas Ranger rien qu'à moi », lui avait-elle glissé un soir à l'oreille en parcourant du bout des doigts la cicatrice en forme de point d'interrogation sur son torse.

Cette cicatrice, il la devait à Red DeCrain, suprémaciste blanc, nationaliste chrétien, milicien patriote et, l'espace de sept minutes, aspirant martyr. Sept minutes qui avaient changé leur vie à tous les deux, mais aussi celle de la femme de Red et de leurs trois fils, vêtus pour l'occasion d'une veste explosive. Le plus jeune n'avait que sept ans et, sur ses maigres épaules, le gilet artisanal ressemblait à un sweat-shirt emprunté à un de ses grands frères. Lorsqu'il avait appuyé sur le bouton du détonateur, le visage couleur de craie, il…

« Arrête », lâcha Titus à voix haute avant de se frictionner le visage.

Les éclats de l'explosion lui avaient laissé ce souvenir sur la poitrine, ainsi que de nombreuses autres cicatrices – et si celles-là n'étaient pas visibles, elles étaient bien plus profondes.

Titus enfila son uniforme suivant un ordre bien déterminé qui l'apaisait. D'abord, le gilet pare-balles, qu'il ajusta à l'aide des bandes Velcro, puis sa chemise. Il attrapa une cravate marron accrochée à côté de ses semblables à la porte du placard et, après avoir mis son pantalon et ses chaussures, il se dirigea vers la table de nuit pour récupérer sa ceinture tactique dans le tiroir. Une fois celle-ci serrée, il ramassa la clé posée au pied de la lampe de chevet et s'accroupit, très précautionneusement – un shérif ne pouvait pas se permettre d'avoir des plis à son pantalon. Et un shérif noir en gardait toujours un de rechange au bureau, au cas où.

Titus tira une boîte métallique de sous le lit, la déverrouilla et en sortit son arme de service. Le comté n'avait accepté de lui fournir qu'un Smith & Wesson 9 millimètres mais, comme il trouvait son pouvoir d'arrêt trop limité, il s'était acheté sur ses propres deniers un SIG Sauer P320 – le même modèle qu'utilisait la police d'État de Virginie. Titus vérifia le chargeur et la chambre avant d'insérer le pistolet dans son holster. Il choisit une des deux paires de lunettes de soleil sur la table de nuit et la glissa dans sa poche de poitrine. Après quoi il prit sa radio, clipsa le transpondeur à sa ceinture et le micro à son col.

Enfin, il sortit son étoile du tiroir et l'épingla à sa chemise.

Quand il redescendit à la cuisine, Albert était toujours là, mais il avait troqué son journal contre une enveloppe portant le prénom de Titus.

« Qu'est-ce que c'est ? demanda celui-ci, même s'il avait déjà une idée de la réponse.

— Ça fait un an aujourd'hui. Dimanche dernier, le révérend Jackson a dit que ça relevait presque du miracle. Qui aurait pu deviner que le shérif Ward Bennings se ferait renverser par un camion et qu'un Noir remporterait l'élection anticipée pour désigner son successeur ? »

Titus décacheta l'enveloppe et découvrit un dessin de citron tout sourire, au-dessus duquel figurait une inscription : *J'étais tellement pressé de te le souhaiter... Joyeux anniversaire !*

Titus haussa un sourcil.

« Au supermarché, ils avaient pas de carte pour dire à votre fils que vous étiez fier qu'il soit devenu le premier shérif noir de l'histoire du comté. Alors j'ai pris ce que j'ai trouvé. Titus, tu es revenu et tu as réussi l'impossible. Tu te rends pas compte de ce que ça signifie pour notre communauté de te voir dans cet uniforme. Si ta mère était encore parmi nous, elle aussi serait très fière. »

La voix d'Albert s'enroua sur ces derniers mots. Sa femme était morte depuis vingt-trois ans et, pourtant, la plaie était toujours à vif.

Helen serait-elle vraiment fière de son fils si elle savait ce qui s'était passé au camp DeCrain, dans l'Indiana ? Ça m'étonnerait, songea Titus. C'est même sûr que non.

« Tous les membres de notre communauté ne sont pas de ton avis, papa, mais merci pour la carte.

— Tu penses à Jamal Addison, c'est ça ? Cette espèce de hippie à dreadlocks avec sa secte new age ? Tout le monde se fiche de ce qu'il a à dire. Il croit peut-être que Jésus prêchait en jean ? »

Dans la bouche d'Albert, qui se rendait tous les dimanches à l'église Emmanuel vêtu de son plus beau costume, il était difficile d'imaginer pire insulte.

« Il fait du bon boulot dans son église, papa, objecta Titus.

— Parce que t'appelles ça une église, toi ? On dirait un tripot !

— Et alors ? Quoi qu'il en soit, Jamal Addison n'est pas le seul à me considérer comme un oncle Tom à la solde du système.

— Il y a beaucoup de faux prophètes, lâcha Albert. Le révérend Jackson nous le répète assez souvent. »

Titus songea que le pasteur en question était plutôt mal placé pour faire ce genre de réflexions, mais il se mordit la langue.

« Ça me ferait plaisir que tu viennes avec moi à l'office dimanche prochain, reprit Albert. Chez nous, personne ne te considère comme un oncle Tom, tu sais ? D'ailleurs, je te rappelle qu'on était tous derrière toi pendant la campagne. »

Le soutien de la paroisse pentecôtiste du révérend Jackson était un sujet qu'Albert s'évertuait à mettre sur la table et que son fils s'évertuait à éviter. Non pas que Titus fût ingrat – il avait bien conscience qu'il devait en grande partie sa victoire à l'appui des diverses congrégations noires du comté et à celui des néo-hippies de gauche, auxquels il fallait ajouter les voix de pas mal de gens qui, malgré leurs *a priori*, avaient préféré voter pour l'ancienne gloire du football américain du lycée passée par le FBI plutôt que pour le fils du shérif Ward Bennings, Cooter, qu'ils ne pouvaient pas voir en peinture. Bref, la victoire de Titus était le fruit d'une coalition improbable qui n'était pas près de se reformer de sitôt, et ses électeurs attendaient désormais qu'il leur renvoie l'ascenseur. L'Église de son père ne faisait pas exception, mais Titus n'avait aucune intention de céder aux pressions. Surtout qu'il n'avait plus mis les pieds à la messe depuis ses quinze ans. Il avait arrêté de s'y rendre à peu près au moment où son père avait trouvé la foi, soit deux ans après la mort de sa mère.

« On verra, papa, je risque d'être pas mal pris le week-end prochain, à cause de la Foire d'automne », éluda Titus.

Pour les habitants de la région, la Foire d'automne était surtout une excuse pour danser ivres dans les rues avant de s'éclipser dans le parc municipal pour fricoter au milieu des buissons avec leur moitié ou la moitié de quelqu'un d'autre.

Alors qu'Albert s'apprêtait à protester, la radio de Titus grésilla.

« Titus, vous me recevez ? »

Cam Trowder, un des rares employés de l'administration précédente que Titus avait conservés, partageait le poste de répartiteur d'appels d'urgence avec Kathy Miller, qui travaillait de nuit.

Vétéran de la guerre en Irak, Cam était d'un calme olympien quelles que soient les circonstances et connaissait le nom de toutes les routes du comté, jusqu'au chemin de terre le plus impraticable. En plus de ces deux qualités essentielles, il habitait à moins de deux kilomètres du bureau et n'avait jamais raté un jour de travail, qu'il vente ou qu'il neige. À l'aide de tutoriels YouTube et de PDF dénichés sur d'obscurs sites Internet, il avait débridé son fauteuil roulant électrique tout-terrain, de sorte que l'engin atteignait désormais les 30 kilomètres à l'heure. Bref, Cam Trowder était un homme déterminé.

Mais là, il y avait dans sa voix un accent désespéré qui mit aussitôt Titus en alerte.

« Titus, j'écoute, répondit-il après avoir enclenché le poussoir de sa radio.

— Titus, je… Il y a une fusillade en cours au lycée et le standard est en train d'exploser sous les appels. Je crois que… Je… Titus, j'ai mon neveu, là-bas. »

Titus comprit qu'il pleurait.

« Cam, ordonne à toutes les unités de se diriger vers le lycée !

— J'ai mon neveu, là-bas…, répéta Cam.

— Fais ce que je te dis ! s'écria Titus. Vite ! »

Cam émit un grognement. Quand il reprit la parole, il avait retrouvé toute son assurance.

« Bien reçu, chef. Appel à toutes les unités, appel à toutes les unités. Fusillade en cours au lycée Jefferson Davis. Je répète, fusillade en cours au lycée Jefferson Davis. »

Titus lâcha la carte de vœux que lui avait offerte son père et s'élança hors de la cuisine.

« Qu'est-ce qui se passe ? » s'inquiéta Albert.

Mais la seule réponse qu'il obtint fut le claquement de la porte-moustiquaire.

Titus était déjà parti, emporté par la brise fraîche de l'automne.

paisiblement, insensibles aux cris de terreur qui résonnaient autour d'elles.

« Qu'est-ce qu'on fait, chef ? » demanda Carla, qui avait fendu la foule pour se poster à côté de Titus.

Un pick-up rouge équipé d'un gyrophare traversa soudain le parking sur les chapeaux de roue. Tom Sadler. Il était censé être de repos mais avait dû entendre l'appel sur sa radio. Avec lui, le département du shérif était quasiment au complet.

Titus croisa les doigts pour ne pas avoir besoin des adjoints manquants. Et il croisa les doigts pour que le forcené ne soit pas armé d'un fusil d'assaut type AR-15 ou AK-47, capable de cracher six cents balles à la minute.

« On entre et on sécurise le bâtiment, répondit Titus avant d'attraper sa radio. Davy, dis à Tom de te remplacer et rejoins-nous. T'as enfilé ton gilet pare-balles ?

— Évidemment, fit la voix de Davy entre deux grésillements.

— Ne traîne pas », conclut Titus.

Il fit signe à Carla de le suivre et se fraya un chemin vers l'entrée en slalomant entre les derniers fuyards.

« Il a tué M. Spearman ! » s'écria une petite blonde qui manqua lui rentrer dedans.

Il reconnut la fille de Daisy Matthews, avec qui il était allé au lycée. Il essaya de se rappeler son prénom, mais Carla le devança.

« Lisa, va vite rejoindre les autres là-bas !

— Qui a tué M. Spearman, Lisa ? demanda Titus du haut de son mètre quatre-vingt-dix. À quoi il ressemblait ? »

Hébétée, la jeune fille leva vers lui des yeux larges comme des roues de tracteur.

« Je… Je… Je sais pas, bredouilla-t-elle. Il portait un masque et… il lui a tiré dans la tête. Mon Dieu, il a tué M. Spearman ! »

Elle ne pleurait pas, mais son visage était rouge brique. Les larmes viendraient plus tard. Et avec elles, les cris au milieu de la nuit.

« Est-ce qu'il est grand ? Plus grand que moi ? Et ses vêtements ? Comment il est habillé ? insista Titus.

— Je sais pas ! » hurla Lisa avant de se laisser tomber contre l'épaule de Carla.

Titus prit soudain conscience qu'il avait crié. Il inspira profondément. S'emporter contre un témoin n'avait jamais permis d'obtenir la moindre information fiable. Titus le savait, il le répétait régulièrement à ses adjoints, et pourtant il venait de commettre lui-même cette erreur de débutant.

Il actionna le bouton de sa radio.

« Le suspect porte un masque. C'est tout ce qu'on sait pour l'instant.

— Ma puce, je veux que tu ailles retrouver tes camarades de l'autre côté de la route, d'accord ? » dit Carla.

Pour toute réponse, Lisa s'enfuit en direction du pré comme une gazelle apeurée.

« Allez, on y va ! » indiqua Titus.

Se mit alors en place le second schéma propre à ce genre de situations chaotiques : des hommes et des femmes armés qui convergent vers un homme – c'est presque toujours un homme –, armé lui aussi. Le canon du forcené est encore brûlant après avoir criblé une salle de classe, un cinéma ou un open space de morceaux de plomb chemisés d'acier se déplaçant dans l'air à 800 mètres par seconde.

L'estomac de Titus se contracta si vite et si violemment qu'il crut un instant à une crampe. Son cœur tambourinait dans sa poitrine mais sa respiration restait lente et régulière, et la brise automnale qui avait forci rafraîchissait son col imbibé de transpiration. Ses verres polarisés absorbaient les rayons de soleil qui se reflétaient sur les fenêtres. Il avança. Dans ses oreilles résonnaient à la fois le crissement du bitume sous ses semelles, la respiration profonde de Carla sur sa droite, les espèces de gémissements sourds que poussait Davy sur sa gauche, et les pas précipités de Tom qui les rejoignait derrière lui. Roger se plaça en position d'éclaireur, et Titus se concentra sur les épaules musclées de son adjoint qui semblaient rouler sous sa veste d'uniforme.

Au cours des quinze dernières années, le comté de Charon n'avait connu que deux meurtres. Le premier avait été élucidé en un quart d'heure lorsque Alice Lowney avait avoué avoir poignardé son mari Walter avec une fourche après l'avoir surpris en pleine action avec leur voisin Ezra Collins, le cousin de Pip, un des adjoints de Titus. La seconde affaire était beaucoup plus obscure et, si Titus en croyait les notes de son prédécesseur, risquait de rester irrésolue à jamais. La victime était un homme blanc dont l'âge était estimé entre vingt et un et quarante-cinq ans, qu'on avait retrouvé découpé en petits morceaux dans une valise échouée sur Fiddler's Beach après une marée d'une ampleur jamais vue. De l'avis général de ses habitants, le comté de Charon était un endroit paisible où ce genre de drame restait exceptionnel.

De l'avis de Titus, les gens avaient la mémoire courte.

L'histoire récente de Charon était effectivement plutôt calme, mais son passé recelait des horreurs et des abominations qui étaient depuis entrées dans la légende. Et, comme aimait à le rappeler son père en citant un des sermons apocalyptiques du révérend Jackson, Charon était sur le point de connaître une nouvelle saison des larmes. Titus ne prenait pas le pasteur pour un prophète. En revanche, il était convaincu que le temps était cyclique et que ce qui s'était produit était voué à se reproduire un jour – la roue tourne et finit inéluctablement par retomber sur le même numéro que vingt, trente ou quarante ans auparavant. Peu importait ce qu'ils allaient découvrir dans ce lycée, la longue saison des rires qu'avait connue Charon était révolue. La saison des larmes venait de commencer, et Titus était à la barre.

Ils se trouvaient à une quinzaine de mètres de l'entrée du lycée quand la double porte s'ouvrit et qu'un homme vêtu d'un jean sale et d'un caban noir élimé apparut au sommet du perron, un masque en cuir en forme de tête de loup dans la main gauche, une carabine calée comme un nouveau-né dans le creux de son bras droit. De petits cheveux hirsutes s'échappaient de ses *cornrows* et sa bouche était figée en un sourire étrange qui semblait tordre tout son visage à la peau brune et lisse.

L'espace de quelques instants, la brise balaya les bruits de la foule paniquée et le calme revint. Il n'y eut plus que le soleil matinal, le ciel bleu, et cet homme qui les observait du haut des marches. Un homme que Titus avait tout de suite reconnu.

« Latrell, pose ton arme ! » rugit-il.

L'interpellé se tourna vers le shérif et ne sembla pas perturbé de voir cinq policiers le tenir en joue. Titus remarqua que Latrell avait un bleu de la taille d'une balle de golf à la tempe droite et que ses pupilles étaient à peine plus grosses que deux têtes d'épingles. Il avait dû consommer de l'oxycodone ou de l'héroïne, deux substances qu'il était malheureusement très facile de se procurer dans le comté de Charon, malgré les efforts de Titus. Latrell était là sans être là. Il faisait penser à un bambin qui aurait échappé à la surveillance de ses parents et qui ne se serait pas encore rendu compte qu'il était perdu.

Titus connaissait les parents de Latrell : Calvin et Dorothy Macdonald. Il avait été au lycée avec Calvin. D'ailleurs, avec leurs compères Patrick Tines et Big Bobby Packer, ils avaient remporté le championnat de football américain de Virginie – le seul titre de toute l'histoire du lycée. À l'époque, Calvin jouait receveur écarté et Titus, quarterback. Le soir de leur victoire, Titus avait perdu sa virginité à l'arrière de la Ford Mustang de Calvin avec Nancy Tolliver. Nancy l'avait supplié de l'étrangler mais, sur le moment, Titus ne s'en était pas senti capable. Pendant longtemps, il s'était demandé comment une ado de dix-sept ans pouvait savoir qu'elle aimait l'asphyxie érotique, jusqu'à ce qu'il se rende compte qu'il préférait ignorer la réponse à cette question.

Calvin travaillait depuis vingt ans au chantier naval de Newport News. Dorothy, elle, était aide-soignante dans une maison de retraite. Ils avaient un deuxième fils, Lavon, âgé de douze ans. Latrell avait toujours été un « gamin à problèmes ». Au cours de cette première année à son poste, Titus l'avait arrêté une fois en possession de tout l'équipement du parfait junkie, après une altercation avec un caissier de supérette qui refusait de lui vendre de la bière passé minuit. Ce jour-là, sans masque de loup ni carabine, Latrell lui avait semblé inoffensif. Quand Calvin était venu payer la caution le lendemain matin, il avait glissé à Titus que Latrell était « un peu paumé ».

Titus avait senti que son vieil ami aurait voulu en dire plus sur les démons contre lesquels luttait son fils. Qu'il en aurait eu besoin, même. Mais Calvin s'était contenté de récupérer Latrell, et Titus les avait regardés s'éloigner en regrettant que son ancien coéquipier ne le voie plus comme une épaule sur laquelle pleurer ou une oreille à qui se confier. Désormais, un badge en forme d'étoile se dressait entre eux.

De toute évidence, les démons de Latrell ne s'étaient pas apaisés.

« Latrell ! Lâche… ton… arme ! » ordonna Titus en prenant soin de détacher chaque mot, dans l'espoir de percer le brouillard qui enveloppait l'esprit du jeune forcené.

Il fallait absolument que Latrell l'entende. Qu'il voie les armes braquées sur lui. Qu'il comprenne que, quoi qu'il ait pu faire, il n'était pas obligé de quitter ce lycée dans un sac mortuaire. Ce garçon était le fils d'un homme avec qui Titus avait fait les quatre cents coups, avec qui il s'était entraîné au stade pendant quatre ans. Bref, un homme avec qui il avait grandi, à l'ombre de l'immense drapeau confédéré qui flottait à la frontière du comté. Mais quand bien même ce forcené qui se dressait devant lui aurait été le fils d'un inconnu, il aurait mérité d'avoir le choix.

« C'est un des archanges, déclara Latrell d'une voix tremblante, mais claire.

— Latrell, je veux que tu poses ce fusil et que tu t'allonges à plat ventre.

— Il a dit qu'il était l'Ange noir. L'Ange de la Mort. Mais d'après M. Spearman, il aimait juste s'écouter parler. »

Titus vit des larmes rouler sur les joues du garçon.

« Latrell, pose ton arme, maintenant. »

Toute menace avait disparu du ton de Titus. Il avait encore l'espoir que cette situation ne se termine pas dans un bain de sang.

« Il les forçait à supplier Dieu, reprit Latrell. Et ensuite il leur disait qu'il était Malak al-Mawt, le Destructeur. Mais c'était pas vrai non plus. C'est juste un sale pervers, comme M. Spearman. »

Il lâcha le masque et cala le canon de la carabine sous son menton.

Titus s'immobilisa. Baissa son pistolet d'un demi-centimètre. Il ne voulait pas que Latrell appuie sur la détente, mais il savait aussi qu'une fraction de seconde pouvait suffire à transformer un suicide potentiel en homicide volontaire. On aurait pu prendre les mots qui s'échappaient de la bouche du jeune homme pour les divagations d'un esprit malade.

Et pourtant…

Titus voyait bien que Latrell était en souffrance. Il voyait son corps se tordre, ses bras et ses jambes se raidir. On aurait dit qu'une honte et une culpabilité indicibles menaçaient de l'écarteler. Il se tenait agrippé au fusil et, à chaque seconde, ses doigts se hasardaient vers la détente avant de battre en retraite, tels les tentacules d'un monstre des abysses aveuglé par le soleil.

« Écoute-moi, Latrell. Quoi qu'il te soit arrivé, on peut en discuter. Quoi que tu aies fait, il existe des solutions. Mais ça, ce n'en est pas une. Alors pose ce fusil, s'il te plaît. Pose-le et parle-moi. Tu peux encore faire le bon choix. »

Très lentement, Titus enleva une main de son pistolet et la montra à Latrell en signe d'apaisement. Entre ses doigts écartés, il vit le jeune homme éloigner le canon de sous son menton.

« Très bien, l'encouragea-t-il. Maintenant, pose le fusil par terre et avance vers moi. »

Ce n'était pas un hasard si Titus ordonnait désormais à Latrell de s'approcher plutôt que de s'allonger – la folie qui émanait du jeune homme faisait penser à la chaleur que le bitume irradiait par vagues au mois de juillet, et Titus ne tenait pas à ce que la carabine se trouve à portée de main du garçon si celui-ci se ravisait.

« Lâche ton arme, connard ! aboya Roger.

— Ça suffit, Roger ! cria Titus. Repos ! »

Latrell ferma les yeux.

« Non…, murmura Titus.

— Vous savez pas toutes les choses que j'ai faites. J'ai essayé d'arrêter, mais ils ont dit qu'ils tueraient mon petit frère. L'Ange, il a jamais retiré son masque. Mais M. Spearman, lui, il aimait bien qu'on voie son visage. Il adorait ça, même. »

Latrell débitait ces mots presque sans pause ; on aurait pu croire qu'il récitait une incantation.

« Latrell, attends, l'implora encore Titus, mais le jeune homme ouvrit les yeux.

— Vous aurez qu'à fouiller son téléphone », dit-il.

Titus baissa un peu plus le canon de son pistolet. Latrell brandit la carabine.

« JE SUIS LA MORT ! » hurla-t-il en dévalant les marches vers Titus et ses adjoints.

Plus tard, lorsque Titus se repasserait la scène en boucle dans sa tête, il ferait toujours pause à cet instant précis, avant d'essayer de regarder la suite au ralenti. Malheureusement, un voile opaque lui masquerait l'enchaînement exact des gestes de chacun. Latrell avait-il pointé le fusil vers eux ? Avait-il fait mine de pointer le fusil vers eux ? Titus aurait beau se concentrer, le souvenir finirait systématiquement par se désagréger avant qu'il ait pu le saisir.

Titus entendit la détonation au moment où Latrell allait effectuer son troisième pas. La cartouche de chevrotine du fusil antiémeute de Roger transforma la moitié de la tête de Latrell en un nuage rouge. Dans le même temps, Tom Sadler fit feu à cinq reprises avec son revolver .357 Smith & Wesson. Tom était un excellent tireur ; toutes les balles trouvèrent leur cible dans la poitrine de Latrell.

« CESSEZ LE FEU, PUTAIN ! » hurla Titus à pleins poumons.

Davy, qui n'avait pas eu le temps de tirer, ne se fit pas prier pour rengainer son pistolet en marmonnant quelques mots que Titus n'entendit pas – l'écho de la fusillade résonnait encore dans ses oreilles. Carla pointa son arme vers le sol en conservant l'index sur la détente, au cas où.

Le corps de Latrell dévala les neuf marches en granit du lycée Jefferson Davis telle une poupée de chiffon, avant de s'immobiliser aux pieds de Titus. La carabine qu'il avait lâchée rebondit sur le sol taché de sang, hors d'atteinte – comme si cela avait la moindre importance, désormais.

3

Ils trouvèrent M. Spearman à son bureau, avachi sur sa chaise, la bouche entrouverte, la cravate de travers, sa coupe mulet grise dépassant de son col.

Tous ceux qui avaient suivi des cours de géographie à Charon au cours des trente dernières années connaissaient bien cette vieille cravate bleue et ses taches de café qui évoquaient un test de Rorschach. Et s'il avait fallu élire le prof préféré du lycée Jefferson Davis, Jeff Spearman aurait probablement remporté le scrutin neuf fois sur dix.

N'étaient le petit trou de la taille d'une pièce de monnaie sur sa tempe et le gouffre béant à l'arrière de son crâne, on aurait pu croire qu'il faisait la sieste.

Dans son dos, sur le tableau, une grande tache rouge constellée d'éclats d'os, de morceaux de cervelle et de cheveux gris évoquait un projet artistique réalisé par un boucher psychopathe.

Titus posa deux doigts sur le cou de l'enseignant. Il n'avait aucun espoir de détecter un pouls, mais cela faisait partie du protocole et Titus respectait toujours le protocole. À la fac, en cours d'anatomie, on lui avait raconté qu'un homme victime d'un accident industriel avait réussi à se rendre en voiture à l'hôpital avec une barre de fer de soixante centimètres enfoncée dans le cerveau.

« Sécurisez le reste de l'établissement, ordonna Titus. Pièce par pièce. Allez-y. »

Personne ne bougea.

« Pourquoi il a buté M. Spearman ? » s'interrogea Davy.

Titus frémit en percevant le chagrin dans la voix de son adjoint. Il se demandait la même chose. Le temps des questions viendrait plus tard ; pour l'heure, ils avaient un périmètre à sécuriser.

« Putain de terroriste, grogna Roger. Vous avez entendu les trucs d'islamistes qu'il a gueulés quand il s'est jeté sur nous ? »

Il respirait fort, comme un taureau. Titus fit volte-face et s'avança vers lui.

« Pour l'instant, on ne sait rien sur rien. On ne sait pas pourquoi il a fait ça ; d'ailleurs, on ne sait même pas si c'est lui qui a fait ça. Peut-être qu'il a un complice. Peut-être que M. Spearman s'est suicidé et que Latrell a simplement ramassé la carabine. Peut-être qu'on a affaire à des terroristes. Et peut-être qu'on a affaire à quelqu'un qui avait des problèmes psychiatriques et qui n'aurait jamais dû avoir accès à une arme capable de descendre un élan. Bref, on sait que dalle. Donc on va se contenter de sécuriser le périmètre. Maintenant, allez-y, je ne vais pas vous le répéter une deuxième fois. »

Malgré l'emploi du « vous », c'était à Roger qu'il s'adressait. Il le regarda dans les yeux jusqu'à ce que celui-ci baisse la tête et s'éloigne vers la porte de la salle de classe, suivi de ses collègues.

« Il n'y avait rien d'islamiste dans ce qu'il a dit, soupira Titus une fois seul. Il faut arrêter avec les hypothèses foireuses. »

Une heure plus tard, ils étaient de retour sur le parking, au milieu des ambulances et des camions de pompiers autour desquels grouillaient des parents paniqués à la recherche de leurs enfants. Non loin, les enseignants se faisaient réconforter par leurs femmes ou par leurs maris. Pour beaucoup, ils ne remettraient jamais les pieds dans ce lycée. Quand on voit la mort en face, on a tendance à reconsidérer ses choix de carrière.

« On les emmène tous les deux à Richmond ? » demanda l'employé des pompes funèbres, un gros Noir à la peau claire.

La Virginie était un État assez largement rural, avec quelques villes de taille moyenne disséminées entre de grandes étendues de forêt, des collines qui n'étaient pas tout à fait assez hautes pour être qualifiées de montagnes, et des montagnes qui étaient déjà vieilles à l'époque de la construction des pyramides. Il n'y avait qu'un seul département de médecine légale, et il se trouvait à Richmond, la capitale. En cas de décès prématuré mais non suspect (tante Emma qui s'étouffe avec une cacahuète ou mamie Jane qui fait une crise cardiaque en préparant ses conserves de pêches pour l'hiver), l'État se contentait de dépêcher un médecin sur place pour faire le nécessaire.

En revanche, les cadavres criblés de balles partaient à Richmond pour autopsie.

« Oui, répondit Titus. Mais c'est le funérarium Maynard qui va s'occuper du transfert de M. Spearman. »

L'autre acquiesça. Alors qu'il s'apprêtait à charger dans sa camionnette le brancard sur lequel était étendu le corps de Latrell, Titus intervint :

« Attendez une seconde. »

Il s'approcha et ouvrit la fermeture Éclair du sac mortuaire.

« Vous auriez des gants en caoutchouc ? »

L'employé des pompes funèbres fureta quelques instants dans sa camionnette et lui en tendit une paire. Ignorant l'odeur ignoble d'excréments et celle, métallique, du sang, Titus déboutonna le caban de Latrell. Un souvenir essayait par tous les moyens de s'insinuer dans son cerveau, mais il parvint à le maintenir à distance en se concentrant sur sa tâche. Lorsqu'il écarta les pans du caban, Titus découvrit les cinq impacts sanglants au centre de la poitrine de Latrell. Il détourna les yeux et entreprit de fouiller les poches. Au bout de quelques secondes, il mit la main sur le téléphone de Latrell. Dans ses divagations incompréhensibles, ce dernier avait mentionné le portable de Spearman. Les deux hommes avaient-ils communiqué avant la fusillade ? S'il voulait obtenir la réponse à cette question, il pouvait soit récupérer leurs portables afin de les examiner tranquillement au bureau, soit attendre au moins quatre semaines que le légiste de Richmond les lui renvoie avec le rapport d'autopsie.

« Carla, tu veux bien aller chercher un sac à scellés dans ma voiture ? »

Carla acquiesça. Quand elle revint, Titus lâcha le téléphone de Latrell dans la pochette en plastique, avant de faire signe à l'employé des pompes funèbres.

« C'est bon, vous pouvez l'emmener. Carla, dis aux gars de Maynard qu'ils peuvent récupérer le corps de Spearman mais, d'abord, je voudrais que tu vérifies s'il a son portable sur lui. »

Pour la première fois, il avait omis le « monsieur » devant Spearman. Latrell Macdonald était une âme perdue souffrant de troubles que Titus ne pouvait même pas imaginer. C'était également un voleur et un drogué qui causait des problèmes partout où il mettait les pieds et qui mentait comme il respirait. Si Latrell vous assurait qu'il pleuvait, vous aviez tout intérêt à passer la tête par la fenêtre pour vérifier. Bref, Titus n'avait aucune raison de croire un mot de ce qu'avait pu dire le fils de son ancien ami.

Et pourtant, quand Latrell s'était mis à parler de Jeff Spearman et des archanges, puis quand il avait foncé vers eux en hurlant, son regard d'un noir absolu n'était pas celui d'un menteur. Titus en était convaincu. Il le sentait au plus profond de lui. Il songea que c'était là quelque chose que lui auraient reproché ses instructeurs à l'académie du FBI.

« L'instinct, ça vaut pas un clou », aimait répéter Bob McNally, son professeur en sciences du comportement.

Si Titus avait d'abord adopté avec beaucoup d'enthousiasme cette idée qu'une enquête digne de ce nom ne pouvait se baser que sur des preuves matérielles, il s'était vite rendu compte sur le terrain que les choses n'étaient pas aussi simples.

« Les preuves permettent d'obtenir une condamnation, mais c'est avec tes tripes que tu résous une affaire », lui avait dit un jour Ezekiel Wiggins, le seul autre agent noir au bureau régional de l'Indiana.

Au fil du temps, Titus était arrivé à la conclusion que la vérité se situait quelque part entre les deux. Les preuves pouvaient être falsifiées. L'instinct pouvait vous induire en erreur. Le secret consistait à trouver l'équilibre entre les preuves, l'intuition et les faits.

Dans cette affaire, les faits établissaient que Latrell était entré dans la salle de classe de Jeff Spearman, qu'il lui avait mis une balle dans la tête, puis qu'il avait été abattu sur les marches d'un lycée qu'il fréquentait encore quatre ans auparavant en tant qu'élève. Les preuves se trouvaient dans le fusil, dans le crâne de Jeff Spearman, et peut-être aussi dans son téléphone portable.

« Titus, qu'est-ce qui se passe, ici ? »

Titus serra les dents en reconnaissant la voix de Scott Cunningham. Il prit une profonde inspiration et se retourna.

« Il y a eu une fusillade, Scott. Maintenant, je voudrais que vous repassiez derrière la Rubalise. »

Scott posa les mains sur les hanches et releva le menton en signe de défi. Titus l'avait déjà vu adopter cette posture les rares fois où les choses n'allaient pas dans son sens aux réunions du conseil de comté.

« Qui s'est fait tirer dessus ? insista Scott. Vous voyez, c'est pour ça que j'ai toujours dit qu'il fallait que les enseignants aient le droit de porter une arme.

— Scott, je ferai une déclaration officielle quand on aura évacué les corps de la victime et du tireur et qu'on aura prévenu leurs familles. En attendant, vous êtes sur une scène de crime et vous marchez sur des éléments de preuve, alors je vais vous demander de reculer. Dépêchez-vous. »

Scott baissa la tête, constata qu'il se tenait au milieu d'une flaque de sang ayant appartenu à Latrell Macdonald et fit deux pas en arrière pour essuyer ses semelles sur l'herbe.

« Putain, c'est dégueulasse ! grommela-t-il.

— Derrière la Rubalise, répéta Titus.

— Vous avez intérêt à me fournir un rapport détaillé de ce qui s'est passé dans les plus brefs délais. »

Scott attendit quelques secondes de plus avant de tourner les talons. Sûrement pour donner l'impression aux badauds que c'était lui qui avait pris la décision de partir.

« Scott, lança Titus dans son dos. Être président du conseil de comté ne fait pas de vous mon supérieur. Vous aurez le même rapport que tout le monde.

— Je ne suis pas votre ennemi, Titus », répondit Scott en secouant la tête.

Tu parles, songea Titus.

Lorsque Titus s'était présenté à l'élection, Scott Cunningham avait immédiatement apporté son soutien à son adversaire, et pas parce qu'il avait été séduit par le programme de Cooter Bennings (qui se résumait à peu près à « harceler les Noirs, les Hispaniques et les démocrates »).

Non, si Scott avait appuyé avec autant de poids la candidature de Cooter, c'était dans l'espoir de s'offrir une marionnette. Pas un shérif qui fermerait les yeux à proprement parler, mais plutôt un shérif qui accepterait de regarder ailleurs au besoin. Et quelle meilleure marionnette que cet homme qui était connu pour trois choses : malmener les ados qu'il surprenait en train de se bécoter du côté de la rivière, racketter les automobilistes qu'il interpellait et s'être battu un jour avec une chèvre ? Dès que Cooter avait bu un verre de trop et qu'on l'interrogeait sur le sujet, il racontait que la bestiole l'avait attaqué par-derrière d'un coup de tête vicieux. L'animal, drapé dans sa dignité de vainqueur, préférait garder le silence.

Lorsque les résultats du scrutin étaient tombés, Titus avait été presque aussi abasourdi que Scott. Depuis, les deux hommes s'étaient pris le bec beaucoup plus que nécessaire pour un comté de la taille de Charon. Les choses avaient atteint un point de non-retour le jour où Titus avait arrêté Alan Cunningham, cousin de Scott et inspecteur en bâtiment du comté. Jamal Addison s'était plaint qu'Alan avait refusé sans raison plusieurs permis de construire à des familles noires. Après une rapide enquête, Titus avait découvert que l'inspecteur s'était acoquiné avec Reece Kanter, un promoteur douteux qui avait pour projet de bâtir un lotissement du côté de Conyers's Beach et qui lui versait un pot-de-vin chaque fois qu'il refusait un permis de construire.

Scott, qui était toujours le premier à monter au créneau pour défendre l'honneur des siens, n'avait rien pu faire pour son cousin qui, par arrogance ou par bêtise, avait laissé derrière lui une montagne de preuves accablantes.

Titus n'éprouvait d'ordinaire aucun plaisir à arrêter un suspect, mais passer les menottes à Alan Cunningham lui avait apporté une satisfaction au moins égale à la frustration qu'avait dû ressentir Scott.

« Et je ne suis pas le vôtre, Scott, répondit Titus. Mais je ne suis pas non plus un de vos ouvriers à l'usine de drapeaux ni un de vos décortiqueurs de crabes à la conserverie. Mon département va s'occuper de cette affaire. Si vous voulez nous aider, demandez des fonds au conseil pour mettre en place une cellule de soutien psychologique. Faites votre boulot et laissez-moi faire le mien. »

Il tourna le dos à Scott. En temps normal, Titus aurait aussitôt oublié cet énième épisode du combat de coqs que le président du conseil de comté tenait absolument à mener. Sauf que deux personnes étaient mortes, ce matin. Leurs corps étaient encore chauds et leur sang imbibait toujours les murs et les marches du lycée Jefferson Davis. Malgré cette tragédie, Scott se montrait incapable de mettre de côté son ego et son ambition minable à se maintenir au sommet d'une hiérarchie qui n'existait que dans sa tête.

Cet homme aimait tellement le pouvoir qu'il aurait accepté le poste de balayeur en chef à l'usine de fumier pour peu que cela lui permît de donner des ordres. Cette mégalomanie de provincial était inscrite dans ses gènes. Les Cunningham étaient une des plus vieilles et des plus riches familles de la région et, avec les deux entreprises qu'ils possédaient, ils étaient les plus gros pourvoyeurs d'emploi du comté. Bref, à presque tous les égards, ils dirigeaient Charon.

À une exception près : ils ne contrôlaient pas le département du shérif. Or Titus n'avait aucune intention de jouer les vassaux pour le suzerain local.

« Si Spearman a son portable sur lui, récupère-le et rapporte-le au bureau », ordonna Titus en rendant le sac à scellés à son adjointe.

Carla avait été la deuxième personne qu'il avait recrutée après Davy. Petite, menue, elle était ceinture bleue de jiu-jitsu et rêvait de rejoindre les rangs du FBI. Si Davy était gentil et loyal, Carla était maligne et déterminée. Un jour, Davy deviendrait peut-être lui-même shérif. Un jour, Carla démantèlerait peut-être un cartel de narcotrafiquants à l'autre bout du pays.

« Pas de souci, chef. Je m'en occupe. »

Elle marqua une pause, avant de reprendre, l'air grave :

« Ça va avoir des retombées, hein ? La fusillade... La plupart des élèves ont tout filmé. Je... J'ai cru qu'il était sur le point de se rendre, et d'un coup, il s'est rué vers nous. Ce... C'est bien ce qui s'est passé, non ?

— Occupe-toi du téléphone, Carla. Pour le reste, on verra en temps et en heure. »

Carla hocha la tête et s'éloigna. Derrière ses lunettes de soleil, Titus ferma les yeux et il se passa la langue sur les dents sans ouvrir la bouche. Combien de temps faudrait-il pour qu'une des vidéos prises par ces gamins devienne virale ? Une journée ? Une heure ?

À la fin du dernier débat avant l'élection, Titus et Cooter avaient eu chacun quelques minutes pour présenter leurs arguments aux citoyens du comté de Charon.

Titus s'était avancé vers le pupitre de la salle du Rotary Club et avait puisé dans son sentiment de culpabilité l'inspiration pour son discours.

« George Orwell a écrit que si nous dormons paisiblement dans nos lits, c'est parce que des hommes endurcis se tiennent prêts à user de violence contre ceux qui chercheraient à nous nuire. Pour moi, le rôle d'un shérif est de s'assurer que les hommes endurcis sous ses ordres n'usent pas de violence contre ceux qu'ils sont censés protéger. Je suis né ici, j'ai obtenu mon diplôme au lycée Jefferson Davis. J'ai appris à nager à Fiddler's Beach et à conduire sur la route 15. Ma première bière, c'était dans la ruelle derrière l'Oasis. J'aime Charon, c'est chez moi, mais j'ai conscience que les hommes endurcis qui portent l'uniforme n'ont pas toujours fait preuve de discernement dans leur usage de la violence. Quand je serai shérif, je m'assurerai personnellement qu'ils se conforment aux lois qu'ils ont juré de faire respecter. »

Titus s'était trouvé d'autant plus éloquent que le discours de son adversaire s'était résumé à des grognements de bête sauvage parsemés de mots tels que « sécurité » ou « surveillance des frontières » – un sujet pertinent quand on savait que plus de trois mille kilomètres séparaient Charon du Mexique. Lorsque Titus était retourné s'asseoir, seules quelques personnes avaient applaudi, mais tous avaient écouté.

Aujourd'hui, ses hommes endurcis avaient usé de violence contre Latrell Macdonald. Et Latrell Macdonald avait usé de violence contre Jeff Spearman. Restait à déterminer si l'issue aurait pu être différente.

Titus avait d'abord cru que oui, mais il se rendait compte à présent que la culpabilité avait altéré son jugement. Si on prend une hache, on va abattre un arbre. Si on prend une arme à feu, qu'on porte un badge en forme d'étoile ou pas, on va tôt ou tard finir par abattre un homme.

Titus avait toujours su que c'était une éventualité. Une quasi-certitude, même, vu le corps de métier qu'il avait choisi. Pourtant, il avait encore du mal à accepter qu'il détenait le pouvoir de vie et de mort.

La première fois que Jamal Addison lui avait suggéré de se présenter à l'élection – à la suite d'une ultime bavure de Cooter Bennings, qui avait failli tuer un certain Emmet Thompson en le passant à tabac après un simple contrôle routier –, Titus s'était rendu au cimetière. Sous les pins qui montaient la garde devant la tombe de sa mère, il avait juré de changer les choses. Juré de mettre un terme à l'impunité révoltante que garantissait l'uniforme et dont il avait été tour à tour témoin et bénéficiaire. Les provocations qu'il avait subies ne constituaient pas une excuse valable à ce qu'il avait fait. C'était donc en portant sur les épaules une promesse adressée à une morte qu'il était devenu shérif.

Et voilà que ses adjoints avaient tué un homme à l'esprit engourdi par l'héroïne et l'alcool artisanal. Un homme en souffrance. Un homme qui aurait eu besoin de son aide.

Titus monta à bord de son SUV et démarra. Il y avait de la paperasse à remplir, des coups de téléphone à donner et… les parents de Latrell à prévenir. Cette dernière tâche était trop délicate pour qu'il la délègue à un de ses adjoints ; il devrait s'en acquitter personnellement. Restait à espérer que Calvin et Dorothy se soient tenus éloignés des réseaux sociaux. Et que personne n'ait eu la mauvaise idée de les appeler.

Il faudrait aussi qu'il parvienne à joindre les proches de Spearman. Le lycée, lui, resterait fermé pour la journée et probablement pour la semaine, le temps de nettoyer les murs et les marches. Le fameux exorcisme par la javel, très efficace pour éliminer les traces d'un carnage, beaucoup moins pour effacer les traumatismes que ce carnage avait engendrés.

Dès qu'il serait de retour au bureau, Titus convoquerait Roger et Tom pour leur annoncer leur suspension temporaire. Il n'avait pas le choix. Tant de choses pouvaient se retourner contre lui, dans cette affaire, qu'il devait se montrer irréprochable à tous les niveaux.

Pour l'heure, une autre idée occupait l'essentiel de ses pensées : découvrir quels secrets renfermait le portable de Jeff Spearman.

4

Lorsque Titus arriva au bureau du shérif, la nouvelle de la fusillade s'était déjà répandue comme une traînée de poudre. À son poste, Cam enchaînait les appels, répétant de sa voix rocailleuse le message générique que Titus lui avait recommandé d'utiliser dans ce genre de situations.

« Oui, il y a bien eu un incident au lycée, mais nous ne sommes pas encore en mesure de fournir des informations plus détaillées. Le shérif ne devrait pas tarder à faire une déclaration. »

Titus pointa l'index vers sa propre oreille, avant de désigner Cam. Celui-ci retira son casque et écarta une mèche de cheveux châtains de devant ses yeux.

« Mon neveu ? »

Une simple question qui tenait en deux mots prononcés d'un ton sec et saccadé, comme s'il se préparait déjà à parler de l'adolescent au passé.

« Il va bien, répondit Titus. À part le tireur, il n'y a qu'une seule autre victime. »

Cam se laissa aller contre le dossier de son fauteuil de bureau et ferma les yeux, tandis que le soulagement, émotion égoïste entre toutes, envahissait son visage.

« Le standard est en train d'exploser et j'ai du mal à tenir la cadence, annonça-t-il. On devrait peut-être enregistrer un message sur le répondeur au sujet de la fusillade, non ? Ça permettrait peut-être de réduire le nombre d'appels…

— Bonne idée. Je m'en occupe tout de suite.

— Que… Qu'est-ce qui s'est passé, là-bas ? demanda Cam, qui remit son casque et ouvrit une bouteille d'eau.

— Tu vois Calvin Macdonald ? Son fils Latrell a abattu Jeff Spearman avec une carabine, avant d'être abattu à son tour par Roger et Tom. »

Titus ne parla pas de sa tentative infructueuse de convaincre Latrell de se rendre. Il n'évoqua pas non plus son sentiment que Roger et Tom avaient tiré une demi-seconde trop tôt.

« La vache… M. Spearman est le prof le plus gentil que j'aie eu de toute ma scolarité. Tous les après-midi, il me raccompagnait à la maison après les entraînements de basket. Mes parents n'avaient qu'une seule voiture, et mon père en avait besoin quand il bossait le soir. J'arrive pas à le croire… Est-ce qu'on sait pourquoi il a fait ça ? »

Avant que Titus ait pu dire un mot, le téléphone sonna à nouveau.

« Je vais m'occuper du répondeur », annonça le shérif en se dirigeant vers son bureau.

Il ferma la porte vitrée derrière lui, accrocha son chapeau à la patère et s'assit dans son fauteuil en songeant à la rapidité avec laquelle les priorités pouvaient changer, dans son métier. Une semaine plus tôt, son principal sujet d'inquiétude était la manifestation que Ricky Sours et les Fils de la Confédération prévoyaient pour protéger une statue que personne n'avait réellement l'intention de déboulonner. Titus n'aurait pas versé une larme si Joe le Rebelle avait fini à la ferraille, et il savait aussi que les Fils de la Confédération étaient des provocateurs en quête constante d'une raison de se plaindre. En enregistrant un message pour prévenir la population que ses adjoints avaient abattu un forcené qui avait tué un enseignant devant ses élèves, Titus actait la relégation de Ricky Sours et sa bande de néo-confédérés au second plan.

Car cet événement traumatisant était la nouvelle réalité de Charon, qui ajoutait désormais son nom à la longue liste des villes ayant connu une fusillade dans un de leurs établissements scolaires.

Titus s'apprêtait à ouvrir son ordinateur portable quand une ombre traversa son visage.

« Cam, t'es entré dans mon bureau ? cria-t-il pour se faire entendre.

— Ouais, j'avais besoin d'un stylo.

— La prochaine fois, ne touche pas à mon ordinateur !

— Désolé, chef », s'excusa Cam avant de prendre un énième appel.

Titus remit l'appareil en place de manière qu'il forme un angle de quatre-vingt-dix degrés avec la ligne imaginaire reliant le porte-crayon au téléphone fixe, et qu'il se trouve à équidistance du tampon encreur portant sa signature sur la gauche et du bloc-notes jaune sur la droite. Tout comme son placard, l'intérieur de sa voiture et, au grand dam de son père, les tiroirs de la cuisine, son bureau était organisé d'une manière qui frisait le trouble obsessionnel. Pourtant, Titus n'avait pas toujours été ainsi. Ce besoin d'inscrire sa vie dans un cadre strict s'était manifesté après la mort de sa mère, quand il avait treize ans. En partie parce que son père avait trouvé refuge dans une bouteille de bourbon, refuge qu'il ne parviendrait à quitter qu'après deux longues années ; et en partie parce que, s'estimant trahi par la religion basée sur la transformation de l'eau en vin, il avait senti la nécessité de se tourner vers une autre doctrine. L'ordre était devenu sa nouvelle religion. La discipline, son crucifix face au chaos.

Malheureusement, certains moments étaient là pour lui rappeler la futilité de sa démarche. Voir un garçon qu'il avait connu bébé tomber sous les balles de ses adjoints, par exemple. La réalité était qu'il vivait dans un monde régi par le chaos et que, en dépit de tous ses efforts, il ne pourrait jamais rien y changer.

La famille DeCrain aurait pu en témoigner.

Le chaos était roi.

Titus soupira. Il ne comptait pas arrêter d'ordonner soigneusement les différents éléments de son quotidien. C'était tout ce qui lui restait. Tout ce qui lui apportait un semblant de sérénité.

Titus ouvrit l'enregistreur vocal sur son ordinateur portable. Il s'éclaircit la gorge, cliqua sur le rond rouge au milieu de l'écran et, d'une voix claire et assurée, il récita un message succinct promettant aux habitants de Charon que la situation était sous contrôle et qu'il n'y avait plus aucune crainte à avoir.

Après quoi il ajouta le fichier au répondeur du centre d'appels et tapa sensiblement le même message sur la page d'accueil de leur site Internet et sur les réseaux sociaux. S'acquitter de ces tâches terre à terre lui parut étrange alors que, quelques heures plus tôt, il avait été contraint de dégainer son arme. Et désormais, il avait un rapport à rédiger. Comment expliquer par écrit la tempête de sentiments que provoquait le fait de tenir la vie d'un homme au bout du canon de son pistolet ? Pourtant, Titus était bien placé pour savoir qu'il n'y avait rien de plus important qu'un rapport d'incident. C'était la trace qui déterminait si vous aviez respecté votre serment ou si, au contraire, vous l'aviez trahi. Dans un monde idéal, cette trace aurait été indélébile. Inaltérable.

Hélas, le monde était loin d'être idéal.

Sur son bureau, le téléphone fixe sonna.

« Allô ?

— Calvin Macdonald sur la une, annonça Cam.

— Merde, soupira Titus. C'est bon, passe-le-moi. »

Il se pinça l'arête du nez et reprit d'une voix claire :

« Shérif Crown.

— Est-ce que mon fils est mort, Titus ? demanda Calvin entre deux respirations saccadées.

— Calvin, où es-tu ?

— Au chantier naval. Dorothy vient de m'appeler pour me dire que Latrell avait déclenché une fusillade au lycée.

— Est-ce que quelqu'un peut te raccompagner chez toi, Calvin ? Je vais passer vous voir. »

Titus savait que ces mots confirmaient les pires craintes de son vieil ami. Mais il les prononça malgré tout, parce qu'il n'avait pas d'autre choix. Il ne pouvait décemment pas annoncer à Calvin le décès de son fils par téléphone. Il lui devait de le lui dire en face.

« Est-ce que mon gamin est mort, Titus ? » insista Calvin avant de lâcher un long sanglot.

Un son franc et sans ambiguïté. Le son de l'espoir qui se brise.

« Calvin, rentre chez toi retrouver Dorothy. J'arrive dans une heure.

— Oh non, gémit Calvin. Non… Va te faire foutre, Titus. »

Il raccrocha.

Titus reposa le combiné sur son socle, conscient qu'il allait bientôt devoir essuyer d'autres insultes. Beaucoup d'autres. Mais il était prêt.

Il ouvrit l'onglet « Rapport d'incident » sur son navigateur et relata sa version de la fusillade. Roger et Tom devraient faire de même de leur côté. Par souci de transparence, Titus avait instauré une règle interdisant à ses adjoints de discuter entre eux des détails d'une enquête qui les concernait tant que celle-ci n'était pas bouclée. Il ne voulait ni qu'on l'accuse de couvrir ses hommes, ni leur permettre d'accorder leurs violons.

Lorsqu'il eut terminé, il retourna voir Cam et lui fit de nouveau signe de retirer son casque.

« Oui, madame, le message sur le répondeur est pourtant clair, nous n'avons pas d'autres informations à l'heure actuelle, récita Cam. Au revoir. »

Il poussa un long soupir et se tourna vers Titus.

« Si votre message a dissuadé deux personnes de vouloir en savoir plus, c'est le maximum…

— Je vais chez Calvin et Dorothy, annonça Titus. Est-ce que tu as le numéro de Tom ? Sinon, je peux te le trouver.

— Pas besoin. Il me l'a donné quand il a organisé un barbecue chez lui, en juin.

— Très bien, alors je voudrais que tu l'appelles et que tu lui dises que je l'attends dans mon bureau à 16 heures. Ah oui, demande-lui aussi d'apporter l'arme avec laquelle il a fait feu aujourd'hui, au lycée. »

Cam baissa la tête, avant de la redresser.

« Il a bien fait de tirer, hein ? Vous avez dit que Latrell avait tué M. Spearman… »

Dans le long silence qui s'installa, Titus perçut la vision du monde manichéenne à laquelle adhérait son adjoint : un méchant avait tué un gentil, puis d'autres gentils avaient tué le méchant. Qu'y avait-il à éclaircir ?

Titus aurait vraiment aimé que les choses soient aussi simples.

« Il faut que je lui parle, Cam. Préviens-le. »

Cette fois, c'était un ordre.

Au volant de son SUV, Titus s'engagea sur la route qui traversait la ville. Il laissa derrière lui le centre commercial, le supermarché discount et l'ancien magasin de meubles et d'électroménager Herndon's. Il passa devant la bibliothèque du comté, devant le Gilby's, le restaurant spécialisé en cuisine du Sud, et devant le tribunal à quelques mètres duquel se dressait le mémorial confédéré et sa fameuse statue polémique. Au niveau du lycée, Titus constata que le parking était désormais désert.

Son trajet le mena ensuite du côté de la station de lavage auto Soapy Suds, la troisième entreprise la plus rentable de Charon. Nombreux étaient les habitants du comté à prendre leurs pick-up survitaminés le vendredi soir pour sillonner les chemins de terre, avant de faire un crochet par Soapy Suds le samedi matin afin de récupérer un véhicule rutilant à bord duquel parader en ville le soir. Enfin, Titus dépassa l'ancienne pharmacie Sommers. Il avait arrêté Billy Sommers six mois plus tôt pour falsification d'ordonnances. Ce jour-là, avec Davy et Carla, ils avaient trouvé le pharmacien dans son bureau, les poignets tailladés jusqu'à l'os, un rasoir pliant à manche nacré sur les genoux, une photo de sa femme et de ses deux fils entre les doigts. On aurait dit que quelqu'un avait renversé une carafe de vin rouge sur la moquette. Titus et ses adjoints s'étaient empressés de lui faire des garrots afin d'interrompre l'hémorragie, avant de l'emmener à l'hôpital de Newport News, où ils avaient pu lui signifier sa mise en examen officielle deux semaines plus tard.

Une pharmacienne avait bien essayé de reprendre l'affaire mais les cousins de Billy, irrités par l'inculpation de leur proche, avaient lancé une rumeur selon laquelle elle n'avait pas de diplôme. En un mois, la rumeur s'était transformée en fait établi. À l'automne, lassée de vouloir rendre service à des gens qui la méprisaient, la jeune femme était partie tenter sa chance ailleurs. De l'avis de Titus, le fait qu'elle était noire n'avait pas dû l'aider à s'attirer les faveurs des citoyens blancs. En d'autres circonstances, la communauté noire de Charon lui aurait apporté son soutien, mais cette jeune femme n'était pas originaire de la région. Or les habitants de Charon, Blancs ou Noirs, avaient ceci en commun qu'ils se méfiaient des nouvelles têtes.

Titus quitta la ville et sa vitesse limitée à 55 kilomètres à l'heure et appuya sur l'accélérateur. Il progressait à présent sur la route 15, l'artère qui traversait le comté de part en part et d'où jaillissaient plusieurs dizaines de voies secondaires, comme autant de veines de bitume alimentant les endroits les plus reculés.

Titus dépassa l'église méthodiste des Premiers-Corinthiens, une grande bâtisse en brique tout en longueur fréquentée par une bonne partie de la population blanche de Charon. Quelques kilomètres plus loin se dressait l'église méthodiste des Seconds-Corinthiens. Moins imposante que la première, dont elle avait fait sécession, elle était en revanche beaucoup plus tape-à-l'œil avec ses vitraux multicolores du sol au plafond et sa fontaine qui aurait pu accueillir une compétition de natation. Planté au milieu de la pelouse, le panneau sur lequel on mettait régulièrement en exergue diverses citations de la Bible promettant le salut était une espèce de monstruosité en pierre de trois mètres de haut ornée d'angelots dorés.

De toute évidence, les membres de cette congrégation dissidente avaient sauté les versets de la Bible traitant des vertus de l'humilité.

Les deux églises méthodistes et le temple New Wave de Jamal Addison ne représentaient que trois des vingt et un lieux de culte que comptait le comté de Charon. À l'époque où Titus était enfant, il y en avait déjà dix-neuf. Même sa mère (qui s'était pourtant occupée de l'éveil religieux à l'église pentecôtiste Emmanuel jusqu'à ce que la maladie la contraigne à démissionner, puis à garder le lit, puis à s'immobiliser à jamais) était de l'avis que c'était beaucoup trop.

« Dieu peut être partout à la fois s'Il le souhaite, mais je doute que certains de ces établissements aient jamais connu Sa présence. Il ne suffit pas de monter dans une chaire pour être un pasteur, tout comme il ne suffit pas de se rouler dans la boue pour être un cochon », avait-elle déclaré un jour avant d'éclater de rire.

Quand il était enfant, il pensait que le rire de sa mère était la plus belle mélodie au monde. Un enchaînement de notes cristallines qu'aurait pu composer Mozart. Toutes ces années plus tard, il le pensait toujours.

Après un quart d'heure de route, Titus s'engagea sur Salt Lick Lane et arriva bientôt en vue du mobile home de Calvin et Dorothy. La dernière fois qu'il avait remonté cette allée, il était au volant du pick-up de son père et il n'avait pas encore annoncé sa candidature au poste de shérif. Il venait de rentrer de l'Indiana et, avec Calvin, ils avaient passé la soirée sur le porche, à vider un bocal d'alcool artisanal en parlant des gens qu'ils avaient connus et de leurs souvenirs en commun – autant de bons moments qui, dans l'esprit de Titus, se teintaient déjà d'un voile sépia. Depuis qu'il arborait son insigne, il n'y avait plus eu d'invitation. Titus l'avait anticipé mais, pour une fois, il aurait préféré se tromper.

Le pick-up de Calvin était aussi mal garé que la petite citadine trois portes de Dorothy. Titus imagina ses vieux amis s'arrêter devant chez eux dans un crissement de pneus et se ruer à l'intérieur. À la vitesse à laquelle se propageaient les rumeurs à Charon, ils avaient déjà dû entendre quinze versions toutes plus ignobles et plus fausses les unes que les autres de ce qui s'était passé ce matin-là au lycée Jefferson Davis.

Titus s'avança vers la porte et frappa trois fois. Quelques années plus tôt, Calvin avait ajouté un parement en brique à la façade de leur mobile home afin que celui-ci ressemble à une véritable maison.

Un bruit de pas précipités, et la porte s'ouvrit à la volée. Titus se retrouva nez à nez avec Calvin.

« Dis-le-moi ! Dis-le-moi en face, enfoiré ! aboya Calvin.

— Est-ce que je peux entrer, s'il te plaît ? »

Calvin mesurait quelques centimètres de moins que Titus mais il était deux fois plus large, avec une grosse tête posée sur un cou de taureau. Il détenait le record du lycée de l'épaulé-jeté. S'il avait désormais quelques rides à la commissure des paupières, son visage d'un brun sombre était resté celui du gamin grossier et insolent que Titus connaissait depuis l'école primaire.

« T'as pas besoin d'entrer pour me dire que t'as tué mon gosse. Je suis déjà au courant, Titus. Je veux juste l'entendre de ta bouche. Je veux que tu me regardes dans le blanc des yeux et que tu... »

Calvin s'interrompit au milieu de sa phrase. L'espace d'une seconde, il resta silencieux, et la lumière dans ses pupilles vacilla. Titus devina qu'il était parti ailleurs. Dans un monde où l'un de ses meilleurs amis d'enfance n'avait pas tué son fils, probablement. Lorsqu'il fit son retour, son visage se transforma. Des larmes se mirent à rouler sur ses joues et il s'attrapa la tête à deux mains. Le corps secoué de sanglots déchirants, il recula dans la maison jusqu'à ce que son dos heurte un mur. Là, ses jambes se dérobèrent et il glissa au sol.

Aussitôt, Dorothy se matérialisa à ses côtés et s'accroupit auprès de lui en posant sur Titus un regard accusateur.

« Qu'est-ce qui s'est passé, Titus ? » demanda-t-elle, la mâchoire crispée.

Dorothy était plutôt menue, mais elle enveloppa Calvin de ses bras et l'aida à se relever. Son visage était celui de quelqu'un qui s'est préparé à entendre la pire nouvelle de sa vie.

Titus retira ses lunettes de soleil.

« Ce matin, on a reçu un appel nous annonçant qu'une fusillade était en cours au lycée. Quand on est arrivés sur place, Latrell est sorti avec une carabine de gros calibre à la main. Il… Il a refusé de la poser. Il a parlé quelques instants de Jeff Spearman, et puis il s'est élancé vers nous. »

Un goût amer remonta du fond de sa gorge et tapissa l'intérieur de sa bouche, tandis que Calvin et Dorothy échangeaient un regard dévasté. Comme un chien qui a flairé une proie, Titus se tourna vers Calvin.

« Elle était à toi, cette carabine ? »

Calvin chercha le soutien de sa femme mais, voyant que celle-ci avait les yeux fermés, il reporta brusquement son attention sur Titus. Son chagrin s'était transformé en colère.

« Et donc quoi ? Tu vas m'arrêter, c'est ça ? cracha-t-il.

— Non, j'ai simplement besoin de le savoir. »

Titus remit ses lunettes de soleil et recula d'un pas. Il aurait tellement voulu leur expliquer. Leur dire qu'il avait tenté de ramener Latrell à la raison. Leur jurer qu'il aurait tout fait pour éviter que les choses se terminent ainsi, avec leur fils mort au pied des marches du lycée, la moitié de la tête arrachée par une volée de chevrotines.

« C'était son prof préféré, dit Dorothy. M. Spearman restait même parfois après les cours pour l'aider avec ses devoirs de géographie. Pourquoi Latrell aurait voulu le tuer ? »

Titus tenta d'avaler la boule qui s'était formée dans sa gorge.

« Il l'a pas tué, tonna Calvin. C'est un coup monté des flics. Comme d'habitude ! »

Il s'exprimait avec une telle agressivité que Titus sentit des postillons lui atterrir sur la joue. Quand le shérif regarda à nouveau Dorothy, il lut dans ses yeux quelque chose sur Latrell que Calvin refusait d'accepter.

Personne ne connaît mieux les méandres du cerveau d'un homme que sa mère.

« Cal, ce n'était pas un coup monté, déclara Titus. Personne chez nous ne lui a mis cette carabine entre les mains. »

Il s'efforçait de garder une parfaite neutralité – il énonçait des faits, rien de plus. Les gens qui prétendent que les faits n'ont pas à se mélanger aux sentiments n'ont jamais eu à annoncer à un père que son fils est mort, et qu'avant de mourir il a tué quelqu'un.

Soudain, toute hostilité sembla quitter le corps de Calvin. Sans un mot, il tourna les talons et s'éloigna. Titus le regarda disparaître par la porte du salon. Ne restaient plus que Dorothy et lui, debout sur le seuil, se refroidissant de minute en minute dans la fraîcheur extérieure.

« Il y a quelques semaines de ça, il a débarqué ici en brandissant une machette et en hurlant qu'il était le diable, murmura Dorothy. On a tous eu très peur, surtout Lavon. Et puis d'un coup, il a lâché la machette et il s'est réfugié dans mes bras. Il souffrait terriblement, et je ne savais pas quoi faire pour l'aider. On pensait qu'il allait mieux, pourtant. Il avait trouvé un boulot à la conserverie. On se disait qu'il s'était enfin repris en main. »

Dorothy se frictionna les bras.

« Quand est-ce qu'on pourra le récupérer ? demanda-t-elle à brûle-pourpoint.

— Dans quelques jours, le temps que le légiste fasse le nécessaire. On prendra contact avec l'entreprise de pompes funèbres que vous aurez choisie. Spencer & Sons, j'imagine ?

— J'y avais même pas réfléchi, mais oui. Est-ce que… euh… Est-ce qu'il a fait du mal à quelqu'un d'autre, à part M. Spearman ?

— Non, répondit Titus en secouant la tête. Il ne s'en est pris à aucun élève ni à aucun autre enseignant.

— C'est déjà ça… Bon, il faut que j'aille m'occuper de Cal. Ensuite, on va devoir trouver comment annoncer à Lavon que son frère est mort. »

Dorothy ferma la porte. Titus resta planté sur le seuil quelques secondes avant de retourner à son SUV. Il aurait voulu en dire plus, mais il savait qu'aucun mot ne pourrait panser la blessure que Calvin, Dorothy et Lavon porteraient jusqu'à leur dernier jour.

Alors que Titus démarrait, sa radio se mit à crachoter.

« Shérif, quelle est votre position ? demanda Carla.

— Je pars de chez Calvin et Dorothy. Qu'est-ce qui se passe ? »

La radio resta silencieuse.

Titus sentit alors son portable vibrer dans sa poche. Il consulta l'écran. C'était Carla.

« Toi, il y a quelque chose que tu veux me dire mais dont tu ne peux pas discuter sur un canal libre », devina-t-il.

À l'autre bout du fil, une respiration haletante lui évoqua un canular téléphonique obscène.

« Shérif, lâcha Carla, on a récupéré le portable de Spearman mais on n'arrive pas à le déverrouiller. Il y a un capteur d'empreinte digitale. J'ai appelé Harold, au funérarium. Apparemment, le corps est toujours là-bas. Ils devaient le transférer au département de médecine légale, à Richmond, mais ils ont eu un contretemps à cause d'une famille venue commander une pierre tombale. J'aurais besoin de votre autorisation pour me rendre sur place afin de vérifier si on peut utiliser le pouce de Spearman pour débloquer le portable. Et puis…

— Et puis quoi, Carla ?

— Shérif, Jamal Addison est sur le parking avec une vingtaine de personnes de sa paroisse. Ils exigent de te parler. Ils veulent savoir pourquoi on a abattu Latrell et si c'était vraiment lui le tireur. Davy est allé les voir, mais…

— Mais ça s'est mal passé, compléta Titus.

— Très mal.

— Dis-leur que je serai là dans dix minutes. Et toi, attends un peu avant d'aller au funérarium, j'aurai peut-être besoin de renfort. »

À son grand regret, Titus devait bien reconnaître que la situation risquait de dégénérer. Jamal était un pasteur dévoué au salut des âmes de ses fidèles, lesquels lui vouaient une admiration sans limites, mais il était aussi un ardent défenseur de la justice sociale. Ajoutez à cela la méfiance hélas historiquement légitime vis-à-vis du département du shérif et les émotions intenses provoquées par les événements de la matinée, et on obtenait un cocktail explosif. En un instant, les mots pouvaient laisser place aux actes.

Jamal n'avait probablement pas l'intention d'envenimer les choses, mais Titus savait que la violence n'avait pas toujours besoin d'une raison pour éclater. Parfois, elle décelait une fissure dans le barrage et elle inondait toute la vallée. Titus avait eu son content de bruit et de fureur pour la journée. Il ne voulait plus voir le sang couler.

Neuf minutes plus tard, Titus pénétra sur le parking et vit Jamal Addison et un certain nombre de ses fidèles postés devant l'entrée de la bâtisse en brique terne qui hébergeait le département du shérif et son unique cellule de détention.

Titus inclina la tête à droite, puis à gauche, comme un boxeur avant un combat. La conversation s'annonçait houleuse, et il était à peu près certain d'y laisser quelques plumes. Après tout, un homme afro-américain avait été abattu par deux adjoints blancs. L'heure était désormais aux questions graves et, en tant que shérif, il était de son devoir d'y répondre – sa couleur de peau ne lui servirait pas d'excuse. D'ailleurs, quoi qu'en pensent Jamal et ses fidèles, il était de leur côté. L'histoire mouvementée du maintien de l'ordre aux États-Unis – et encore plus dans le Sud – rendait ces questions nécessaires.

Titus savait aussi que Jamal n'allait pas aimer ses réponses et qu'il n'y percevrait que les éléments de langage du complot. Titus avait beau être un homme noir élu sur un programme réformiste, pour une majorité d'Afro-Américains, il n'était désormais plus qu'un homme en bleu. Le fait que Jamal partage cet avis était aussi déprimant que contradictoire.

Lorsqu'ils avaient discuté tous les deux d'une potentielle candidature de Titus, ce dernier avait pourtant été très clair : s'il était élu, il serait un shérif noir, mais pas le shérif de la communauté noire. Il avait promis à Jamal qu'il ferait tout son possible pour opérer de vrais changements, mais qu'il n'enfreindrait pas la loi pour autant. Malheureusement, Jamal n'avait dû entendre que la première moitié de la phrase. Ou bien il avait l'impression qu'après s'être servi de lui pour obtenir ce qu'il désirait, Titus l'avait trahi. En tout cas, c'était le constat que dressait Titus : chaque fois qu'ils étaient amenés à se croiser, leurs positions semblaient de plus en plus irréconciliables.

Pour ce qui était du reste de la communauté noire de Charon, Titus avait conscience que beaucoup le considéraient comme l'ennemi. C'était le prix à payer lorsqu'on portait l'insigne. En présentant sa candidature, il avait fait le choix de vivre dans un no man's land entre les gens qui croyaient en lui, les gens qui le haïssaient à cause de sa couleur de peau, et les gens qui le voyaient comme un traître à sa race. Lui s'efforçait de maintenir son cap et de veiller sur ce territoire inconnu, envers et contre tout. Pendant presque un an, il avait eu l'impression de s'en être plutôt bien tiré. Mais les événements de la matinée venaient de tout faire voler en éclats, sans que Jamal ait quoi que ce soit à se reprocher. Ainsi fonctionnait le monde. Et le monde pouvait se montrer très cruel.

Titus descendit de son SUV et adressa un signe de tête à Carla et Davy, qui se tenaient de l'autre côté du terre-plein séparant le parking en deux. Ni l'un ni l'autre ne réagirent. Il leur adressa un second signe de tête, plus franc. Carla comprit et entraîna un Davy au visage cramoisi vers l'intérieur de la bâtisse.

En cas de besoin, ils ne seraient qu'à quelques pas mais, en attendant, Jamal et ses fidèles se sentiraient peut-être moins menacés.

« Shérif Crown, pourrions-nous discuter quelques instants ? » demanda Jamal de sa voix puissante.

Jeune, bel homme, il avait le ton et les attitudes d'un pasteur à l'ancienne mais la vision et la passion d'un jeune militant. Avec ses longues dreadlocks, ses jeans, ses Timberland marron et ses maillots de football américain, on ne pouvait pas dire qu'il faisait l'unanimité au sein de la population noire la plus âgée du comté, qui avait un avis bien arrêté sur la façon dont devait s'habiller un homme d'Église. Titus, lui, trouvait que le style vestimentaire de Jamal était un changement bienvenu par rapport aux costards de proxénètes qu'affectionnaient de nombreux autres pasteurs noirs.

« Révérend Addison, que puis-je faire pour vous ? »

Jamal avait cessé d'appeler Titus par son prénom à peu près six mois après son élection ; il ne faisait que lui rendre la politesse. Si un homme a décidé que vous n'étiez pas son ami, inutile de passer pour un imbécile en s'obstinant à maintenir l'illusion.

Jamal joignit les mains et s'accorda quelques instants de réflexion.

« Shérif, nous avons appris qu'une fusillade avait eu lieu au lycée, ce matin. Calvin Macdonald m'a appelé en pleurs pour me dire que votre département avait tué son fils. D'après mes informations, celui-ci aurait tiré sur M. Spearman, mais il semblerait qu'il était sur le point de se rendre lorsque vos hommes l'ont abattu comme un chien enragé. »

À sa diction lente et articulée, on sentait que le pasteur était révolté.

« Révérend, j'annoncerai officiellement demain l'ouverture d'une enquête interne et la suspension temporaire des deux adjoints impliqués dans cette fusillade. Mais je peux d'ores et déjà vous assurer que nous avons tout fait pour résoudre la situation de façon pacifique. »

Titus détestait le ton solennel qu'il avait employé, surtout pour s'adresser à quelqu'un qui avait la même couleur de peau que lui mais, en tant que shérif, il n'avait pas le choix. Jamal se tapota la lèvre du bout de l'index.

« Je suis navré, shérif, mais cela ne nous suffit pas. Nous vous demandons de confier cette enquête à la police d'État. Avec tout le respect que je vous dois, si j'attrape un renard dans mon poulailler, je ne vais pas convoquer d'autres renards pour enquêter sur ses intentions. »

Un murmure d'approbation parcourut l'assemblée.

« En l'état actuel des choses, je ne juge pas nécessaire l'intervention de la police de Virginie, répondit Titus. Je vous donne ma parole que nous ferons preuve de la plus grande transparence et que…

— Elle vaut rien, ta parole, sale Bounty ! »

Le jeune homme qui l'avait insulté s'appelait Ervin Jameson, mais tout le monde le surnommait « Top Cat ». Six mois auparavant, il était encore un des principaux fournisseurs de médicaments à usage récréatif du comté. Mais comme il avait aussi une fâcheuse tendance à goûter sa propre marchandise, il avait fini par faire une overdose. En se réveillant à l'hôpital après une semaine de coma, il avait annoncé avoir trouvé le salut. Il avait eu un aperçu de ce qui l'attendait de l'autre côté et il avait décidé de raccrocher pour de bon. Quelques jours plus tard, il rejoignait la paroisse d'Addison. Titus était bien placé pour savoir qu'une rencontre avec la Faucheuse peut transformer un homme, et il ne doutait pas une seconde de la sincérité d'Ervin. Ce qui l'agaçait, c'était l'arrogance suffisante qu'affichait désormais l'ancien dealer, un trait de caractère pourtant assez commun chez les néoconvertis, surtout ceux ayant souffert d'un problème d'accoutumance avant d'embrasser la foi. À croire que ces gens se contentaient de troquer leur addiction profane contre une addiction sacrée.

« Tu peux répéter, je suis pas sûr d'avoir bien entendu », dit Titus.

Il était fatigué, stressé, et encore sous le choc des événements de la matinée. Le fils d'un de ses meilleurs amis avait été abattu sous ses yeux. L'enseignant qui lui avait écrit une lettre de recommandation afin qu'il intègre l'université de Virginie avait pris une balle qui lui avait arraché la moitié du crâne. Et voilà qu'un homme, un vulgaire dealer d'oxycodone et d'ecstasy qui, six mois plus tôt, comptait bien plus de Noirs que de Blancs parmi ses clients, se permettait de remettre en question sa probité.

Titus pouvait tolérer l'insolence d'Ervin. Pas son hypocrisie.

« Répète », aboya-t-il.

Le représentant de la loi avait disparu, sa voix remplacée par celle des fermiers noirs de Charon. La voix de l'alcool artisanal et du pain de maïs. La voix des bagarres à mains nues et des chemins bordés de chèvrefeuille.

« T'as très bien entendu, répliqua Top Cat d'un ton moins assuré.

— Ça suffit, Ervin, intervint Jamal. Shérif Crown, j'entends ce que vous me dites, mais dois-je vraiment vous expliquer la raison de notre méfiance ? »

Titus hocha la tête. Au fond, la question de Jamal était plus blessante que l'insulte de Top Cat. Bien sûr que Titus comprenait les doutes du pasteur. Bien sûr qu'il avait conscience que le racisme et l'intolérance qui gangrenaient la plupart des services de police du pays depuis toujours n'avaient pas disparu. Bien sûr qu'il n'avait pas oublié que son prédécesseur profitait de son insigne pour persécuter librement les hommes, femmes et enfants noirs du comté. Titus aurait voulu attraper Jamal par son maillot des Houston Oilers et lui hurler au visage : « Pourquoi tu crois que je me suis présenté, abruti ? »

Sauf que ce n'était pas la seule raison, pas vrai ? murmura la voix de Red DeCrain dans son esprit.

« Je prends note de vos inquiétudes, révérend, mais je ne peux rien vous dire de plus pour l'instant, conclut Titus.

— Très bien, céda Jamal avec un haussement d'épaules. Mais sachez que nous suivrons votre enquête interne de près. Et s'il apparaît que vous essayez de couvrir le meurtre d'un énième citoyen noir, nous obtiendrons justice, même si cela doit prendre du temps. Il n'y a pas de prescription pour la vérité, shérif. »

Titus pensa au rassemblement de soutien que Jamal avait organisé en sa faveur pendant sa campagne l'année précédente, et il se demanda à quel moment précis il avait perdu sa confiance. Il comprenait la méfiance qu'éprouvait le pasteur vis-à-vis de la police en général, mais vis-à-vis de lui en particulier ?

« Je vous donne ma parole que notre enquête sera aussi minutieuse qu'impartiale, promit Titus.

— J'imagine que Calvin, Dorothy et leur second fils devront s'en contenter, soupira Jamal.

— Lavon.

— Pardon ?

— Leur second fils. Il s'appelle Lavon. J'étais là quand il est né. D'ailleurs, je suis la cinquième personne à l'avoir tenu dans mes bras après sa mère, son père et ses deux grands-parents. Tout le monde était très inquiet parce qu'il avait un léger souffle au cœur, mais les médecins ont vite réglé le problème. Aujourd'hui, il a douze ans et il déborde d'énergie. Il est aussi très doué en dessin. Il y a quelque temps, avant l'élection, j'étais chez Calvin et Dorothy pour un barbecue et Lavon nous a croqués, moi et son père. Tout ça pour dire : je sais très bien que mon enquête ne réconfortera pas Calvin. Son fils aîné est mort et rien ne le ramènera, ni mes promesses, ni vos discours. Maintenant, si vous voulez bien m'excuser, j'ai à faire. »

Sur ce, Titus fendit la petite foule et poussa la porte de la bâtisse.

Carla et Davy se tenaient près de la cellule de détention. La tête baissée, une main appuyée contre le mur de la salle des scellés, Roger lui tournait le dos. À l'intérieur du département, seule résonnait la voix grave de Cam répondant au téléphone.

Tous les autres adjoints observaient un silence digne d'un enterrement.

On aurait pu penser que c'était parce qu'ils avaient tué un enfant de Charon, justement, mais Titus se doutait que ce n'était pas le cas. L'enfant de Charon avait tué Jeff Spearman, professeur de géographie, encadrant du club d'éloquence et mécène de la troupe de théâtre du lycée. Jeff Spearman, qui semblait toujours prendre le parti des élèves lorsqu'un litige les opposait à l'administration. Titus se rappela la fois où le proviseur avait voulu faire annuler la *Ring Dance*, le bal au cours duquel les terminales recevaient chacun une bague immortalisant leur passage au lycée. Officiellement, c'était à cause d'une épidémie de mononucléose, mais tout le monde savait que c'était parce que beaucoup de couples interraciaux avaient prévu d'y participer. Jeff Spearman avait menacé d'organiser lui-même le bal dans une salle de réception privée et le proviseur avait fini par céder.

Un jour, à la fac, Titus avait raconté cette anecdote à son colocataire, Malik.

« Attends, mais c'est quoi ce lycée où le proviseur essaie encore de protéger la vertu des innocentes jeunes filles blanches face à la menace du terrible pénis noir ? avait réagi Malik, qui était originaire de Trenton, dans le New Jersey. Il est au courant qu'on n'est plus en 1958 ?

— Ha, ha ! Heureusement que M. Spearman était là pour nous défendre.

— C'est pas la question, il aurait jamais dû avoir à le faire. »

Titus s'était senti ridicule d'avoir encensé M. Spearman. Pas parce que celui-ci ne le méritait pas, mais parce que son colocataire avait raison : ce qui s'était passé au lycée Jefferson Davis était d'un archaïsme affligeant.

« Venez dans mon bureau », dit Titus.

Ses trois adjoints lui emboîtèrent le pas sans un mot. Titus accrocha son chapeau à la patère et s'assit dans son fauteuil, tandis que Carla, Davy et Roger formaient un demi-cercle devant lui.

Tous observaient le téléphone portable à la coque bariolée posé à l'envers à côté de l'ordinateur, dans son sac à scellés transparent. Le visage de Roger était pâle comme le ventre d'une truite et ses lèvres luisaient de salive, signe qu'il avait vomi. Davy avait le poing serré devant la bouche et ses oreilles décollées étaient cramoisies. Quant à Carla, elle se tenait les mains dans le dos, en position militaire de repos.

Titus prit une grande inspiration. Sous les effluves de transpiration qui émanaient de ses adjoints, il en percevait un autre, plus subtil. Plus âcre, aussi.

La peur. Il sentait leur peur, de la même manière qu'on peut sentir l'odeur d'ozone au moment où la foudre va frapper.

Tous dans cette pièce avaient entendu les accusations que Latrell avait formulées au sujet de Spearman. Restait à déterminer si elles étaient fondées ou s'il s'agissait des élucubrations d'un fou. Titus avait le pressentiment que le portable de l'enseignant leur apporterait la réponse, et qu'il n'y aurait pas d'entre-deux : soit Spearman resterait le prof aimé de tous qu'un ancien élève souffrant de troubles psychiatriques avait assassiné, soit ils découvriraient qu'il s'agissait d'un monstre. En observant le visage de ses adjoints, Titus comprit qu'il n'était pas le seul à se faire cette réflexion.

« On en est où avec les dépositions ? » demanda-t-il.

Carla s'éclaircit la gorge avant de prendre la parole.

« Seules une trentaine de personnes ont accepté de nous parler.

— Pourtant, on a insisté, renchérit Davy. On est allés voir tous les adultes présents au lycée pour tenter de les convaincre de témoigner.

— Essayez de m'en trouver quelques-uns de plus, dit Titus en retirant ses lunettes de soleil. Je veux que notre enquête soit aussi exhaustive que possible.

— Pourquoi ? interrogea Roger, les yeux écarquillés. C'est pourtant clair, ce qui s'est passé, non ? Un enfoiré a buté M. Spearman et on l'a abattu. »

Il avait beau jouer les durs, ses fines lèvres tremblaient. Titus, à qui ce détail n'avait pas échappé, choisit d'ignorer la remarque de son adjoint.

« Allez-y, je compte sur vous. De mon côté, je vais passer au salon funéraire pour essayer de déverrouiller ce téléphone. »

Davy et Carla se dirigèrent vers la porte. Alors que Roger faisait mine de les suivre, Titus ajouta :

« Pas toi, Roger. Assieds-toi quelques instants. »

Sans un mot, l'homme prit place sur le fauteuil en cuir en face du bureau de Titus, tandis que Carla se retournait brièvement au moment de franchir la porte.

Titus posa les coudes sur le bureau, joignit les mains et regarda Roger dans les yeux.

« Roger, tu as fait usage de ton arme aujourd'hui.

— Ouais, et on dirait que j'ai bien fait ! »

Roger croisa les bras sur son torse musclé, comme un enfant refusant de toucher aux choux de Bruxelles dans son assiette. Titus reprit :

« Comme tu le sais, et comme je l'ai expliqué le jour de ma prise de fonction, tout membre de mon département impliqué dans une fusillade sera écarté du terrain pendant au moins deux semaines, le temps de l'enquête.

— Quoi ? Vous êtes sérieux ? Latrell a buté M. Spearman devant une classe remplie de gamins ! Des gamins qu'on connaît. Que vous connaissez, Titus ! J'ai fait ce que j'avais à faire et c'est comme ça que vous me remerciez ? Vous… »

Au lieu de finir sa phrase, Roger se leva brusquement.

Titus fixa son adjoint d'un regard impassible. Si Roger se servait souvent de sa carrure imposante pour intimider les suspects, les gardés à vue et les clients qui voulaient lui disputer la dernière table libre à l'Oasis, il n'avait encore jamais tenté de défier son chef, de la même manière qu'un coyote n'osera pas s'en prendre à un grizzly s'il n'est pas accompagné de sa meute. Roger s'avança, posa les mains à plat sur le bureau et se pencha vers Titus, sa grosse tête carrée lui masquant la lumière du plafonnier.

« On va avoir besoin de tout le monde sur le pont, chef. Et quoi qu'en disent Addison et ses fanatiques, on a agi en état de légitime défense.

— Tu as raison, on va avoir besoin de tout le monde sur le pont, répliqua Titus. C'est pour ça que je compte charger Trey de l'enquête interne dès qu'il sera revenu de vacances. On ne peut pas se permettre d'ignorer le fait qu'on a tué un homme ce matin, quels que soient les crimes dont cet homme ait pu se rendre coupable. Les retombées sur ce département seraient catastrophiques et l'investigation au sujet du meurtre de Jeff Spearman en pâtirait. Et n'oublie pas qu'on avait des dizaines de smartphones braqués sur nous. Des vidéos prises sous tous les angles possibles et imaginables sont probablement déjà en train d'inonder Twitter, Facebook et Instagram. Je te parie qu'il y a même des nostalgiques qui sont allés poster ça sur MySpace. Bref, nos moindres faits et gestes vont être scrutés à la loupe. On se doit d'être irréprochables.

— Un policier blanc qui tire sur un Noir, pour Addison, c'est forcément synonyme de bavure. Mais si vous me sanctionnez, tout le monde va penser la même chose.

— Roger, l'opinion des gens, on s'en fiche. Pour l'heure, tout ce qui compte, c'est l'intégrité du département. Dans deux semaines, quand Trey aura rédigé son rapport, tu pourras revenir sur le terrain. D'ici là, avec les autres, on va essayer de faire parler ce téléphone pour avancer sur Spearman. »

Roger se redressa et croisa à nouveau les bras sur sa poitrine.

« Attendez, vous allez pas me dire que vous croyez un mot de ce qu'a beuglé Latrell, si ? Parce que je peux vous garantir que vous trouverez rien d'autre sur ce portable que des photos de Jeff Spearman à des concerts de Phish.

— Peu importe ce qu'on trouvera, je ne peux pas me permettre de te garder sur le terrain tant que l'enquête interne n'est pas bouclée. Tu peux conserver ton arme de service, mais je veux que tu laisses le fusil anti-émeute dont tu as fait usage ce matin dans la salle des scellés. »

Les yeux de Roger lançaient des éclairs.

C'est maintenant, songea Titus. Soit il me traite d'enfoiré, soit il me balance une insulte raciste.

Dans les deux cas, Titus n'aurait malheureusement d'autre choix que de renvoyer son adjoint. Un bon chef ne peut tolérer le manque de respect. Comme tout le monde, il avait lu *L'Art de la guerre* quand il était étudiant mais, contrairement à ses camarades de promotion qui n'y cherchaient que des citations pour se faire mousser lors de futures réunions d'entreprise, lui avait vu dans l'illustre traité de stratégie militaire de Sun Tzu un manuel à potasser en vue des batailles qu'il aurait à livrer au FBI. Que ce soit sur le terrain ou dans les bureaux. Une phrase surtout l'avait marqué :

« Plongée dans l'eau de mer, même la meilleure épée finit par rouiller. »

Le manque de respect était un cancer qui, non traité, risquait de se propager à tout le département. En tant que personne de couleur, Titus y était deux fois plus vulnérable. Il n'avait pas besoin que Sun Tzu lui rappelle le poids considérable des idées préconçues.

Roger décroisa les bras.

« Vous commettez une erreur, chef. Une grossière erreur.

— Tu crois que tu vas le retrouver dans tes rêves, cette nuit ? demanda Titus.

— Hein ? Qui ça ?

— Latrell. Parce que moi, je pense qu'il t'y attendra. Il sera là, avec la moitié de sa tête arrachée. Roger, même sans enquête interne, je t'empêcherais de retourner sur le terrain. Tu peux dégainer ton arme un million de fois, ce ne sera jamais pareil que d'appuyer sur la détente. Et avant que tu prétendes que tout va bien, je sais que tu as vomi avant d'entrer dans ce bureau. Est-ce que c'est parce que tu le vois dans ta tête ? »

Roger entrouvrit la bouche. Sa grosse langue apparut brièvement, avant de disparaître.

Il ne répondit pas.

« Deux semaines, ce n'est pas très long, Roger. Tu peux aider Cam avec le centre d'appels, tu peux t'occuper des mandats et des convocations. Davy devait gérer la paperasse cette semaine, mais vous pouvez échanger.

— Il me reste des jours à poser.

— Comme tu préfères. »

Roger tourna les talons et sortit du bureau.

Dix dollars qu'il se présente au poste de shérif dans trois ans, songea Titus.

Son portable vibra dans sa poche. Darlene. Il refusa l'appel et rédigea un message.

Peux pas parler. Tout va bien. T'appelle plus tard.

Il se doutait qu'elle était morte d'inquiétude. Rares sont les petites filles qui rêvent d'épouser un policier ; d'ailleurs, Darlene lui avait dit plus d'une fois qu'elle aurait préféré qu'il fasse un autre métier.

Une nouvelle vibration. Elle avait répondu.

OK. T'aime.

Titus conclut, laconique.

Moi aussi.

Et c'était vrai. Il l'aimait. Mais il avait du mal à le verbaliser. Par chance, Darlene n'était pas du genre à accepter le cliché éculé du flic bourru qui n'arrive pas à exprimer ses émotions, et elle avait appris à percer ses défenses pour le forcer à se confier à elle.

Jusqu'à un certain point.

Par exemple, Titus ne lui avait pas dit toute la vérité sur ce qui s'était passé au camp DeCrain, dans l'Indiana. Elle s'en doutait, mais elle avait dû sentir qu'il n'était pas prêt à en parler, car elle n'avait pas insisté. Sûrement attendait-elle qu'il se livre de lui-même.

Titus ramassa le sac à scellés transparent contenant le smartphone de Spearman et se dirigea vers le parking. Le portable de Latrell était un vieil appareil à clapet sans aucune sécurité – s'il renfermait le moindre secret, ils n'auraient aucun mal à le découvrir.

Mais toi, Jeff, quels secrets cachais-tu ? songea Titus en démarrant son SUV.

Il n'avait pas le cœur de dire à Darlene que personne ne se confiait jamais à cent pour cent, et que même les gens qu'on aimait gardaient toujours en eux une part d'ombre.

5

Harold Bigelow l'attendait à la porte du funérarium. Maynard était l'entreprise de pompes funèbres que choisissaient la majorité des habitants blancs du comté, alors que les Noirs avaient tendance à privilégier Spencer & Sons. Titus songea qu'avec les églises, les salons funéraires constituaient les derniers bastions des vieilles conventions sociales du Sud où l'on continuait à pratiquer la ségrégation volontaire.

« Bonjour, shérif, le salua Harold. Je suis désolé qu'on se croise toujours dans ce genre de circonstances. Une fusillade dans un établissement scolaire à Charon… J'ai encore du mal à le croire. On se dit que ça n'arrive qu'ailleurs.

— C'est aussi ce que se disent les gens qui habitent ailleurs, Harold. Est-ce que je peux voir Spearman ? »

Le conseiller funéraire acquiesça et l'escorta à travers un hall d'accueil dépouillé mais chaleureux jusqu'à une double porte en métal portant l'inscription « PRIVÉ ». Il s'écarta alors et Titus pénétra dans la salle de soins.

La pièce était aussi dépouillée que le hall d'accueil, mais beaucoup moins chaleureuse. Une table d'autopsie en Inox au centre, une table de présentation contre un mur, et une desserte à roulettes sur laquelle étaient alignés des scalpels, des paires de ciseaux et divers outils contre le mur opposé. Complétant l'ensemble, un chariot de transport auquel était sanglé un sac mortuaire noir.

« Est-ce que quelqu'un a réussi à prévenir son frère ? s'enquit Harold. Je crois qu'il habite en Caroline du Nord. »

Titus secoua la tête.

« C'est en partie pour cette raison que je suis là. Je cherche à déverrouiller son téléphone pour trouver le numéro d'un proche à contacter. »

Il ne s'agissait pas d'un mensonge à proprement parler – Titus devait notifier le décès de Spearman à sa famille. L'enseignant était un célibataire endurci à qui on avait connu quelques compagnes au fil des années, mais jamais rien de très sérieux. Ce serait donc à son frère qu'incomberait la gestion des obsèques.

Cependant, pour l'heure, Titus avait d'autres considérations. Pour ce qui lui parut la vingt-cinquième fois de la journée, il enfila une paire de gants en caoutchouc et tira la fermeture Éclair du sac mortuaire.

Le visage de Spearman était figé en un rictus de surprise, comme si, au moment où la balle tirée par Latrell avait pénétré dans son cerveau, il avait soudain pris conscience de sa condition de mortel. Titus ouvrit la pochette à scellés et en extirpa le téléphone.

« Je ne veux pas vous apprendre votre métier, mais il y a peu de chances que vous réussissiez à déverrouiller cet appareil, prévint Harold. La température corporelle affecte…

— Elle affecte la forme des empreintes digitales, je suis au courant, l'interrompit Titus. Jeff avait configuré son portable pour les climats extrêmes. Je pense que ça peut fonctionner. »

Il attrapa la main droite de Spearman. La rigidité cadavérique ayant commencé à faire son œuvre, il dut forcer pour déplier le pouce et le poser sur l'écran, qui resta noir.

« Ce n'est pas pour me vanter, mais on dirait que j'avais raison », commenta Harold.

Sans un mot, Titus saisit la main gauche du mort et répéta l'opération.

Cette fois, l'écran s'illumina.

« Ce n'est pas pour vous rabaisser, mais on dirait que vous avez parlé trop vite », rétorqua-t-il.

Titus retourna à sa voiture. Assis au volant sur le parking du funérarium, il songea que son père lui aurait sûrement conseillé de prononcer une prière avant de se mettre à fouiller le portable de Jeff Spearman. Mais comme il n'avait plus prié depuis la mort de sa mère, il se lança directement dans l'exploration de l'appareil.

Jeff Spearman était de toute évidence un grand fan des Grateful Dead, puisqu'il avait choisi leur iconique ours dansant comme fond d'écran. D'une pression de son index ganté, Titus ouvrit la galerie photo et découvrit qu'il y avait des images dans deux dossiers distincts : un dossier OneDrive synchronisé dans le *cloud*, accessible à la fois du portable et de n'importe quel ordinateur pour peu qu'on dispose de l'identifiant et du mot de passe, et un dossier propre au téléphone.

Songeant que Spearman n'aurait pas pris le risque de laisser des choses compromettantes sur une application facilement piratable, Titus commença par le second dossier.

Les premières photos étaient d'une désolante banalité : Spearman en randonnée, Spearman à l'entrée d'une salle de concert… Titus continua à faire défiler les images jusqu'à ce qu'il tombe sur un sous-dossier intitulé « Favoris ».

Il cliqua dessus.

« Mon Dieu », lâcha-t-il à haute voix, oubliant qu'il n'était plus croyant.

Le SUV de Titus s'immobilisa dans un crissement de pneus sur l'allée de gravier de Jeff Spearman, à côté de la voiture de patrouille de Davy. Ignorant les quelques voisins qui faisaient semblant de jardiner, Titus se précipita vers la petite maison blanc et gris qui se dressait à quelques mètres de là. Après avoir découvert ce que renfermait le portable de Spearman, il avait aussitôt appelé Davy et Carla pour leur ordonner de tout lâcher et de le rejoindre au domicile de l'enseignant. Il n'était pas entré dans les détails, mais les grandes lignes avaient suffi à les dissuader de poser des questions.

Avant de quitter le parking du funérarium, Titus avait remis le portable dans la pochette à scellés et s'était retenu pour ne pas le fracasser sur le bitume, l'écraser cinq ou six fois avec sa voiture et y mettre le feu. En douze ans au FBI, il avait assisté à son lot d'horreurs – en matière de perversion, l'inventivité de l'être humain est sans limites.

Pourtant, il n'avait jamais rien vu d'aussi abominable que les clichés sur le téléphone de Jeff Spearman.

La purification par le feu lui paraissait la seule solution pour effacer ces images de sa mémoire, de son cœur et de son âme. Brûler le portable. Se verser de l'huile bouillante sur les yeux. Placer les corps de Spearman et Latrell sur un bûcher et les réduire en cendres, avant de disperser ces cendres aux quatre vents afin d'éliminer toute preuve de leur existence et de leurs crimes. Mais les enfants sur ces photos méritaient qu'on raconte leur histoire. Ils méritaient d'obtenir justice. Si toutefois celle-ci existait encore.

Pour observer ces images que Jeff Spearman gardait toujours à portée de main, Titus avait dû mobiliser ses compétences acquises à l'académie du FBI. Se concentrer sur les détails. Mettre de côté l'horreur et le dégoût pour se focaliser sur ce qui pourrait servir l'enquête. Il avait ainsi noté que, sous les masques en cuir en forme de tête de loup similaires à celui que Latrell tenait à la main sur les marches du lycée, les trois mêmes individus revenaient toujours. Le plus souvent, ils étaient deux. Titus n'avait eu aucun mal à identifier Spearman – sa queue-de-cheval grise était bien reconnaissable. Sur certains clichés, l'enseignant apparaissait d'ailleurs sans masque aux côtés de Latrell. Sur d'autres, il était en compagnie d'une troisième personne vêtue de noir. Une personne qui ne retirait jamais son masque. Une personne qui portait des gants attachés à ses manches avec plusieurs tours de ruban adhésif.

Latrell, quand il était présent, ne paraissait pas participer à ce que Spearman et l'autre faisaient aux enfants. Car il s'agissait bien d'enfants – ou plutôt, d'adolescents. D'après les estimations de Titus, le plus jeune devait avoir entre treize et quatorze ans, le plus âgé pas plus de dix-sept. Tous avaient la peau noire ou brune. Et tous étaient absolument sans défense.

En regardant les images, Titus avait senti ce qu'il avait de compassion pour Latrell se tarir comme un puits au milieu du désert. Car si le fils de son vieil ami ne paraissait pas jouer un rôle actif dans ces scènes abominables, il n'avait rien fait non plus pour les empêcher.

Derrière son volant, Titus avait dégluti bruyamment en se demandant ce que révélerait le contenu du portable de Latrell.

Ce que ces enfants avaient subi était monstrueux. Des atrocités commises sous les yeux d'un Dieu qui n'avait de toute évidence aucun problème à laisser ses créatures les plus viles s'en prendre à ses créatures les plus innocentes. S'il restait en Titus la moindre étincelle de foi, ces photos l'avaient éteinte à jamais.

Après avoir remis le portable dans son sachet, il avait appelé Mack Bowen afin d'obtenir un mandat de perquisition pour le domicile de Jeff Spearman.

« Est-ce que c'est vraiment nécessaire, Titus ? » avait hésité Mack.

En parallèle de ses fonctions de procureur du comté, Mack Bowen était le président du Rotary Club de Charon et, quelques mois plus tôt, il avait décerné à Jeff Spearman la récompense de « Meilleur enseignant de l'année ».

« Si ça ne l'était pas, je ne vous aurais pas appelé », avait répondu Titus.

« Vous avez quoi, pour l'instant ? demanda Titus à Davy.

— Son ordinateur portable, mais il est protégé par un mot de passe. »

À cet instant, Carla sortit de la maison avec dans les bras une cagette en plastique remplie d'un fatras de lettres et de documents.

« J'ai trouvé ça dans la pièce du fond. Je pense que ça peut valoir le coup d'y jeter un œil. »

C'était la première fois que Titus venait chez Spearman. Il avait appelé Cam pour avoir l'adresse. Il aurait pu l'obtenir via le service des immatriculations, mais Cam était plus rapide et il ne risquait pas de le mettre en attente.

« Est-ce que vous avez vu une cabane ou un appentis dans le jardin ? s'enquit le shérif.

— Non, répondit Davy. Ça donne sur un petit bois. »

Titus posa les mains sur les hanches.

« Où est Steve ?

— Il a dit qu'il arrivait, mais qu'il devait d'abord prendre des nouvelles de son fils, l'informa Carla. Vous savez, il est au collège, mais…

— Mais bien sûr, j'avais oublié, il suit des options au lycée l'après-midi.

— C'est un génie, ce gosse, commenta Davy.

— Est-ce que vous… Enfin… C'est vraiment sûr que…, bafouilla Carla.

— J'arrive pas à croire ce que vous avez trouvé dans son portable, reformula Davy. M. Spearman, en possession d'images…

— Pédopornographiques, compléta Carla à voix basse.

— Il ne faisait pas que collectionner des images », déclara Titus, le regard dans le vide. Il retira ses lunettes de soleil, les rangea dans la poche de sa chemise et se frotta les yeux avant de reprendre. « C'est plus grave que ça. Spearman est présent sur la plupart des photos. »

Davy ravala un juron pendant que Carla secouait lentement la tête.

« Et si j'en crois certains clichés, poursuivit Titus, ils ne se sont pas contentés de les torturer. Ils les ont tués. Ils ont assassiné ces pauvres gosses.

— Vous en êtes sûr ? demanda Carla après avoir émis un son entre le gémissement et le haut-le-cœur. Sûr et certain ? »

Comme Titus restait de marbre, elle hocha la tête.

« Vous en êtes sûr.

— J'ai identifié Spearman, Latrell et une troisième personne, expliqua Titus. Mais ça ne s'est pas passé ici. Cette maison est trop petite. Ils ont un endroit qu'ils ont aménagé exprès. » Il marqua une pause, avant d'ajouter : « Est-ce que vous avez trouvé des bouquins spécialisés, à l'intérieur ?

— Ben, c'est qu'il a pas mal de livres, répondit Davy après une hésitation.

— On n'a pas eu le temps de chercher, reconnut Carla d'une voix creuse. Et puis, ça m'étonnerait qu'il laisse traîner ça sur les étagères du salon.

— Comment on est censés savoir si… ? Ça ressemble à quoi, ce genre de bouquins ? » demanda Davy.

Titus poussa un long soupir.

« Les titres des romans feront référence au dépucelage d'un jeune garçon ou d'une jeune fille. Les couvertures seront banales mais, à l'intérieur, il y aura beaucoup de détails. Des détails insoutenables. Les magazines seront plus… explicites. Les livres comme les magazines seront abîmés, cornés à force d'avoir été manipulés. Ils seront cachés, mais faciles d'accès. Il y aura peut-être aussi des… des trophées.

— Faut que j'aille dégueuler, annonça Davy sur le ton de la conversation, et il s'éloigna pour vomir.

— C'est au FBI que vous avez appris tout ça ? » voulut savoir Carla.

Son visage avait viré au vert, signe qu'elle n'était pas loin de rejoindre Davy.

« Oui, répondit Titus.

— Comment vous supportez d'avoir ce genre d'horreurs dans la tête ?

— J'essaie de ne pas rêver », dit Titus, et il remit ses lunettes avant de pénétrer dans la maison.

« Je sais que Steve se fait du souci pour son fils, mais on a besoin de lui, alors rappelez-le, dit Titus en posant une pile de magazines sur la table basse.

— On ne peut pas plutôt demander à Roger ? suggéra Carla avec une pointe de frustration. Lui aussi, il peut aider, non ?

— Roger est écarté du terrain pour quelques jours. Tom également, mais je n'ai pas encore eu le temps de le lui annoncer. C'est la procédure en cas de fusillade mortelle.

— Mais si ce que vous dites est vrai, s'il y a bien des photos de Latrell sur le portable, il a eu ce qu'il méritait et Spearman aussi, protesta Davy. Pourquoi Roger et Tom devraient être punis ? »

Titus se tourna vers son adjoint.

« Ce n'est pas parce que Latrell est impliqué dans ce... dans ce truc qu'on ne doit pas suivre la procédure. On va donc ouvrir une enquête interne. J'avais pourtant été clair, non ? Il faut vraiment que je te réexplique ? »

Davy secoua la tête. Titus s'avança vers lui et se pencha jusqu'à n'être plus qu'à quelques centimètres de son visage.

« On suit les règles. On ne se contente pas de les faire respecter. Maintenant, appelle Steve, on a du boulot. »

Quand Steve les rejoignit, ils étaient occupés à démonter le lit de Spearman et à vider tous les placards. Petit à petit, ils mettaient au jour divers éléments qui ternissaient l'image d'enseignant modèle de Jeff Spearman. Sous le matelas, Carla trouva un roman intitulé *La Fin d'Alice*, ainsi qu'un ouvrage sur Tibère, avec plusieurs passages surlignés concernant les « petits poissons » que l'empereur romain faisait nager entre ses jambes. Ils découvrirent des DVD pornos classés dans la catégorie « *Teen* », mais les acteurs et actrices jouant le rôle des adolescents étaient forcément majeurs, puisque les films provenaient tous de l'ancien vidéoclub de Charon – Spearman les avait donc achetés en toute légalité. Dans la buanderie, Steve mit la main sur une boîte fermée à clé contenant divers magazines aux images plus que dérangeantes mais, là encore, un message en gras sur la quatrième de couverture indiquait que tous les acteurs étaient majeurs et consentants. Bref, si ces objets contribuaient à mettre en lumière les goûts pervers de Jeff Spearman en matière de sexualité, ils n'en étaient pas pour autant incriminants.

Ce qu'ils avaient découvert était malsain et répugnant. Cependant, ce n'était rien à côté des photos que

Titus avait trouvées dans le téléphone de l'enseignant. Si la dignité de ceux qui apparaissaient dans ces magazines et ces DVD avait pu souffrir, au moins, ils n'en étaient pas morts. On ne pouvait pas en dire autant des enfants sur les images. Dans la tête de Titus, le discours qu'il avait tenu à Roger au sujet des cauchemars se mit à danser.

Ce fut Steve qui trouva le masque de loup.

Après avoir examiné chaque latte de parquet et chaque grille d'aération dans la chambre de Spearman, il s'attaqua aux plinthes et finit par en découvrir une qui sonnait creux. Une légère pression et l'étroite planche s'écarta du mur, révélant un compartiment caché.

« Chef, venez voir ! » appela Steve.

Titus posa le coussin de canapé qu'il s'apprêtait à éventrer avec son canif et se dirigea vers la chambre, où il trouva Steve brandissant un masque en cuir, le même que celui de Latrell, ce matin-là. Un museau rigide d'une quinzaine de centimètres de long, des oreilles en pointe et deux fentes étroites pour les yeux qui donnaient à l'objet une allure d'insecte. Titus nota que Steve manipulait le masque à mains nues.

« Où sont tes gants ? demanda-t-il, contrarié.

— Je les ai retirés pour me frotter les yeux, mais regardez, j'ai fait attention à l'attraper par le bord. »

Carla, qui était entrée dans la chambre entre-temps, s'accroupit sans un mot, plongea la main dans le compartiment secret et en sortit une petite boîte en plastique. À l'intérieur, deux clés USB.

« J'imagine qu'on n'a plus besoin de cracker le mot de passe de l'ordinateur, commenta Titus.

— S'il y a des preuves là-dessus, et ça ne fait pas trop de doute, pourquoi il avait quand même des photos sur son téléphone ? l'interrogea Carla.

— Parce qu'il voulait y avoir accès quand bon lui semblait. Ça lui donnait un sentiment de toute-puissance de les avoir sur lui en permanence, et ça l'excitait. Pas seulement les photos en elles-mêmes, mais le fait de savoir qu'elles étaient là quand il interagissait avec des gens qui pensaient le connaître. Je suis sûr que c'était ce qui lui procurait le plus de plaisir.

— Vous voulez dire qu'il regardait ces horreurs avec mon fils à quelques mètres de lui ? » demanda Steve.

Titus était incapable de dire si son adjoint était incrédule ou furieux – quelles que soient les circonstances, Steve avait tendance à toujours garder le même ton neutre –, mais il ignora la question. De toute façon, elle n'appelait pas de réponse.

« Carla, tu as ton ordinateur portable dans la voiture ?

— Oui.

— Va le chercher. Il faut qu'on vérifie le contenu de ces clés USB. Ceux qui préfèrent ne pas voir cette merde peuvent patienter dehors.

— Vous avez l'air d'en connaître un rayon sur ces cinglés, fit remarquer Davy, et Titus haussa les épaules.

— Quand je bossais au FBI, c'était mon boulot de les attraper.

— Attendez, il y a autre chose, là-dedans », signala Carla.

Avec précaution, elle tira une espèce de rouleau de tissu du compartiment. Après quoi elle se leva, défit le ruban noir noué autour et, lorsqu'elle déroula la toile, Titus sentit qu'il n'était pas le seul à éprouver du soulagement. Pas d'image insoutenable, cette fois, mais une peinture représentant une clairière entourée de bouleaux et de jeunes érables. Au centre de la clairière se dressait un magnifique saule pleureur, au pied duquel étaient inscrits trois mots :

Le Jardin secret.

Davy se frotta le visage de sa main gantée et réprima un haut-le-cœur lorsqu'il se passa la langue sur la lèvre un instant plus tard, à cause du goût de caoutchouc. Il s'éclaircit la gorge.

« Dieu merci, c'est juste une peinture. Sinon, je crois que j'aurais pas supporté.

— Je reconnais l'écriture de Spearman, observa Carla. Vous pouvez comparer avec le calendrier, dans la cuisine. Et avec le tableau de sa salle de classe.

— J'imagine qu'on embarque la peinture et ça, dit Steve en agitant le masque.

— Qui sont les enfants, sur les photos ? » demanda soudain Carla, qui semblait réfléchir tout haut.

Titus lui prit délicatement la toile des mains.

« Et surtout, qu'est-ce que Spearman, Latrell et le troisième suspect ont fait des corps ? murmura-t-il – lui aussi réfléchissait tout haut.

— Ils ont pu les jeter dans la rivière ? suggéra Davy.

— On les aurait retrouvés, objecta Titus. L'eau de la Wercomico est saumâtre. Les corps flottent. Pip ne t'a jamais raconté l'histoire des baptêmes à la chaîne où plusieurs personnes se sont noyées, en… 1968, je crois ? Non, ils s'en sont débarrassés ailleurs. Un endroit qui a du sens, pour eux. Un endroit… secret, ajouta-t-il en brandissant la peinture.

— D'accord, mais elle est où, cette clairière ? dit Carla.

— Je ne sais pas. Mais j'ai déjà vu cet arbre. Si on le trouve, je suis prêt à parier qu'on trouve les corps. »

Il enroula la toile et remit le ruban en place.

« Va chercher ton ordinateur, répéta-t-il à son adjointe.

— Chef, je vais être honnête, prévint Davy. S'il fait du mal à des gamins, je suis pas sûr de pouvoir regarder.

— Ne t'en fais pas, tu n'es pas obligé. Personne n'a envie de voir des choses pareilles.

— Mais vous, vous allez quand même vous les infliger ? demanda Steve, visiblement soulagé que Davy se soit fait son porte-parole.

— Il faut quelqu'un pour rendre témoignage », acquiesça Titus.

Vingt ans qu'il n'était pas allé à la messe et, pourtant, le jargon religieux lui était revenu naturellement. À croire que c'était un enseignement dont on ne se défaisait jamais. Le rythme, la cadence, la syntaxe si particulière de la Bible. Tout cela attendait patiemment de remonter à la surface, comme des cigales après dix-sept ans passés sous terre.

Les photos du téléphone étaient révoltantes. Les vidéos se révélèrent insoutenables. Titus avait l'impression qu'on souillait des parties de lui qu'il ne pourrait jamais nettoyer, qu'on l'infectait avec une pourriture dont il ne pourrait jamais se débarrasser. Carla avait essayé de regarder avec lui, mais elle était sortie en courant de la maison après la première vidéo. Elle était maintenant debout dans le jardin en compagnie de Steve et Davy, tandis que le soleil disparaissait derrière l'horizon. En plus d'une liste d'adresses cryptée, la première clé USB contenait cinquante et une vidéos, dont six montraient la torture et la mise à mort de jeunes adolescents noirs. Les autres mettaient en scène des enfants blancs qui semblaient drogués ou évanouis. La seconde clé recelait plusieurs milliers de photos.

Titus éteignit l'ordinateur. Il se rendit dans la cuisine de Jeff Spearman, ouvrit le robinet, retira son chapeau et ses lunettes et s'aspergea le visage d'eau froide. À l'époque où il travaillait encore au FBI, il avait entendu des collègues dire qu'on finissait par devenir insensible aux horreurs dont étaient capables certains monstres. Titus songea que le jour où il deviendrait insensible à ce qu'il avait vu ce soir-là serait le jour où il se tirerait une balle dans la tête.

De retour au salon, il glissa les deux clés USB dans un sac à scellés, récupéra l'ordinateur et son carnet, et rejoignit ses adjoints à l'extérieur.

« Prenez les clés USB, l'ordinateur et le portable de Spearman et rangez-les dans la salle des scellés, ordonna Titus. Ne parlez à personne de ce qu'on a trouvé aujourd'hui. Pas pour le moment. On va devoir faire appel à la police d'État et peut-être aussi au FBI – la pédopornographie est un crime fédéral. »

Cela lui faisait du bien de parler, de prendre des mesures concrètes. Et puis, il le devait à ces enfants que Spearman, Latrell et le Dernier Loup avaient assassinés.

« Spearman et Latrell sont morts, intervint Carla. Pourquoi on confierait l'affaire à quelqu'un d'autre ? »

Titus perçut un changement dans le comportement de son adjointe : après le dégoût et l'horreur venait la colère.

« Le troisième homme sur ces vidéos est bien vivant, lui. Et il court toujours. Il n'est pas question de confier l'affaire à quelqu'un d'autre, Carla. Par contre, nous allons avoir besoin de toutes les ressources possibles pour identifier ces victimes et les localiser. On retrouve les corps, on retrouve les familles. Et ensuite, on le retrouve, lui. »

Il rendit son ordinateur à Carla et sortit son carnet de sa poche.

« Notre suspect mesure au moins 1,80 mètre – Spearman mesurait 1,75 mètre et il le dépasse de plusieurs centimètres. Il est costaud, probablement dans les 90 kilos. Sur les vidéos, il déguisait sa voix en prenant un ton… démoniaque. Il est blanc ou, en tout cas, il a le teint clair ; on aperçoit sa peau à travers les trous pour les yeux, dans le masque. Je dirais gaucher, mais… on le voit se servir de ses deux mains. La localisation, maintenant : un hangar ou une dépendance de grande taille. Murs en tôle peints en noir et couverts d'images représentant des anges. Bandeaux LED accrochés au plafond. Je n'ai pas vu de porte. Peut-être un mobile home qu'ils auraient entièrement vidé. Quand Spearman et notre suspect ne forçaient pas Latrell à apparaître dans le champ, ils le forçaient à filmer. Au total, six vidéos se terminent par la mise à mort de la victime. »

Titus referma le carnet d'un coup sec.

Six, songea-t-il. Ils ont tué six gamins. Six familles quelque part qui se demandent où est passé leur enfant. Six gosses innocents ligotés à une table et endurant les pires sévices pour satisfaire les désirs pervers de ces deux ordures. Latrell savait, et il n'a rien dit. Pas un mot. Si l'enfer existe, aucun doute que Spearman et lui sont en train de tourner sur la même broche.

Il y a beaucoup de place, en enfer, murmura la voix de Red DeCrain dans sa tête.

« Allez, on retourne au bureau, conclut Titus. On a du pain sur la planche.

— Faut croire qu'on connaît jamais vraiment les gens, hein ? dit Davy.

— Parfois, ça vaut mieux. »

De retour au département, Titus rédigea un e-mail à la police d'État de Virginie qu'il enregistra dans ses brouillons. Il l'enverrait quand Trey serait revenu et aurait réussi à faire parler l'ordinateur de Spearman. Titus doutait que son adjoint y trouve quoi que ce soit de plus incriminant que le contenu des clés USB, mais ça ne coûtait rien d'être consciencieux. Il passa ensuite en revue les notes de frais du mois et vérifia dans sa corbeille à courrier s'il n'y avait pas d'avis de recherche à publier, de convocations à poster ou de mandats d'arrêt à traiter. Roger lui avait fait parvenir une demande de congés de deux semaines, mais il s'était trompé dans ses calculs – il ne lui restait que trois jours à prendre. Titus nota la date et l'heure sur les étiquettes des sacs à scellés contenant les objets récupérés au domicile de Spearman, et il y apposa sa signature. Il congédia Steve pour le reste de son jour de repos. Il envoya Davy patrouiller. Carla s'était portée volontaire pour remplacer Roger ; il valida ses heures supplémentaires et l'envoya elle aussi sur le terrain.

La facilité avec laquelle il s'acquittait de ces tâches administratives alors qu'il venait de remonter de l'abysse immonde qui constituait l'âme de ces trois sociopathes le mettait mal à l'aise. Il savait pourtant que la roue de la vie ne s'arrêterait pas de tourner sous prétexte que des familles avaient perdu leur enfant ou que des enfants avaient perdu la vie. Attendre que le monde s'émeuve revenait à attendre qu'une statue se mette à parler. Alors on triait des dossiers, on répondait à des e-mails. Bref, on essayait de reprendre sa routine. Et, quand on était Titus et qu'on portait une étoile de shérif à la chemise, on se promettait de tout faire pour retrouver le Dernier Loup et lui arracher son masque, afin de montrer à la Terre entière le vrai visage du monstre.

Parfois, il avait le sentiment que cette étoile lui conférait trop de pouvoir. Quand il était au FBI, il avait vu les risques que cela représentait. L'insigne était un bouclier qui, au nom de la justice, vous protégeait des conséquences de vos actions. Titus en avait d'ailleurs bénéficié lorsqu'il avait dû quitter ses fonctions. Le jour où il s'était présenté au poste de shérif, il s'était fait la promesse d'utiliser ce pouvoir pour protéger les autres. Pas pour s'en prendre à eux. Plus jamais.

Il inspira longuement, ramassa la pochette en plastique contenant le portable de Latrell puis, après avoir enfilé une paire de gants, il sortit l'appareil et ouvrit le clapet. Se sentant comme un archéologue, il entreprit de parcourir les différents menus de l'antique téléphone. Pas d'applications, pas de photos, pas de vidéos. Seulement des SMS et des numéros qui n'étaient associés à aucun nom. La plupart des messages provenaient de la mère de Latrell et le suppliaient de la rappeler. De se faire aider. Il y avait aussi quelques textos de gens que Latrell avait contactés pour acheter de la drogue, et quelques autres d'une femme que Latrell semblait fréquenter plus ou moins assidûment. Titus appuya sur une des flèches du clavier et fit défiler la liste, jusqu'à ce qu'un SMS retienne son attention. Une simple phrase déclarative, mais lourde de menaces :

J'ai vu ton frère marcher seul aujourd'hui.

C'était le dernier message reçu. Le seul à ce numéro. Titus vérifia la date.

Trois jours plus tôt.

Lorsqu'il essaya de joindre l'expéditeur, une voix préenregistrée lui indiqua que la ligne n'était plus attribuée. Il formulerait une demande officielle pour obtenir les relevés téléphoniques de Latrell, mais son instinct, ce bon vieux narrateur à la fiabilité douteuse, lui soufflait que le numéro était probablement celui d'un portable jetable. Dans la liste d'appels reçus, Titus découvrit qu'un autre correspondant avait contacté Latrell à plusieurs reprises, dont la dernière fois la veille au soir. Titus rappela le numéro. Il ne fut pas surpris d'entendre le portable de Jeff Spearman se mettre à vibrer sur son bureau.

6

Le temps que Titus boucle les derniers détails administratifs qui ne concernaient pas l'affaire Spearman, il était presque 20 heures. Il n'avait rien mangé de la journée. D'ailleurs, il n'avait rien ingurgité du tout depuis sa tasse de café de 7 heures du matin. Il se leva et attrapa son chapeau pour rentrer chez lui. Certes, il partait une heure plus tôt que prévu, mais il estimait l'avoir mérité.

Alors qu'il allait ouvrir la porte de son bureau, la sonnerie de son téléphone retentit.

« Évidemment », maugréa-t-il.

Il décrocha.

« Scott sur la trois », dit Cam.

Lui aussi avait presque terminé sa journée. Kathy n'allait pas tarder à venir le remplacer pour la nuit. Titus appuya sur le bouton pour accepter l'appel.

« Titus, où en êtes-vous de l'enquête ? demanda Scott à brûle-pourpoint. Vous ne m'avez pas donné de nouvelles de la journée.

— J'ai posté un message sur le site Internet du département du shérif. Il contient tout ce que vous avez besoin de savoir pour le moment.

— Comment ça ? Qu'est-ce que ça signifie ?

— Ça me paraît pourtant on ne peut plus clair. Ça signifie que l'enquête est encore en cours, et que vous feriez mieux de vous concentrer sur les affaires qui concernent le comté : adopter un budget, approuver la mise en place de nouveaux panneaux "STOP"... Je n'ai aucun compte à vous rendre, Scott, et je commence à en avoir assez de devoir vous le rappeler en permanence.

— Je vois quand même une certaine ironie dans le fait qu'une fusillade ait éclaté le jour de l'anniversaire de votre élection. C'est le genre de choses dont les gens se souviennent, vous savez. À votre place, je ferais tout pour ne pas me mettre à dos ceux qui pourraient m'aider. »

La dernière phrase se voulait une menace, sauf que Scott n'avait pas aidé Titus à être élu shérif et qu'il ne l'empêcherait pas d'être réélu si celui-ci décidait de briguer un second mandat.

« L'ironie implique quelque chose de délibéré et de contraire aux attentes, Scott. Si j'avais affirmé qu'il n'y aurait jamais de fusillade le jour de l'anniversaire de mon élection, par exemple, on pourrait effectivement parler d'ironie. Ce qui s'est passé aujourd'hui est une tragédie, pas un combat politique. »

Scott eut un ricanement dédaigneux.

« Vous la ramenez pour me montrer que vous avez fait de grandes études, c'est ça, Titus ? Merci la discrimination positive. Vous savez, à cause de ça, moi, je n'ai pas pu aller à l'université de Virginie.

— Si ça vous rassure de le penser, Scott...

— J'imagine qu'à vos yeux, ça fait de moi un raciste, hein ? De nos jours, de toute façon, on est raciste dès qu'on a le malheur de dire les choses telles qu'elles sont. »

Titus pouvait presque voir la moue dédaigneuse de Scott à travers le combiné. Le président du conseil de comté était le genre d'homme à se plaindre que le monde était devenu trop susceptible, sans jamais reconnaître ses privilèges et sa propre susceptibilité. Là où la plupart des gens ne voyaient qu'une preuve d'équité, lui imaginait un complot contre sa virilité et son identité. Scott répétait à qui voulait bien l'entendre que s'il avait la plus grosse maison du comté, une Jaguar et un Hummer, c'était parce qu'il travaillait dur (et en aucun cas parce qu'il était blanc et que sa famille était l'une des plus riches de la région).

Titus, lui, considérait son interlocuteur comme un enfant gâté qui n'avait jamais eu à lever le petit doigt, mais qui estimait que tout lui était dû. Y compris une place dans la meilleure université de l'État, apparemment.

« Deux choses, répliqua Titus. Primo, je n'ai bénéficié d'aucune mesure de discrimination positive pour intégrer l'université de Virginie ; j'ai obtenu une double bourse grâce à mes résultats sportifs et mes résultats scolaires. Deuzio, le jour où je penserai que vous envisagez de proférer une remarque raciste à mon endroit, nous aurons une conversation à ce sujet… en tête à tête. »

Titus avait marqué une pause avant de conclure sa dernière phrase, afin que Scott perçoive bien la menace dans son ton.

« Une veillée aux chandelles en hommage à M. Spearman aura lieu ce soir, à 21 heures, au parc municipal, annonça Scott. Je me suis dit que vous voudriez être au courant.

— Je vous rappelle que l'enquête n'est pas terminée, fit remarquer Titus. Il vaudrait peut-être mieux attendre quelques jours. »

C'était un avertissement, mais il ne comptait pas développer. Il aurait pu dire à Scott que Jeff Spearman était soupçonné d'être un pédocriminel doublé d'un tueur en série. Il aurait pu lui dire que Latrell avait probablement rendu service à l'humanité en assassinant l'enseignant. Il aurait pu lui dire qu'un troisième suspect non identifié courait toujours. Mais toutes ces informations faisaient partie d'une enquête en cours. Titus devait déjà envoyer les photos et les vidéos à la police d'État et au FBI afin de vérifier leur authenticité. Il lui restait aussi à découvrir les secrets que pouvait receler l'ordinateur de Spearman. Bref, il y avait encore des détails à finaliser. D'ici là, si les membres du conseil de comté voulaient organiser une cérémonie en l'honneur d'un homme qu'ils pensaient connaître, qui était-il pour les en empêcher ? Les habitants de Charon apprendraient la vérité bien assez tôt. Pour toute une génération de citoyens, cette soirée marquerait la fin de l'innocence.

Lorsque Titus rendrait public son rapport d'enquête, tous ceux qui avaient eu Jeff Spearman en cours de géographie, tous ceux qui s'étaient moqués du costume loufoque qu'il portait chaque année à l'occasion du Jour de la Terre (un patchwork bariolé constitué des drapeaux de la plupart des pays du monde), tous ceux qui lui avaient un jour tapé dans la main après un concours d'éloquence remporté ou une représentation théâtrale réussie remettraient en question chaque interaction qu'ils avaient eue avec lui. Les accolades amicales, les tapes sur l'épaule, les conversations anodines deviendraient autant de souvenirs chargés de doutes.

Que tous ces gens continuent à se bercer d'illusions un jour de plus, songea Titus. Bientôt, ils seront hantés à jamais par l'horrible vérité.

« Écoutez, moi non plus, je n'ai aucun compte à vous rendre, grommela Scott. Nos concitoyens ressentent le besoin de se rassembler. Ce soir, à 21 heures. J'imagine que vous enverrez certains de vos adjoints. Sachez que les habitants de Charon vous regardent, Titus. Ils vous ont à l'œil.

— Bonne soirée, Scott », répondit Titus, et il raccrocha avant de laisser au président du conseil de comté l'occasion de l'agacer davantage.

Il mit son chapeau et rejoignit l'accueil du département, où Cam avait les yeux rivés sur la porte d'entrée. Kathy avait quelques minutes de retard.

« Elle ne va pas tarder, tenta de le rassurer Titus.

— Je sais. C'est juste que… Là, j'ai qu'une envie, c'est rentrer à la maison au plus vite pour serrer mon neveu et ma sœur dans mes bras. »

Titus acquiesça.

« La première fois que je suis revenu d'Irak, reprit Cam en se grattant le menton, j'ai croisé M. Spearman au supermarché. Il n'a pas… Il ne m'a pas traité comme une victime. Il m'a parlé. La plupart de mes anciens amis n'osaient même pas me regarder dans les yeux.

— Il y a des gens qui trouvaient que Danny Rolling était un très bon chanteur, dit Titus.

— Danny Rolling ? C'est qui, ça ?

— L’éventreur de Gainesville. Il a massacré cinq étudiantes en l’espace de quatre jours, en 1990. Il en a décapité une et a posé sa tête sur une étagère, en face du cadavre. Rolling faisait partie de nos études de cas, au FBI.

— La vache…

— Les monstres sont parfois capables de faire des choses bien. C’est juste qu’ils préfèrent faire des choses monstrueuses. À demain, Cam. »

Au volant de son SUV, Titus sortit du parking. La nuit qui était tombée sur Charon enveloppait le comté d’une couverture noire criblée de minuscules points lumineux. Il tourna à droite et dépassa le tribunal. Ricky Sours et sa clique de néoconfédérés avaient installé des lampes solaires autour de la statue de Joe le Rebelle. Titus se fit la réflexion que les lumières avaient l’air d’aussi piètre qualité que le mémorial lui-même. Celui-ci avait été érigé en 1923 par les United Daughters of the Confederacy, littéralement « l’Union des filles de la Confédération », dans le cadre d’une vaste campagne de propagande visant à faire passer les traîtres sécessionnistes pour des patriotes.

À la fin de la Première Guerre mondiale, des milliers de vétérans noirs étaient rentrés au pays, rayonnant d’une fierté légitime après avoir vaincu le Kaiser. C’étaient des héros, après tout. Pourquoi auraient-ils dû baisser les yeux devant qui que ce soit ? Malheureusement pour eux, beaucoup d’hommes blancs, parmi lesquels Everett Cunningham, l’arrière-grand-père de Scott, s’étaient aussitôt donné pour mission de remettre ces héros à leur place et de leur rappeler qu’ils les considéraient toujours comme des domestiques. S'en était suivi le terrible été rouge de 1919. Il n'y avait pas besoin de fouiller très longtemps dans les archives du *Charon Register* pour dénicher l'article relatant le départ d'Everett pour Washington, à la tête d'un groupe de « patriotes ». En revanche, il était beaucoup plus difficile de trouver trace de son retour, avec un œil en moins et plusieurs dizaines de litres de sang sur les mains.

Pour asseoir leur soi-disant légitimité dans la foulée des émeutes racistes de l'été rouge, les Filles de la Confédération avaient entrepris d'ériger à travers le Sud des centaines de monuments à la gloire des « héros » sudistes. Pour la plupart, il s'agissait de constructions en béton ou en bronze de qualité médiocre, produites en masse et édifiées à la va-vite. Ces mémoriaux répondaient à deux objectifs.

Premièrement, créer de toutes pièces un récit historique erroné auquel les sympathisants de la cause confédérée pourraient adhérer, en lieu et place du spectre honteux de la haute trahison qui constituait leur véritable héritage.

Deuxièmement, rappeler aux Noirs du Sud qu'aux yeux d'une partie de leurs voisins blancs, ils n'étaient que du bétail en fuite destiné à être sacrifié sur l'autel de la Cause perdue.

Peu après avoir obtenu leur permis de conduire, Titus, Cal et Big Bobby avaient émis l'idée d'attacher une corde au pick-up de Big Bobby et de la passer autour de la statue en bronze pour la faire tomber de son piédestal. En fermant les yeux, Titus imaginait sans mal les étincelles dans le sillage du Dodge Ram rouge et noir lorsqu'ils auraient traîné Joe le Rebelle jusqu'à la décharge.

Mais le projet en était resté au stade des discussions puériles entre trois adolescents cherchant le chemin vers l'âge adulte. Trois adolescents noirs qui n'étaient peut-être pas capables d'exprimer par des mots ce que provoquait chez eux cette statue devant laquelle ils passaient tous les jours en se rendant au lycée, mais qui avaient en revanche parfaitement conscience de tout ce qu'elle représentait.

En se garant devant le Gilby's, Titus repensa à la fois où son grand-père lui avait raconté la fin prématurée de la branche locale des Filles de la Confédération. La version courte était que, bouleversée d'apprendre que son mari fricotait avec plusieurs de ses consœurs révisionnistes, Sarah Anne Denning, la vice-présidente de la section de Charon, avait préparé une tarte à la patate douce pour le pique-nique annuel de l'association, en mai 1935. Elle avait commencé par suivre la recette à la lettre. Purée de patates douces. Lait. Muscade. Beurre. Cannelle. Mais, au dernier moment, elle avait ajouté un ingrédient secret : cinq grandes cuillerées à soupe de laudanum.

« Mon papa m'a raconté que, quand le shérif de l'époque les a retrouvées, elles étaient déjà mortes depuis plusieurs heures, avait relaté Papy Crown, confortablement installé dans son fauteuil inclinable devant ses deux petits-enfants assis par terre. Alignées comme des lapins après une partie de chasse, qu'elles étaient. Apparemment, il y avait même des vautours qui avaient commencé à former un cercle au-dessus des cadavres. »

Helen avait grondé son beau-père en lui faisant remarquer que ce n'était pas une histoire appropriée pour des enfants, mais Titus avait surpris un sourire sur ses lèvres. Et pour cause, leur famille n'avait aucune raison de s'émouvoir de la mort d'une poignée de nostalgiques de l'esclavage.

Titus retira son chapeau et poussa la porte du Gilby's. Si Gillian Hayes, dite « Gilby », n'était plus aux fourneaux, elle tenait toujours salon dans le restaurant qui portait son nom. Elle avait au moins quatre-vingts ans, et certains prétendaient même qu'elle avait atteint les cent. En tout cas, elle était la preuve vivante que les peaux noires résistaient mieux que les autres aux outrages du temps. Titus la trouva assise à sa table habituelle, un paquet de Virginia Slims dans une main, une tasse à café remplie de whisky dans l'autre. C'était une femme grande et mince, avec une masse de cheveux d'un blanc immaculé qui formait comme une boule de chantilly et qui contrastait avec son teint d'ébène. Un jour où Titus était en déplacement à New York pour le compte du FBI, il en avait profité pour se rendre au Brooklyn Museum et était tombé au détour d'un couloir sur une sculpture en obsidienne intitulée *Martinique Woman* qui ressemblait à s'y méprendre à Gilby.

Le restaurant proposait une cuisine du Sud simple, authentique, et très peu diététique : poulet frit, purée de pommes de terre servie avec sa sauce à la viande, gruau de maïs, niébé, fanes de navet, petits pains au babeurre, jambon cuit, poisson pané préparé à partir de toutes les espèces ichtyologiques connues, tarte à la mélasse, tarte aux noix de pécan, tarte au chocolat, ainsi qu'un thé glacé maison tellement sucré qu'il suffisait de le regarder pour faire monter sa glycémie.

Titus adorait cette adresse.

Et il était loin d'être le seul. Le Gilby's faisait partie de ces rares endroits à Charon où tout le monde se sentait le bienvenu. La patronne y était pour beaucoup : elle était à la fois une mamie, une mémé, une grand-maman et, depuis quelques années, une *abuela* pour les ouvriers mexicains qui venaient tous les étés à Charon gonfler les rangs clairsemés de la conserverie. Le sourire de Gilby était une invitation à s'asseoir un moment pour profiter d'un repas réconfortant. Tous ceux qui la traitaient avec respect recevaient le même respect en retour.

Pour les autres, ceux qui avaient besoin qu'on leur rappelle les bonnes manières, Titus savait que Gilby cachait derrière le bar un énorme revolver calibre .44.

« Et alors, Titus, tu vas rester planté là toute la soirée ou tu comptes venir me dire bonjour ? » lui lança Gilby.

Titus sourit. Une impression étrange après tout ce qu'il avait vécu au cours de cette journée. Gilby lui rendit son sourire et, l'espace de quelques instants, Titus sentit le brouillard qui enveloppait son cœur se dissiper. Il s'approcha.

Lorsque Gilby saisit la main qu'il lui tendait, il fut surpris par la poigne de la vieille dame. Toutes ces années à découper des légumes, pétrir de la pâte et désosser des poulets avaient donné à ses doigts une force insoupçonnée, le genre qui ne disparaît pas avec l'âge. Il se demanda pourquoi son père, qui avait lui aussi passé sa vie à travailler avec ses mains, avait désormais les doigts tordus et perclus d'arthrose. La réponse lui apparut avec évidence : Gilby avait été maîtresse de son emploi du temps ; elle avait eu le luxe de pouvoir se reposer quand elle le souhaitait. Albert, lui, avait dû se plier aux exigences d'un patron.

« J'ai entendu ce qui s'est passé avec le gosse de Calvin, dit Gilby, en un murmure à peine audible. Tu sais, Latrell a toujours été un gamin à problèmes. Et puis, la drogue, ça a pas arrangé les choses. »

Titus ne pouvait pas alimenter la conversation, même s'il était d'accord avec Gilby – hors de question d'émettre le moindre commentaire sur Latrell ou sur la fusillade. Il songea un instant à se retourner, mais se ravisa. Il savait déjà qu'il était à la fois observé et ignoré ; il n'avait pas besoin de vérifier. Scott n'avait qu'à moitié raison : des gens le regardaient, certes, mais d'autres préféraient prétendre qu'il n'était pas là. Personne n'apprécie d'être interrompu au milieu de son dîner par un flic, à l'exception peut-être des gens qui aiment un peu trop les flics.

« C'est sûr que c'est compliqué, comme situation, éluda Titus.

— Je me doute que ça te fait quelque chose. Cal et toi, vous étiez comme des frères. Et Bobby Packer, aussi. »

Gilby lâcha sa main et s'alluma une cigarette, au mépris de l'interdiction en vigueur. Puis elle expira lentement, et les deux volutes de fumée blanche qui s'échappèrent de ses narines évoquèrent à Titus la vapeur d'une vieille locomotive.

« C'est vrai, acquiesça-t-il.

— Big Bobby… En voilà un qu'avait pas volé son surnom ! Chaque fois qu'il venait ici en famille, il dévorait un poulet à lui tout seul !

— Bobby avait un sacré coup de fourchette. D'ailleurs, en parlant de ça, je vais peut-être aller commander, moi.

— Tu ressembles à ton père, mais tu t'exprimes comme ta mère. Helen perdait jamais le nord. Et elle savait comment se débarrasser d'une vieille enquiquineuse.

— Mais vous ne m'enquiquinez pas, Miss Gilby ! J'ai faim, c'est tout !

— Tu diras à Patrice que je te fais pas payer, aujourd'hui. T'as le droit au menu spécial !

— Vous êtes pas obligée, Miss Gilby, protesta Titus.

— Je sais bien. À part rester noire et mourir, je suis obligée de rien. J'ai juste envie que tu profites d'un bon repas, ce soir. J'ai beaucoup de tendresse pour Darlene, mais elle serait incapable de faire cuire un œuf dur. »

Titus songea qu'il aimerait vivre assez vieux pour pouvoir un jour dire tout ce qui lui traverserait la tête sans se soucier des conséquences.

« Eh ben, merci, alors. C'est vraiment adorable.

— Tu parles, c'est la moindre des choses. Tu passeras le bonjour à ton père.

— Sans faute, Miss Gilby. »

Titus se fraya un chemin jusqu'au comptoir. Quelques clients le saluèrent d'un hochement de menton. Deux adolescentes blanches installées à côté de l'antique juke-box le regardèrent par-dessus leur smartphone en gloussant. Titus les reconnut : le matin même, il les avait vues s'enfuir du lycée, complètement paniquées. Il se demanda si ces rires étaient leur façon de gérer le choc, et si la nature éphémère des réseaux sociaux constituait un refuge face au caractère irrévocable de la mort.

Ou alors ce n'était rien de tout ça et, comme souvent, il suranalysait.

« Shérif, je… je voulais vous remercier. Vous avez sauvé des vies, aujourd'hui. Bonté divine, ce garçon était complètement cinglé. »

Titus se retourna et reconnut Cole Marshall. En plus de son boulot de livreur pour la conserverie Cunningham, Cole avait monté une entreprise de défrichage et d'entretien des espaces verts – comme de nombreux habitants de Charon, il avait besoin de plusieurs sources de revenus. Il était assis sur une banquette à côté d'une jeune femme qui devait être sa copine, puisqu'elle était en train de lui caresser l'avant-bras, ses doigts jouant distraitement avec les longs poils blonds. Leur gestuelle évoquait une intimité nouvelle, bien différente de l'attitude beaucoup plus détachée adoptée par Dallas et Megan Processer, le couple marié qui leur faisait face.

« Pas besoin de me remercier, dit Titus.

— En tout cas, vous avez bien fait de nous débarrasser de ce fou, renchérit un client installé à la table voisine. M. Spearman était un brave type, il méritait pas ça. »

Titus plissa les yeux derrière ses verres polarisés. Le nom de celui qui venait d'intervenir dansa quelques instants en périphérie de sa mémoire avant de lui revenir. Royce Lazare. L'homme arborait une épaisse chevelure brune partiellement cachée sous une vieille casquette Texaco.

« Il s'agissait d'un homme, pas d'un frigo cassé, répliqua Titus en retirant ses lunettes de soleil. On ne s'est pas "débarrassé" de lui.

— Non, non, mais je voulais juste…, bredouilla Royce en réajustant sa casquette.

— On avait pas l'intention de… », ajouta Cole, sans terminer sa phrase lui non plus.

Titus les fusilla tous les deux du regard, laissant ses yeux exprimer tout ce qu'un shérif noir ne pouvait pas se permettre de dire avec des mots. Cole et Royce finirent par baisser la tête et Titus remit ses lunettes.

Il reconnaissait le goût âcre qui avait empli sa bouche, le goût franc et tenace de l'humiliation, acide comme du vinaigre. Ce qu'avait fait Latrell était abominable. Pas ce qu'il avait fait à Spearman, mais ce qu'il avait fait avec lui et avec le Dernier Loup. Les images des atrocités qu'ils avaient commises hanteraient Titus jusqu'à la fin de ses jours.

Il ne comptait pas pour autant rester planté là sans rien dire comme un figurant dans *Autant en emporte le vent* pendant qu'un abruti coiffé d'une casquette de routier se délectait de lui parler de la mort d'un jeune noir. Titus vomissait les actes de Latrell, mais il ne se réjouissait pas de sa mort.

Les deux n'étaient pas incompatibles.

« Passez une bonne soirée », conclut-il avant de s'éloigner.

En se garant devant chez lui, Titus remarqua la petite citadine de Darlene stationnée entre le pick-up de son père et son véhicule personnel, une Jeep Wagoneer. Titus descendit de son SUV, s'approcha de la voiture de Darlene et posa la main sur le capot. Le moteur était encore chaud.

Albert et Darlene étaient assis à la table de la cuisine devant un carton de nourriture chinoise à emporter, Albert sur la même chaise que le matin même, Darlene en face de lui, à la place qu'occupait habituellement Titus.

« Et alors, tu sais plus te servir d'un téléphone ? » gronda Albert.

Il se leva, rejoignit son fils en boitillant et le serra contre lui jusqu'à l'étouffer. Comment Titus avait-il pu penser que son père avait moins de force que Miss Gilby ?

« J'ai entendu à la radio ce qui s'est passé ce matin, marmonna Albert sans relâcher son étreinte. J'avais peur qu'il te soit arrivé quelque chose. »

Le frottement de la barbe de son père contre sa joue glabre ramena Titus de nombreuses années en arrière. Un autre câlin, un autre frottement de barbe, mais avec en plus une odeur de whisky aussi pénétrante que celle de l'alcool isopropylique qu'ils utilisaient à l'époque comme désinfectant. Son père, qui le prenait dans ses bras au moment où on descendait le cercueil de sa mère dans la terre froide.

Titus lui tapota le dos de sa main libre. L'autre tenait le sac du Gilby's.

« T'inquiète pas, je vais pas m'envoler », dit Titus.

Albert finit par le libérer et, lorsqu'il recula, Titus le vit se passer discrètement la main sur les yeux. Comme par magie, les larmes disparurent.

« Tu vas bien ? insista Albert.

— Je te jure que oui. »

Les images qu'il avait trouvées sur le téléphone de Jeff Spearman se mirent à défiler dans sa tête, transformant aussitôt sa promesse en mensonge.

Darlene se leva à son tour pour le prendre dans ses bras. Elle était plus petite qu'Albert et sa joue se posa contre le torse de Titus.

« Je déteste ça, dit-elle. Tous les jours, je me demande si tu vas revenir. »

Titus respectait la franchise de Darlene. Elle estimait qu'il ne faisait pas un boulot normal, elle ne cachait pas que cela l'affectait, et elle lui parlait souvent de ses inquiétudes. Pourtant, elle ne lui avait jamais intimé de choisir entre l'étoile et elle, parce qu'elle était capable de séparer ses propres angoisses des besoins de Titus. Celui-ci avait conscience que, chez une compagne, ce genre de qualité était aussi rare que des cheveux sur la tête d'un chauve, et c'était en grande partie la raison pour laquelle il l'aimait chaque jour un peu plus.

« Je sais, mais je suis là et je vais bien, répondit-il.

— Je t'avais pris à manger. Je ne savais pas que tu allais passer au Gilby's. »

Il s'en voulut – il aurait dû la rappeler.

« Bon, moi, je crois que je vais vous laisser en amoureux et aller finir mon repas là-haut, dit Albert.

— Tu peux rester avec nous, papa, protesta Titus.

— Je suis crevé, de toute façon. J'ai passé une bonne partie de la journée à ramasser des choux et des pois mange-tout. Et puis, on a un lapin qui nous bouffe toutes les carottes, pire que Bugs Bunny, alors avec Gene, on a construit un enclos en grillage. Ça m'a lessivé plus que je pensais. C'est pas beau de vieillir, je te le dis, moi. »

Albert et Gene Dixon s'occupaient du potager communautaire qui se trouvait juste en face de leur église. La paroisse faisait don de la majorité des légumes aux services sociaux du comté. Après la mort de sa femme, Albert avait découvert que le jardinage était un bon palliatif à la boisson. Puis, quand Titus et Marquis avaient quitté le nid, il avait proposé ses nouveaux talents à la paroisse. Pendant un temps, il avait offert une partie de ses récoltes à Gilby. Et puis du jour au lendemain, il avait arrêté.

Titus était à peu près certain que Gilby et son père avaient eu une aventure. S'il avait dû deviner, il aurait dit entre son avant-dernière année au lycée et sa deuxième année à l'université. Gilby n'était jamais venue chez eux mais, à cette époque, son père était toujours fourré dans son restaurant. Et puis, Gilby avait fréquenté pendant quelque temps les bancs de l'église d'Albert, alors qu'elle était membre d'une autre congrégation.

Un Noël, Albert avait emmené Titus et Marquis dîner dans le restaurant de Gilby. Titus comprenait que son père avait besoin de compagnie. Ça ne lui plaisait pas, mais il comprenait. Et il ne pensait pas que son père cherchait à remplacer sa mère.

Marquis n'était visiblement pas du même avis. Après ce repas, il n'avait plus jamais remis les pieds au Gilby's.

« T'es sûr, papa ? insista Titus.

— Certain », répondit Albert avec un sourire. Puis, se tournant vers Darlene : « Occupe-toi bien de lui. Il se croit invincible, cet idiot.

— Je m'en suis déjà mal occupé, peut-être, monsieur Crown ? » répliqua Darlene.

Darlene et Titus avaient beau avoir trente ans révolus, celui-ci avait parfois l'impression que son père les traitait comme des adolescents. Une impression pas nécessairement désagréable, d'ailleurs. Il y avait un certain réconfort dans la nostalgie, aussi éphémère fût-elle.

« Je m'assure juste que tu relâches pas ton attention, ma petite ! plaisanta Albert. Allez, bonne nuit, vous deux ! »

Il gravit l'escalier avec son riz sauté au bœuf, puis Darlene se dressa sur la pointe des pieds et déposa un baiser sur les lèvres de Titus.

« Il était tellement inquiet que j'ai cru qu'il allait tomber dans les pommes, souffla Darlene.

— Et pas toi ? railla Titus en la serrant de nouveau contre lui.

— Bien sûr que si, mais il fallait que je fasse bonne figure. Pour lui. Donne-moi ce sac, je vais te préparer une assiette.

— Je peux me débrouiller, Darlene.

— Je n'ai jamais dit le contraire. J'ai envie de le faire. Va donc te changer, en attendant. Je te retrouve au salon dans cinq minutes. »

Titus abdiqua et lui tendit le sac. Une fois dans sa chambre, il troqua son uniforme contre un jogging gris et un tee-shirt noir. Lorsqu'il redescendit, il était pieds nus, afin de profiter de la fraîcheur du parquet stratifié.

Il se laissa tomber sur le canapé, pencha la tête en arrière et ferma les yeux.

« Ne t'endors pas avant d'avoir mangé, mon gros Texas Ranger ! » lui lança Darlene.

Il se redressa et posa l'assiette qu'elle lui tendait en équilibre sur ses genoux. Darlene avait aussi sorti une bière du réfrigérateur – Albert ne buvait quasiment plus, mais il ne voyait pas d'inconvénient à ce que son fils ait de l'alcool à la maison. Titus décapsula la bouteille et avala une longue gorgée.

Assise à côté de lui, Darlene le regarda manger, ses grands yeux écarquillés l'observant, l'examinant, le scrutant à travers le prisme de l'adoration. Ses yeux de personnage de manga, comme disait parfois Titus pour la taquiner. Darlene avait la peau brun foncé, lisse comme de la glace. Ses cheveux, coupés court derrière, formaient des boucles épaisses sur le dessus de son crâne. Au cours des derniers mois, elle avait décidé de les laisser repousser naturellement, évitant désormais les traitements chimiques au profit de produits bio. La mère de Titus, qui ne jurait que par les défrisants, y aurait certainement trouvé à redire.

Titus termina sa bière d'un trait. De la main gauche, Darlene récupéra la bouteille pour aller la jeter à la cuisine. Elle lui avait dit un jour qu'elle était née droitière, mais qu'après s'être sectionné accidentellement l'extrémité du petit doigt avec un sécateur en aidant sa mère fleuriste, elle était devenue ambidextre. Titus avait des doutes. La dernière fois qu'il avait parlé à Marquis, celui-ci lui avait confié que, selon la rumeur, Darlene devait la perte de son morceau d'auriculaire à un ex qui lui avait claqué une portière de voiture sur la main après une dispute.

Cependant, Titus n'avait pas cherché à en savoir plus – la version de Darlene lui évitait d'être tenté de retrouver l'ex en question. Darlene restait toujours très vague à son sujet, mais Titus savait qu'il n'aurait eu aucun mal à obtenir d'elle un nom et un prénom. À partir de là, cela aurait été si simple de mettre la main sur son adresse. Et si satisfaisant de lui rendre une petite visite.

Néanmoins, Darlene ne lui avait jamais laissé entendre que c'était ce qu'elle souhaitait. Elle s'en tenait à son histoire de sécateur et Titus acceptait de la croire, même si elle ne le regardait jamais dans les yeux quand elle évoquait le sujet.

Soudain, un bruit contre la vitre du salon les fit sursauter tous les deux. Un hibou grand duc s'était perché sur le rebord de la fenêtre. Titus sentit un frisson glacé lui parcourir la colonne vertébrale. Son grand-père (celui-là même qui se plaisait à raconter à ses petits-fils les anecdotes les plus sordides sur l'histoire du comté de Charon) était un passionné de légendes et de folklore, et il lui avait expliqué un jour que, dans de nombreuses civilisations, les hiboux étaient considérés comme un présage funeste. Titus n'était pas plus superstitieux que croyant. Pourtant, cet oiseau qui les fixait de ses grands yeux tout ronds avait quelque chose d'inquiétant. Titus tapa du pied par terre. Le hibou déploya ses immenses ailes, puis s'envola dans une explosion de silence.

« La vache, c'était flippant ! s'exclama Darlene.

— Un peu, oui, acquiesça Titus en plantant sa fourchette dans son plat de *succotash*. À mon avis, il en a après les écureuils du jardin. »

Darlene posa la main sur la cuisse de Titus.

« J'arrive pas à croire que Latrell ait tué M. Spearman. Il était sympa, ce prof. »

Titus avala sa bouchée et prit une grande inspiration.

« J'ai essayé de le convaincre de se rendre, et je pensais vraiment avoir réussi mais, au dernier moment, il s'est jeté sur nous en brandissant sa carabine. Il avait l'air tellement triste… Je n'avais encore jamais vu quelqu'un d'aussi triste, jusqu'à ce que j'annonce à Cal que son fils était mort. »

S'ensuivit un silence qui s'étira en longueur. Darlene se mit à triturer un fil qui dépassait de son pantalon. Titus devina qu'une question lui brûlait la langue. Il attendit qu'elle se décide. Au bout de quelques secondes, elle se lança.

« Est-ce que vous avez trouvé des trucs pas bien chez M. Spearman ? »

Évidemment, songea Titus. Il posa son assiette sur la desserte à côté du canapé et regarda Darlene dans les yeux.

« Pourquoi tu me demandes ça ?

— Quand on était en train de fermer la boutique, tout à l'heure, Bucket Miller est passé nous prévenir qu'il avait croisé Joyce, qui lui avait dit que Davy ne comptait pas aller à la veillée aux chandelles. Soi-disant que vous auriez trouvé des choses chez M. Spearman et que les gens allaient regretter d'avoir gâché des bougies pour lui. Après ça, je suis tombée sur Gladys à la station-service et, apparemment, elle vous a vus fouiller la maison de M. Spearman aujourd'hui. Je… C'est juste que… quand on était au lycée, c'était un des rares profs blancs à être sympa avec nous. J'avais l'impression qu'il se sentait concerné par nos problèmes. »

Titus songea qu'il devrait convoquer Davy pour lui mettre les points sur les i. Son adjoint était pourtant au courant qu'à Charon, les rumeurs se répandaient comme une traînée de poudre. Dès le lendemain matin, tout le monde aurait une version différente de ce qu'ils avaient trouvé chez Spearman.

« Moi aussi, dit Titus.

— C'est vrai, alors ? »

Titus resta silencieux. Il prit la main de Darlene. Sentit la cicatrice au niveau de son auriculaire. Dans sa gorge, les mots étaient des frelons, prêts à s'envoler pour piquer.

Voilà ce que Titus aurait voulu répondre :

« Pense à la pire chose que tu aies vue de ta vie. Maintenant, imagine qu'on te force à regarder cette chose plusieurs dizaines de fois d'affilée. Tu la vois, tu entends les cris qui vont avec, les appels à l'aide, les supplications, mais tu sais que l'aide ne viendra pas, et que Dieu n'interviendra pas pour punir les monstres. Imagine que tu vois tout ça et que tu sais que tu en garderas la marque à jamais. »

Au lieu de quoi, il dit simplement :

« On va se coucher ? »

7

À 7 heures, Titus se leva et se fit couler un café. Darlene s'était glissée hors du lit vers 6 heures, lui plantant un baiser sur la joue avant de partir. Elle devait emmener sa mère chez le kiné, puis être à 10 heures à la boutique de fleurs pour l'ouverture. Comme Albert, Mme Gilchrist se remettait doucement d'une grosse opération, sauf que c'était au genou qu'on lui avait posé une prothèse. Titus avait d'ailleurs rencontré Darlene dans la salle d'attente du kiné. Deux enfants adultes qui avaient inversé les rôles avec leurs parents et qui avaient désormais la charge de rassurer le patient quand le docteur s'approchait avec sa seringue.

« Dis donc, t'étais déchaîné hier soir, lui avait murmuré Darlene à l'oreille avant de quitter la chambre. Appelle-moi dans la journée, mon gros Texas Ranger. »

Titus avala une gorgée de café.

Darlene trouvait qu'il s'était montré particulièrement passionné la nuit précédente. Depuis environ un an qu'ils se fréquentaient, Titus avait eu le temps de se rendre compte qu'ils n'avaient pas la même définition du mot « passionné ». Ce qui ne le dérangeait pas outre mesure, d'ailleurs. D'une manière générale, il était plutôt satisfait de leur vie sexuelle. Même à l'époque où leur relation n'avait rien d'officiel, Darlene voulait faire l'amour. Pas coucher avec lui. Pas baiser. Faire l'amour.

Cela convenait à Titus. De toute façon, si ça n'avait pas été le cas, il aurait dû aborder le sujet au moment où les choses étaient devenues sérieuses, entre eux. Ce n'était pas comme s'il tenait à rejouer *Histoire d'O* avec Darlene mais, étant donné que la religion de l'ordre et du contrôle occupait une si grande place dans sa vie, il ressentait parfois le besoin de pécher et de céder aux forces du tumulte et du lâcher-prise. De plonger dans l'œil du cyclone et d'en ressortir fourbu et portant les stigmates d'une véritable passion.

« Griffe-moi le dos », avait-il murmuré la veille à l'oreille de Darlene.

À présent, dans la froide lueur du matin, il ne savait plus pourquoi il le lui avait demandé. Sûrement parce que son cerveau reptilien avait pris le contrôle et lui avait fait oublier que Darlene n'aimait pas être l'agresseuse. Or, à cet instant, Titus avait ressenti le besoin d'être agressé. Il avait ressenti le besoin de chasser de son esprit les photos sur le téléphone de Jeff Spearman, d'éprouver autre chose que du dégoût. Titus pouvait reprocher beaucoup de choses à Kellie, mais elle n'avait jamais été contre un peu de sauvagerie. Au contraire, même. Si c'était elle qui avait été dans son lit la veille, il…

Arrête, songea-t-il. Tu as de la chance d'avoir Darlene. Alors profites-en.

Il termina son café et quitta la maison. Albert dormait toujours. Il avait vérifié avant de descendre à la cuisine. Chaque fois qu'il pénétrait dans la chambre de son père, il avait l'impression d'avoir emprunté une machine à remonter le temps. Depuis la mort de sa femme, Albert n'avait touché à rien. Les rideaux étaient les mêmes. La moquette était désormais usée jusqu'à la corde. Sur la table de nuit de la mère de Titus, il y avait encore ses lunettes de lecture et l'*Autobiographie de Miss Jane Pittman* qu'elle n'avait pas eu le temps de terminer, le soir où elle avait poussé un dernier râle rauque.

Titus avait trouvé son père de son côté du lit – il ne s'allongeait jamais du côté de sa femme. Il avait vu sa poitrine se soulever de manière régulière. Il l'avait entendu ronfler. Il l'avait regardé remuer dans son sommeil. Albert ne parlait jamais de ses rêves, mais Titus espérait qu'Helen lui rendait souvent visite. En tout cas, il lui souhaitait de ne pas faire les mêmes rêves que lui.

Alors qu'il ouvrait la porte de son SUV, son portable se mit à vibrer.

« Pour une surprise », commenta-t-il à mi-voix en découvrant qu'il s'agissait d'un texto de son frère.

Le message tenait en deux mots.

Ça va ?

Titus répondit de manière aussi succincte.

Ça va.

OK

Le pouce de Titus plana quelques instants au-dessus de l'écran. Il avait le sentiment qu'il y avait plus à dire, mais il se ravisa. Pourquoi serait-ce à lui de faire l'effort ? Marquis semblait croire qu'il était le seul à avoir perdu sa mère. C'était son excuse pour tous les mauvais choix qu'il faisait. Lorsqu'il avait été élu shérif, Titus avait pris le temps de jeter un œil aux archives. Si son prédécesseur n'était pas un maniaque de la paperasse, il avait au moins eu le mérite de conserver la plupart des procès-verbaux d'arrestation. Titus avait découvert que le nom de son frère était omniprésent. Il avait aussi découvert que leur père avait hypothéqué la maison pour payer la caution de Marquis. Pire, il avait appris qu'à cette occasion, leur père avait bien failli la perdre, puisque Marquis s'était présenté en retard au tribunal. Titus aimait son frère, mais celui-ci n'avait pas le monopole du chagrin.

Après une longue minute, Titus se décida à renvoyer un message.

Tu veux venir ce week-end ? Papa t'invite, il propose de faire des huîtres au BBQ.

La réponse de Marquis fut si rapide que Titus se demanda presque si son frère ne l'avait pas rédigée à l'avance.

Pas possible ce week-end. Construction d'un cabanon pour Vanessa Ferguson à la marina de Tank Billups.

Un déclic se fit dans la tête de Titus en lisant le nom de Tank Billups. En plus de la marina Norton, Billups était propriétaire d'une grande maison en brique sur Stamper Hill Road, non loin de la demeure des Cunningham. Et cette grande maison, plusieurs dizaines de personnes à Charon la connaissaient bien.

Titus monta dans son SUV et démarra sur les chapeaux de roues en direction du département.

En pénétrant sur le parking, il vit Trey adossé à sa voiture, en pleine discussion avec Pip. Cheveux coupés court et tempes déjà grisonnantes malgré son jeune âge, Trey portait un costume marron foncé beaucoup trop large pour sa silhouette longiligne. Titulaire d'un diplôme en droit pénal, il était le premier enquêteur noir dans l'histoire du comté de Charon. C'était Titus lui-même qui, le jugeant particulièrement prometteur, l'avait recruté. Comme Carla, Trey avait pour projet de passer quelques années à apprendre le métier sous les ordres de Titus avant de voler de ses propres ailes. C'était un homme intelligent, ambitieux et déterminé, les trois qualités requises pour devenir soit un excellent flic, soit un pourri. Titus était prêt à parier que son adjoint ferait le bon choix.

Pip était en uniforme. Malgré le supplice qu'ils enduraient, les trois boutons du bas de sa chemise s'efforçaient de contenir son ventre derrière le tissu. Doyen des adjoints de Titus, Pip avait tout de la caricature du flic du sud des États-Unis : large tête, joues flasques et coupe à la brosse légèrement dégarnie. À une exception près… il n'était pas raciste.

Pip avait été élevé dans la religion mennonite. Après avoir quitté la ferme familiale dans le nord du comté pour s'engager en tant que bénévole dans le Corps de la paix, il était revenu au pays au bout de dix ans et avait rejoint le département du shérif. Plus jeune, Titus voyait déjà Pip comme le yin mesuré qui contrebalançait le yang belliqueux de toutes les brutes du département du shérif.

Au lendemain de l'élection (et à la grande surprise de Titus), Pip lui avait demandé s'il voulait bien le garder.

« Tu es sûr, Pip ? Personnellement, je n'y vois pas d'inconvénient, mais je pense que pas mal de gens risquent de te considérer comme un traître.

— C'est tout à fait possible, avait répondu Pip. Mais je crois que ça me plairait bien, de terminer ma carrière au service d'un shérif qui ne soit pas un chien enragé. Un shérif qui utilise ses draps blancs pour dormir et pas pour se déguiser le samedi soir.

— Si Ward Bennings était une telle ordure, pourquoi tu as bossé pour lui pendant toutes ces années ? » l'avait interrogé Titus.

Le visage de Pip s'était assombri. Après une seconde de réflexion, il avait répondu :

« Les gens comme Ward… Disons que, s'ils ont conscience que quelqu'un observe leurs moindres faits et gestes, il y a une petite chance pour qu'ils réfléchissent avant d'agir. »

Titus avait hoché la tête. Il n'avait pas demandé à Pip si ça avait marché, parce qu'il connaissait déjà la réponse. Par contre, il aurait aimé savoir s'il arrivait à Pip de penser à cette réponse lorsqu'il se regardait dans le miroir.

« Messieurs, les salua Titus en s'avançant vers la voiture de Trey.

— Shérif Crown, l'interpella Pip. Ma petite-fille m'a chargé de vous dire que vous avez fichu en l'air son année scolaire.

— Ça m'étonnerait qu'elle ait dit ça.

— Vous avez raison, reconnut Pip avec un sourire. Mais elle l'a pensé très fort.

— Moi, c'est mes vacances que vous avez gâchées, renchérit Trey. D'ailleurs, ma fiancée a pas arrêté de s'en plaindre sur le chemin du retour. »

Le sourire de Pip disparut.

« Elle… Elle est vraiment moche, cette affaire, hein ?

— C'est pire que ça, répondit Titus. Bien pire. Allez, suivez-moi. »

Lorsqu'ils entrèrent dans le bureau, Davy, Steve et Carla les y attendaient déjà. Il y avait aussi Douglas, qui n'était pas présent lors de la fusillade la veille parce qu'il avait été appelé sur une affaire de violences conjugales. Titus n'avait pas encore eu l'occasion d'annoncer à Tom qu'il allait le suspendre le temps de l'enquête, mais celui-ci était de repos – il passerait le voir plus tard dans la journée.

Titus s'assit à son bureau, tandis que ses adjoints formaient un demi-cercle devant lui.

« En premier lieu, commença Titus, je l'ai déjà dit hier, mais je vais le répéter pour ceux qui n'étaient pas là : on ne parle à personne de l'enquête en cours. Ni à la famille, ni aux voisins, ni aux amis, ni aux gens qu'on croise au supermarché. On a plein d'éléments nouveaux à prendre en compte, alors ce n'est pas le moment d'être pollués par des rumeurs. Compris ? »

Il se tourna vers Davy, dont le visage vira instantanément au cramoisi.

« Deuxième chose. Trey, je t'ai envoyé tous les rapports d'incident à la suite de la fusillade qui a coûté la vie à Latrell Macdonald. Je veux que tu examines tout ça en détail et que tu t'assures que l'usage de la force était légitime. Je pense que oui, mais mon avis n'a aucune importance – j'ai besoin d'un regard objectif.

— Pas de souci, chef, acquiesça Trey.

— Carla, tu peux aller chercher la toile qu'on a récupérée chez Spearman ? demanda Titus en enfilant une paire de gants en caoutchouc. Je savais bien que cet arbre me disait quelque chose. »

Lorsque son adjointe lui remit la peinture, Titus l'attrapa par les angles et la déroula sur son bureau.

« Davy, tu es déjà allé chasser sur le domaine de Tank Billups, du côté de King Field Road ?

— Ouais, assez souvent, avec mon père.

— Moi aussi, dit Steve. Avec mon père et mon oncle. Pour cinquante dollars par tête, on pouvait rester toute la journée.

— Et moi, c'est mon père qui nous emmenait parfois là-bas, avec mon frère, ajouta Titus. J'y ai d'ailleurs abattu mon premier douze-cors. Sauf que pour nous, le ticket d'entrée était à cent dollars.

— Sérieux, cent dollars ? s'étonna Steve.

— Eh oui, c'est aussi ça, le racisme. Mais examinez plutôt cet arbre. Où est-ce que vous avez déjà vu un saule pleureur de cette taille ? »

Davy et Steve échangèrent un regard d'incompréhension.

« Il se trouve sur la propriété de Tank, révéla Titus. À quatre ou cinq cents mètres de l'entrée de la forêt. Je suis tombé dessus par hasard un jour, en suivant les traces de sang d'un cerf qu'on avait blessé. Un saule de cette taille au milieu d'un bois, ce n'est pas commun. Ça m'a marqué.

— Putain, mais vous avez raison ! s'exclama soudain Davy. Je me souviens, maintenant !

— Qu'est-ce qu'il a de si particulier, cet arbre ? » demanda Steve.

Trey devança Titus.

« Vous croyez que c'est là qu'ils les ont enterrés, hein ?

— Oui. Sur les vidéos, on dénombre au moins six victimes. Six corps qui ne sont ni enfouis sous la maison de Spearman, ni emmurés chez lui. Il est toujours possible que les assassins s'en soient débarrassés d'une autre manière mais, si on a retrouvé cette peinture dans la même cachette que les clés USB de Spearman, c'est qu'elle a une importance significative pour lui. Les tueurs dans son genre sont motivés par leurs fantasmes. Ils y pensent tous les jours. Ils se rejouent le scénario, encore et encore, jusqu'à ce que le fantasme ne suffise plus et qu'ils soient obligés de repasser à l'acte. À mon avis, Spearman et son acolyte ont enterré ces gosses à proximité de cet arbre, et ils sont ensuite revenus leur rendre visite. Plusieurs fois. »

Parler ainsi, de manière froide et clinique, permettait à Titus de prendre un peu de distance avec le souvenir de ces adolescents et de leurs cris.

« Qu'est-ce que vous voulez faire, chef ? » s'enquit Douglas.

Contrairement à Trey et Carla, Douglas n'était pas un ambitieux. Ancien videur de boîte de nuit, il avait postulé au département du shérif dans l'unique but de bénéficier d'une bonne mutuelle. Pour Roger, le métier d'adjoint était une vocation. Pour Trey, c'était un tremplin. Et pour Douglas, c'était simplement un boulot comme un autre – un choix respectable. D'ailleurs, dans certaines situations, le côté impassible de Douglas pouvait se révéler un atout précieux.

« Je vais contacter Warren Ayres pour qu'il dépêche une équipe de pompiers volontaires à la propriété de Tank Billups, expliqua Titus. Il faut effectuer des fouilles autour de cet arbre et on va avoir besoin d'aide. Pip, tu pars en patrouille dans le nord du comté. Steve et Douglas, vous interrogez les collègues et les proches de Spearman pour savoir s'ils l'ont déjà vu en compagnie de Latrell. Les autres, vous venez avec moi chez Tank Billups. Encore une fois, pas un mot de tout ça tant qu'on n'aura rien trouvé.

— Vous pensez vraiment que Jeff Spearman a enterré ces gosses sous un arbre au milieu des bois ? dit Steve, dubitatif.

— Spearman et le troisième suspect, corrigea Titus. Oui, je le pense. Et je pense qu'ils en ont tiré énormément de plaisir. Ça les excitait de savoir que les corps étaient là. De partager ce secret. Sauf que les secrets sont corrosifs. Ils vous rongent de l'intérieur et, au bout d'un moment, vous finissez par être prêt à tout pour que la douleur s'arrête. Dans le cas de Latrell, ça s'est traduit par une balle qui a laissé un trou de la taille d'un poing dans la tête de Spearman. »

Titus avait conscience que la situation de Latrell s'appliquait aussi à lui. Telle une épée de Damoclès, son secret attendait patiemment le moment où il serait révélé.

« Pour Latrell et Spearman, on ne peut plus rien faire, poursuivit Titus. Mais le troisième homme, celui dont on ne voit pas le visage ? Lui, on peut le retrouver. On peut lui arracher son masque et le forcer à assumer les conséquences de ses actes. Les horreurs qu'ils ont commises sur ces vidéos… »

Il s'interrompit, reprit son souffle et conclut :

« On n'a pas le droit de laisser quelqu'un qui a fait ça s'en tirer en toute impunité. On n'a pas le droit. Surtout qu'il ne va pas s'arrêter sous prétexte que ses acolytes sont morts. Tant que j'aurai cette étoile sur la poitrine, je refuse qu'il s'en prenne à un autre gamin. Il est temps de rééquilibrer la balance. Et pour commencer, on retrouve les corps. Parce que les corps ont toujours beaucoup de choses à raconter.

— Ces tarés ont surnommé cet endroit leur jardin secret, intervint Davy. Qu'est-ce qui tourne pas rond, chez eux ? »

Titus réenroula la toile.

« Davy, chez ces gens, il n'y a rien qui tourne rond. »

Comme la plupart des routes secondaires du comté de Charon, celle qui menait à la propriété forestière de trente hectares de Tank Billups ne voyait quasiment jamais le soleil, la faute aux deux rangées d'arbres qui bordaient les fossés de part et d'autre de la chaussée, telles deux armées se faisant face.

Tout en conduisant, Titus effectuait des calculs. D'après l'horodatage des vidéos trouvées sur les clés USB, les plus anciennes remontaient à cinq ans, soit 2012. Les photos étaient plus vieilles. Beaucoup plus vieilles. Sur certaines, Spearman avait encore les cheveux bruns et était seul en compagnie d'un jeune Latrell. Titus avait également reconnu d'autres visages. Des adolescents, filles et garçons, qu'il avait recroisés quelques années plus tard dans le centre-ville de Charon, les yeux hagards, les joues mangées par une barbe broussailleuse ou un trait d'eyeliner passé sur les paupières. Des adultes détruits par un homme qu'ils jugeaient presque aussi digne de confiance que leurs propres parents.

L'espace d'un instant, Titus envisagea de faire demi-tour pour retourner au funérarium vider son chargeur sur le cadavre de Spearman.

Après la réunion, il avait demandé à ses adjoints de repasser chez eux enfiler des vêtements qui ne craignaient rien. Lui avait gardé son uniforme. Il avait l'intention de diriger les fouilles, pas d'y participer. Si les braves citoyens de Charon le voyaient maculé de terre, l'image se graverait aussitôt dans leur mémoire comme une suggestion post-hypnotique et alimenterait les rumeurs les plus fantaisistes. Inconsciemment, ils verraient son apparence négligée comme une confirmation qu'il n'était pas fait pour ce métier. Déjà que certains de ses administrés considéraient sa couleur de peau comme une preuve d'incompétence, il ne tenait pas à apporter de l'eau à leur moulin.

Titus jeta un œil dans son rétroviseur à la colonne de véhicules qui le suivait depuis maintenant une quinzaine de kilomètres. Un peu plus tôt, il avait fini par appeler Tom pour lui annoncer sa suspension de deux semaines. Il aurait préféré le lui dire en face plutôt qu'au téléphone, mais l'enquête progressait et le jardin secret passait en priorité.

« Pas de souci, chef, je comprends, avait répondu Tom. Mais vous savez, j'ai pas eu le choix. Il risquait de nous tirer dessus. De vous tirer dessus. Vous le savez, hein ? »

À la voix traînante de son adjoint, Titus avait deviné que celui-ci avait consommé plus que quelques verres.

« Repose-toi, Tom. Est-ce qu'il y a quelqu'un à qui tu peux parler ?

— Je peux pas parler avec vous ?

— Euh… si, bien sûr, mais pas tout de suite. On est en route pour la propriété de Tank Billups.

— Ah bon ? Qu'est-ce que vous allez faire là-bas ?

— Une vérification par rapport à certains éléments qu'on a retrouvés sur le téléphone portable de Spearman. »

Tom était resté silencieux quelques secondes.

« Que… Quels éléments ? » avait-il fini par bafouiller.

Titus avait choisi d'ignorer la question. Tom était ivre. Il ne pouvait pas compter sur sa discrétion.

« Je te recontacte bientôt, Tom. En attendant, passe au bureau remettre ton arme à Trey », avait dit Titus avant de raccrocher.

•

Titus quitta East Wood Road et s'engagea sur un chemin de terre. Après quelques mètres, il descendit de son SUV pour ouvrir la barrière pivotante qui marquait l'entrée de la propriété. Quand il avait appelé Tank Billups pour lui demander l'autorisation d'effectuer des fouilles sur son terrain, celui-ci, qui avait désormais plus de soixante ans, lui avait avoué ne plus avoir mis les pieds sur place depuis une éternité et ne plus se souvenir si la fameuse barrière était verrouillée ou pas.

« J'y vois plus très clair, avait dit le vieil homme. D'ailleurs, mon fils Jerry fait des démarches pour qu'on me retire mon permis de conduire. Oh, je sais très bien ce qu'il complote. Il compte m'envoyer en maison de retraite pour pouvoir vendre ma propriété – une propriété qui est dans notre famille depuis que mon grand-père l'a achetée à son retour du front, en 1918. Certes, entre-temps, on a déménagé en ville, mais c'est pas pour autant que je veux m'en débarrasser. La terre, c'est la seule chose qui a de la valeur, dans ce monde. »

C'est pour ça que vous faisiez payer les Noirs deux fois plus cher pour une partie de chasse ? s'était retenu de lui demander Titus.

« J'ai simplement besoin de votre permission pour effectuer quelques fouilles, monsieur Billups.

— Vous cherchez quoi ? »

Des cadavres d'enfants, avait songé Titus.

« Nous avons des raisons de croire que quelqu'un a dissimulé des preuves incriminantes sur votre propriété.

— Des preuves incriminantes ? De quel genre d'affaires est-il question, shérif ? Parce que si vous avez l'intention de transformer un terrain qui m'appartient en champ de mines, il me semble que je suis en droit de savoir pourquoi. D'ailleurs, est-ce que je vais recevoir une compensation financière ? Je suis coincé ici, je n'ai personne sur place pour veiller sur mes intérêts, donc il me faut des garanties. »

Titus s'était dit que Tank ne devait plus avoir grand monde avec qui discuter et que ces négociations lui fournissaient une distraction bienvenue – une excuse pour s'improviser homme d'affaires. Malheureusement pour lui, Titus n'avait pas de temps à perdre.

« Une affaire de meurtre, monsieur Billups. Maintenant, est-ce que vous nous autorisez à pénétrer sur votre propriété ? »

Fin des négociations.

Titus mena la colonne de véhicules jusqu'à l'entrée de la forêt. Derrière lui, en plus des voitures de ses adjoints, suivaient quatre pick-up et une camionnette appartenant au service de pompiers volontaires du comté de Charon. Les pick-up accueillaient deux personnes chacun ; la camionnette, trois. Sur le plateau des pick-up, des pelles et des lampes de chantier ; dans la camionnette, des sacs mortuaires.

Titus descendit de son SUV et attendit que tout le monde l'ait rejoint.

« Je ne sais pas combien d'entre vous sont déjà venus chasser ou courir dans le coin, mais on cherche le grand saule pleureur. Si vous connaissez le secteur, vous l'avez forcément remarqué, planté tout seul au milieu d'une clairière. Je vous donnerai d'autres instructions dès qu'on y sera.

— Vous croyez vraiment que Jeff Spearman et Latrell ont assassiné des enfants et les ont enterrés ici ? » demanda une voix incrédule.

Eux et leur copain, songea Titus.

« Si vous aviez vu les photos, vous ne me poseriez pas la question. Allons-y. »

Il mena le groupe à travers les sapins, les chênes, les ormes et quelques rares cyprès tandis que le soleil se frayait un chemin entre les branches épaisses pour faire pleuvoir sur eux un chapelet de gouttes d'or.

Régulièrement, Titus prenait le temps d'observer un des arbres qu'il dépassait. Pour lui, ces immenses êtres vivants étaient ce qui se rapprochait le plus de l'immortalité, sur cette Terre. Combien de ces géants avaient assisté aux parties de chasse des indigènes qui peuplaient la région avant l'arrivée des Européens ? Combien avaient vu les colons de Jamestown contraints de manger leurs propres chaussures, lors du premier hiver qu'ils avaient passé en Virginie, en 1607 ? Combien avaient soutenu le poids d'hommes noirs pendus à leurs branches au cours des années qui avaient suivi la grande rébellion ratée menée par des propriétaires terriens du Sud désireux de faire sécession ? Comment réagiraient ces colosses végétaux si on leur parlait des enfants que Jeff Spearman, Latrell Macdonald et le Dernier Loup avaient torturés ? Diraient-ils quelque chose ? Ou les hommes avaient-ils aussi peu d'importance pour eux que des fourmis ?

« Tu réfléchis trop, lui répétait systématiquement son père lorsqu'il posait ce genre de questions, enfant.

— C'est son superpouvoir, Albert », avait coutume de protester sa mère, et elle embrassait son fils sur le front.

Mais ça, c'était avant que ses muscles ne se transforment en pierre.

À force de piétiner le tapis de feuilles mortes et d'aiguilles de pin, ils finirent par arriver en vue d'une clairière d'une bonne trentaine de mètres de diamètre.

« Ici », indiqua Titus en désignant le saule pleureur qui se dressait au centre.

Quelques grosses branches jaillissaient d'un tronc épais pour s'élever vers le ciel, avant de retomber en multiples lianes vert et jaune, telle la chevelure de quelque ancienne divinité sylvestre qui semblait secouer la tête chaque fois que la brise agitait les feuilles.

« On va devoir fouiller toute cette zone, expliqua Titus. On commence par la périphérie et on se rapproche du tronc en cercles concentriques. Warren et Derry, faites une première passe avec vos détecteurs de métaux, ensuite on effectuera des forages exploratoires. Si les corps sont ici, ils ne seront pas enterrés très profondément.

— Pas de souci, Titus, acquiesça Warren. Mais je vais être honnête avec vous, j'imagine pas Jeff Spearman faire du mal à une mouche.

— On a des vidéos de lui, Latrell et un autre homme torturant des enfants, intervint Carla. Tu veux les voir ? »

Alors que les joues de Warren s'empourpraient, Titus reprit la parole.

« Si vous trouvez quelque chose, appelez-moi et on marquera l'emplacement. Et efforcez-vous de ne pas déranger les corps, on doit préserver les preuves autant que possible. »

Il scruta les visages des hommes et des femmes qui lui faisaient face et y lut une grande détresse. Ces gens refusaient d'accepter la réalité. Ils préféraient continuer à prétendre que Jeff Spearman était l'homme qu'ils connaissaient. Quand la vérité nous déplaît, on a tous tendance à se montrer sceptiques.

« Allez, au boulot ! »

Trois heures plus tard, le soleil avait décliné et les ombres qui les surveillaient s'étaient allongées.

Sa pelle sur l'épaule, le visage luisant de transpiration malgré la température plutôt fraîche, Warren s'avança vers Titus.

« Il faut se rendre à l'évidence, Titus. Quoi qu'il soit arrivé à ces malheureux gosses, ça s'est pas terminé ici.

— Essayons de creuser encore plus près de l'arbre, suggéra Titus. Est-ce que quelqu'un a apporté une hache pour trancher les racines ?

— Titus, protesta l'autre, les sourcils froncés. Je sais que vous étiez soi-disant une pointure au FBI, mais là, on en est déjà à une vingtaine de trous et on n'a toujours rien trouvé…

— Ces gens-là, les gens comme Spearman, ils détestent l'idée d'être séparés de leurs victimes. Il faut qu'on se débarrasse de ces racines et qu'on se rapproche de l'arbre », insista Titus, ignorant la pique de Warren.

Il avait l'habitude : son passage au FBI lui valait une admiration sans bornes de la part de ses électeurs et un profond mépris de la part des électeurs de son adversaire. Le pire, c'était que si tous ces gens savaient pourquoi il avait été contraint de démissionner, les rôles auraient été inversés.

« On perd notre temps, pesta Warren. Faites ce que vous voulez avec vos adjoints, mais moi, je rentre au bercail avec mes gars. Je vous rappelle qu'on est bénévoles. On peut pas se permettre de s'amuser dans les bois alors qu'on risque de nous contacter à tout moment pour une vraie urgence.

— Donnez-moi encore trois quarts d'heure. »

Titus aurait aussi pu s'appuyer sur un vieil amendement de la charte du comté qui l'autorisait à réquisitionner Warren et toute son équipe s'il en avait envie. Cette charte, il l'avait lue de la première à la dernière ligne, contrairement à Warren, qui n'avait probablement même pas conscience de son existence. Sauf que Titus n'était pas d'humeur à se lancer dans un débat juridique au sujet d'un codicille vieux de deux siècles. Si Warren voulait partir, qu'il s'en aille. Titus se débrouillerait très bien sans lui et ses bénévoles.

« Je suis désolé, shérif, je peux pas me…

— PAR ICI ! »

Les mots résonnèrent dans la forêt, ricochant contre les troncs d'arbres tel le hurlement d'une créature maléfique.

« Il faut croire que l'on ne va pas avoir besoin de trois quarts d'heure », commenta Titus.

En quelques secondes, tous firent cercle autour d'Anita Denton. Celle-ci tenait une pelle à deux mains. Le visage blême, la jeune femme recula, tandis qu'au-dessus de la clairière, un vol de corbeaux entonnait un concert de croassements lugubres.

Titus se pencha au-dessus du trou.

Le crâne était minuscule, comme le sont tous les crânes lorsque la chair et les muscles s'en sont détachés. Quelques touffes de cheveux épars, une colonne vertébrale aussi fine qu'une brindille, une cage thoracique enveloppée dans un tee-shirt marron que le temps avait réduit en lambeaux. Les saules pleureurs sont réputés pour le caractère invasif de leurs racines, et la plupart des propriétaires savent qu'il faut éviter d'en planter un près d'un puits ou d'une fosse septique. Là, les racines de l'arbre s'étaient enroulées autour du cadavre à la manière d'un anaconda. L'une d'entre elles avait même réussi à se frayer un chemin à travers le crâne en passant par une orbite.

Titus s'accroupit. Il y avait un petit rectangle en plastique au-dessus du crâne. Il tendit la main derrière lui et, aussitôt, on y déposa une paire de gants en caoutchouc. Sans un mot, il les enfila et récupéra l'objet, qu'il n'eut aucun mal à identifier.

Il s'agissait d'une barrette imitation écaille de tortue, noircie par les années. La copine de Titus avait la même, au lycée.

« Trouvez les autres, maintenant », ordonna Titus.

Il avait légèrement élevé la voix pour être entendu de ses adjoints et des pompiers, qui s'étaient rapprochés de lui mais se tenaient le plus loin possible du trou.

« Il est temps de les sortir de là et de les rendre à leurs familles », ajouta-t-il en se redressant.

Deux heures plus tard, ils n'avaient toujours pas terminé et continuaient de travailler à la lumière des lampes de chantier. L'obscurité avait chassé le soleil derrière l'horizon, et les créatures de la nuit – engoulevents, chouettes, grillons, moqueurs et coyotes – se faisaient désormais entendre sous la lueur blafarde de la lune quasi pleine. Titus observait les petits drapeaux de marquage rouges au bout de leurs tiges en métal souple, qui avaient poussé dans la clairière telles des fleurs des champs.

« Combien ? demanda-t-il.

— Six, pour l'instant, répondit Davy en se passant le dos de la main sur le front. Des garçons et des filles, comme vous l'aviez déterminé à partir des vidéos.

— Prends contact avec les funérariums.

— Lesquels ?

— Tous, soupira Titus. Bigelow, Blackmon, Spencer & Sons. Ces corps vont devoir aller à Richmond pour autopsie. Je vais passer un coup de fil à la police d'État, on va avoir besoin de leur aide pour analyser les restes. »

Le shérif pesta intérieurement – tout serait plus simple si le département de médecine légale ne se trouvait pas à l'autre bout de l'État. Davy baissa la tête et marmonna quelques mots que Titus ne parvint pas à entendre.

« Qu'est-ce que tu as dit, Davy ?

— Je… Je me demandais pourquoi personne n'était à leur recherche… Certains de ces corps sont là depuis plusieurs années. Alors pourquoi ? C'étaient des gosses, merde ! »

Titus retira son chapeau et passa la main dans ses cheveux courts.

« Parce qu'ils étaient noirs, répondit-il. Leurs proches étaient certainement à leur recherche, mais des gamins disparus qui ne sont pas blonds aux yeux bleus, ça n'intéresse pas les médias.

— Pourquoi est-ce qu'il faut que vous rameniez toujours tout à ça, chef ? s'indigna Davy.

— Regarde autour de toi », répliqua Titus.

Comme Davy ne réagissait pas, il remit son chapeau et ajouta :

« Je retourne au bureau prévenir les gars de la police de Virginie. Je te rassure tout de suite, il n'est pas question de leur confier les rênes de l'enquête. C'est notre affaire. Notre juridiction. Établis un périmètre et ensuite, Carla et toi, vous pourrez rentrer chez vous et essayer de dormir un peu. Je vais charger Douglas de monter la garde devant la propriété jusqu'à demain matin.

— Au moins, il va engranger des heures supp ! plaisanta Davy.

— À partir d'aujourd'hui, on va tous devoir faire beaucoup d'heures supplémentaires.

— Jusqu'à quand ? »

Titus regarda le cimetière qui les entourait. Le charnier resté ignoré si longtemps, sous les feuilles du saule pleureur qui s'agitaient lentement dans le vent froid.

« Jusqu'à ce qu'on l'ait arrêté. »

Lorsqu'il se gara devant le département une demi-heure plus tard, Titus remarqua que la voiture de Kathy était déjà là.

« Tu es en avance, lui lança-t-il en poussant la porte du bureau. Il me semblait que Cam travaillait jusqu'à 20 heures ?

— Il m'a demandé si je pouvais venir plus tôt aujourd'hui, vu que j'étais en retard hier. Je crois qu'il est encore chamboulé. Ah oui, et il m'a dit de te dire que Ricky Sours avait essayé de te joindre toute la journée.

— Je le rappellerai.

— Est-ce que c'est vrai, alors ? Pour Latrell ? »

Kathy était sortie quelque temps avec Calvin à une période où celui-ci s'était brièvement séparé de Dorothy. Trois mois plus tard, Dorothy et Cal s'étaient réconciliés, et Kathy avait jeté son dévolu sur le dernier membre du trio, Bobby Packer. Kathy et Bobby s'étaient mariés un an après Dorothy et Cal et ils étaient restés ensemble jusqu'à la mort de Bobby en 2012, dans un accident avec son camion benne.

Après l'élection de Titus, Kathy avait posé sa candidature au poste de répartitrice d'appels d'urgence, puisque les deux précédentes, deux femmes blanches d'un certain âge, avaient démissionné pour témoigner leur soutien à Cooter. Titus l'avait engagée quasiment sur-le-champ. Un jour qu'elle remplissait des documents, il avait remarqué qu'elle utilisait son nom de jeune fille. Il ne lui avait pas fait de réflexion, mais son étonnement n'avait pas échappé à Kathy.

« C'est dur à entendre, s'était-elle justifiée. Packer. Chaque fois, ça me fait penser à Bobby et… c'est pas évident. »

Titus comprenait. Quand il était enfant, il adorait la mythologie grecque – notamment l'*Iliade*, qu'il avait lue une bonne dizaine de fois. Après la mort de sa mère, il avait fini par jeter le livre dans le poêle à bois parce qu'il ne supportait plus de voir le nom d'Hélène à chaque page. En écoutant Kathy, il avait senti sa poitrine se serrer. Parfois, le deuil est un amour inexprimé. Parfois, c'est l'incarnation du regret.

« Oui, c'est vrai, répondit-il.

— Que Dieu nous protège, soupira Kathy.

— Je ne suis pas sûr que Dieu soit en mesure de protéger qui que ce soit.

— Titus !

— Il ne s'agit pas seulement de l'assassinat de Jeff Spearman, Kathy.

— Ah ?

— On a retrouvé des éléments incriminants sur le téléphone de Spearman. Les choses risquent d'être assez animées par ici, ces prochains jours.

— Ça va aller, tenta de le rassurer Kathy avec un sourire. Je sais que tu es l'homme de la situation.

— J'ai quelques coups de fil à passer avant de rentrer chez moi, dit Titus sans réagir au compliment de Kathy. Pip est en patrouille. Si tu as besoin de moi, fais-moi signe.

— Ça marche. Ah, et j'ai eu Darlene. Apparemment, elle n'arrive pas à te joindre sur ton portable.

— Je crois que je ne captais pas. Merci, Kathy. »

Titus était prêt à supporter les tendances conquérantes de la police d'État, tant que celle-ci mettait tout son arsenal médicolégal à la disposition de son comté.

Son comté… À l'époque où il travaillait dans l'Indiana, il lui était souvent arrivé de se dérober lorsqu'on évoquait Charon, de la même manière qu'il venait de se dérober au compliment un peu gênant de Kathy. C'était une période où, il devait bien le reconnaître, il avait honte de sa ville natale. Honte des péquenauds arriérés et racistes qui la peuplaient et de la petite mesquinerie de province qui la caractérisait. Il avait fallu que la famille de Red DeCrain se fasse exploser devant lui pour qu'il éprouve enfin du réconfort à arpenter les routes sinueuses de Charon. Rentrer chez lui et retrouver son père après avoir tout perdu lui avait permis de découvrir ce comté sous un jour nouveau. C'était sa terre, c'était son cœur. Et il ferait tout pour empêcher des sales types comme Ricky Sours de se l'approprier, de la même manière qu'il ferait tout pour arrêter ceux qui avaient eu l'audace d'en faire leur terrain de chasse.

Titus savait très bien ce que les gens pensaient de lui. Pour beaucoup, il était l'incarnation du diable. Il l'acceptait. Mais il était un diable qui pourchassait les démons.

Lorsqu'il arriva chez lui, la maison était vide. Il trouva un mot sur le réfrigérateur lui indiquant que son père était parti aider la petite-fille de Bernice Gresham à redémarrer sa voiture. Bernice fréquentait la même église qu'Albert et, comme celui-ci était président du conseil de la paroisse, son numéro figurait sur la liste des personnes à contacter en cas d'urgence. Pour Titus, son père essayait de se racheter pour toutes les bêtises qu'il avait faites dans sa jeunesse. En effet, Albert Crown avait la réputation d'avoir été jadis un sacré rebelle – intrépide comme on peut l'être à vingt ans et toujours prêt à partir au quart de tour. Lorsque son père était d'humeur vraiment massacrante, Titus avait un aperçu de l'homme qu'on lui avait décrit. Un homme aux poings si dévastateurs après des années à remonter des casiers à crabes qu'on l'avait surnommé la Massue. Apparemment, ceux qui avaient goûté à ses crochets en gardaient le souvenir d'avoir été agressés à coups de marteau. Le bagarreur d'alors et le jardinier prévenant coexistaient pourtant dans un même homme et, pour Titus, rien ne pouvait mieux résumer la nature humaine. Chaque individu comporte de multiples facettes.

« Un peu comme Jeff Spearman, qui était à la fois un prof et un assassin d'enfants », murmura-t-il pour lui-même.

Après avoir troqué son uniforme contre un jean, une paire de grosses chaussures et un sweat-shirt, Titus sortit dans le jardin. Il savoura quelques instants l'air frais qui lui mordait les joues avant de se diriger vers le tas de bûches. Son père avait fait installer une chaudière à gaz quelques années plus tôt, mais ils continuaient malgré tout à se servir du poêle. D'après Albert, la chaleur d'un feu de bois était plus authentique. Et puis, la chaudière avait tendance à se montrer capricieuse.

Titus se rappelait la peur qu'il éprouvait, enfant, en entendant le vieux chauffage en fonte pousser des grognements sauvages lorsque son père le mettait en marche. La chaleur qui s'en dégageait était suffocante. Souvent, Marquis s'en plaignait, d'ailleurs. Leur mère se penchait alors vers lui et lui murmurait à l'oreille qu'il faisait encore plus chaud en enfer.

Leur mère… Qu'est-ce qu'elle pouvait les faire rire, avec ses petites phrases toujours bien trouvées.

Titus saisit la hache et s'attaqua au stère de bois livré la semaine précédente. La plupart des bûches étaient de la bonne longueur, mais légèrement trop larges. Titus en plaça une sur la souche qui lui servait de billot. Au-dessus de lui, le réverbère émettait un fredonnement de vieux chanteur de blues s'apprêtant à entonner un standard.

Titus souleva la hache et l'abattit violemment sur la bûche, qui se fendit en deux. Il regarda les deux moitiés atterrir dans l'herbe, attrapa une autre bûche et répéta l'opération. Après quelques minutes de travail acharné, il fit une pause et huma l'odeur des dernières fleurs du magnolia au fond du jardin. Les températures étaient froides, mais il n'y avait pas encore eu de gel.

Sa mère adorait les magnolias. D'ailleurs, elle avait souvent mis Titus à contribution pour fabriquer du parfum à partir des fleurs. L'odeur imprégnait alors la maison pendant plusieurs semaines, écœurante et douceâtre, à mi-chemin entre le pot-pourri et la viande faisandée. Certains jours, après qu'elle avait fait bouillir les pétales dans une grande marmite, les effluves étaient si puissants que Titus avait l'impression de les voir flotter dans l'air.

Il reprit une bûche et la fendit en deux, la mâchoire serrée.

La veille de l'enterrement de leur mère, Marquis et Titus avaient chacun cueilli un bouquet de fleurs de magnolia, pour se rendre compte le lendemain matin que les pétales avaient viré au brun pendant la nuit. Marquis avait mis le sien à la poubelle. Titus, lui, l'avait jeté dans le trou après la cérémonie. Il avait regardé les pétales fanés se répandre sur le cercueil de sa mère, tels de petits morceaux de papier brûlé. Depuis ce jour, il trouvait qu'il y avait dans le dessèchement rapide de ces magnifiques fleurs blanches une vérité que les pasteurs les plus enflammés ne pouvaient pas nier.

Titus reposa une bûche sur le billot. Lorsqu'il abattit sa hache, il laissa échapper un grognement sourd. Pas un sanglot, mais pas loin.

Personne n'avait cueilli de fleurs pour les enfants enterrés sous le saule pleureur. Personne n'avait apporté de jolie couronne pour marquer l'emplacement de leur dernière demeure. Non. Ils n'avaient eu droit qu'au baiser glacial de la terre et à l'étreinte étouffante des racines qui enserraient leurs petits corps chétifs dans l'obscurité.

Une nouvelle bûche. Un nouveau coup de hache. Et un nouveau cri – cette fois, ce fut un hurlement inintelligible, car aucun mot n'aurait pu décrire la douleur qu'il ressentait.

Titus songea que lorsque cette affaire serait résolue, lorsqu'il aurait arrêté le salopard qui ne retirait jamais son masque de loup, il retournerait auprès du saule pleureur armé d'une tronçonneuse et il l'abattrait. Et tant pis si Tank Billups y trouvait à redire.

Des phares scintillèrent dans son dos et, l'espace d'un instant, il vit son ombre se découper contre le mur de la maison. Un géant courbé avec une hache dans ses énormes poings. Albert descendit de son pick-up et serra les pans de son manteau.

« Ça va, fils ? » demanda-t-il.

Titus ramassa une bûche sur le tas et la fendit en deux.

« Ça va, répondit-il.

— T'es sûr ? Parce qu'il est 21 h 30 et que t'es dehors en train de couper du bois dans le noir.

— Il y a le réverbère.

— Titus. »

Celui-ci se contenta de brandir à nouveau sa hache.

« Titus ! » cria Albert.

Titus se retourna. Il serrait le manche si fort qu'il ne sentait plus ses doigts.

« Ils ont tué des gosses, papa. Latrell, Spearman et un troisième type. Ils les ont ligotés sur une table et ils les ont torturés et… et… et ensuite ils les ont tués et ils les ont enterrés sous le grand saule pleureur dans la propriété de Tank Billups. Ils les ont tués. Des ados noirs. Ils leur ont fait des choses dont je préfère même pas te parler parce que je veux pas te mettre les images dans la tête. »

Titus avait conscience qu'il était en train d'enfreindre la règle qu'il avait lui-même édictée, mais il ne pouvait plus garder tout ça pour lui. Ses adjoints n'avaient pas vu ce qu'il avait vu. Ils n'avaient pas assisté à la mise à mort de ces gamins. Non. Cette croix, Titus la portait seul.

« T'en es sûr, fiston ?

— Il y a des vidéos.

— Mon Dieu, soupira Albert. Ces pauvres enfants. Ils sont entre les mains du Seigneur, désormais. Qu'il les garde auprès de lui et qu'il bénisse leur âme. »

En un claquement de doigts, Albert était passé de l'exclamation à la prière.

« Dieu ne les a pas sauvés, objecta Titus. Il les a laissés agoniser dans l'obscurité. »

Sa remarque risquait de déclencher une dispute, mais tant pis. Il ne pouvait pas contenir le mépris qu'il ressentait en entendant son père s'en remettre ainsi à ce dieu malveillant.

« Titus, tu sais bien que je n'aime pas ces façons de parler, le réprimanda Albert. Ce n'est pas parce qu'on ne le comprend pas que le dessein de Dieu n'existe pas. »

Titus se retourna et planta violemment la hache sur le billot.

« Avant, je croyais en Dieu, papa. Même s'il ne m'avait jamais parlé, même s'il n'avait jamais répondu à mes prières, j'étais sûr qu'il sauverait maman. Qu'il empêcherait ses muscles de se calcifier. Qu'il la toucherait de sa main divine et qu'il soulagerait ses douleurs. Qu'il ferait cesser ses cris au milieu de la nuit. Mais il n'a rien fait. Maman est morte à quarante ans et la Terre a continué à tourner. Alors, quand tu me dis que c'était le dessein de Dieu que ces gosses se retrouvent enterrés sous un saule pleureur, je suis obligé de me demander qui de nous deux est le plus idiot. Toi qui sors une absurdité pareille, ou moi qui t'écoute ? »

Albert sortit les mains de ses poches et les tint devant lui comme dans un geste de supplication avant de fermer les yeux. Titus regarda ses lèvres remuer quelques secondes en silence.

« Je viens de prier pour toi, parce que je sais que tu souffres, dit enfin Albert. C'était ta mère, mais c'était aussi mon épouse. La femme la plus incroyable que j'ai jamais rencontrée. Ce que tu ressens, je le ressens aussi. Mais, fils, sache qu'il n'y a rien d'idiot dans le fait d'avoir la foi.

— Ta foi de merde, moi, elle m'a brisé le cœur », cracha Titus, et il bouscula son père pour rentrer dans la maison.

8

Lorsque Titus arriva au bureau le lendemain matin, deux inspecteurs de la police de Virginie l'attendaient sur le parking : les sergents Adam Geary et Ian Wright. Étaient également présents six techniciens du département de médecine légale, répartis dans deux camionnettes.

« Bonjour, shérif Crown, le salua Geary.

— Navré de vous rencontrer dans ces circonstances », ajouta Wright.

Titus hocha la tête. Geary et Wright lui faisaient penser à Starsky et Hutch : Geary était blond aux yeux bleus, Wright brun aux yeux marron. Tout ce petit monde échangea des poignées de main aussi fermes que le préconisaient les convenances.

« Vous avez sécurisé la scène de crime ? demanda Geary.

— Absolument, et j'ai posté un de mes adjoints sur place toute la nuit », répondit Titus, ignorant la condescendance sous-entendue dans la question de l'inspecteur.

Les querelles de clocher n'avaient rien d'inhabituel dans ce genre d'affaires et, à l'époque où il travaillait pour le FBI, Titus avait été du côté de ceux qui se montraient méprisants envers les autres départements. Tant que cela lui permettait d'avoir accès aux ressources du laboratoire de médecine légale de l'État, il était prêt à beaucoup de concessions, y compris laisser les gars de la police de Virginie s'attribuer tout le mérite en cas d'arrestation du troisième suspect. Pour lui, la fin justifiait les moyens, et cette affaire ne serait finie qu'une fois qu'il aurait planté la tête du Dernier Loup sur une pique.

Au sens figuré, bien entendu.

« Je suis sûr que vous avez fait de votre mieux », dit Geary.

Encore une fois, Titus ignora sa condescendance.

« Allons-y. »

Adossé au capot de son SUV, Titus regardait les techniciens et les experts prendre des mesures et prélever des échantillons de terre dans les trous qui entouraient le saule pleureur.

Geary s'avança vers lui.

« Comment vous avez trouvé cet endroit ? demanda-t-il.

— Spearman avait une peinture de cette clairière chez lui. Avec mon père et mon frère, on a fait quelques parties de chasse sur ce secteur. J'ai reconnu l'arbre.

— Sérieusement ?

— Sérieusement. J'ai abattu mon premier cerf à deux cents mètres d'ici. Un douze-cors.

— C'était il y a combien de temps ?

— J'avais onze ans. Donc, il y a vingt-cinq ans.

— Et la dernière fois que vous êtes venu ? »

Titus dévisagea son interlocuteur. Geary était en train de l'interroger comme un suspect. Mais c'était aussi ça, être flic. Avec le temps, on finissait par se méfier de tout le monde. Même de sa propre femme.

« Je n'ai plus chassé depuis mes treize ans, répondit Titus.

— Et vous vous êtes quand même souvenu de cet arbre ? Vous vous êtes souvenu de l'endroit où vous aviez abattu un cerf vingt-cinq ans plus tôt ?

— J'ai une très bonne mémoire.

— Quelle chance pour nous tous », commenta Geary avec un sourire.

Titus ne réagit pas. Au bout de quelques secondes, Geary s'éclaircit la gorge.

« Vous disiez que vous avez trouvé des clés USB ?

— Oui, et on a aussi l'ordinateur de Spearman. J'imagine que vous voudrez les récupérer ?

— C'est ce que j'allais vous demander, oui. Au fait, juste histoire de clarifier les choses, on est là pour vous aider, d'accord ? On travaille avec vous, mais ça reste votre comté. Vous connaissez le terrain bien mieux que nous. La preuve, vous avez reconnu l'arbre.

— Est-ce que je dois comprendre que vous ne m'empêcherez pas d'aller à Richmond interroger le légiste ?

— Je n'y vois aucune objection, mais on peut aussi vous envoyer ses rapports par e-mail…

— Avec le temps, je me suis rendu compte que je préférais m'entretenir directement avec le médecin qui effectue l'autopsie.

— Parce que vous avez souvent des affaires de meurtre, par ici ? s'étonna Geary.

— Je… J'ai bossé pour le FBI. J'ai commencé en sciences du comportement avant de passer au terrorisme intérieur. »

Partager son cursus avec d'autres flics lui valait en général deux types de réactions : l'adulation ou le dédain. L'adulation de ceux qui espéraient troquer leur étoile en cuivre contre la sacro-sainte carte plastifiée estampillée FBI, le dédain de ceux qui considéraient leur ville, leur comté ou leur État comme un territoire dont ils étaient les seigneurs.

« Sans déconner ? s'exclama Geary. Comment vous avez atterri dans ce trou perdu ? »

L'adulation, donc.

« Mon père a subi une grosse opération, expliqua Titus. Je suis revenu pour l'aider et j'ai fini par me présenter au poste de shérif. »

Geary fronça les sourcils. Titus devina qu'il avait affaire à un bon flic, probablement sorti major de sa promo, et tout aussi ambitieux que Trey et Carla. Le genre de flics pour qui l'idée de quitter le FBI pour dresser des contraventions et séparer des ivrognes sur le parking du supermarché était inconcevable.

« Eh bien, je… C'est vrai que c'est important, la famille », se contenta de dire Geary. Il se retourna pour regarder les techniciens au travail et ajouta : « Et donc, monsieur FBI, quel est votre avis sur la situation ? »

Titus rajusta ses lunettes de soleil.

« Le dernier suspect est du coin. Il connaît bien les lieux, et je ne parle pas seulement de cette clairière, mais de tout le comté. Je pencherais pour un homme blanc âgé de trente à cinquante ans. Assez musclé. Bien organisé. Boulot stable. Célibataire. Ou, en tout cas, s'il est marié, une vie intime dysfonctionnelle. Il possède un terrain. Assez grand pour y construire une dépendance qu'il a insonorisée. Un endroit isolé, mais pas trop, où il a pu amener des adolescents vivants et ressortir avec des cadavres sans attirer l'attention. Les… les blessures qu'ont subies les victimes sont abominables, donc je dirais que notre suspect a beaucoup de colère. Beaucoup de rage. Les murs de la pièce où se sont déroulés les meurtres étaient couverts d'images à caractère religieux – une piste serait que notre homme souffre de théomanie. Il est obsédé par Dieu, ou il se prend pour Dieu, ou alors il est tout simplement en colère contre Dieu. Peut-être que c'est là la source de sa rage.

— Dans votre e-mail, vous évoquiez des masques de loup, poursuivit Geary. D'après vous, l'objectif était de préserver leur anonymat, ou est-ce qu'il pourrait s'agir de quelque chose de cérémoniel ? »

Titus croisa les bras.

« À mon avis, pour Spearman, c'était juste un costume. Pour Latrell aussi. Mais pas pour le troisième suspect. Je ne pense pas qu'il cherchait simplement à dissimuler son identité. Le loup joue un rôle antagoniste dans la liturgie chrétienne. Surtout dans le Nouveau Testament. Je crois… je crois que c'est comme ça qu'il se voit. Il est convaincu qu'il est le Loup. Qu'il est l'Ange de la Mort. Et sa rage est à la fois au service de Dieu et dirigée contre Dieu. »

La voix de Titus n'était plus qu'un murmure. Soudain, Geary sursauta en entendant un canard cancaner, au loin. Le policier toussota.

« En tout cas, si j'avais des doutes par rapport à vos antécédents au FBI, je n'en ai plus !

— Ce ne sont que des hypothèses, relativisa Titus en décroisant les bras. N'y voyez pas une science exacte.

— Tout ce qui peut nous permettre d'attraper ce type est bon à prendre. Au fait, j'ai déposé une requête pour récupérer les relevés téléphoniques détaillés de Spearman. Avec un peu de chance, grâce à la triangulation, on arrivera à retracer ses déplacements.

— C'est une bonne idée, mais je suis prêt à parier qu'il laissait son téléphone chez lui quand il allait retrouver son partenaire.

— Mais, les photos…

— Elles se trouvaient sur une carte micro-SD. Et les vidéos sur des clés USB. Je pense qu'il se servait d'un téléphone jetable pour les photos, et qu'il se contentait de déplacer la carte mémoire. De mon côté, j'ai demandé les relevés de Latrell. Qui sait ? Peut-être que lui ou le troisième suspect a commis l'erreur de garder son téléphone sur lui, ne serait-ce qu'une fois. »

Geary secoua la tête.

« Qu'est-ce qu'il y a ? l'interrogea Titus.

— Vous ne vous ennuyez pas trop, ici ? Ça doit quand même faire un sacré changement, quand on a passé toute une partie de sa carrière à traquer Al-Qaïda…

— J'étais affecté au terrorisme intérieur, lui rappela Titus. Je traquais surtout des suprémacistes blancs et des écolos extrémistes. Quant aux fanatiques religieux à qui j'avais affaire, ils étaient plutôt chrétiens.

— Je vois », commenta simplement Geary.

Avant qu'un silence gênant ait pu s'installer entre eux, la radio de Titus se mit à grésiller.

« Shérif, on a un code 415 au niveau du tribunal, annonça la voix de Cam. Deux groupes qui se disputent au milieu de la rue. Ortiz demande du renfort.

— Bien reçu, Cam. Je suis en route, répondit Titus dans son micro.

— Je vous tiendrai au courant de ce qu'on trouvera, promit Geary. Et un de ces jours, il va falloir que vous me racontiez toutes vos aventures du FBI autour d'une bière !

— Mes aventures ne sont pas si passionnantes que ça », rétorqua Titus.

Le visage de Red DeCrain lui apparut, une vision de cauchemar que lui aurait envoyée Morphée en pleine journée.

Ricky Sours et son groupuscule de révisionnistes entouraient la statue telle une phalange romaine – ne manquaient plus que les lances. Face à eux, à moitié sur la route et à moitié sur le trottoir, un rassemblement de jeunes gens à la tête duquel se tenait Jamal Addison. Entre les deux, Carla faisait de son mieux pour empêcher l'affrontement. Titus se gara sur une place en épi devant le tribunal. En sortant de son SUV, il remarqua que la statue présentait une longue traînée noire faite à la bombe de peinture et qu'un drapeau confédéré déchiré en deux gisait aux pieds de Joe le Rebelle.

« Fiers de notre histoire ! Ceci est notre héritage ! Pas de haine pour nos ancêtres ! » scandait Ricky à pleins poumons en brandissant un mât auquel étaient encore attachés quelques lambeaux de tissu rouge et bleu.

Son visage bouffi était criblé de plaques et il portait une casquette siglée « 2A », pour deuxième amendement, de laquelle dépassaient ses cheveux châtains zébrés de gris. Son tee-shirt représentait à la fois le drapeau des États-Unis et le drapeau confédéré.

Si on avait demandé à Ricky la raison de sa colère, il aurait sûrement répondu que « les wokes » cherchaient à réécrire l'histoire et à effacer la mémoire de ses ancêtres. Titus ne savait pas si Ricky croyait vraiment à cette fable. Non, ce qui perturbait surtout Ricky et ses semblables, c'était que des gens – des Noirs, principalement – aient l'audace de remettre en question le mythe d'un Sud chevaleresque et mû par le sens de l'honneur qu'on leur avait inculqué depuis l'enfance, comme à leurs parents et à leurs grands-parents avant eux.

« Jamal, retournez de l'autre côté de la route ! rugit Titus pour se faire entendre au-dessus du brouhaha.

— Ils ont agressé un jeune homme, shérif ! protesta le pasteur.

— Parce qu'il avait vandalisé la statue ! rétorqua Ricky. On l'a juste immobilisé le temps que la police arrive !

— Jamal, dites à vos fidèles de s'éloigner. Ricky, vous n'avez pas le droit de lever la main sur qui que ce soit.

— Évidemment, vous prenez leur parti, grogna Ricky, et plusieurs de ses acolytes opinèrent.

— Je ne prends le parti de personne, j'essaie de déterminer ce qui s'est passé. Jamal est en train de reculer. À votre tour de calmer vos hommes. Ensuite, on pourra discuter. À moins que vous préfériez que j'embarque tout le monde ? »

Ricky tenta de capter le regard de Titus pour lui exprimer tout son mépris, mais il ne vit que son propre reflet dans les Ray-Ban Aviator du shérif. Il dut malgré tout deviner que Titus n'était pas d'humeur à se laisser marcher sur les pieds, car il se retourna et escorta son groupe de manifestants jusque devant le tribunal.

Titus s'adressa à Carla.

« Qu'est-ce qui s'est passé ? »

Son adjointe respirait bruyamment. Quelques mèches de cheveux bruns s'étaient échappées de son chignon pour se frayer un chemin jusqu'à son cou.

« J'ai reçu un appel comme quoi un gamin avait vandalisé la statue, expliqua-t-elle. Quand je suis arrivée, Ricky et quelques-uns de ses hommes tenaient le gosse au sol. À ce moment-là, Jamal est passé en voiture et il est tout de suite descendu. En quelques minutes, Ricky avait vingt types autour de lui, Jamal cinquante, et tout le monde hurlait.

— Est-ce que c'était le Blanc avec les dreadlocks ?

— Oui, acquiesça Carla. Comment vous savez ?

— Les traces d'herbe sur son jean et les taches noires sur ses mains. Et surtout, il n'arrête pas de me regarder. Qui a déchiré le drapeau ?

— Je… Je ne sais pas. Les choses avaient déjà dégénéré, à ce moment-là.

— Les choses dégénèrent toujours, avec Ricky. S'il pouvait juste s'occuper de ses camions-poubelles, ça nous ferait des vacances. Va demander au gosse s'il a l'intention de porter plainte. Moi, je vais parler aux confédérés. »

Carla traversa la rue pendant que Titus s'approchait de Ricky et de ses hommes.

« Alors, vous allez l'arrêter ? l'interrogea Ricky.

— Lui ? Non. Vous, par contre…

— Hein ? s'étrangla Ricky. Sous quel prétexte ? »

Titus retira ses lunettes et désigna la statue.

« Cette statue est érigée sur une parcelle de terrain qui a été cédée à la ville par les Filles de la Confédération, expliqua-t-il. Mais techniquement, elle leur appartient encore. Il s'agit donc d'un bien privé. Ce qui signifie que vous n'avez aucune raison valable d'arrêter quelqu'un qui chercherait à la dégrader d'une manière ou d'une autre. En plaquant ce jeune homme au sol, on pourrait même considérer que vous vous êtes rendu coupable de séquestration et d'agression.

— N'importe quoi, cracha un des acolytes de Ricky.

— Dis donc, Denver, t'as fait du droit ? l'interpella Titus. Parce que moi, oui. Alors boucle-la. Et j'espère que t'es pas venu en voiture, vu comment t'empestes le whisky. »

Encore une fois, Titus avait repris l'accent et le langage cru et direct propres au comté de Charon. Il n'avait fait aucune menace, mais une simple promesse de conséquences à venir.

Le fait que Titus savait que Denver Carlyle était un ivrogne à deux doigts de perdre son permis poids lourd et qui s'obstinait malgré tout à prendre le volant lorsqu'il quittait l'Oasis dans un état d'ébriété plus ou moins prononcé ne faisait qu'ajouter à la peur qu'il inspirait aux hommes de Ricky. Or c'était justement à cette peur qu'il devait leur respect. Pour Ricky, Denver et le reste de leur bande, elle revêtait deux formes : d'un côté, ils craignaient l'homme ; de l'autre, ils craignaient l'invincibilité que, selon eux, l'étoile lui conférait. Leurs aïeux avaient pu s'attaquer en toute impunité à des hommes qui avaient la même couleur de peau que

Titus et, désormais, dans leur esprit, ce shérif revanchard bénéficiait de la même impunité.

« Bref, si vous voulez que ce jeune homme – je crois qu'il s'agit du fils de William et Renee Dolson – soit poursuivi pour acte de vandalisme, allez voir la branche des Filles de la Confédération la plus proche et suggérez à ces braves dames de porter plainte, ajouta Titus. En attendant, rentrez tous chez vous. Et vite. »

Il entendit s'élever des grognements de protestation et laissa pendre sa main droite le long de son corps, sans aller jusqu'à la poser sur la crosse de son arme.

Les grognements cessèrent.

L'espace de quelques secondes, il observa tous ces visages déformés par l'arrogance et le dédain. Il était allé à l'école avec beaucoup de ces hommes. Ou avec leurs enfants. Reggie Wilson, par exemple, faisait partie de l'équipe avec laquelle il avait remporté le championnat de football. La fille de Kevin Cross, Stephanie, avait été dans sa classe de la maternelle à la terminale.

Mais pour eux, cela n'avait plus aucune importance. Ils avaient balayé leurs souvenirs jusqu'à ne plus voir qu'un nègre avec une étoile. Certains avaient même occulté l'étoile pour réduire Titus à une entité qu'ils pouvaient dénigrer sans la moindre réserve. Ce dernier le sentait dans l'air qui les séparait. Le plus tragique, c'est qu'il n'était pas surpris.

« Allez, dispersez-vous ! ajouta Titus à la cantonade, mais son regard restait braqué sur Ricky Sours.

— Oubliez pas qu'on a toujours notre autorisation pour la Foire d'automne », dit Ricky avant de tourner les talons.

Il avait craché les mots dans une tempête de postillons. Titus l'ignora – il n'avait aucune intention d'aider Ricky à sauver la face devant ses amis. Il reconnut alors Royce qui s'éloignait aux côtés de Ricky, sa casquette Texaco vissée sur le crâne. Royce était chauffeur de bus scolaire. Apparemment, il était aussi un fervent défenseur de la cause confédérée.

Une fois certain que tous ces gens étaient remontés à bord de leurs pick-up et de leurs voitures (Denver Carlyle laissa là sa Buick et se fit ramener par Ricky Sours), Titus rejoignit Carla et le groupe du pasteur Addison.

« J'étais en train d'expliquer à M. Trevor Dolson que s'il voulait porter plainte, il fallait qu'il passe au bureau, résuma Carla.

— Est-ce que c'est ce que tu comptes faire, Trevor ? » demanda Titus.

Trevor haussa les épaules.

« Je pense que tu devrais, intervint Jamal. Rappelons-nous des paroles d'Edmund Burke : "Pour triompher, le mal n'a besoin que de l'inaction des gens de bien." »

Plusieurs membres de son groupe manifestèrent bruyamment leur approbation.

« Je vais avoir des ennuis ? s'inquiéta Trevor.

— Je ne sais pas, répondit Titus après avoir pris le temps d'examiner la statue et la trace de peinture noire en travers du piédestal. Si c'est toi qui as fait ça, il faudrait déjà le prouver. Ensuite, il faudrait que les propriétaires de la statue portent plainte. Et comme il s'agit des Filles de la Confédération et que leur branche locale n'existe plus depuis les années 1930, je pense que tu n'as pas trop de souci à te faire.

— Je… je veux juste rentrer chez moi, bredouilla le jeune homme.

— Quel âge as-tu, Trevor ?

— Dix-huit ans, monsieur.

— Bon. Tu es majeur et rien ne m'oblige à prévenir tes parents. Mais à ta place, je leur raconterais. »

Titus se tourna vers le reste de la foule, constituée de paroissiens de Jamal Addison et de jeunes Blancs au style similaire à celui de Trevor – la plupart faisaient partie de la petite scène artistique dynamique de Charon. Il en reconnut quelques-uns qui avaient un stand au marché des artisans qui se tenait sur le parking du lycée tous les troisièmes samedis du mois. Il y avait aussi des membres d'un groupe de musique qui animait la scène ouverte de l'Oasis, le mardi soir.

« Pour les autres, rentrez chez vous, ajouta Titus. Vous n'avez plus rien à faire ici. »

Quelques personnes s'éloignèrent, mais la majorité des gens restèrent plantés sur le trottoir, encore électrisés par l'adrénaline. Titus comprit qu'il devait les calmer, et vite. Il croisa les bras.

« Sauf si vous voulez que je vous arrête tous pour trouble à l'ordre public… »

D'autres promesses, d'autres menaces. Les mots « Protéger et servir » figuraient sur son insigne mais, dans ce genre de situations, Titus estimait qu'il aurait fallu les remplacer par « Intimider et effrayer ».

Ça fait partie du boulot, songea-t-il. Une autre réflexion surgit, plus insidieuse : *si ça fait partie du boulot, tu es vraiment sûr que c'est un boulot pour toi ?*

Titus chassa cette pensée et s'adressa à nouveau à la foule.

« Allez, dispersez-vous ! »

Cette fois, tous obéirent en marmonnant des insultes. Au bout de quelques secondes, il ne restait plus que Jamal.

« “Ainsi parle le Seigneur : Défendez le droit et la justice, libérez le spolié du pouvoir de l'exploiteur”, récita Jamal.

— Jérémie, chapitre 22, verset 3, répliqua Titus.

— Vous avez défendu Trevor. Dommage que vous n'ayez pas fait de même pour Latrell. »

Titus consulta sa montre. Il était 10 heures passées.

« Le département tiendra une conférence de presse à 16 heures. Je vous conseille d'y assister.

— Quand je pense que vous allez laisser ces espèces de nazis parader pendant la Foire d'automne, poursuivit Jamal sans tenir compte de la remarque de Titus. Vous êtes le shérif, pourtant, non ? À quoi bon vous avoir élu si vous n'êtes même pas capable d'empêcher Ricky Sours et les imbéciles qui l'entourent d'organiser leurs petites manifestations ? »

Titus se mordit l'intérieur de la joue. Évidemment que lui non plus ne tenait pas à voir ces guignols déguisés en soldats confédérés défiler à travers la ville.

« Ils ont une autorisation délivrée par le service des parcs municipaux, expliqua Titus. Ça ne me plaît pas plus qu'à vous, mais ce n'est pas de mon ressort. Et comme ils ont insisté pour que j'assure leur protection, je n'ai pas le choix non plus. Mais croyez bien qu'on ne tolérera pas le moindre écart de leur part.

— S'il y avait bien une personne que je n'imaginais pas retourner sa veste, c'était vous, Titus, dit Jamal. Tous les dimanches, votre mère nous enseignait que les justes ne sont jamais abandonnés, et voilà que vous, son fils, vous laissez ces démons fouler aux pieds les enfants de Dieu.

— Carla, tu veux bien aller t'occuper du rapport d'incident ? demanda Titus.

— Oui, chef », répondit l'adjointe, et elle repartit vers sa voiture de patrouille.

Titus retira ses lunettes de soleil. Puis il dégrafa son insigne et le glissa dans sa poche. Lorsqu'il s'avança vers Jamal, il sentit les pointes de l'étoile se planter dans sa cuisse.

« Vous me récitez vos versets sur le droit et la justice, et ensuite vous avez le culot de m'accuser d'être la marionnette de ces enfoirés ? Vous croyez que j'ai arrêté d'être noir en mettant cette étoile, c'est ça ? Ça me dégoûte de voir ces abrutis parader en plein centre-ville avec leurs drapeaux confédérés et leurs tee-shirts à l'effigie de Jefferson Davis et de Robert E. Lee. Mais tant qu'ils n'enfreignent pas la loi, je ne peux strictement rien faire. »

Titus se pencha alors vers Jamal jusqu'à ce que ses lèvres ne soient plus qu'à quelques centimètres de son oreille.

« Et maintenant, c'est Titus qui te parle, pas le shérif. Avise-toi de redire quoi que ce soit sur Helen Crown et je te fais bouffer tes dents, c'est clair ? » Il recula et remit ses lunettes de soleil et son insigne. « Venez à la conférence de presse, révérend. C'est important que vous entendiez ce que j'ai à annoncer. »

Titus se retourna et se dirigea vers son SUV. Assis derrière le volant, il regarda Jamal secouer la tête et s'éloigner d'un pas lent. Titus croisa alors son propre reflet dans le rétroviseur. L'homme qui l'observait passait son temps à menacer les citoyens qu'il avait juré de défendre.

Titus démarra et ne put s'empêcher de se demander qui était en tort : l'homme dans le reflet, ou les citoyens ?

9

Titus tourna à droite sur Jackson Street et se gara devant le département de médecine légale de Virginie, une grande bâtisse en béton à deux pâtés de maisons du vieux Richmond Coliseum à l'abandon. Derrière ces portes, on analysait et on cataloguait les pires horreurs avec une froideur et un détachement dont il se sentait incapable.

Titus passa par l'entrée principale plutôt que par le rideau métallique que franchissaient chaque jour des cadavres de corpulences, tailles, âges et origines ethniques variés. Dans l'ancienne capitale de la Confédération, le bastion de l'égalité était la table d'autopsie.

Dans le hall, Titus prit l'ascenseur qui descendait à la morgue. Dès que les portes coulissantes s'ouvrirent, une puissante odeur d'antiseptique l'assaillit, s'insinuant dans ses narines et lui irritant la gorge, comme pour lui annoncer qu'il s'apprêtait à pénétrer dans le royaume des morts.

« "Vous qui entrez ici, abandonnez toute espérance" », murmura-t-il en s'avançant vers une énorme porte métallique qui ressemblait à s'y méprendre à celle de l'ascenseur.

Il appuya sur le bouton d'un Interphone fixé au mur.

« En quoi puis-je vous aider ? demanda une voix grésillante par le haut-parleur.

— Je suis le shérif Titus Crown du comté de Charon. Je vous ai envoyé des corps, hier, et j'aurais voulu m'entretenir avec quelqu'un à ce sujet. »

Quelques secondes de silence. Titus se doutait que les médecins légistes n'en étaient qu'au stade préliminaire des autopsies, mais il avait besoin de quelque chose, n'importe quoi, qui pourrait faire progresser son enquête. Ces six enfants morts et leurs familles l'exigeaient de lui. Or Titus savait qu'il y avait de grandes chances que ces petits cadavres brisés recèlent les indices les plus probants.

Il n'avait aucune envie de poser à nouveau les yeux sur eux, mais il le ferait. Parce que c'était son travail. Sa responsabilité. Sa pénitence.

« Entrez », dit la voix.

La porte métallique coulissa et Titus se retrouva dans un vestibule qui séparait la morgue du bureau du légiste. Au bout de quelques instants, il aperçut derrière une baie vitrée une femme asiatique vêtue d'une blouse et d'un calot de chirurgien bleus, qu'elle retira et jeta dans une poubelle en plastique portant le sigle « matériel contaminé », avant de le rejoindre.

« Bonjour, shérif. Je suis la docteure Julie Kim.

— Enchanté. »

La légiste hocha la tête. Son chignon brun très serré ressemblait beaucoup à celui de Carla. D'un geste, elle invita Titus à la suivre. Celui-ci ôta son chapeau et ses lunettes et prit place sur un des deux fauteuils en cuir qui faisaient face à l'énorme bureau en chêne de la jeune femme.

« Shérif, je vais être honnête avec vous, nous n'avons eu le temps d'examiner que deux des six corps que vous nous avez envoyés. Je suis désolée, mais nous sommes en sous-effectif en ce moment.

— Ah ? La médecine légale n'a pas le vent en poupe ?

— Moins qu'American Aquarium, de toute évidence, répondit Kim avec ironie. Ils sont en concert ce soir au National et, par un curieux hasard, la moitié de notre équipe est subitement tombée malade…

— Chez nous, ce genre d'épidémie se déclare plutôt autour de l'ouverture de la chasse. Mais mon but n'est pas de vous mettre la pression, docteure Kim. Je voulais simplement votre avis sur vos découvertes préliminaires, quelles qu'elles soient.

— J'allais vous répondre que j'aurais pu vous les envoyer par e-mail, mais j'ai comme l'impression que vous êtes de ceux qui préfèrent le terrain. »

La légiste esquissa un sourire, et Titus lui sourit en retour. Puis il pensa aux six adolescents noirs étendus sur des tables en Inox avec une incision en forme de Y au niveau de la poitrine, et le sourire s'évanouit.

« Je suis censé donner une conférence de presse cet après-midi, expliqua-t-il. Charon est une petite ville où les rumeurs vont bon train. Avant-hier, nous avons eu une fusillade au lycée et, le lendemain, nous avons découvert ces corps. Le comté est sous le choc. La moindre information que vous pourrez me fournir me permettra de montrer aux habitants de Charon que nous sommes à pied d'œuvre. »

La légiste fit craquer ses doigts, avant d'actionner un bouton sur le téléphone posé sur son bureau.

« Peter, vous pouvez m'apporter le dossier Charon ? »

Quelques secondes plus tard, un jeune homme blanc entra, remit à la docteure Kim un épais dossier en papier kraft et ressortit si vite que Titus se demanda s'il n'avait pas rêvé.

« Tenez, dit la légiste en tendant le dossier à Titus. Je vais quand même vous faire un résumé des points importants. »

Titus ouvrit la pochette et la première chose qu'il vit fut un corps éventré étendu sur le dos sur une table d'autopsie. La peau parcheminée était écartée de part et d'autre de la cage thoracique, qu'on avait découpée au moyen d'une scie. Titus retourna la photo. Le cliché suivant était un gros plan du bras du cadavre.

« Est-ce que ce sont… des mots ? demanda-t-il.

— Oui. Sur les corps dont la peau n'est pas encore complètement décomposée, on peut lire plusieurs inscriptions effectuées au moyen d'un objet tranchant sur les bras, la poitrine et le visage. Je soupçonne que les autres présentent le même genre d'incisions.

— "Maudit… soit… Canaan" », déchiffra Titus à voix basse avant de retourner la photo.

Sur l'image suivante apparaissait la tête presque momifiée d'une des victimes. Le technicien avait dû utiliser un appareil à lumière noire ou à infrarouge qui donnait au visage un aspect fantomatique. Titus était incapable de dire s'il s'agissait d'un garçon ou d'une fille. Les lèvres décharnées s'étaient retroussées, ne laissant qu'un rictus d'agonie.

Titus plissa les yeux et lut les mots gravés sur le front de la victime.

« Ces inscriptions ne sont que la face émergée de l'iceberg de sévices qu'ont subis ces enfants, expliqua la légiste. Ils ont enduré un véritable calvaire. »

Un sentiment à la fois familier et terrifiant envahit soudain Titus. Il l'avait déjà éprouvé au camp DeCrain, lorsqu'il s'était retrouvé avec le visage maculé de petits morceaux de chair et d'os appartenant aux enfants de Red.

Le sens du devoir. Mais pas n'importe quel devoir, le devoir qui vous faisait vous croire au-dessus des lois et des amendements. Le devoir qui vous menait à poser l'index sur la détente d'un revolver. Il savait à présent que ce sentiment n'avait rien de noble, qu'il s'agissait d'un leurre qui vous persuadait que la fin justifiait les moyens.

Titus ferma le dossier en se promettant de ne plus jamais céder à ces sirènes-là – ce qui restait de son âme ne s'en remettrait pas.

« Et sinon, pour ce qui est de l'ADN ? demanda-t-il. Et les éventuelles traces de fibres ? La datation à partir des insectes et des larves ?

— On a pu extraire quelques échantillons d'ADN, mais on ne sait pas encore à quel point ils sont dégradés. On a lancé des comparaisons à partir des bases de données locales et nationales, sans succès pour l'instant. Nous allons faire pareil avec les empreintes dentaires. Pour ce qui est des fibres, c'est étonnant que vous le mentionniez parce qu'on a justement découvert des cheveux synthétiques sur deux des cadavres. *A priori*, il s'agirait de perruques de qualité, mais nous n'avons pas tous les résultats d'analyse. Et enfin, on a réussi à identifier pratiquement tous les objets métalliques retrouvés sur les corps. Des clous, des aiguilles, des morceaux de fil de fer, des lames de rasoir. » La légiste marqua une pause, le temps de prendre une longue inspiration. « À part un. Regardez à la dernière page du dossier. »

Titus s'exécuta et découvrit une espèce de T rouillé posé sur une table à côté d'une règle graduée, pour l'échelle. Les bras du T étaient deux tuyaux assez fins. La base, plus large et bombée, lui rappela un jouet qu'il avait eu enfant. Une sorte de fusée miniature en fer au bout de laquelle on plaçait une petite amorce et qu'on jetait par terre pour produire une détonation.

« On a effectué des recherches d'images, on a contacté la police d'État et j'ai personnellement envoyé un e-mail avec la photo au FBI mais, pour l'instant, personne ne semble savoir de quoi il s'agit, dit la légiste.

— Je suis sûr que les gars du Bureau ont au moins cinq photos différentes du même objet dans leur base de données, répliqua Titus. Ce n'est qu'une question de temps.

— Leur minutie n'a visiblement pas de secret pour vous, fit remarquer la docteure Kim.

— C'est le moins qu'on puisse dire », fit Titus avec un petit sourire sans joie.

La légiste hocha la tête.

« En tout cas, pour l'instant, voilà où nous en sommes. Je devrais avoir les résultats toxicologiques et ADN d'ici quelques semaines.

— Je sais bien que vous prenez les dossiers dans l'ordre dans lequel ils arrivent, mais vous pensez qu'il serait possible de placer celui-ci sur le haut de la pile ? plaida Titus.

— Ce ne sont pas les seuls enfants qu'on a à autopsier, hélas, mais je vais voir ce que je peux faire. »

Cette fois, ce fut le tour de Titus de hocher la tête. Il referma le dossier et le reposa sur le bureau.

« Merci pour votre temps, docteure, dit-il en remettant son chapeau.

— Est-ce qu'il vous arrive de vous demander comment ils ont pu faire des choses pareilles ? Et pourquoi ? Pourquoi quelqu'un irait-il… faire ce qu'ils ont fait à ces gamins ? »

L'espace de quelques instants, le masque de la professionnelle tomba et Titus découvrit le visage de Julie Kim – un être humain qui éprouvait de l'empathie et dont le cœur débordait de tendresse. S'il en croyait les cadres photo disposés sur son bureau, elle n'était pas seulement directrice du département de médecine légale. Elle avait aussi une famille – un mari et des enfants.

Titus se leva.

« En général, j'essaie de ne pas y penser. Je me concentre sur le qui, pas sur le pourquoi. Mais si vous voulez vraiment une réponse… »

Il sortit ses lunettes de soleil de sa poche de chemise et les mit sur son nez.

« … ils font ça parce que ça leur plaît. Ils font ça parce qu'ils le peuvent. Je crains qu'il ne faille pas chercher beaucoup plus loin, conclut-il.

— Vous croyez sincèrement que c'est aussi simple ?

— Le mal n'est jamais très compliqué. Par contre, il a beaucoup de culot. »

Titus effleura le bord de son chapeau pour prendre congé de la légiste et quitta le bureau.

De retour dans sa voiture, il inscrivit dans son carnet les informations que lui avait données la docteure Kim. Si Titus avait une excellente mémoire, il préférait toujours l'étayer avec des notes détaillées.

« Le lapin qui n'a qu'une issue à son terrier est bien mal parti », disait souvent sa mère.

Ce n'était pas parce qu'elle utilisait en général ce genre d'expressions imagées pour réagir à des rumeurs croustillantes que ses mots n'étaient pas empreints de sagesse.

En haut de la page, Titus nota *Maudit soit Canaan*. Il se souvenait de l'épisode de la malédiction de Canaan, dans la Genèse – un extrait au vitriol sur lequel de nombreux empires s'étaient appuyés pour justifier l'asservissement de peuples entiers. Un jour, en cours d'éducation civique, son enseignante avait d'ailleurs déclaré d'un ton tout à fait détaché que les Noirs étaient condamnés à être esclaves parce que c'était écrit dans la Bible. Lorsque Titus avait raconté l'anecdote à sa mère en rentrant chez lui, il avait vu une tornade se former dans son regard.

« Demain, j'irai toucher deux mots à cette jeune femme, avait-elle grondé. Écoute bien ce que je vais te dire, Titus, et ne l'oublie jamais : la Bible est un texte parfait, c'est l'interprétation que les hommes en font qui est corrompue. Et ton enseignante est une conne. »

Titus se rappelait le choc qu'il avait ressenti en entendant sa mère proférer un juron. Il n'aurait pas été plus surpris s'il était tombé sur Jésus en train de boire un verre de Hennessy. Quelques années plus tard, alors que sa mère était morte et enterrée, il avait compris que la Bible était tout aussi corrompue que les hommes qui la lisaient. L'Ancien Testament, le Nouveau Testament, ce n'étaient que des mots avec un *m* minuscule, une brochure écrite par des fanatiques afin de promouvoir leur culte à la gloire d'un charpentier cloué sur une croix.

Titus inscrivit une nouvelle phrase sur son carnet : *Sa souffrance est notre salut.*

Celle qu'il avait lue sur le front de la victime de la troisième photo. Ce n'était pas une citation tirée de la Bible, mais Titus la connaissait. Des vingt et un lieux de culte que comptait le comté de Charon, au moins six avaient déjà mis cette phrase en exergue à un moment ou à un autre sur leur panneau d'accueil.

Il y avait eu Saint-Ignace. Puis la paroisse de son père. Plus tard, il avait croisé ces mêmes mots devant l'église baptiste de la Trinité et devant l'église méthodiste Nazareth United. Les Premiers-Corinthiens les avaient aussi utilisés, mais la première fois qu'il avait lu cette phrase, c'était sur le panneau d'accueil de l'église du Rocher-Sacré-du-Rédempteur, une petite paroisse familiale et non confessionnelle basée sur Piney Island, un vague tas de cailloux et de sable rattaché à Charon par le pont le plus branlant du monde. Le Rocher-Sacré-du-Rédempteur était le genre de lieu de culte où on évoquait tous les dimanches les « flammes de l'enfer », où on manipulait des serpents et où on consommait de la strychnine pour entrer en transe. Des vrais croyants, en somme. Ou, comme disait son père : « Un sacré ramassis de connards racistes et à moitié tarés. »

Titus rangea son carnet. Il ne disposait pas de beaucoup d'éléments, mais il avait au moins quelque chose à quoi se raccrocher, ne serait-ce que du bout des doigts. Le Dernier Loup était-il membre d'une des six églises qui avaient utilisé cette phrase ? Ou s'agissait-il d'un pervers déséquilibré qui habitait le comté et qui avait trouvé amusant de graver ces mots sur le front d'un enfant avec un rasoir ? Dans tous les cas, Titus était certain d'avoir affaire à un local. Car seul un local pouvait connaître l'emplacement de la clairière au saule pleureur. Seul un local pouvait s'associer à Spearman et Latrell. Et seul quelqu'un qui avait le nom de Charon inscrit au plus profond de lui pouvait haïr suffisamment son comté pour en imprégner le sol avec le sang d'enfants innocents.

Titus poussa la porte du département à midi. Cam était pendu au téléphone, le visage tendu.

« Le shérif répondra à ces questions pendant la conférence de presse, Toby. Je peux rien te dire pour la bonne raison que je sais rien, c'est pourtant clair, non ? »

Cam raccrocha au nez de Toby et prit l'appel suivant.

« Département du shérif du comté de Charon. Oui, madame. Le shérif tiendra une conférence de presse à 16 heures pour fournir des précisions. Merci. »

Le ton du répartiteur trahissait son exaspération. L'espace de quelques instants, le téléphone ne sonna pas et un silence bienvenu envahit le bureau.

« Ça n'arrête pas, on dirait, commenta Titus.

— Tout le monde parle de ce qu'on a trouvé dans cette clairière, expliqua Cam. Les gens sont inquiets. Ricky Sours exige d'être réquisitionné par le département avec ses hommes pour participer à l'enquête. Il y a ceux qui envisagent de quitter la région. Et surtout, Scott qui me harcèle depuis ce matin. Je vous jure, chef, ce type mérite des baffes. »

Titus donna une petite tape sur l'épaule de Cam.

« Pour le moment, Scott est le cadet de nos soucis. Rends-moi service, contacte Freddie Nickels de Channel Seven pour l'informer de la conférence de presse. Je lui ai envoyé un e-mail, mais il ne m'a pas répondu. J'ai aussi écrit à Dan Dawson et à Stacy Weddle. Si tu pouvais leur passer un coup de fil également…

— Et la presse écrite ? suggéra Cam. Je peux essayer de joindre Charlie, du *Charon Register*.

— Plus on est de fous… »

Cam acquiesça.

« Ah oui, Roger a appelé.

— Qu'est-ce qu'il voulait ? demanda Titus après un soupir.

— Savoir où vous étiez. Apparemment, il… il a discuté avec Scott de sa suspension temporaire. »

Cam avait prononcé cette dernière phrase de façon un peu hésitante, comme un enfant réticent à l'idée de dénoncer son frère.

« Si ça l'amuse de parler à Scott, je vais pas l'en empêcher, dit Titus. Ça l'avancera pas plus qu'un chariot avec des roues carrées. »

Il poussa la porte de son bureau en songeant que si ses anciens collègues à l'antenne du FBI de Fort Wayne avaient entendu cette expression sortir de sa bouche, ils n'auraient pas manqué de lui offrir dès le lendemain une salopette et un sac de grains.

Pour plaisanter, bien sûr. Ces gens-là aimaient beaucoup plaisanter.

Titus ouvrit son ordinateur portable et entreprit de rédiger son discours pour la conférence de presse. Il fallait qu'il adopte le ton juste. Préoccupé, mais pas inquiet. Ferme, mais pas inflexible. Il y avait un savant équilibre à trouver lorsqu'on devait annoncer à ses électeurs que trois de leurs concitoyens avaient transformé leur comté en charnier.

Titus s'interrompit et observa le portrait de Ward Bennings accroché au mur de l'accueil, aux côtés des autres anciens shérifs de Charon. Certains des corps qui avaient été découverts sous le saule pleureur y étaient depuis plus de cinq ans. Spearman, Latrell et le Dernier Loup les avaient traînés là-bas, à travers les branches et les broussailles, sans que cela attire l'attention de qui que ce soit – pas même du shérif. Comment avaient-ils pu y arriver ? Ils avaient pris des précautions, bien sûr, mais ce n'était pas pour autant des magiciens. Quelqu'un les avait forcément vus faire, au moins une fois. Le comté de Charon était beaucoup trop petit pour que trois hommes transportant des cadavres à travers bois passent inaperçus. En tout cas, Titus l'espérait.

Il contempla les autres shérifs. Une lignée d'officiers de police qui avaient protégé une partie des citoyens de Charon tout en ignorant sciemment les souffrances de ceux qui ne leur ressemblaient pas. Chacun de ces hommes, génération après génération, avait laissé à son successeur un comté brisé. Désormais, Titus tenait entre ses mains des éclats tranchants qui lui lacéraient les doigts, alors que flottait au-dessus de lui l'ombre d'un spectre à tête de loup.

« La vache ! s'exclama Davy. C'est noir de monde ! »

Titus jeta un œil par la fenêtre. Le parking était effectivement plein à craquer. Plusieurs personnes armées de calepins et de tablettes déambulaient entre les camionnettes de télévision (en plus des trois chaînes locales, trois chaînes de la région de Richmond étaient représentées, ainsi que deux autres du nord de la Virginie) avec l'air sournois qu'arborent tous les journalistes lorsqu'ils sont en quête d'un bon sujet. Parmi eux, Titus reconnut Frank, du *Charon Register*. Outre la presse, les deux tiers de la population du comté semblaient avoir fait le déplacement, si bien qu'il y avait des voitures garées en enfilade jusqu'au supermarché.

« C'est parti, annonça Titus. Davy, Carla, Pip et Steve, vous gérez la foule. Pendant ce temps-là, moi, je dis ce que j'ai à dire et je m'en vais. Pour l'instant, on ne prend aucune question. On est bien d'accord là-dessus ? »

Ses adjoints acquiescèrent.

Titus observa une dernière fois son reflet dans la vitre. Le pli de son pantalon formait une ligne parfaite de la taille à l'ourlet, son étoile scintillait de mille feux, et son visage et ses mains étaient bien hydratés (il s'était mis de la crème pour l'occasion).

Pour certaines personnes, cela n'avait aucune importance, mais Titus savait que s'il voulait que la majorité de la population de Charon fasse au moins mine de le respecter, il devait apparaître comme un surhomme. Or il avait plus que jamais besoin du respect de ses électeurs, car il s'apprêtait à briser leurs illusions et à détruire une de leurs idoles. À cause de lui, ils allaient découvrir une nouvelle réalité où le sentiment de sécurité n'existait plus et où des gens qu'ils avaient connus toute leur vie se révélaient être des monstres à visage humain.

Ce genre de nouvelle était rarement bien pris.

Et souvent, c'était le messager qui finissait par en payer le prix.

« Allons-y », dit Titus.

Un murmure parcourut la foule lorsque Titus tapota le micro. L'appareil appartenait à Davy, qui animait des soirées en tant que DJ avant d'être engagé en tant qu'adjoint au shérif. Titus vit l'inquiétude s'insinuer dans les traits des centaines de visages qui lui faisaient face. Ces gens avaient entendu certaines choses, ils en avaient inventé d'autres et, à cet instant, ils étaient sur le point d'apprendre la vérité de sa bouche. Le poids de cette responsabilité était si lourd pour ses larges épaules qu'il faillit baisser la tête, mais il se ressaisit, prit une grande inspiration et regarda droit devant lui. Le renoncement n'était pas une option. Il ne pouvait pas se permettre de laisser paraître la moindre faiblesse, ne serait-ce qu'une fraction de milliseconde. S'exprimer devant une foule équivalait à affronter un animal sauvage. Si vous aviez le malheur de montrer votre peur, vous vous faisiez dévorer vivant.

« Tout d'abord, je voudrais vous remercier d'être venus si nombreux aujourd'hui. »

La chasse était ouverte.

10

Titus posa son chapeau sur son bureau. Il s'assit, ôta ses lunettes de soleil et se frotta le visage à deux mains. Dehors, la foule commençait à se disperser, mais il entendait toujours le brouhaha lointain des voix.

Carla entra.

« Vous pensez qu'on va l'attraper ?

— On n'a pas le choix », répondit Titus en rajustant sa cravate.

Le téléphone fixe se mit à sonner.

« Quelqu'un qui veut vous parler sur la une, chef, cria Cam de la pièce voisine.

— Carla, tu peux passer à la clairière regarder où en sont les gars de la police d'État ? demanda Titus. Dis-leur que tu viens de ma part. Ils m'ont promis de me tenir informé, mais je ne leur fais pas entièrement confiance et je n'ai pas envie qu'on se retrouve sur la touche.

— Ça marche, chef. »

Carla sortit du bureau, et Titus décrocha le téléphone.

« Shérif Crown. Que puis-je faire pour vous ?

— Eh ben ! Quel sérieux ! s'esclaffa une voix au bout du fil, et Titus sentit instantanément son estomac se nouer. Est-ce qu'on t'a donné ta propre paire de menottes, monsieur le shérif ?

— Kellie. Pourquoi tu m'appelles ici ?

— Merci pour l'accueil… Moi aussi, ça me fait plaisir d'avoir de tes nouvelles ! »

Titus s'éclaircit la gorge.

« Je suis désolé, que… Comment vas-tu ? bredouilla-t-il, le visage brûlant comme une grille de barbecue. Je ne m'attendais pas à t'avoir au téléphone.

— Détends-toi, Virginia, je cherche pas à te harceler. C'est pas un appel de ton ex tarée qui arrive pas à tourner la page.

— Donc tu me contactes en tant que reporter pour la *Journal Gazette* de Fort Wayne ?

— Pas tout à fait, admit Kellie. Je suis du côté d'Indianapolis, maintenant. Je bosse pour le *Times*. Mais mon petit doigt m'a dit qu'il se passait quelque chose vers chez toi qui pourrait m'intéresser pour mon projet parallèle. »

Titus resta silencieux.

« J'en déduis que t'as pas entendu parler de mon podcast, hein ? s'esclaffa-t-elle.

— Je… J'ai pas beaucoup de temps libre. »

Un ricanement.

« Bon. Tu as forcément Spotify sur ton téléphone, je t'enverrai le lien. Tu pourras écouter ça en voiture en allant d'une croix enflammée à une autre ! »

Une fois de plus, Titus garda le silence.

« Désolée, c'était pas de très bon goût, s'excusa Kellie.

— C'est surtout l'hôpital qui se fout de la charité ! On peut pas dire que l'Indiana soit un État très progressiste.

— Touché, reconnut Kellie. Mais donne-moi quand même ton numéro, que je t'envoie le lien. J'anime un podcast sur des affaires criminelles. Je me suis lancée quand je me suis fait virer de la *Journal Gazette*. À la base, on s'intéressait à des assassinats de travailleuses du sexe dans la région d'Indianapolis mais, depuis quelque temps, on cherche à élargir nos horizons.

— Qu'est-ce que tu sais sur ce qui s'est passé ici, exactement ?

— Un ami à moi qui bosse pour une chaîne de télé de Richmond m'a appris que vous aviez retrouvé des gamins enterrés dans une clairière. Je me demandais si le mec avec qui j'ai partagé un lit pendant deux ans accepterait de m'accorder une interview quand on descendra le voir. »

Titus eut l'impression qu'on lui avait donné un coup de poing en pleine poitrine.

« Tu veux venir ici ?

— Pour un ex-agent du FBI, on peut pas dire que tu percutes vite, railla Kellie. Je récapitule : moi, j'ai un podcast spécialisé dans les affaires criminelles, et toi, il semblerait que tu aies découvert un tueur en série. Il me reste quelques jours de congé à prendre au *Times*, j'ai donc l'intention de me rendre à Charon pour enregistrer un épisode sur ledit tueur en série et j'espérais que tu accepterais de répondre à quelques questions. Écoute, le coup du mec avec qui j'ai partagé un lit pendant deux ans, c'était une boutade. Je voulais juste détendre l'atmosphère. T'as toujours été trop sérieux.

— L'enquête vient de débuter et j'ai déjà des journalistes et des habitants qui se bousculent à ma porte. Je suis désolé, mais on n'a vraiment pas besoin de ça, en ce moment.

— Est-ce que t'aurais réagi pareil si j'étais pas ton ex ? demanda Kellie.

— J'aurais réagi pareil si t'étais Anderson Cooper de CNN, répliqua Titus.

— Pour le coup, si Anderson Cooper était ton ex, ça aurait sérieusement pimenté notre relation ! s'esclaffa Kellie. Écoute, Titus, quoi qu'il arrive, je vais venir. Je voulais te proposer une opportunité de te faire entendre. De secouer un peu les gens. Peut-être même de dénicher quelques pistes. Tu n'es pas obligé de répondre à mes questions, mais tu ne peux pas m'empêcher de faire mon boulot.

— Personne n'a jamais pu t'empêcher de faire quoi que ce soit, Kellie, mais je t'assure que là, c'est une perte de temps. On en est encore aux balbutiements. Tu n'auras rien à te mettre sous la dent. Tu vas juste gâcher de l'essence.

— T'as vraiment pas envie de me voir, hein ? » lui lança Kellie.

Sa voix s'était faite plus sérieuse. Plus douce, aussi. Pendant quelques secondes, un silence chargé de souvenirs parcourut comme un influx nerveux la ligne téléphonique qui les séparait.

Titus avait fait la connaissance de Kellie Stoner au cours d'une enquête sur les meurtres de plusieurs travailleuses du sexe dans la région de Fort Wayne. Kellie était l'une des deux journalistes spécialisées dans les affaires criminelles à la *Journal Gazette* de Fort Wayne. Elle œuvrait également comme bénévole dans un foyer qui hébergeait des prostituées et des sans-abri. C'était une petite boule d'énergie d'un mètre soixante qui avait passé l'intégralité de l'interview à le pousser dans ses retranchements. De longs cheveux bruns, des cils assortis, une peau bronzée dont Titus apprendrait plus tard qu'elle l'avait héritée de ses ancêtres philippins et italiens, mais surtout, des yeux marron clair qui ressemblaient à deux gouttes de miel et qui s'assombrissaient lorsqu'elle était en colère. Et ce jour-là, elle l'était.

« Désolée, agent Crown, mais j'ai l'impression que des prostituées assassinées, ça n'intéresse pas franchement le FBI, avait-elle déclaré de but en blanc alors qu'ils étaient assis dans le bureau du chef de la police locale. Nous en sommes à six, rien que cette année, et l'enquête est toujours au point mort. D'ailleurs, pourquoi vous a-t-il fallu si longtemps pour ouvrir une procédure alors que ça fait des mois que les gens d'ici supplient la police d'intervenir ?

— Miss Stoner, je vous assure que le FBI fait tout ce qu'il peut, avait répondu Titus. Et je vous promets que moi, je fais tout ce que je peux. Négliger les victimes, ce n'est pas mon genre. Vous pouvez me croire sur parole.

— Mais bien sûr, avait-elle marmonné. Et bientôt, il va me demander de croire au père Noël.

— Vous dites ?

— Excusez-moi. Mais vous ne pouvez pas m'en vouloir d'être sceptique. Par ici, les flics ne se déplacent que quand une riche bourgeoise blanche est en retard à son enterrement de vie de jeune fille.

— Je ne choisis pas mes affaires en fonction du statut social des victimes, Miss Stoner. Tout le monde est important, ou personne n'est important. Je suis là pour donner une voix à celles et ceux qui n'en ont plus.

— Vous êtes sincère, pas vrai ? avait soupiré Kellie.

— Oui, avait acquiescé Titus. C'est comme ça que m'a élevé ma mère. Et de mon côté, je vois bien que c'est un sujet qui vous tient à cœur. Vous êtes attachée à ces victimes, tout comme vous êtes attachée aux gens d'ici. Cette passion qui vous anime est tout à votre honneur. » Puis, après une courte pause : « Quant au père Noël, évidemment qu'il existe. »

Elle avait ri. Un rire sincère, venu des profondeurs de sa gorge, et qui ne tarderait pas à faire complètement chavirer Titus.

Avec son équipe, il avait fini par appréhender l'homme responsable du meurtre de ces huit travailleuses du sexe. Il leur avait donné une voix. Il les avait vengées.

Après cette affaire, Kellie et lui s'étaient mis à danser sur la mélodie d'une chanson à mi-chemin entre l'amour et le désir.

Puis il y avait eu la descente au camp DeCrain, et la chanson s'était brutalement interrompue.

« Ce n'est pas ça, et tu le sais, protesta Titus. Il fallait que je rentre en Virginie. Et toi, tu devais rester dans l'Indiana. Avec la distance, notre histoire était vouée à l'échec. Mais pour moi, on s'est séparés en bons termes.

— Ah bon ?

— Pas pour toi, visiblement, dit Titus, la main crispée sur le combiné.

— Mais si, tu as raison. Ça n'a pas été facile pour autant. Enfin, c'est derrière nous, aujourd'hui. Je vois quelqu'un, et je suis sûre que toi aussi. Mais j'aimerais quand même t'envoyer le lien vers mon podcast. Si ça t'embête pas, bien sûr. »

Titus songea à Darlene. Oui, cette histoire était derrière lui. De retour dans sa ville natale, il s'était mis avec une femme bien. Une femme honnête et loyale. Des qualités que possédait aussi Kellie, du reste, mais la jeune journaliste était également une grande gueule dotée d'un tempérament explosif qui savait pousser Titus dans ses retranchements. Avec elle, il vivait sur la sellette, ce qu'il trouvait à la fois terrifiant et terriblement excitant. Si Darlene était un grand soleil avec un verre de limonade bien fraîche, Kellie Stoner était un bocal d'alcool artisanal sous une nuit sans étoiles… Titus était heureux de vivre à la lumière.

Cela dit, quel mal y avait-il à écouter ce podcast ? Au contraire, ça lui permettrait de savoir à quoi s'attendre quand Kellie viendrait à Charon.

« Ça ne m'embête pas, répondit Titus.

— Tu as toujours le même numéro ?

— Oui, tu l'as gardé ?

— Tu crois pas que j'aurais posé la question différemment si je l'avais effacé ? »

Titus se sentit soudain très bête.

« On se voit bientôt, alors, ajouta Kellie. À plus, Virginia. »

Et elle raccrocha.

Titus avait invité les habitants de Charon à prendre contact avec son département s'ils remarquaient quelqu'un au comportement étrange, surtout si ce quelqu'un possédait un hangar ou une grande dépendance. Le standard ne tarderait pas à crouler sous les appels – sans intérêt pour la plupart, mais qu'il faudrait tout de même traiter –, aussi Titus passa-t-il le reste de l'après-midi à gérer les tâches administratives en souffrance. Trois mois plus tôt, il avait adressé une demande au conseil des autorités de surveillance pour des caméras-piétons et des armes antiémeute, demande qui avait été rejetée de manière si abrupte et injustifiée qu'il soupçonnait que quelqu'un au comté détournait les fonds publics.

Il formula une nouvelle requête et l'envoya afin qu'elle soit examinée lors de la prochaine réunion. Titus espérait que les membres du conseil se montreraient plus réceptifs à l'idée de fournir des caméras-piétons au shérif et à ses adjoints à présent que des enfants avaient failli périr dans une fusillade à l'école. Il n'était pas très fier du procédé mais, s'il était possible de tirer au moins une chose constructive d'une telle tragédie, il se devait d'essayer.

Après quoi, il traita les notes de frais et les facturettes d'essence, il posta un lien vers sa conférence de presse sur les réseaux sociaux et il passa en revue les rapports d'arrestation des dernières vingt-quatre heures. Aussi inconcevable que cela puisse paraître, Titus avait d'autres responsabilités que les six tombes béantes qui entouraient le saule pleureur dans la clairièrc de Tank Billups. On avait ainsi retrouvé Ben Thomas et Wayne Hodges sans connaissance dans le pick-up de Ben, après ce qui ressemblait à une overdose d'héroïne coupée au fentanyl. Louise Tallifero avait jeté un bol de soupe brûlante sur sa fille sous prétexte que celle-ci n'arrêtait pas de pleurer – l'enfant avait deux ans. Darryl West avait appelé pour signaler que ses voisins Lenny et Stephanie Barkers maltraitaient le père de Lenny, un vétéran de la Seconde Guerre mondiale de quatre-vingt-neuf ans qui avait emménagé avec eux deux ans auparavant. Apparemment, Darryl avait vu Lenny et Stephanie donner des coups de pied au vieil homme après que ce dernier avait fait une chute dans le jardin. Darryl soupçonnait que le père de Lenny avait Alzheimer, parce qu'il avait tendance à se perdre. Lorsque Steve avait frappé à la porte de Lenny et Stephanie, le couple avait déjà eu le temps de faire rentrer le vieillard et de le rendre présentable, sans toutefois parvenir à dissimuler sa fracture à l'avant-bras.

Alors qu'il cliquait sur les rapports les uns après les autres, Titus eut l'impression d'être un personnage dans un épisode de *La Quatrième Dimension*, un homme condamné à passer l'éternité à courir après les désastres sans pouvoir les empêcher. Au fond, c'était exactement à cela que s'apparentait le maintien de l'ordre dans une petite ville. Vous vous retrouviez penché au-dessus d'un corps couvert de bleus ou devant un pick-up accidenté qui empestait le whisky, avec pour seuls compagnons une pelle, une balayette et des regrets. Un vulgaire agent d'entretien chargé de ramasser les débris de la vie des autres.

Quand Titus eut terminé de passer en revue les différents rapports d'arrestation, il eut soudain envie d'un bon bain pour se débarrasser de la saleté qui encrassait le monde.

Il se frotta le visage.

Son constat était biaisé. Il y avait de la saleté dans le monde, certes, mais il y avait aussi de la beauté et de la bonté. Il suffisait de savoir où regarder. Il suffisait d'avoir le courage ou la naïveté de chercher. L'étoile sur sa poitrine lui ordonnait de naviguer à travers la fange, mais ce n'était pas une ancre. Il ne tenait qu'à lui de ne pas se laisser entraîner vers le fond.

Il consulta sa montre.

21 heures. Il se leva, s'étira jusqu'à ce que son dos crépite comme un feu de camp et se dirigea vers la porte, récupérant son chapeau au passage. Il avait assez navigué pour la journée.

Titus se gara à côté du pick-up de son père. Dans la maison, il trouva Albert endormi sur le fauteuil inclinable que celui-ci avait accepté de se faire offrir par son fils, après d'âpres négociations. Titus sortit une couverture du placard de l'entrée et l'étala sur les genoux de son père, qui s'enroula aussitôt dedans avec un grognement. Titus monta ensuite à l'étage, enfila un survêtement et redescendit à la cuisine se faire réchauffer des restes.

Après son repas, il nettoya son assiette et celle que son père avait laissée dans l'évier. Il les essuya, les rangea et retourna au salon.

« Hé, papa, va te coucher », murmura Titus en posant la main sur l'épaule de son père.

Albert ouvrit un œil et bâilla.

« J'ai bossé au potager, aujourd'hui, dit-il en se redressant lentement. Je crois que ça m'a crevé.

— Il faut que tu fasses attention, papa. T'as peut-être une hanche en titane, mais ça fait pas de toi Iron Man.

— Si le bon Dieu a jugé utile de me garder sur cette terre jusqu'à maintenant, je pense pas qu'il ait l'intention de m'envoyer ailleurs de sitôt. À part peut-être au lit. À demain, fils.

— Hé, papa ? »

Albert s'arrêta au pied de l'escalier.

« Je connais cette tête, dit-il.

— Quelle tête ? demanda innocemment Titus.

— Celle que toi et Marquis, vous avez faite, quand vous avez renversé la tarte aux patates douces de votre mère en faisant les idiots dans la cuisine.

— Tu te souviens de cette fille dont je t'ai parlé ? La journaliste avec qui je suis sorti, dans l'Indiana ?

— Celle qui a déclenché une bagarre dans une salle de billard ? »

Titus acquiesça.

« Elle va venir à Charon faire un reportage sur les gosses qu'on a retrouvés sous le saule pleureur.

— Et elle va en profiter pour passer te voir, c'est ça ?

— Elle veut m'interviewer.

— Titus, est-ce que tu as encore des sentiments pour cette fille ?

— Quoi ? Euh… non. Je me demandais juste comment l'annoncer à Darlene. Tu sais comment elle peut être. Parfois, elle manque un peu… un peu de confiance en elle, et j'ai pas envie qu'elle s'inquiète. D'un autre côté, je peux pas empêcher Kellie de venir à Charon. D'ailleurs, c'est pas moi qui le lui ai proposé.

— Mais t'es pas non plus mécontent qu'elle vienne, pas vrai ? »

Titus toussota.

« Je veux pas que Darlene s'inquiète, c'est tout. »

Albert s'avança vers lui d'un pas traînant et lui posa la main sur l'épaule.

« Fils, la seule chose qui pourrait inquiéter Darlene, c'est la tête que tu fais en ce moment même. Darlene est une fille formidable, mais si c'est pas la bonne, il faut que tu le lui dises. Attends pas que l'autre débarque en ville.

— T'as raison, papa. Bonne nuit.

— Bonne nuit, fils. »

Titus attendit que son père soit couché pour envoyer un message à Darlene.

Hé, je suis rentré

Darlene lui répondit presque instantanément.

Tu veux que je vienne ?

Titus hésita pendant plusieurs secondes.

T'embête pas. Je suis K-O. Peut-être un resto demain soir à Newport News ?

Cette fois, la réponse de Darlene mit plus longtemps à arriver.

OK

Nul besoin d'un doctorat en criminologie pour déduire que Darlene était vexée. Il aurait pu accepter sa proposition de venir passer la nuit avec lui, mais la fatigue des trois derniers jours commençait à l'envelopper comme du coton, et il savait qu'il pouvait être de mauvaise compagnie quand il était épuisé. À choisir, il préférait ce petit froid par textos interposés qu'une vraie dispute. C'était le lot de toutes les relations longues : des dizaines et des dizaines de décisions tactiques et de négociations unilatérales dans le seul but de maintenir la paix. Ou du moins, l'illusion de la paix.

Titus gravit les marches qui menaient à sa chambre avec l'impression d'avoir un parpaing accroché à chaque pied. Lorsqu'il atteignit son lit, il dormait quasiment debout. Il n'était pas allongé depuis dix secondes que son téléphone se mit à sonner.

« Eh merde ! » jura-t-il, la tête dans l'oreiller.

Il se retourna, attrapa l'appareil sur la table de chevet. Davy.

« Qu'est-ce qu'il y a, Davy ?

— Bonsoir, Titus. Euh… je suis à l'Oasis et euh… ben… Je vous appelais parce que, euh…

— Davy, crache le morceau.

— OK, boss. Bon, donc Marquis est là, il vient de semer un bazar pas possible dans le bar, Jasper parle de porter plainte, et moi, je sais pas quoi faire. »

Titus ferma les yeux. Il était trop épuisé pour soupirer.

« J'arrive », dit-il.

11

Vingt minutes plus tard, Titus pénétrait sur le parking de l'Oasis. La rampe de gyrophares sur la voiture de patrouille de Davy projetait des lueurs rouge et bleu sur le mur du bâtiment en brique. Contrairement à la majorité des bars qu'on trouvait dans cette partie de la Virginie, l'Oasis n'était pas intégré à une galerie marchande à ciel ouvert mais se dressait seul, gros cube au toit plat qui rappelait à Titus les cartons dans lesquels il rangeait ses dossiers lorsqu'il travaillait au FBI. S'il y avait d'autres bars dans le comté, l'Oasis était de loin le plus fréquenté. En deuxième position, la Celtic Tavern devait se contenter des miettes : les consommateurs que Jasper avait bannis pour une raison ou pour une autre, et tous ceux qui n'avaient pas envie de s'acquitter d'un droit d'entrée de sept dollars.

Jasper n'avait aucun scrupule à faire payer ses clients pour franchir la porte de son établissement. Après tout, il proposait des concerts quatre soirs sur sept, ainsi que des spectacles de stand-up et des scènes ouvertes qu'il répartissait dans le calendrier afin de varier les plaisirs. Quelques semaines plus tôt, il avait changé toute sa sonorisation et ajouté un système d'éclairage à LED dernier cri. D'une manière générale, Jasper passait sa vie à acquérir ce qui se faisait de mieux ou de plus récent pour son bar.

Titus tira le frein à main.

Lorsqu'il avait pris ses fonctions, une des premières choses qu'il avait remarquées était la quantité d'argent phénoménale que semblait brasser l'Oasis. Étonnant, pour un petit commerce implanté dans un comté rural qui comptait moins de quinze mille habitants. Peut-être que Jasper était un génie de la finance et qu'il parvenait à extraire de ce pauvre navet flétri en périphérie de Charon un nectar aussi abondant que délicieux.

Peut-être.

Titus, lui, était plutôt d'avis que Jasper Sanderson se servait de son bar comme façade pour trafiquer de l'héroïne, de la méthamphétamine et toute autre substance illicite sur laquelle il réussissait à mettre la main. Depuis un an que Titus était en poste, il y avait eu vingt-deux overdoses dans un rayon de huit kilomètres autour de l'Oasis. Encore la veille, Ben et Wayne avaient quitté l'établissement une heure seulement avant d'être découverts en train de spasmer au milieu de Severn Road. Plusieurs informateurs avaient déclaré sous serment que Jasper se fournissait en poudre et en cristaux auprès d'une branche du club de bikers des Sang pur. Un soir que Titus était intervenu pour une bagarre sur le parking de l'Oasis, il avait retrouvé soixante grammes de meth sur Chucky Crowder, un des combattants interpellés. Après coup, celui-ci avait accepté de témoigner que la drogue provenait de Jasper et de son cousin Cotton. Titus avait aussitôt pris contact avec le comité régional spécialisé dans les questions de drogue, à Hampton, pour proposer une perquisition simultanée dans plusieurs comtés, mais personne n'avait semblé très enthousiaste à l'idée de voir Jasper vêtu d'une combinaison orange fluo. De toute évidence, ce dernier avait des amis haut placés. Quelques semaines plus tard, Chucky Crowder avait fini par quitter la ville, en laissant derrière lui pratiquement toutes ses dents. D'après la cousine de Carla, qui fréquentait Cotton de manière plus ou moins assidue, celui-ci les gardait dans un bocal sur son bureau, à l'arrière du bar.

Titus rejoignit Davy et Pip devant l'entrée de l'Oasis. Quelques clients titubants s'étaient rassemblés sur le trottoir, visiblement rassurés de voir que les policiers étaient trop accaparés par les deux hommes menottés assis sur le perron pour s'intéresser à eux.

« Davy, Pip, faites-moi un topo », ordonna Titus.

Davy se mordit la lèvre. Pip redressa son chapeau, révélant une petite tache de naissance qui ressemblait à la Floride au-dessus de son œil droit.

« Apparemment, votre frère a pas aimé un truc qu'a dit Austin McCormick et il s'est mis en tête de lui faire bouffer un tabouret de bar, expliqua Pip. Brent Johnson, un pote d'Austin, a eu la mauvaise idée de s'interposer. Il est en route pour l'hôpital de Riverside avec la gueule de traviole. Austin s'en sort un peu mieux que lui, au final. »

Titus se passa la langue sur les dents. Austin était un autre cousin de Cotton et Jasper.

Il s'approcha de Marquis.

Son frère faisait à peu près la même taille que lui, mais il était plus large et plus musclé. Il arborait une chemise à carreaux rouge déboutonnée par-dessus un tee-shirt blanc maculé d'énormes taches sombres. À l'exception d'un cocard qui commençait à se dessiner autour de son œil gauche, il était indemne. Titus était presque sûr que les taches sombres étaient du sang et il était certain que ce sang n'appartenait pas à Marquis. Il ne pouvait pas voir les mains de son frère, menottées derrière son dos, mais il se souvenait qu'elles étaient grosses comme des fers de hache et zébrées de cicatrices récoltées lors de son apprentissage en autodidacte du métier de menuisier.

« Davy, Pip, embarquez Austin et laissez-moi une petite minute avec Marquis, d'accord ?

— Oui, chef », répondit Davy.

Lorsque Davy et Pip aidèrent Austin à se relever, Titus remarqua que celui-ci avait le nez brisé en plusieurs endroits et qu'il était obligé de respirer par la bouche. Il attendit que le trio se soit éloigné pour se pencher vers son frère.

Marquis secoua la tête pour écarter les dreadlocks de devant son visage. Il décocha un sourire à Titus, qui vit le sang sur ses dents passer successivement du bleu au rouge à la lueur des gyrophares.

« Comment va papa ? demanda Marquis.

— Tu devrais lui rendre visite, un de ces quatre. T'es défoncé ?

— Non, mais j'ai peut-être un peu bu.

— Bon. Tu te doutes que je vais être obligé de t'embarquer. Au moins le temps de tirer toute cette histoire au clair. Tu as beau être mon frère, ça ne change rien.

— Fais ce que t'as à faire », dit Marquis.

Il laissa échapper un petit ricanement lorsque Titus fit mine de l'aider à se relever.

« Quoi ? demanda Titus.

— Qu'est-ce que je ferais sans mon grand frère, hein ? »

Titus déglutit.

« Cet enfoiré a essayé de buter Austin ! » aboya soudain quelqu'un.

En se retournant, Titus vit Cotton Sanderson fendre la foule d'un pas titubant. Il tangua un coup à gauche, un coup à droite, mais continua à avancer, guidé par sa colère.

« Cotton, restez où vous êtes, ordonna Titus d'une voix forte mais calme.

— Va te faire foutre, tu… tu crois que je te connais pas ? balbutia l'autre. Tu crois que je connais pas tes méthodes ? Ton frangin a frappé Austin en traître et toi, tu vas le laisser partir ! »

Cotton était maintenant à trois mètres de lui. Il avait une queue de billard à la main.

« Restez où vous êtes, Cotton, répéta Titus. Si vous continuez à avancer, vous ne pourrez que le regretter. Je place Austin et Marquis en garde à vue et on va tirer tout ça au clair au département. Si Jasper veut déposer une main courante, ou si Marquis, Austin ou son ami veulent porter plainte, on verra ça dans un deuxième temps. »

Quelques clients s'interposèrent et entreprirent de ramener Cotton vers le bar. L'opération semblait fonctionner, jusqu'à ce qu'il se retourne vivement pour se débarrasser de son escorte. Pour un homme de sa corpulence, il était plutôt agile. Il fonça droit vers Marquis.

Titus fit un pas de côté, forma un V avec le pouce et le reste des doigts de sa main gauche, puis il se campa sur ses pieds pour intercepter le fou furieux. Une décharge électrique lui remonta jusqu'à l'épaule lorsque le V entra en contact avec la pomme d'Adam de Cotton. Le cousin de Jasper lâcha la queue de billard et tomba à genoux en tenant son cou de taureau tandis que son visage virait rapidement au cramoisi.

Titus attrapa Marquis par le bras et le releva.

« Il risque de le sentir pendant quelques jours, commenta Marquis.

— Ramenez-le à l'intérieur », lança Titus à la cantonade, et il vit Sawyer Hudgins, Arnold Atwell et Royce Lazare aller porter secours à Cotton.

Alors que Titus escortait son frère jusqu'au SUV, Marquis s'esclaffa :

« T'es quand même un sacré enquêteur ! J'aurais juré que ce gros péquenaud avait pas de cou, mais toi, t'as réussi à le trouver ! »

Titus songea à ce qu'Ezekiel lui avait dit un jour :

« Tu peux leur témoigner du respect. Tu peux sauver leurs enfants. Tu peux retrouver leurs grands-parents atteints d'Alzheimer. Tu peux arbitrer leurs concours de tartes aux pommes. Mais parfois, tu vas quand même devoir leur rappeler qu'il faut pas te casser les couilles, parce que c'est la seule chose que certaines personnes comprennent. »

Ce souvenir le rendit incroyablement triste.

Titus tira une chaise pliante jusqu'à la cellule de détention et s'assit. Il retira son chapeau, le posa par terre et se laissa aller contre le dossier. Un regard à sa montre lui permit de constater qu'il était minuit passé.

Titus observa Marquis et lui ordonna intérieurement de se réveiller. C'était une technique qu'il utilisait lorsqu'ils étaient enfants et ne réservait que pour certaines occasions spéciales, comme le matin de Noël ou le premier jour des grandes vacances. Repenser à cette époque bénie faillit le noyer dans la rivière du temps.

Marquis se redressa sur son banc et appuya la tête contre le mur en parpaing.

« Tu crois que vingt-quatre heures en cellule de dégrisement, ça va faire disparaître tous mes problèmes ? demanda-t-il.

— Non. J'espère juste que ça t'évitera de t'en attirer d'autres.

— Tu parles ! s'esclaffa Marquis. T'es encore en train d'essayer de me réparer ! C'est comme ça depuis que… »

Marquis ne termina pas sa phrase. Titus le fit pour lui.

« Depuis que maman est morte. »

Marquis se pencha vers l'avant. Titus croisa les bras, mais il se rendit compte que la posture pouvait passer pour agressive et il les décroisa aussitôt.

« C'est pas juste, que tu te sois retrouvé obligé de t'occuper de tout, soupira Marquis avant de réprimer un bâillement.

— Il fallait bien que quelqu'un s'y colle.

— N'empêche, c'était pas ton rôle, même si t'étais l'aîné. C'était celui de papa, mais bon, on sait ce que ça a donné. Il a cru qu'échanger sa bouteille de whisky contre une bible, ça réglerait tout. Tu parles d'une connerie…

— Pas forcément. Il y a des choses qu'on peut réparer, Marquis. Papa s'est juste servi des mauvais outils.

— Et il y a aussi beaucoup de choses qu'on peut pas réparer, répliqua Marquis. Même avec les meilleurs outils du monde. Le plus souvent, on a pas d'autre choix que de rentrer la tête dans les épaules et essayer de tenir le coup.

— Je suis pas d'accord. »

Marquis esquissa un sourire qui n'atteignit jamais son regard.

« C'est bien pour ça que t'es malheureux, frangin. »

Un long silence s'installa entre eux, ni lourd ni gênant. Le genre de silence qui ne pouvait exister qu'entre deux frères. Titus finit par le briser.

« Bon, tu vas me raconter ce qui s'est passé, maintenant ? Jasper affirme que tu as bousillé deux tables et un tabouret.

— Elles sont pas solides, ses tables, aussi… Est-ce que tu peux appeler le juge pour qu'il fixe le montant de ma caution ?

— Pas tout de suite. Je veux d'abord comprendre ce qui t'a fait partir au quart de tour comme ça. »

Marquis secoua son énorme tête, s'étira et poussa un long bâillement.

« J'en ai eu marre de les entendre raconter de la merde sur mon frangin. »

Titus se pencha en arrière et fixa le plafond.

« Marquis, si tu commences à te battre avec tous ceux qui parlent mal du shérif, ça risque de te coûter cher en frais d'avocat.

— T’es pas seulement le shérif.

— Allez, satisfais donc ma curiosité, qu’est-ce qu’ils ont dit sur moi ? demanda Titus après quelques secondes de silence.

— Que t’étais un menteur doublé d’un incompétent et que tu salissais la réputation de M. Spearman. Ensuite, y en a un qui t’a traité de sale nègre arrogant. Alors j’ai posé mon rhum Coca, j’ai attrapé un tabouret de bar et je lui ai expliqué mon point de vue. »

Titus ne voulait pas rire. Ce n’était pas le moment. Pourtant, il ne put s’empêcher de s’esclaffer – un ricanement sonore qui résonna contre les murs de la cellule et qui était de toute évidence contagieux, car bientôt, Marquis aussi se tenait les côtes. Il y avait si longtemps qu’ils n’avaient pas partagé un tel fou rire. Et combien de fois cela était-il arrivé depuis que leur mère était morte ? Trois ? Quatre, peut-être ? Au bout d’un moment, Titus finit par se reprendre et se tourna vers son frère, les yeux encore humides.

« Écoute, frangin, je vais pas te garder ici toute la nuit. Austin ne compte pas porter plainte et je pense que Brent non plus, vu qu’apparemment, au moment où on l’emmenait dans l’ambulance, il arrêtait pas de beugler qu’il te réglerait ton compte tôt ou tard. Donc si, de ton côté, toi aussi tu veux en rester là, je laisse Austin partir et je te libère une heure après. T’auras besoin que je te ramène à ta voiture ?

— Non, j’appellerai Tisha.

— T’es sûr ? Ça me dérange pas, assura Titus.

— Je vois bien que t’es crevé. Je vais prévenir Tisha. Elle a rien de mieux à faire.

— Ça fait combien d'années que vous vous fréquentez, tous les deux ? Dix ? Il serait peut-être temps que tu lui passes la bague au doigt ! plaisanta Titus, et il se rendit compte avec horreur qu'il avait parlé comme son père.

— Parce que t'as l'intention d'épouser Darlene, toi ? rétorqua Marquis avec un clin d'œil.

— C'est différent.

— Ça, je vais pas te dire le contraire.

— Comment ça ?

— Rien… C'est juste que… Tu crois vraiment que tu vas passer le reste de ta vie ici ? T'as été élu sur un gros coup de chance, et tu sais très bien que ces péquenauds te laisseront pas faire un second mandat. Et donc ensuite, quoi ? Maintenant que sa hanche est réparée, papa a plus franchement besoin de toi. D'ailleurs, à part pour lui, je comprends pas pourquoi t'es revenu alors que t'avais un job en or au FBI ! Darlene est une fille bien, mais elle a Charon dans le sang. Elle quittera jamais le comté, sauf peut-être les pieds devant. Je te connais, frangin, cet endroit est trop petit pour toi. Il l'a toujours été.

— On s'est croisés cinq ou six fois au cours des sept dernières années et tu crois que tu me connais ? répliqua sèchement Titus. Tu crois que tu sais ce que je veux ? »

Marquis se leva de son banc, agrippa les barreaux de la cellule avec ses énormes mains et se pencha vers Titus, ses dreadlocks lui tombant devant le visage.

« De tous les gens qui sont encore en vie, je suis celui qui te connaît le mieux, frangin. »

Un nouveau silence s'abattit sur eux comme un épais brouillard. Au bout de quelques minutes, Titus se leva et plia sa chaise.

« Dans une heure, Pip te rendra tes affaires et tu pourras partir, annonça-t-il. À part la lame intégrée à ta boucle de ceinture. Je suis à peu près certain que ces trucs-là sont illégaux en Virginie. Pourquoi tu te balades avec ça, d'ailleurs ?

— Pour poignarder les gens », s'esclaffa Marquis.

Cette fois, Titus ne rit pas.

« Fais attention à toi, petit frère. Jasper et Cotton peuvent être revanchards.

— C'est pas moi qui ai écrasé la trachée de Cotton, fit remarquer Marquis. Le pauvre, je suis sûr que ses sphincters ont lâché à l'impact !

— Je suis un flic, Marquis, ils oseront pas s'en prendre à moi.

— Parce que tu crois que ça les impressionne, cette étoile sur ta poitrine ? Ils savent très bien qu'ils peuvent se la payer.

— Qu'est-ce que tu veux dire par là, exactement ? demanda Titus en se retournant vers la cellule.

— Rien. Les gens parlent, c'est tout. J'entends des trucs. »

Titus plongea les yeux dans ceux, marron foncé, de son frère. Il avait eu vent de rumeurs selon lesquelles Cooter Bennings, du temps où il était adjoint, recevait des pots-de-vin de la part de certains commerçants, mais il était toujours parti du principe qu'il s'agissait d'un plein d'essence par-ci par-là ou d'un prêt bancaire à un taux avantageux.

« Quels trucs ? insista Titus.

— Je sais pas, répondit Marquis en secouant la tête. Mais tu trouves pas que c'est quand même bizarre que t'arrives jamais à coincer tous ces petits Blancs ? »

Titus attrapa les barreaux de la cellule.

« Si tu savais quelque chose, tu me le dirais, hein ?

— Si j'en étais sûr à cent pour cent, évidemment. T'es mon frangin, non ? »

Titus lâcha les barreaux.

« Bon, je rentre chez moi. Toi, tu sors dans une heure. Tu… Ce serait vraiment sympa que tu viennes à la maison, ce week-end.

— Je vais voir ce que je peux faire. À plus, frangin.

— À plus, Marquis », répondit Titus en s'éloignant.

Au moment où il allait pousser la porte du couloir, Marquis lui lança :

« Tu peux garder ma lame, t'en auras sûrement plus besoin que moi ! »

Au standard, Titus eut la surprise de trouver Carla, qui avait détaché ses cheveux et troqué son uniforme contre un sweat à capuche à l'effigie de l'université de Dartmouth.

« Tu n'es pas Kathy, observa Titus. Et tu ne ressembles pas vraiment non plus à Carla.

— Kathy m'a demandé de la remplacer pour le reste de la nuit, expliqua Carla. Elle devait aller chercher Brent à l'hôpital – apparemment, ils sortent ensemble. »

Elle marqua une pause, avant d'ajouter :

« D'ailleurs, il faudrait peut-être voir à engager un troisième répartiteur d'appels. Deux, ça ne suffit pas, de toute évidence.

— Les petites villes, c'est vraiment quelque chose, commenta Titus. J'ai beau avoir grandi ici, je suis toujours choqué d'apprendre qui a couché avec qui.

— La fameuse règle des trois B. »

Comme Titus lui lançait un regard interrogateur, Carla précisa :

« La baston, la boisson et la baise. Mon frère Luis disait que dans ce genre de patelins, il n'y a rien d'autre à faire. Ce soir, on a eu le tiercé gagnant.

— Ton frère était un sage, Carla. Pip ne va pas tarder à libérer Austin. Il relâchera Marquis plus tard. Avec un peu de chance, ça permettra d'éviter qu'ils se croisent. Toi, n'oublie pas de noter tes heures supplémentaires. En attendant, je rentre à la maison. Il faut absolument que j'essaie de dormir.

— Ça marche, chef. Ah, au fait, les gars de la police de Virginie pensent qu'ils en auront terminé demain avec la scène de crime. Ils ont prélevé des échantillons, pris des photos… Du coup, c'est quoi, la suite du programme, pour nous ?

— On verra ça plus tard, Carla. Je suis lessivé.

— Pas de souci. À demain, chef.

— À demain, Carla. »

Alors qu'il allait déverrouiller sa voiture, Titus entendit son adjointe qui l'appelait. Elle se tenait dans l'encadrement de la porte, l'index appuyé sur l'oreillette de son casque.

« Titus ! J'ai quelqu'un au téléphone qui a des informations sur l'affaire. Il dit qu'il veut parler au shérif ! »

Titus rejoignit Carla au petit trot et mit le casque qu'elle lui tendait.

« Shérif Crown, en quoi puis-je vous aider ? demanda-t-il en ajustant le micro devant sa bouche, avant de faire signe à Carla de noter le numéro qui s'affichait sur l'écran du standard.

— Euh… c'est plutôt… moi qui peux vous aider », répondit l'interlocuteur, essoufflé comme s'il venait de courir un quinze cents mètres poursuivi par un tigre.

La voix était étouffée, et Titus devina que l'homme parlait à travers un morceau de papier ou de tissu.

« Vous avez raison, et je vous remercie de votre appel. Mon opératrice m'indique que vous avez des informations à me communiquer ?

— Ouais, enfin, c'est peut-être rien. Je sais pas. J'ai entendu votre conférence de presse, et ça m'a fait réfléchir. Bon Dieu de bois, je me sens pas très bien. J'ai passé la journée à picoler.

— Le moindre détail peut avoir une grande importance, déclara Titus d'une voix qui avait baissé d'une octave. Alors, je vous en prie, monsieur, dites-moi ce que vous avez sur le cœur.

— Je sais pas. Si ce gars est clean, ça m'embête que vous alliez mettre le nez dans ses affaires.

— Écoutez, s'il est innocent, il n'a pas à s'inquiéter. Par contre, s'il a quelque chose à se reprocher… Pensez à ces pauvres gosses enterrés dans une clairière. »

Le mystérieux témoin prit une profonde inspiration.

« Bon, il y a quelque temps de ça, j'ai aidé quelqu'un sur un projet de construction. Après coup, on a ramené des filles, là-bas, histoire de s'amuser un peu, vous voyez ? C'était… »

Il ne termina pas sa phrase.

« Et ce quelqu'un, c'était qui ? demanda Titus d'un ton désinvolte – il ne voulait pas brusquer son interlocuteur mais, à ce stade de l'enquête, un nom constituerait une avancée spectaculaire.

— C'était bizarre, reprit l'autre. Il y avait des anges partout sur les murs. Glauques, avec des têtes flippantes. »

Titus s'arrêta de respirer. Il n'avait parlé à personne de ce détail.

« Comment s'appelle-t-il, cet homme pour qui vous avez travaillé ? » insista-t-il.

Son instinct lui soufflait que les prochaines secondes étaient capitales et qu'il était potentiellement à deux doigts de résoudre toute l'affaire. Il le sentait au plus profond de ses tripes.

« Putain, non, murmura le témoin. Je… J'aurais pas dû vous parler. C'est un bon gars. Je suis désolé. »

Et il raccrocha.

« Rappelle tout de suite ! » ordonna Titus.

Carla s'exécuta, mais personne ne répondit.

« C'est sûrement un téléphone jetable, chef. Le numéro n'est pas attribué. Qu'est-ce qu'il vous a dit ? demanda-t-elle en récupérant le casque.

— Qu'il avait aidé un type pour un chantier. À l'entendre, ça ressemblait à une dépendance. Une dépendance avec des images d'anges aux murs.

— Il vous a donné un nom ?

— Non, mais j'ai vu des anges sur les murs de la salle, dans les vidéos.

— Une simple coïncidence ? » suggéra Carla.

Titus pensa aux photos d'autopsie. Ces petits corps brisés, profanés, victimes d'une violence digne des pages les plus sombres de l'Ancien Testament.

« Peut-être, répondit-il. Il se pourrait aussi qu'il existe des moutons à cinq pattes. Mais personnellement, je n'en ai jamais vu. »

Il posa un index sur ses lèvres.

« À quoi vous pensez, chef ? demanda Carla.

— À sa voix. Il essayait de l'étouffer, mais je suis sûr de l'avoir déjà entendue quelque part… En même temps, ça ne veut rien dire. Je connais tout le monde, ici.

— Vous trouvez pas que c'est ça, le pire, chef ? Celui qui a fait ça, c'est forcément quelqu'un qu'on connaît.

— Quelqu'un qu'on croyait connaître », rectifia Titus.

12

Titus poussa la porte du département au moment où Cam terminait de préparer son café spécial – une seule tasse vous donnait assez d'énergie pour repeindre toute une maison.

« Tout le monde est là ?

— Ouais, répondit le standardiste. Enfin, à part Tom et Roger. »

Titus hocha la tête. La veille, il avait envoyé un texto groupé avant de sombrer dans un sommeil agité peuplé de personnages qui avaient aussitôt pris le contrôle de son subconscient – sa mère, la famille DeCrain, la voix anonyme mais familière au téléphone, lui et Marquis enfants. Des événements qui n'avaient jamais eu lieu, des mots qui n'avaient jamais été prononcés et, pourtant, sur l'instant, tout lui avait paru si réel. Les cauchemars avaient succédé aux rêves, puis le réveil avait sonné et il s'était préparé pour cette réunion d'équipe.

Le bruissement des conversations s'interrompit dès qu'il franchit la porte de son bureau, et ses adjoints s'écartèrent pour le laisser passer. Il retira son chapeau et s'assit dans son fauteuil.

« Je vais faire court. Notre priorité numéro un est l'enquête Spearman-Macdonald, mais ce n'est pas pour autant qu'on doit négliger les affaires courantes. J'ai donc décidé de former un petit groupe de travail qui sera affecté exclusivement à ces meurtres, en collaboration avec la police d'État. Cette cellule sera constituée de Carla, Steve et moi. Trey nous rejoindra quand il aura bouclé son enquête interne sur la fusillade. Les autres, vous faites votre boulot comme d'habitude – l'idée, c'est de tenir le cap. Évidemment, si vous découvrez un élément en rapport avec cette affaire, vous ne le gardez pas pour vous… Est-ce qu'il y a des questions, avant que je continue ? »

Davy leva la main.

« Oui, Davy ?

— Euh… donc, j'ai entendu, enfin, j'ai vu sur Facebook qu'il y avait des gens qui euh… qui avaient commencé à le surnommer le tueur du Saule pleureur. Je… Est-ce qu'on doit l'appeler comme ça, nous aussi ? C'est plutôt accrocheur, non ? »

Titus aurait été prêt à parier la maison de son père et l'intégralité de ses propres économies que c'était Davy qui avait inventé ce surnom.

« Non, répondit-il. Tant que son identité n'est pas connue, pour nous, il reste "le troisième suspect". Si les médias veulent booster leur audience en lui trouvant un surnom, libre à eux, mais, croyez-en mon expérience, c'est le meilleur moyen pour élever ces meurtriers au rang de mythes. Or c'est ça qu'ils désirent plus que tout. C'est ça qui les excite. Ce ne sont pas des mythes. Ce ne sont pas des Hannibal Lecter, des Freddy Krueger ou des Norman Bates. Non, ce sont simplement des assassins. Ni plus ni moins. »

Davy baissa la tête, mais Titus le vit malgré tout virer au cramoisi.

« Bon, je reprends, dit le shérif. Hier soir, nous avons reçu un appel d'un homme qui pensait détenir des informations concernant les meurtres. Malheureusement, cette personne a raccroché avant que nous ayons pu obtenir un nom ou tracer l'appel.

— Qui est l'abruti qui l'a laissé raccrocher ? demanda Douglas, provoquant l'hilarité des autres adjoints.

— Moi, répondit Titus, et les rires se turent. Mais la voix me disait quelque chose et nous avons un numéro. Je vais envoyer une requête à l'opérateur téléphonique pour qu'on nous fasse parvenir les relevés détaillés. Avec un peu de chance, nous en saurons plus d'ici la fin de la journée. Steve, Carla et Trey, vous restez avec moi. Les autres, au travail. Et ceux qui étaient censés être de repos aujourd'hui, merci d'avoir fait le déplacement, et n'oubliez pas de l'ajouter à vos heures supplémentaires. »

Lorsque le bureau se fut vidé, Titus fit signe à Steve de fermer la porte. Il sortit alors d'un dossier trois copies du rapport d'autopsie préliminaire et des photos qu'il contenait et les distribua à ses adjoints. Il avait transféré l'e-mail de la légiste à Cam pour que celui-ci s'occupe de faire des tirages papier.

« Vous avez sous les yeux les clichés des deux premières autopsies réalisées par le département de médecine légale, expliqua-t-il. Les lésions sur les corps correspondent à ce que j'ai pu voir sur les vidéos. Est-ce que vous remarquez quelque chose de particulier ?

— À part le fait qu'il faut vraiment être un gros taré pour faire ça ? grogna Steve.

— Regardez mieux. Le corps d'une victime de meurtre est souvent notre meilleur indice.

— La phrase "Sa souffrance est notre salut", répondit Carla. Ça me dit quelque chose.

— Bien vu, la félicita Titus. Six paroisses de Charon l'ont déjà affichée sur leur panneau d'accueil. Je vous propose qu'on se sépare et qu'on aille frapper à la porte de ces six paroisses pour poser quelques questions.

— Qu'est-ce qu'on cherche, exactement ? s'enquit Steve.

— Commencez par demander s'ils ont remarqué parmi eux un fidèle un peu bizarre, dit Titus. Quelqu'un de très, très croyant. Un homme à la fois discret et très serviable, voire trop. Et sujet aux changements d'humeur. Beaucoup de sociopathes tentent de dissimuler leurs troubles en exprimant des émotions. Mais comme ils ne comprennent pas vraiment comment fonctionnent les différents sentiments, ils se contentent d'imiter, souvent jusqu'à l'excès. »

Il marqua une courte pause, avant de reprendre :

« On porte tous un masque. Il y a le visage qu'on affiche en public, le visage qu'on montre en privé, et enfin, notre vrai visage. Ces gens-là, les gens capables de ce genre d'atrocités, quand on leur retire leur masque, il n'y a rien en dessous. Ce sont des carapaces vides qu'ils remplissent avec des fantasmes et des désirs qui feraient tourner de l'œil n'importe quelle personne normalement constituée. Mais c'est grâce à ça qu'on finit par les attraper. Parce qu'il y a toujours un moment où ils enlèvent leur masque devant quelqu'un d'autre. Notre homme a déjà commis ce faux pas.

— Comment vous pouvez le savoir ? objecta Carla.

— Spearman et lui ont fait quelque chose qui a poussé Latrell à bout, et je pense que si on n'était pas intervenus, Latrell aurait aussi assassiné le troisième membre de leur trio infernal. Ça, c'était leur première erreur. Mais je suis sûr qu'il y en a eu d'autres. À nous de les trouver. »

Titus s'était attribué les Premiers-Corinthiens et le Rocher-Sacré-du-Rédempteur. À sa connaissance, elles avaient inscrit bien avant les autres la fameuse phrase sur leur panneau d'affichage. La paroisse des Premiers-Corinthiens était dirigée par le pasteur Calhoun Wilkes, qui vivait dans un presbytère à côté de l'église, une simple bâtisse en brique entourée de bosquets de lilas d'été et desservie par une petite allée, en brique elle aussi, au bout de laquelle il garait sa vieille Volvo.

Titus descendit de son SUV et frappa à la porte du presbytère. Un homme assez maigre avec une longue barbe grise et vêtu d'une chemise blanche et d'un gilet marron lui ouvrit.

« Shérif Crown, je vous en prie, entrez », dit le révérend Wilkes.

Titus baissa la tête et franchit la porte. Le pasteur lui indiqua un vieux fauteuil capitonné qui avait l'air bien entretenu, tandis que lui-même prenait place sur un fauteuil inclinable. Entre les deux, une table basse sur laquelle trônait un petit plateau d'argent avec une théière, une tasse et un sucrier.

« Voulez-vous un thé, shérif ?

— Non merci. Je souhaitais juste vous poser quelques…

— Comment allez-vous, shérif ? J'imagine que ça ne doit pas être simple de gérer une tragédie comme celle qui a coûté la vie à M. Spearman et à ce jeune homme.

— Non, mais cela fait partie du boulot. Je reconnais que ce n'est pas la partie que je préfère.

— Vous savez, face aux grands malheurs de la vie, je trouve toujours du réconfort dans les Saintes Écritures. Je me rappelle que les événements dramatiques servent le dessein du Seigneur et que Sa compréhension du monde n'est pas la mienne. Cela étant dit, j'admets que ce que vous nous avez appris sur Jeff Spearman a mis ma foi à rude épreuve. Comment Jeff a-t-il pu laisser ainsi le diable entrer dans son cœur ? »

Titus s'éclaircit la gorge.

« Révérend, vous croyez vraiment qu'un ange déchu a pris le contrôle de Jeff Spearman et l'a forcé à assassiner ces enfants ? »

Le pasteur se versa du thé, y ajouta une cuillerée de sucre, mélangea la mixture pendant quelques secondes et porta le breuvage fumant à ses lèvres. Il but une gorgée, ferma les yeux, but une seconde gorgée. Enfin, il posa la tasse sur un dessous de verre, se pencha vers Titus et le regarda droit dans les yeux.

« Trouvez-vous plus facile d'accepter qu'un homme à qui tous les habitants du comté ont confié leurs enfants pendant plus de trente ans était en fait un menteur et un sociopathe qui assouvissait ses désirs pervers en s'attaquant à ceux qu'il était censé protéger ? Le diable peut prendre de nombreuses formes : un serpent, un ange aux ailes enflammées, mais aussi la folie... Vous ne croyez donc pas au diable, shérif ?

— Révérend, si vous aviez vu tout ce que j'ai vu, vous sauriez que le diable n'est que le nom qu'on donne aux choses horribles qu'on se fait les uns aux autres.

— Une image plutôt pessimiste de l'humanité, vous ne trouvez pas ?

— La seule image crédible selon moi, révérend. »

Le pasteur hocha lentement la tête.

« Je préfère ne pas imaginer ce que vous avez pu voir, shérif. Mais si vous m'y autorisez, je prierai pour vous. »

Titus choisit d'ignorer cette dernière remarque.

« Révérend, je suis venu pour vous parler d'une phrase qui figurait sur le panneau d'affichage de votre église, il y a quelques années : "Sa souffrance est notre salut." Je voulais savoir qui avait suggéré une telle inscription. »

Titus se concentra sur le visage de son interlocuteur, observant chaque mouvement, scrutant chaque détail, pour tenter de percer le langage secret de sa gestuelle.

« Eh bien, à moins que la mémoire me fasse défaut, c'était une proposition de Miss Maggie Scott, répondit le pasteur en caressant sa longue barbe.

— Vous auriez son numéro de téléphone ?

— Oh, je suis navré, mais Miss Maggie est décédée il y a quelques mois. »

Titus se laissa retomber contre le dossier de son fauteuil.

« Shérif, pardonnez mon indiscrétion, mais pourquoi enquêtez-vous sur un panneau d'affichage ? demanda le pasteur.

— Je poursuis des fantômes, soupira Titus avant de se lever et de remettre son chapeau. Merci pour cet entretien, révérend.

— Mais il n'y a pas de quoi. Est-ce que je peux faire autre chose pour vous ?

— Peut-être, oui. Auriez-vous remarqué parmi vos fidèles quelqu'un qui aurait une attitude un peu… étrange ? Quelqu'un dont le comportement aurait changé depuis la fusillade au lycée ?

— Comme ça, je ne vois pas, shérif.

— Tant pis. Dans ce cas, il ne me reste plus qu'à prendre congé, dit Titus en se dirigeant vers la porte.

— Shérif, vous ne m'avez pas répondu tout à l'heure, quand je vous ai demandé l'autorisation de prier pour vous… »

Titus s'arrêta.

« Ça ne me dérange pas, mais vous feriez peut-être mieux de prier pour quelqu'un qui croit en Dieu.

— Dieu aime les croyants autant que les non-croyants. »

Ouais, mais moi, je ne l'aime pas et j'ai mis un terme à cette relation abusive il y a déjà un bon moment, songea Titus.

« Je vous souhaite une excellente journée, révérend », dit-il.

Titus traversa le centre-ville de Charon et se dirigea vers les confins du comté. Bientôt, les pins laissèrent place à de grandes étendues de marécages hérissés de roseaux et d'iris. Il entrouvrit sa vitre et laissa l'air iodé s'infiltrer dans l'habitacle et l'embrasser sur la bouche, si bien que lorsqu'il arriva en vue du pont de

Piney Island, il commençait déjà à avoir mal à la gorge. Sous le poids du SUV, l'armature métallique, si rouillée qu'elle semblait avoir été peinte en orange, craqua et grinça comme les articulations d'un vieillard arthritique.

Quelques semaines plus tôt, lors d'une réunion du conseil de comté, Titus avait apporté son soutien à un petit groupe de citoyens qui suppliaient qu'on remplace le pont. La requête avait été rejetée à quatre voix contre deux. La plupart des habitants de Charon considéraient que Piney Island ne faisait pas vraiment partie du comté ; quant aux autres, ils ne se rendaient visiblement pas compte de l'urgence de la situation. Titus espérait que les choses n'en arriveraient pas là, mais il commençait à se demander s'il ne faudrait pas que la structure de douze mètres de long s'écroule dans la baie de Chesapeake pour que les gens ouvrent enfin les yeux.

L'église du Rocher-Sacré-du-Rédempteur se dressait sur la partie la plus occidentale du gros point d'exclamation que formait l'île. Pour atteindre la bâtisse en bois, il fallait suivre une piste carrossable sinueuse bordée de yuccas sauvages. À l'arrivée, on avait droit à une vue imprenable sur la baie et sur le phare abandonné de Old Piney Point. Quand ils étaient enfants, Titus et ses copains adoraient jouer à se faire peur en se racontant l'histoire du phare hanté et de ses deux gardiens qui, dans les années 1920, avaient sombré dans la folie.

Titus se gara devant l'entrée de l'église, à côté d'une Chevrolet Celebrity couleur sable – une voiture dont la production avait dû cesser plus de quinze ans auparavant. Il gravit les marches en bois usées par le temps et s'approcha de la porte. La plupart des églises du comté n'étaient ouvertes que pour la messe du dimanche ou lors d'occasions spéciales, mais Titus savait que le pasteur Elias Hillington vivait sur place avec sa femme, leurs huit enfants (la plupart étaient désormais adultes et avaient quitté la région) et son élevage de serpents – d'aussi loin qu'il se rappelait, Titus n'avait jamais connu d'autre pasteur au Rocher-Sacré.

La grande majorité des fidèles qui composaient la congrégation partageaient l'arbre généalogique d'Elias et de son épouse Mare-Beth – des Hillington et des Crenshaw côté Elias, des Rollins et des Debutte côté Mare-Beth. Et bien sûr, tout ce petit monde était blanc, à l'image de la population de Piney Island, constituée de pêcheurs qui arpentaient la baie à la recherche de crustacés qu'ils arrachaient à l'océan pour les vendre à la conserverie Cunningham. Des hommes et des femmes décharnés, aux visages tannés après des années à affronter dès 5 heures du matin les vents glacés qui soufflaient du large. Le père de Titus avait partagé le quotidien de ces gens pendant plusieurs décennies, sa famille était implantée à Charon depuis plus d'un siècle, et pourtant, sur Piney Island, il était un étranger.

Il fallait dire que, sur cette île, n'étaient considérés comme locaux que ceux qui avaient fait leurs premiers pas le long des parcs à huîtres qui bordaient la côte et qui avaient bu leur premier verre de vin de messe au Rocher-Sacré.

Titus actionna l'imposant heurtoir qui figurait deux mains jointes en prière et écouta le bruit résonner dans les entrailles de la bâtisse en bois. Au bout de quelques minutes, il entendit des pas.

« Quoi ? » aboya Elias Hillington en ouvrant la porte.

Titus n'aurait pas pris beaucoup de risques en affirmant que l'espèce d'épouvantail dégingandé qui se dressait devant lui n'avait pas voté pour lui aux dernières élections. Le pasteur et les membres de sa congrégation ne cachaient pas leurs orientations politiques : entre deux sermons sur les flammes de l'enfer, Elias n'hésitait pas à s'emporter contre le mariage gay, la menace socialiste ou le mouvement Black Lives Matter. Les fidèles du Rocher-Sacré ne portaient pas de robes blanches et ne brûlaient pas de croix, mais Titus savait très bien ce qu'ils pensaient de lui et de tous ceux qui lui ressemblaient. Cela émanait d'eux par vagues, comme la puanteur qui se dégage d'une plaie infectée. Dans leur cas, c'était l'âme qui était vérolée.

« Pasteur Elias, j'aurais voulu vous poser quelques questions », dit Titus.

Il avait parlé de sa voix de diplomate. Si Elias se montrait insolent, il utiliserait sa voix de flic. Et si le pasteur dépassait vraiment les bornes, alors il prendrait son accent brut estampillé Charon et il verrait bien le résultat.

« Je suis en train de nourrir les serpents, répondit Elias. Vous voulez me poser des questions ? Vous avez qu'à venir avec moi. »

Le pasteur tourna les talons et, sans un mot de plus, il s'éloigna. Titus le suivit dans les profondeurs de l'église. Il laissa sur sa gauche le pupitre et l'escalier qui menait à l'étage, pour arriver dans une arrière-salle éclairée par des néons d'un bleu blafard qui grésillaient au plafond tels de minuscules éclairs. Contre le mur du fond, douze vivariums répartis sur quatre étagères. Sur la droite, un énorme évier et un petit plan de travail qui consistait en une vieille planche de Formica posée sur des parpaings, sur laquelle étaient empilées des boîtes en plastique d'où émanaient des couinements suraigus. Le pasteur plongea sa main nue dans celle du dessus et en sortit une souris blanche. Il se dirigea alors vers un des vivariums, l'ouvrit et lâcha le rongeur à l'intérieur.

Titus regarda le serpent brun aux anneaux colorés quitter la fausse branche sur laquelle il était lové et mordre sa proie avec une vitesse foudroyante. La souris eut à peine le temps de se débattre que déjà, le reptile l'engloutissait.

« Je vous écoute, shérif », dit Elias en attrapant un autre serpent pour le placer dans une boîte au couvercle percé de trous.

Il récupéra alors le vivarium vide et, tournant le dos à son interlocuteur, se mit à le laver dans l'évier. Titus repensa à ce que lui avait dit son père, une semaine avant qu'il quitte le domicile familial pour aller à l'université :

« Un homme qui ne te regarde pas dans les yeux quand tu lui parles est un homme qui ne te respecte pas. »

Albert Crown raffolait de ce genre de petits dictons. En l'occurrence, Titus avait eu plusieurs fois l'occasion de constater que celui-ci se vérifiait.

« Pasteur Elias, je ne suis pas venu jusqu'ici pour m'adresser à votre dos », dit Titus.

Instantanément, les épaules d'Elias se tendirent. Puis, après quelques secondes, le pasteur ferma le robinet et se retourna. Son visage rasé de frais était tellement renfrogné qu'il ressemblait au soufflet d'un accordéon.

Il voulut défier Titus du regard mais dut lire dans les yeux du shérif quelque chose qu'il ne trouva pas rassurant, car il baissa la tête.

« Qu'est-ce que vous voulez savoir, shérif ? maugréa-t-il. Vous avez pas assez à faire avec tous ces gosses que vous avez retrouvés enterrés sous un arbre ? Pourquoi vous venez nous harceler jusque sur notre île ?

— Je ne suis pas là pour vous harceler, révérend. Je veux simplement savoir qui a eu l'idée d'inscrire la phrase "Sa souffrance est notre salut" sur le panneau d'affichage du parking de votre église. Répondez à cette question et vous pourrez retourner tripoter votre serpent. »

Elias fronça les sourcils. Titus se demanda si c'était parce que le pasteur n'avait pas goûté la plaisanterie, ou s'il n'avait pas saisi le second degré et que c'était sa réaction habituelle lorsqu'on lui posait une question.

« Moi, dit le pasteur. Ça vient d'un de mes premiers prêches. Je l'affiche sur le panneau une fois par an pour commémorer la création de cette église par des gens pieux qui portaient la parole de Dieu. La vraie parole, pas la version édulcorée qu'on sert aujourd'hui à tout le monde pour rassurer les infidèles. Pas de ça ici. Au Rocher-Sacré-du-Rédempteur, on prêche la vérité. Et la vérité, c'est que la souffrance de notre Seigneur est effectivement notre salut. Jésus-Christ est mort sur la croix pour nous, son peuple légitime, et il a envoyé les archanges de son père pour nous protéger. Michaël, Uriel, Gabriel et Raphaël. Et quand viendra l'heure de le rejoindre, Azraël se chargera de guider nos âmes immortelles. »

Le visage flétri d'Elias était désormais luisant de transpiration et ses traits étaient crispés comme s'il avait inhalé de la méthamphétamine non coupée.

« Et qui compose ce peuple légitime, au juste ? » s'enquit Titus.

Il avait d'autres questions plus en rapport avec son affaire, mais il était curieux de voir jusqu'où le pasteur était prêt à aller dans sa définition du peuple élu.

« Les vertueux, répliqua Elias. Les incorruptibles. Les purs de cœur. Les justes. »

Les Blancs ? songea Titus.

« Pasteur, si je vous ai demandé d'où provenait cette phrase, c'est parce que nous sommes tombés dessus dans le cadre de l'enquête que vous évoquiez, par rapport au meurtre de ces enfants. Avez-vous remarqué dans votre congrégation un fidèle qui aurait eu une attitude… étrange, ces derniers temps ? Quelqu'un qui aurait subitement arrêté de venir à la messe, par exemple, ou qui aurait prononcé des paroles bizarres ? »

Le froncement de sourcils d'Elias se transforma en rictus. Le pasteur souleva le couvercle troué de la boîte en plastique et laissa le serpent s'enrouler autour de son bras gauche.

« Shérif, comme je vous disais, nous sommes une congrégation d'êtres vertueux et incorruptibles. Nous sommes les enfants de Dieu, touchés par sa grâce divine et sa piété surnaturelle. Aucun de ceux qui franchissent cette porte et qui s'abandonnent tout entiers au pouvoir du Fils, du Père et du Saint-Esprit ne serait capable d'un tel acte de cruauté. "Car ils prendront dans leurs mains des serpents et ils ne seront pas mordus, et s'ils boivent quelque poison mortel, cela ne leur fera aucun mal", récita Elias en tendant le bras devant lui.

— Pasteur, je ne suis pas ici pour juger votre congrégation, mais parce que je suis à la recherche d'un meurtrier. Un meurtrier qui a assassiné des jeunes garçons et des jeunes filles. Mais, puisque vous y faites référence, le chapitre 16, verset 18 de l'Évangile selon Marc ne dit absolument rien sur le fait de ne pas être mordu. Vous avez ajouté ces quelques mots parce qu'ils vont dans votre sens. Enfin, le reptile que vous tenez à la main est un serpent roi et pas un serpent corail. Je doute qu'une morsure de sa part vous fasse grand mal. »

Elias vira au cramoisi, vexé de voir un païen le reprendre sur une citation biblique. Il fit un pas vers Titus.

« Mais seul le sang des pécheurs coule, shérif, murmura-t-il, menaçant.

— Pasteur, je vous le répète, je ne suis pas là pour vous juger. Par contre, continuez à vous approcher de moi avec ce serpent et je lui présente mon SIG Sauer. »

Elias s'immobilisa quelques instants, avant de tourner les talons et de reposer l'animal dans sa boîte. Après quoi il se remit à nettoyer le vivarium.

« J'ai répondu à vos questions, shérif : personne ici n'a pu faire une chose pareille. Alors maintenant, je vous remercierai de bien vouloir me laisser travailler. »

Titus soupira. Il repensa à un film qu'il avait vu où le personnage principal affirmait qu'à défaut d'être respecté, il fallait être craint. Elias ne l'avait peut-être pas respecté, mais il était évident qu'il le craignait. Bref, ce n'était pas une victoire, mais ce n'était pas non plus une défaite.

« Si un détail vous revient, aussi insignifiant soit-il, n'hésitez pas à appeler le département du shérif, dit Titus. Ces enfants méritent que justice leur soit rendue, et je compte bien leur faire honneur. »

Comme Elias ne répondait pas, Titus le laissa en compagnie de ses serpents.

13

Paul Garnett avait un secret.

Il aimait grommeler et se plaindre lorsqu'il devait sortir le husky que sa femme avait ramené à la maison un an plus tôt sans lui demander son avis. Ses enfants adoraient le chien, sa femme nourrissait le chien mieux qu'elle ne le nourrissait, lui, et tous ses voisins estimaient que le chien était plus sympathique que lui.

Ils avaient raison.

Mais ce secret qu'il gardait si jalousement, ce mensonge qu'il entretenait, c'était qu'il avait beau prétendre le contraire, il s'était attaché à cette fichue boule de poils. Ses enfants – il avait deux fils et une fille – avaient nommé le chien Rider, ce qui lui allait plutôt bien. Comme Paul travaillait de nuit à l'usine de drapeaux, c'était à lui de sortir Rider le matin, une fois ses enfants dans le bus scolaire et sa femme partie pour l'hôpital où elle était infirmière. Tous les matins, Paul attendait donc que la maison soit vide pour piocher une poignée de friandises dans le placard et faire faire quelques exercices à Rider, avant de l'emmener en promenade.

Paul savait que ni sa femme, Holly, ni ses enfants, Kent, Chad et Nikki, ne le railleraient s'il reconnaissait l'affection qu'il éprouvait pour Rider. Sa virilité ne serait pas ébranlée sous prétexte qu'il aimait ce gros tas de bave de trente-cinq kilos qui dormait toutes les nuits au pied du lit conjugal. Pourtant, il s'entêtait dans son mensonge. Par habitude, probablement. Il était à peu près certain que son grand, Kent, voyait clair dans son jeu. Il fallait dire que ce petit fouineur l'avait surpris en train de papouiller Rider un samedi matin, alors que Paul pensait toute la maisonnée endormie après le barbecue de la veille qui s'était étiré jusqu'à tard dans la soirée. Mais Kent n'avait jamais fait la moindre remarque. Lui aussi avait pris l'habitude de mentir, de prétendre qu'il ne savait pas que son père considérait Rider comme son troisième fils. Quelque part, ce secret les avait rapprochés. Et c'était tant mieux, car Paul et Kent ne partageaient pas grand-chose.

Paul ne mettait pas de laisse à Rider. Le chien était obéissant et ne s'éloignait jamais trop de son maître lorsqu'ils arpentaient ensemble l'étroite bande de bitume de Ten Devil's Hop Road[1]. Paul avait vécu toute sa vie à Charon et il se demandait encore régulièrement comment certaines voies avaient reçu leur nom – peut-être qu'après avoir un peu forcé sur l'hydromel, un des fondateurs du comté avait sorti un dictionnaire et choisi des mots au hasard.

Paul descendit les marches du perron, Rider à ses côtés. Le soleil n'était qu'une suggestion derrière les lourds nuages gris-bleu. Ignorant le vent qui cherchait

1. Littéralement, la « route du Saut des dix diables ». (*N.d.T.*)

à se frayer un chemin sous son sweat à capuche, Paul tendit l'oreille mais, à l'exception du chant des oiseaux et d'un aboiement lointain, il n'y avait aucun bruit. À cette heure matinale, tous les voisins dormaient encore. Ten Devil's Hop leur appartenait.

Ils marchaient côte à côte, longeant le fossé qui bordait la chaussée. De temps en temps, Rider s'aventurait sur la route mais, comme Ten Devil's Hop était quasiment une ligne droite entre la route 143 et Chapel Neck Road, la visibilité était bonne. Quelques locaux passaient parfois par là pour tenter de dépasser un tracteur ou un camion chargé de bottes de paille qui bloquait la nationale mais, à cette période de la journée, cela restait rare.

Alors qu'ils arrivaient en vue de la voie de service qui permettait d'accéder à une des quatre antennes-relais du comté, Rider se lança soudain à la poursuite d'un écureuil gris. Paul avait l'habitude – le chien adorait jouer à pourchasser les lapins et les écureuils, sans véritable intention de les attraper. Paul se contentait alors de patienter, le temps que la grosse boule de poils abandonne la partie et le rejoigne.

Paul laissa donc Rider courir après sa proie (qui avait probablement déjà calculé cinq façons différentes d'échapper à son poursuivant) et sortit son téléphone portable. Après avoir fait un rapide tour des réseaux sociaux, il consulta le score du match des Wizards de la veille et fut agréablement surpris de découvrir qu'ils avaient gagné – Todd Robbins lui devait cinquante dollars. Au bout de quelques minutes, il vit Rider revenir vers lui au pas de course.

« Qu'est-ce qui t'arrive, mon grand ? Oh mon Dieu, tu saignes ? » Paul fut étonné de s'entendre crier. Il se précipita vers le chien et posa un genou à terre. Rider avait du sang plein le museau. Sur le poil blanc, les taches étaient si rouges que Paul se demanda un instant si le husky n'avait pas mis la truffe dans un pot de peinture oublié par des ouvriers. Tremblant, il inspecta l'animal à la recherche d'une plaie.

« Mais où est-ce que t'as été te fourrer, gros nigaud ? Dieu merci, t'es pas blessé. T'as trouvé un chevreuil mort, c'est ça ? »

Paul s'essuya les mains sur l'herbe du talus et se promit de les laver dès qu'ils seraient rentrés à la maison. Lorsqu'il se retourna, il vit que le chien fonçait à nouveau vers la forêt. Arrivé à la lisière, il s'arrêta, lâcha une série d'aboiements à l'intention de son maître et s'enfonça sous les arbres.

Plus tard, à l'Oasis, Paul raconterait à ses amis qu'il avait suivi Rider parce qu'il ne voulait pas risquer de « se faire engueuler par Holly si jamais ce foutu clébard se perdait dans la forêt ». Un mensonge. S'il avait suivi Rider, c'était parce qu'il ne voulait pas risquer que celui-ci contracte une maladie ou soit infecté par un parasite quelconque s'il s'approchait d'une carcasse en putréfaction.

Paul étouffa donc un juron et se fraya un chemin à travers les buissons épineux en s'orientant par rapport aux aboiements de Rider. Enfin, après avoir franchi un petit ruisseau et traversé une étendue d'herbes hautes en croisant les doigts pour qu'il ne s'agisse pas de plantes urticantes, il arriva en vue d'un bosquet de sapins.

Rider l'attendait là, les oreilles plaquées en arrière, aboyant frénétiquement en agitant la queue.

Paul était présent le jour où Oscar Tillman s'était fait happer par le métier à tisser industriel de l'usine de drapeaux, un monstre de douze mètres de long à la précision chirurgicale. Malheureusement pour lui, Oscar avait essayé d'utiliser la machine sans la verrouiller au préalable et il s'était retrouvé aux premières loges pour admirer sa précision. Le temps que ses collègues actionnent le bouton d'arrêt d'urgence, Oscar ressemblait à un morceau de viande qu'on aurait coupé en tranches avant de l'emballer dans de la cellophane.

Paul avait rêvé du corps mutilé d'Oscar pendant des mois.

Il songea que ce que venait de trouver Rider allait lui donner des cauchemars pour le restant de ses jours.

Titus examinait la scène.

Le cadavre était suspendu entre deux sapins qui avaient poussé à un peu plus d'un mètre d'écart, au moyen d'une cordelette en Nylon jaune (du genre qu'on pouvait se procurer dans n'importe quel magasin de bricolage) enroulée autour de ses poignets et reliée aux branches les plus basses.

Le mort n'avait pas de visage.

Quelqu'un en avait retiré la peau comme on pèle un fruit, de sorte qu'il ne restait qu'un rictus abominable, à mi-chemin entre le cri et le rire diabolique, et des yeux sans paupières qui ne regardaient rien – un aveugle fixant le soleil. C'était la mi-octobre et les températures étaient plutôt fraîches, il n'y avait donc pas de mouches. En revanche, d'autres insectes étaient déjà à pied d'œuvre : des fourmis qui arpentaient la bouche et la langue, et de gros scarabées noirs qui se promenaient sur le torse nu, s'aventurant jusqu'à la coupure nette qui formait un sourire édenté en travers de la gorge.

Le cadavre était coiffé d'une couronne de ronces et avait deux espèces de sacs attachés aux bras. Titus crut d'abord à une peau tannée provenant d'un animal sauvage, un chevreuil, peut-être, avant de se rendre compte qu'il s'agissait d'organes humains. L'assassin avait ouvert le dos de sa victime pour en extraire les poumons.

Titus avait entendu parler de cette méthode de torture pratiquée, disait-on, par les Vikings et d'autres tribus scandinaves. Il connaissait même son nom : l'aigle de sang. Mais, entre la couronne d'épines et la façon dont étaient positionnés les bras, il se fit la réflexion que le résultat ressemblait plus à un ange qu'à un oiseau. Et, au cas où la symbolique n'aurait pas été assez appuyée, l'assassin avait gravé le mot « Uriel » sur le torse de la victime, juste au-dessus d'un tatouage représentant une tête de mort sur fond de drapeau confédéré. La pression artérielle avait projeté du sang un peu partout, laissant des traînées résiduelles verticales en travers de la poitrine du malheureux.

Une flaque sombre et sirupeuse s'était également formée sur le tapis d'aiguilles de pin aux pieds du cadavre.

« Quel monstre a pu faire ça ? murmura Carla.

— Pas un monstre, un homme, rectifia Titus. Les monstres n'ont pas besoin d'une telle mise en scène. »

Trey était en train de prendre des photos. Dans ce domaine, il était le plus doué de tout le département et, Titus voulant une documentation exhaustive de la scène de crime, il l'avait temporairement dessaisi de l'enquête interne.

« Ce pauvre type, c'est Cole Marshall, déclara Davy.

— Comment tu le sais ? s'étonna Steve. Il n'a plus de visage !

— On faisait du basket ensemble, à l'époque, donc je l'ai souvent vu torse nu, répondit Davy d'un ton monocorde. Je peux t'assurer que ce tatouage, je le reconnaîtrais entre mille.

— *Bon Dieu de bois* », murmura Titus dans sa barbe.

Il savait bien que la voix au téléphone lui était familière. Il l'avait simplement reconnue trop tard. Beaucoup trop tard.

Il enfila une paire de gants en caoutchouc.

« C'est bon pour toi, Trey ?

— Oui, chef. J'ai fini.

— Et pour vous, docteur Leonard ? demanda Titus.

— Ouaip, répondit le médecin en allumant une Pall Mall. Je confirme qu'il est décédé.

— Détachez-le », ordonna Titus.

Steve et Douglas coupèrent les cordelettes et déposèrent le corps dans un sac mortuaire fourni par un employé du funérarium Blackmon, un gros Noir à la peau claire qui avait annoncé que son nom était Nathan mais qu'on pouvait l'appeler Nate. L'homme désigna le cadavre mutilé d'un hochement de tête.

« J'imagine qu'il faut l'emmener à Richmond ? À première vue, je dirais qu'il est pas mort de causes naturelles. »

Titus l'observa sans répondre pendant dix longues secondes.

« Je prends ça pour un oui », conclut Nathan en fermant le sac.

Davy et Steve l'aidèrent à hisser le corps sur une civière, avant de le regarder la pousser à travers bois jusqu'à sa camionnette.

« Si c'est bien Cole Marshall, il doit faire dans les cent dix kilos, dit Titus. Imaginez la force qu'il a fallu à l'assassin pour lui trancher la gorge, lui ouvrir le dos et ensuite l'attacher entre ces deux arbres…

— C'est sûr que j'aimerais pas me retrouver face à ce mec en un contre un, répliqua Trey.

— Peut-être qu'ils étaient deux, suggéra Carla. Un qui le tenait pendant que l'autre l'égorgeait ? »

Titus examina les branches cassées, les brindilles et les aiguilles de pin qui jonchaient le sol de la forêt.

« Non, il était seul. Il n'y a presque aucune trace de lutte. Je pense que la victime connaissait l'assassin, qu'elle lui faisait confiance. Assez en tout cas pour lui reparler du chantier de construction qu'ils avaient réalisé ensemble. Et assez pour se laisser trancher la gorge sans réagir », dit Titus en mimant le geste avec sa main droite.

Il s'approcha alors des deux sapins en prenant soin de contourner la flaque de sang, examina quelques instants les morceaux de cordelette qui pendaient encore aux branches, puis il les détacha et fit signe à ses adjoints de lui apporter un sac à scellés.

« Il a commencé par l'assommer, devina Titus. Après, il l'a attaché. Vous avez remarqué que les pieds de Cole ne touchaient pas le sol ? Puis il lui a tranché la gorge, tout le sang vient de là. Ensuite, seulement, il lui a découpé le visage et il a fait l'aigle de sang. Cole était déjà mort ; il ne s'est pas débattu – il y aurait des éclaboussures sur les arbres alentour. Je pense qu'ils se sont retrouvés sur la route. Le tueur l'assomme, le transporte jusqu'ici – plus de cent kilos à soulever, quand même – et l'égorge comme un vulgaire chevreuil. Il lui extrait les poumons pour que ça ressemble à des ailes et il lui place une couronne d'épines sur la tête. Uriel, l'ange de la sagesse, du savoir. Est-ce que c'est parce que Cole en savait trop ? »

Titus murmurait, désormais. Il ne regardait plus ses adjoints.

« Est-ce qu'il parle tout seul ? chuchota Davy à l'oreille de Steve.

— Ouais.

— C'est bizarre, non ?

— Ouais. »

De retour au département, Titus apprit que Jessica Twitchell, la petite amie de Cole Marshall, avait déjà appelé à trois reprises, son niveau d'affolement augmentant chaque fois de manière exponentielle. Elle n'avait plus de nouvelles de Cole depuis qu'elle l'avait quitté la veille au soir, vers 20 h 30. Elle avait entendu dire qu'on avait retrouvé un corps du côté de Ten Devil's Hop Road. Cole ne décrochait pas son téléphone. Est-ce qu'il lui était arrivé quelque chose ? Est-ce que quelqu'un pouvait au moins lui dire si l'homme qu'elle aimait était mort ? Titus se doutait qu'elle n'arrêterait pas de chercher à les contacter tant que quelqu'un avec un insigne ne lui aurait pas brisé le cœur.

« Qu'est-ce que je lui réponds, quand elle rappellera ? demanda Cam.

— La vérité : qu'on n'a pas encore identifié le corps et qu'on ne peut donc lui communiquer aucune information sur le sujet.

— Mais, c'est bien Cole, pourtant, non ?

— Fais ce que je te dis », ordonna Titus.

Il entra dans son bureau, ferma la porte derrière lui et se laissa tomber dans son fauteuil, où il se mit à observer distraitement les dalles acoustiques du plafond et leurs fissures qui lui évoquaient les géoglyphes de Nazca. Cole Marshall était l'informateur anonyme. Cela ne faisait aucun doute. Et désormais, Cole Marshall était mort, fileté comme un vulgaire poisson.

Fileté.

Les ouvriers de la conserverie Cunningham se servaient de couteaux spécifiques pour lever les filets. Titus nota dans un coin de sa tête de demander au légiste qui se chargerait de l'autopsie s'il pouvait identifier l'arme utilisée pour assassiner Cole.

Puis il se redressa, sortit son portable de sa poche et appela Carla.

« Oui, chef ?

— Carla, est-ce que tu pourrais me rendre un service ? Prends Steve avec toi et allez poser quelques questions à la conserverie, sur Latrell et Cole. Essayez de savoir s'ils s'entendaient bien ou s'ils avaient des amis en commun.

— Vous pensez que l'usine Cunningham est le lien manquant ?

— Latrell travaillait là-bas et il était de mèche avec deux tueurs. Cole Marshall travaillait là-bas, et maintenant il est mort. Je serais vraiment surpris que ce soit une coïncidence, Carla.

— Bien compris, chef. Je m'en occupe. »

Titus avait à peine reposé son portable sur son bureau que sa ligne fixe se mit à sonner.

« Le département de médecine légale sur la une », annonça Cam.

Titus pressa un bouton.

« Shérif Crown, dit-il.

— Bonjour, shérif. Julie Kim à l'appareil.

— Vous avez des dons de divination, docteure. Je suis justement en train de vous transférer un corps pour autopsie.

— Une autre victime dans l'affaire Spearman ? soupira la légiste.

— D'une certaine manière, oui.

— Écoutez, ce n'est pas pour ça que je vous appelle. J'aurais pu vous envoyer un e-mail, mais j'ai pensé que vous préféreriez en être informé directement : nous avons identifié une des victimes. Un garçon. »

Titus serra le combiné si fort que le plastique se fissura.

« Connu des services de police ?

— Oui. Sa mère et lui ont été arrêtés pour vol à l'étalage en 2015. Il s'appelait Tavaris Michaels. Porté disparu depuis l'année dernière. Il avait dix-sept ans. »

La légiste avait parlé avec beaucoup de lenteur, en prononçant chaque mot distinctement, comme si elle craignait de condamner ses propres enfants à un sort similaire si elle utilisait un débit trop rapide.

« Est-ce que vous avez le contact de la mère ou du père ? demanda Titus.

— De la mère, oui. Yasmin Michaels. Dernière adresse connue à Baltimore, dans le Maryland. J'ai aussi un numéro de téléphone, mais elle a pu en changer.

— Donnez-moi tout ce que vous avez.

— Vous allez l'appeler ?

— En prenant l'autoroute, je peux être à Baltimore dans une heure et demie.

— Vous… vous comptez vous rendre sur place ?

— Cette femme le mérite, vous ne trouvez pas ? »

La docteure Kim laissa passer quelques secondes avant de répondre :

« Si. Bien sûr. »

Titus raccrocha, remit son chapeau et ses lunettes de soleil et se leva. Enfin, du mouvement. Enfin, de l'action. Enfin, il faisait quelque chose au lieu d'attendre que le prochain indice tombe du ciel. Dans chaque enquête, il y avait toujours un moment où on avait l'impression d'être pris dans un tourbillon incontrôlable. Une boule de neige qui se transformait en avalanche et qui entraînait sur son passage toutes celles et ceux qui consacraient leur vie à résoudre des affaires, jusqu'à les précipiter dans une crevasse glacée digne du dernier cercle de l'enfer de Dante. Avec un peu de chance, ils finissaient par ressortir de cette crevasse avec un suspect menotté.

Titus espérait que le meurtre de Cole Marshall n'était pas le début d'une avalanche meurtrière. Et il espérait que sa petite troupe d'adjoints et d'adjointes aurait la force de s'accrocher à cette ombre qu'ils poursuivaient, et qu'ils triompheraient en remontant cet assassin d'enfants à la lumière.

Lorsque Titus repassa par l'accueil, il tomba sur Scott Cunningham en pleine discussion avec Cam.

« Titus, vous pourriez m'accorder quelques minutes ? » commença Scott en souriant jusqu'aux gencives, à la manière d'un chimpanzé.

Titus envisagea un instant de l'envoyer balader, mais il savait qu'il ne ferait que repousser le problème et que Scott reviendrait à la charge, voire qu'il aborderait le sujet à la prochaine réunion du conseil de comté.

Je ne comprends pas pourquoi, mais le shérif Crown s'évertue à m'éviter.

Titus n'avait aucun mal à imaginer Scott faire son petit numéro, pendant que ses laquais du conseil acquiesçaient, l'air grave.

Il retira son chapeau et invita Scott à le suivre jusqu'à son bureau.

Une fois assis, Scott croisa les jambes et se mit à agiter le pied en inspirant longuement. Titus se demanda s'il essayait de se faire aussi gros que le bœuf.

« Titus, Titus, Titus, soupira enfin Scott. Il se raconte que vous auriez retrouvé Cole Marshall punaisé à un arbre comme un papillon… D'abord, M. Spearman assassiné devant ses élèves ; ensuite, ces pauvres gosses sur le terrain de Tank ; et maintenant, ça ? Qu'est-ce qui se passe, au juste ? Éclairez ma lanterne. »

Titus tapota son bureau du bout des doigts.

« Est-ce que vous pensez que je travaille pour vous ? dit-il sans tergiverser.

— Je pense qu'en tant que président du conseil de comté, je…

— Permettez que je mette les choses au clair une bonne fois pour toutes, Scott. Que j'éclaire votre lanterne, pour vous citer. Je travaille pour les habitants de Charon. Pour tous les citoyens du comté où je suis né et où j'ai grandi. Mon job consiste à les protéger et à m'assurer qu'ils ne risquent pas de se faire trancher la gorge ou de voir leurs enfants se faire massacrer.

Vous avez beau être un citoyen de Charon, je ne suis pas à votre disposition. Vous faites partie d'un collectif, Scott. Chaque fois que vous quittez ce collectif et que vous venez ici pour geindre et pisser dans tous les coins afin de marquer votre territoire, vous m'empêchez de faire le boulot pour lequel j'ai été élu. Vous me gênez, Scott. Est-ce que vous le comprenez, ça ? » martela Titus en s'efforçant de garder les mains bien à plat sur son bureau.

Scott lui décocha un nouveau sourire.

« Savez-vous pourquoi Charon n'est pas encore devenu une ville fantôme, Titus ? Une chose est sûre, ce n'est pas grâce aux jeunes qui partent d'ici dès qu'ils en ont l'occasion, ainsi que vous l'avez fait vous-même il y a quelques années. Et malheureusement, bien que ça me chagrine de le reconnaître, ce n'est pas non plus grâce à ma conserverie ou à mon usine de drapeaux, qui mettent pourtant du beurre dans les épinards de la majorité des habitants de ce comté. Non, si Charon n'a pas encore été rayé de la carte, c'est uniquement grâce aux riches touristes du Nord qui viennent déambuler dans la rue principale et acheter nos babioles pour trois fois leur prix. On les fait boire à la Celtic Tavern et on les laisse se balader dans la plantation Greenway pour qu'ils aient l'impression d'en avoir quelque chose à foutre de quelques esclaves morts il y a plus de cent cinquante ans. Sauf que si ces riches touristes du Nord apprennent qu'un tueur en série s'amuse à clouer des types sur des arbres, ils risquent d'y réfléchir à deux fois avant de venir dépenser leurs précieux dollars chez nous. Vous comprenez, maintenant, pourquoi il est important pour les habitants de Charon que vous preniez la situation en main. Et vite. À moins que vous ne vous sentiez pas à la hauteur… ? Auquel cas je serai au regret de faire voter votre destitution. Peut-être que Roger serait capable d'attraper ce fou dangereux, lui… »

Scott ne souriait plus. Pourtant, Titus était sûr qu'il en mourait d'envie.

Le shérif se leva de son fauteuil et se planta devant son interlocuteur, qu'il toisa longuement, les bras croisés.

« Le comté de Charon compte quatorze mille deux cent quatre-vingt-sept personnes, dont soixante pour cent de Noirs, dit-il. Soixante pour cent de gens qui n'auraient jamais cru pouvoir un jour voter pour un shérif qui ne risquerait pas de les arrêter sans raison, qui ne risquerait pas de tripoter leurs femmes ou leurs filles, et qui ne risquerait pas de tabasser leurs maris. Ajoutez-y les nombreux Blancs qui ne portent pas le général Robert Lee dans leur cœur et qui ne se prosternent pas tous les soirs devant un autel à la gloire de Ronald Reagan, et vous obtenez une belle coalition d'électeurs qui me sont favorables. Je suis prêt à parier que tous ces gens adoreraient faire la queue devant la statue confédérée qui se dresse en face du bureau de vote pour glisser mon bulletin dans l'urne… pour la deuxième fois en deux ans. Alors allez-y, réclamez ma destitution. En attendant, moi, j'ai un meurtrier à attraper. Un meurtrier qui s'est associé à Jeff Spearman et Latrell Macdonald pour torturer des enfants noirs. Ça vous dit quelque chose, Jeff Spearman, non ? Il me semble que vous faisiez du golf, ensemble… »

Titus marqua une courte pause et se pencha un peu plus au-dessus de Scott Cunningham.

« Je vais retrouver cet assassin, et vous, vous allez arrêter de me mettre des bâtons dans les roues. Je ne vous le redirai pas. Et vous allez cesser de me donner du "Titus" – la prochaine fois que vous vous adressez à moi, ce sera "shérif Crown". Maintenant, foutez le camp de mon bureau. »

Le président du conseil de comté leva les mains en signe de reddition. Le sourire était de retour.

« Titus, je voulais simplement vous…

— Scott, soit vous sortez d'ici tout de suite sur vos deux jambes, soit ce sera un peu plus tard, mais sur un brancard. »

Scott dut sentir que ce n'étaient pas des paroles en l'air, car il se leva et se dirigea vers la porte. Il se retourna vers Titus et fit mine d'ajouter quelque chose, mais il se ravisa devant son regard glacial. Titus attendit que Scott ait quitté les lieux pour repasser à l'accueil.

« Cam, il faut que j'aille faire un saut dans le Maryland. Il est 11 heures, donc je devrais être de retour vers 16 heures. S'il y a du nouveau et que tu n'arrives pas à me joindre, vois ça avec Trey, d'accord ?

— Qu'est-ce que vous allez faire dans le Maryland, chef ? s'étonna le répartiteur.

— Annoncer à une mère que son fils est mort. »

La circulation sur l'autoroute 301 resta fluide pendant la première partie du trajet, puis Titus franchit le pont sur le Potomac pour entrer dans le Maryland et il eut l'impression de se retrouver dans un remake de *Mad Max*, version sortie de bureaux, avec tous les banlieusards qui tentaient de fuir Washington avant l'heure de pointe du déjeuner. Titus s'engagea ensuite sur l'autoroute 95, tout aussi bouchée, pour rejoindre Baltimore, où il suivit des rues étroites flanquées de maisons mitoyennes et de quelques commerces d'angle jusque chez Yasmin Michaels. Il se gara devant la petite bâtisse de plain-pied et, soucieux de ne pas intimider une mère endeuillée, il frappa à la porte aussi délicatement que le lui permettaient ses grosses mains.

Titus avait appelé Yasmin au préalable pour vérifier qu'elle n'avait pas changé d'adresse ; il savait donc qu'elle se trouvait à son domicile. Pourtant, elle ne vint pas immédiatement lui ouvrir. Titus ne pouvait pas le lui reprocher. Après tout ce temps, elle devait se douter que la visite impromptue d'un policier n'était pas de bon augure.

Enfin, après deux longues minutes, la porte s'écarta et une femme menue avec une coupe afro assez courte apparut dans l'encadrement.

« Bonjour, madame, je suis le shérif Crown, se présenta Titus.

— Entre l'étoile et le chapeau, j'avais deviné, répliqua Yasmin. Entrez. »

Elle tourna les talons et Titus la suivit jusqu'à un petit salon propret. Yasmin s'assit sur un vieux fauteuil. Titus avait le choix entre un canapé épuisé et une austère chaise en bambou avec un coussin élimé. Il décida de rester debout.

« Vous voulez boire quelque chose ? offrit Yasmin en s'allumant une Newport. De l'eau ?

— Non merci, madame. C'est gentil.

— Ça allait, les bouchons du côté de College Park ? C'est toujours un bazar pas possible à cette heure-ci.

Maintenant, moi, je m'embête même plus à sortir du bureau le midi, je mange sur place.

— Vous m'avez dit que vous travailliez dans un établissement médical, c'est ça ?

— Non, depuis un an, je bosse pour une boîte qui fabrique des kits de premiers secours. Pour l'armée, entre autres. Le jour où Tavaris est… Quand il est pas rentré à la maison, ça m'a fait comme un déclic. Je sais pas. J'ai arrêté de me défoncer. Comme ça, du jour au lendemain. Je me suis trouvé ce boulot. Je me disais sûrement qu'il fallait que je me soigne, pour quand il reviendrait. Je pensais que ça changerait quelque chose. Mais vu que vous êtes ici, j'imagine que ça a rien changé du tout. »

Titus se raidit. C'était le moment : il fallait qu'il annonce la nouvelle à Yasmin. Plus il repousserait l'instant fatidique, plus ce serait dur pour elle.

« Madame Michaels, je suis vraiment navré, mais nous avons retrouvé le corps de votre fils dans le comté de Charon, en Virginie, il y a deux jours. Il semblerait qu'il ait été victime d'un homicide. »

Les mots qui s'échappaient de sa bouche étaient autant de balles qui se dirigeaient droit vers le cœur de Yasmin. Celle-ci tira une longue bouffée sur sa cigarette, avant de recracher la fumée par les narines, tel un dragon se réveillant d'un sommeil de mille ans.

« Ma mère disait qu'il avait sûrement rejoint le Seigneur. Quand j'étais petite, avec mes frères et sœurs, elle nous forçait à aller à la messe tous les dimanches. À force, on finit par croire. Sauf que c'est comme le Père Noël ou le lapin de Pâques. Ça durc pas. Pourtant, on faisait pas plus croyante que moi. »

Sur le papier peint au-dessus de l'épaule gauche de Yasmin, Titus remarqua le contour plus clair d'un crucifix qui lui évoqua le tatouage délavé d'un détenu.

« La foi est quelque chose de fragile, shérif, reprit Yasmin. On vous répète qu'il suffit qu'elle fasse la taille d'un grain de moutarde pour déplacer des montagnes ou je ne sais quelles autres conneries du même genre, mais la réalité, c'est qu'il faut pas grand-chose pour la détruire. Tombez malade, retrouvez-vous criblé de dettes, perdez votre fils unique… et votre foi se fera la malle plus rapidement qu'un bon à rien de père. »

De grosses larmes roulaient à présent sur ses joues brunes.

« Pendant longtemps, j'ai prié tous les soirs pour qu'il revienne. Tous les soirs. Et un beau jour, j'ai arrêté. Je savais que c'était inutile. » Elle marqua une courte pause, avant de reprendre : « Il faut croire que ça aura pas servi à rien qu'on se fasse coffrer pour vol à l'étalage, hein ? J'imagine que c'est comme ça que vous avez réussi à l'identifier ? »

Titus sentit que Yasmin était à deux doigts d'éclater en sanglots ou de se mettre à hurler.

« Qui s'en est pris à mon petit garçon, shérif ? » gémit-elle.

Elle pleurait à chaudes larmes à présent, le corps secoué de terribles spasmes de désespoir. La cendre de sa cigarette tomba sur la moquette.

« Je ne sais pas, mais je vous jure que je vais le découvrir », répondit Titus.

Des paroles confiantes. Des paroles stupides. Faire une telle promesse était une erreur, il en avait conscience. C'était même le meilleur moyen de les exposer tous les deux à une cruelle désillusion. Et pourtant, il s'était senti obligé de les prononcer, parce que cette pauvre femme au cœur brisé et à la foi ébranlée lui renvoyait une image qu'il ne connaissait que trop bien.

14

Titus arriva à Charon plus tard que prévu en raison de la circulation qui s'était densifiée pendant la demi-heure qu'il avait passée chez Yasmin Michaels. Il se doutait qu'il ne serait probablement pas en mesure d'informer les parents de toutes les victimes qui seraient identifiées, mais il avait l'impression d'avoir fait un pas de plus sur le chemin long et tortueux de sa propre pénitence.

À part son chagrin, Yasmin Michaels n'avait pas eu grand-chose à partager avec lui au sujet de son fils.

« On avait tous les deux sombré dans la drogue quand il… il est parti, lui avait-elle expliqué.

— Comment ça, parti ? avait demandé Titus.

— Ce jour-là, on a eu une énorme dispute et il a quitté la maison pour aller traîner du côté du port, là où sortent les étudiants. Il aimait faire semblant d'être à la fac, lui aussi. Il s'arrangeait toujours pour se faire payer des verres, des parties de billard, d'autres trucs… »

Elle n'avait pas développé ce que ces « autres trucs » pouvaient désigner, et Titus n'avait pas cherché à le savoir. Il s'était contenté de prendre quelques notes, la plus intéressante étant que Tavaris avait probablement été vu pour la dernière fois à Inner Harbor, le quartier de Baltimore qui regroupait de nombreux bars et restaurants fréquentés à la fois par les touristes et par les étudiants.

Peut-être que c'était insignifiant, peut-être que c'était capital – l'illustration parfaite du caractère aléatoire de la plupart des enquêtes de police.

« Bonjour, Titus, lui lança Kathy lorsqu'il poussa la porte du département. Désolée pour l'autre soir, j'ai dû partir à l'improviste.

— Pas de souci, Kathy. »

S'il ne tenait pas à embarrasser la répartitrice d'appels d'urgence en lui demandant des nouvelles de Brent, il aurait quand même bien aimé savoir si son petit copain était décidé à se venger ou si la raclée que lui avait flanquée Marquis lui avait suffi.

« Alors comme ça, il paraît qu'on a retrouvé le corps de Cole Marshall dans les bois ? s'enquit Kathy, visiblement plus à l'aise quand ce n'était pas d'elle qu'il était question.

— On ignore encore si c'est lui, répliqua Titus. Il va falloir quelques jours pour l'identifier.

— J'ai entendu qu'on lui aurait… coupé les choses et qu'on les lui aurait fourrées dans la bouche », ajouta-t-elle en grimaçant.

« La vérité est encore à faire ses lacets que le mensonge a déjà parcouru la moitié du globe », avait coutume de dire Helen Crown.

Encore une fois, Titus se rendait compte que le temps donnait raison à sa mère et à ses petites maximes pleines de sagesse.

« C'est faux, Kathy, alors évitons de colporter ce genre de racontars, d'accord ? Une rumeur peut être très néfaste. »

Le visage de la répartitrice se radoucit, et Titus espéra qu'elle avait saisi qu'il faisait allusion à sa relation avec Brent – si Titus ne voulait pas qu'on fasse courir des bruits sur son affaire, Kathy ne tenait probablement pas non plus à ce que des gens se mettent à parler de sa vie privée.

Titus entra dans son bureau et alluma son ordinateur. Il consulta sa boîte de réception et vit que Carla, Steve et Trey lui avaient envoyé leurs rapports après leurs visites à la conserverie et aux diverses églises du comté. Avant de les lire, il tapa le nom de Latrell dans le moteur de recherche. Aussitôt, une dizaine d'articles s'affichèrent sur l'écran, la plupart contenant des extraits de vidéos prises par des téléphones portables juste avant la fusillade. Les commentaires étaient à peu près équitablement partagés entre ceux qui soutenaient ses adjoints dans des termes qu'il trouva ignobles et ceux qui les qualifiaient de racistes et de meurtriers. D'autres articles évoquaient la conférence de presse qu'il avait donnée, et lors de laquelle il avait annoncé que Latrell, Spearman et un troisième suspect non identifié avaient assassiné des enfants avant de les enterrer dans une clairière. À l'évidence, que Titus et ses hommes aient retrouvé des vidéos prouvant que Latrell était complice de ces crimes odieux n'avait pas apaisé la colère de ses détracteurs.

Titus comprenait ce sentiment. Combien d'hommes et de femmes noirs étaient tombés sous les balles de la police alors qu'ils n'avaient rien à se reprocher ? Le fait que Latrell ait été armé et qu'il ait tué quelqu'un ne rendait pas moins vrai ce triste constat.

Titus s'était toujours dit qu'en intégrant le système, il pourrait changer les choses de l'intérieur. Lorsqu'il avait été élu, il s'était promis que son département serait exemplaire. Malheureusement, les événements lui avaient prouvé qu'il s'agissait d'un vœu pieux. Peut-être que le système fonctionnait exactement comme prévu, après tout. Si tel était le cas, Titus n'avait plus aucune raison de porter cette étoile.

En tout cas, pour toi, le système a plutôt bien fonctionné, pas vrai ? murmura la voix de DeCrain.

Titus secoua la tête et lut les rapports de Carla, Trey et Steve. Il ne se considérait pas comme un génie de l'investigation, mais même lui voyait bien que le tour des différentes paroisses du comté n'avait rien donné. La visite de Carla et Steve à la conserverie, en revanche, paraissait avoir porté quelques fruits. Apparemment, deux semaines plus tôt, Latrell y travaillait encore. En soi, cela n'avait rien de surprenant : la majorité des citoyens de Charon avaient, à un moment ou un autre de leur vie, franchi les lourdes portes en fer de la conserverie Cunningham. Titus tiqua toutefois en découvrant que Latrell semblait proche de Darnell Posey, un autre petit consommateur de drogue. Carla avait également noté qu'il y avait plusieurs employés que Latrell tâchait de ne pas croiser. Parmi eux, le contremaître Eddie Franklin (compréhensible, si Latrell avait pour habitude de venir travailler sous l'emprise de stupéfiants), l'ouvrière Carolyn Chambers (tout aussi compréhensible, étant donné qu'il s'agissait de la mère de Candy Chambers, l'ex de Latrell), mais surtout, et c'était beaucoup plus étonnant, Dayane Carter. Dayane était une jolie jeune femme brute de décoffrage, qui n'hésitait pas à participer aux bagarres animant régulièrement l'Oasis ou la Celtic Tavern, et que Titus avait déjà arrêtée plusieurs fois pour état d'ébriété sur la voie publique. D'après les notes de Carla, Latrell l'évitait comme la peste. Quant à Cole Marshall, Latrell n'en était ni proche ni distant.

Pour le moment, Titus ignorait si ces éléments se révéleraient significatifs, mais il les inscrivit dans un coin de sa tête.

Alors qu'il parcourait les autres rapports de la journée, son téléphone portable sonna.

Darlene.

« Coucou, ça va ? demanda-t-il en décrochant.

— Je veux te voir, ce soir. Est-ce que ce serait possible ?

— Bien sûr. Il y a un problème ?

— Oui, Titus. J'ai entendu, pour Cole Marshall, et j'ai peur. T'as pas peur, toi ?

— Oh, Darlene, t'inquiète pas pour ça, d'accord ? Écoute, je ne vais pas tarder à partir. On n'a qu'à se donner rendez-vous à la maison à 19 heures.

— Tu n'as pas répondu à ma question. Des gosses enterrés dans les bois, et maintenant Cole… Ça ne te fait pas peur ? Moi, je suis terrorisée. J'ai fermé la boutique plus tôt, aujourd'hui, et je suis allée retrouver mes parents. On est tous les trois assis dans le salon, à essayer de ne pas y penser. »

Titus sentit qu'elle était au bord des larmes. C'était la deuxième fois en quelques heures qu'une femme pleurait devant lui, sans qu'il puisse faire quoi que ce soit pour la réconforter. Et aucune promesse ne pourrait apaiser Darlene.

Titus ferma les yeux. À quoi servaient l'étoile sur sa poitrine et le titre devant son nom s'il n'était même pas capable de rassurer les gens auxquels il tenait ? La femme avec qui il partageait son lit venait de reconnaître qu'elle était terrifiée par l'endroit où elle avait grandi – devant un tel aveu, le pouvoir et la prétendue gloire qui lui revenaient en tant que représentant des forces de l'ordre tombaient en poussière.

« Non, je n'ai pas peur, répondit Titus. Je suis inquiet, mais je n'ai pas peur. Je sais qu'on va l'attraper. J'ai presque autant confiance en mes adjoints qu'en moi-même. »

Cette dernière phrase lui avait échappé mais, comme disait souvent son père, la vérité trouve toujours un moyen de sortir. Or la vérité, c'était qu'il n'y avait personne en qui Titus avait plus confiance qu'en lui-même. Ni Dieu, ni la police d'État, ni les membres de son département. Il avait appris à force d'essais, d'erreurs et de circonstances hors de son contrôle que lorsque tombait le long voile noir, il ne pouvait compter que sur lui-même.

La conséquence principale de cette méfiance vis-à-vis du reste du monde était une vie de solitude.

« Tu veux que j'apporte quelque chose pour le dîner ? proposa Darlene.

— Pas la peine. À tout à l'heure.

— Ça marche. Je t'aime.

— Moi aussi. »

Il reposa son portable sur le bureau, alors qu'une question à laquelle il n'avait pas la réponse se frayait un chemin dans son esprit. Quand avait-il commencé à dire « Moi aussi » ?

Il ne faisait aucun doute que Darlene le saurait, elle.

Titus s'assit sur le canapé pendant que Darlene débarrassait leurs assiettes. Il versa du Jameson et un glaçon dans deux verres à whisky. Comme tous les vendredis soir, Albert était à la réunion du conseil de la paroisse.

« Ton père te laisse toujours des mots ? Pourquoi il ne t'a pas simplement envoyé un texto ? s'était étonnée Darlene en déchiffrant les pattes de mouche sur la petite ardoise à côté du réfrigérateur.

— Albert Crown est de la vieille école, tu sais. Il reprise encore ses chaussettes.

— C'est quoi, repriser ses chaussettes ? »

Titus lui tendit un verre et Darlene s'installa à côté de lui. Elle plaça la jambe gauche sur le genou droit de Titus et attrapa la télécommande de la télévision.

« La vache, c'est fort, commenta-t-elle après avoir avalé une gorgée de whisky.

— Si t'as déjà du mal à supporter ça, t'es pas prête pour l'eau-de-vie maison », railla Titus.

Darlene lui donna un petit coup de coude et fit défiler les chaînes.

« Un jour, avec Marquis, on a eu le malheur de goûter la gnôle de papa, raconta Titus. Quand il s'en est rendu compte, il nous a forcés à finir le bocal avec lui. Je crois que je n'ai plus retouché une goutte d'alcool avant d'entrer à la fac.

— Comment va Marquis, d'ailleurs ? J'ai entendu dire qu'il s'était battu, hier soir.

— Il va bien. Tu le connais. Il ne prend jamais rien au sérieux. »

Titus but une gorgée. L'alcool lui brûla l'œsophage jusqu'à ce qu'il trouve un nid douillet dans son ventre, d'où il irradia une chaleur douce. Titus n'avait aucune intention de devenir le cliché du flic alcoolique mais, après les événements des derniers jours, il avait senti qu'une bière fraîche ne suffirait pas à entamer le processus de décompression.

« Mon père a acheté des cartouches pour son fusil, aujourd'hui, dit Darlene. Apparemment, il y avait beaucoup de monde, chez Bobby Joe.

— Quoi ?

— Je disais que papa a acheté des cartouches à la boutique de Bobby Joe. »

Titus but une seconde gorgée de whisky et pressa le verre froid contre son front. Bobby Joe Andrews était le gérant de l'armurerie locale. Le comté de Charon comptait plus d'armes à feu que d'habitants, pour la bonne raison que la plupart des habitants possédaient plus d'armes à feu que nécessaire. Titus n'avait vraiment pas besoin qu'une bande de fous de la gâchette commencent à faire des stocks de munitions dans l'espoir de pouvoir bientôt jouer les cow-boys.

« J'imagine que beaucoup de gens ont peur, dit-il. Et visiblement, pas que ceux qui n'ont pas voté pour moi.

— Ce n'est pas parce que papa a acheté des cartouches qu'il ne pense pas que tu vas réussir à attraper ce type, Titus. Mais c'est Charon. Ce genre de choses n'arrive jamais, ici. Les gens ne savent pas comment réagir.

— J'en ai ras le bol d'entendre cette phrase à tout bout de champ ! éclata Titus. "C'est Charon." Comme si tout le monde ici était un ange qui n'avait jamais piqué un grain de raisin au supermarché ou traversé en dehors du passage piéton. Laisse-moi te dire un truc que j'ai appris quand je bossais au FBI. Peu importe d'où ils viennent et où ils habitent, les gens sont tous les mêmes. Jaloux, haineux, tordus, pervers… Ils volent et ils mentent, et ils mentent en affirmant qu'ils n'ont jamais rien volé. Les hommes trompent leur femme, les femmes trompent leur mari. Et ensuite, tout ce petit monde va à la messe le dimanche pour prêcher la fraternité et l'amour du Christ, alors qu'ils nous traitent de singes à longueur de journée et qu'ils tabassent leurs mômes en rentrant du boulot. Et malgré ça, ils ont le culot de pointer les autres du doigt, de désigner une autre ville et de dire : "Non, ce sont eux les pécheurs, ce sont eux les tarés, pas nous, pas Charon."

— Titus, je voulais pas te…, commença Darlene, mais il lui coupa la parole.

— Flannery O'Connor a écrit que le Sud était hanté par le Christ. Oui, il est hanté, mais par l'hypocrisie du christianisme. Toutes ces églises, toutes ces bibles, et pourtant, les pauvres sont ostracisés, les femmes se font traiter de salopes quand elles portent plainte pour viol, et moi, je ne peux pas aller boire un verre à l'Oasis sans me demander si le barman a craché dans mon verre. Les gens prétendent que ce genre de choses n'arrive pas à Charon mais, Darlene, ce genre de choses est l'essence même des petites villes comme Charon. »

Sa diatribe terminée, Titus vida son whisky d'un trait et s'éloigna à grands pas vers la cuisine, où il se planta devant l'évier, le souffle court. Alors qu'il rinçait son verre, il sentit les mains de Darlene se poser délicatement sur son dos, puis sur ses épaules. Il se retourna, la prit dans ses bras et Darlene pressa la tête contre son torse.

« Je suis désolée, murmura Darlene. Je me doute que c'est très stressant pour toi, en ce moment. Je n'aurais pas…

— Non, c'est moi qui suis désolé. Je me suis emporté alors que tu n'as rien fait de mal. Tu sais, malgré tout ce que je viens de dire, j'aime Charon de tout mon cœur. C'est ma ville. Et c'est justement parce que je l'aime que je suis si dur avec elle. Je suis convaincu qu'elle peut mieux faire. Mais pour ça, il faut arrêter de prétendre que c'est un petit paradis au bord de la baie de Chesapeake. Il faut regarder Charon dans son ensemble, sans ignorer sa laideur, si on veut avoir une chance d'attraper l'homme qui terrorise ses habitants.

— Ça doit être dur d'être confronté à cette laideur au quotidien, souffla Darlene.

— Ça fait partie du boulot… On peut aller se coucher ? »

Darlene acquiesça. Titus saisit sa main, si frêle et pourtant si forte dans sa grosse patte d'ours, et il l'entraîna à travers le salon, ramassant la télécommande au passage pour éteindre la télévision au moment où une publicité était diffusée.

« Ce programme vous a été proposé par la Ligue nationale contre la sclérodermie. Pour faire un don… »

Titus appuya sur un bouton et l'écran devint noir. Pendant plusieurs secondes, ni lui ni Darlene ne parla.

« C'est… c'est ça qu'avait ta mère, non ? » finit-elle par lui demander d'un ton hésitant qu'il connaissait bien.

Beaucoup de gens voulaient savoir de quoi était morte sa mère, mais aucun n'était à l'aise à l'idée de lui poser la question. Visiblement, Darlene souffrait elle aussi de cette curiosité morbide.

« Oui. Ça a transformé ses muscles en os. Ça a été très dur. »

Il se revit à douze ans devant la porte de la chambre de ses parents, à la fois terrifié et confus, désirant plus que tout que cette mère qui ne pouvait même plus lever les bras lui fasse un câlin.

« Ma tante venait régulièrement prier pour elle et lui frotter le front avec de l'eau bénite. Ma mère ne supportait plus qu'on la touche, mais ça n'avait pas l'air de perturber ma tante. Dans l'ensemble, les gens souffrant de sclérodermie ont quasiment une vie normale, mais ma mère était atteinte d'une forme rare. Très agressive. Chaque fois que quelqu'un la touchait, que ce soit mon père quand il l'aidait à faire sa toilette ou ma tante avec son eau bénite, la douleur était telle qu'elle se mettait à couiner comme un lapin blessé. Un jour, je suis entré dans la chambre alors que ma tante était en train de lui frotter le front en débitant son charabia habituel. Je lui ai donné un coup de pied et je lui ai crié d'arrêter. Elle m'a giflé. Et alors, pour la première fois depuis des semaines, ma mère est sortie de son lit et elle a attrapé ma tante par le poignet. Elle lui a dit de plus jamais lever la main sur moi. Sauf que la maladie avait abîmé ses cordes vocales. Ce n'était plus la voix de ma mère, mais c'était encore ma mère, tu vois ? Ensuite, elle m'a dit qu'elle m'aimait. C'est la dernière fois qu'elle a parlé. »

Darlene étreignit la main de Titus et regarda les frissons déferler sur son corps comme des vagues par une marée de pleine lune. Ils gravirent les marches, main dans la main. Darlene fit semblant de ne pas voir les larmes sur les joues de Titus, et Titus fit semblant de ne pas pleurer.

Un peu plus tard, Titus descendit discrètement à la cuisine. Au mur, la vieille horloge Félix le chat indiquait 2 heures. Son père était assis à la table devant un bocal d'alcool artisanal. Le couvercle était ouvert, mais le bocal était plein.

« Ça va, papa ? » demanda Titus, inquiet.

Son père n'était plus le buveur compulsif qu'il avait été, mais il lui arrivait encore de profiter d'un verre d'eau-de-vie de qualité, malgré sa dévotion pour l'église. « Après tout, si Jésus voulait pas qu'on boive, il aurait pas transformé l'eau en vin », avait-il coutume de dire.

« Hein ? Euh, oui, oui, ça peut aller, marmonna Albert. Je viens de recevoir un coup de fil. Gene Dixon est mort. Crise cardiaque.

— Oh non, je suis désolé, papa. Je sais que vous étiez très proches, tous les deux.

— Ouais. Je t'ai déjà dit que c'était Gene qui m'avait présenté à ta mère ? À un bal au Honey Drop Inn, un petit établissement miteux dans le sud du comté. À l'époque, Gene sortait avec Faye Jones, la meilleure amie de ta mère, et ils avaient besoin d'un cavalier pour Helen, histoire qu'elle se retrouve pas à tenir la chandelle. Coup de pot, c'est tombé sur moi.

— Non, je savais pas, répondit Titus en tirant une chaise pour s'asseoir.

— Gene était un type bien. Sale époque, je te le dis, moi.

— La saison des larmes, murmura Titus.

— Comment ?

— Rien. Tu veux qu'on boive un verre ?

— Je pense qu'on n'a pas le choix. »

Titus sortit deux petits verres du placard et Albert prononça un toast pendant que son fils les remplissait :

« À Gene Dixon, un bon ami, un type bien, et le meilleur joueur de billard que j'aie jamais rencontré. Que son âme demeure auprès du Seigneur jusqu'à la fin des temps. »

Ils burent leur verre d'un trait avant de le reposer bruyamment sur la table.

« Qu'est-ce que tu fais debout, toi, d'ailleurs ? demanda Albert.

— Je ne sais pas. J'ai fait un rêve. Un cauchemar, plutôt.

— Les enfants que vous avez retrouvés dans les bois ?

— Non, ils n'étaient pas dedans, mais je suis sûr que ça avait quand même un rapport. J'étais dans un grand champ de blé, tout seul. Les blés n'avaient pas été moissonnés, alors ils étaient tout marron. Secs, cassants. Il y avait d'énormes nuages noirs dans le ciel et le vent soufflait en bourrasques à travers les épis. Au bout d'un moment, l'orage a fini par éclater, avec des éclairs, du tonnerre, de la pluie. Sauf que la pluie était bouillante. Elle me brûlait la peau. Et j'étais seul. Complètement seul. »

Titus se resservit.

« Tu n'es pas seul, fils, déclara Albert. Il y a moi, il y a ton frère, il y a Darlene, et surtout, il y a le Seigneur.

— Tout le monde est seul, papa, on préfère juste croire que ce n'est pas le cas, répliqua Titus avant de vider son verre.

— Tu te trompes, Titus. Dieu est à nos côtés à tous les moments de notre vie, même les plus sombres. »

Titus resta silencieux. Il ne voulait pas avoir encore une fois ce débat avec son père. Pas ce soir. Pas à cette heure-là. Il se contenta d'acquiescer.

Titus aimait son père de tout son cœur, mais cela faisait bien longtemps qu'il ne croyait plus à toutes ces fables que se racontait Albert.

C'était le soir où sa mère était morte – un soulagement, après tant de souffrances – que Titus avait pris conscience que les adultes n'en savaient pas beaucoup plus que les enfants et que, dans ce genre de situations abominables, tout le monde improvisait en se servant de la religion, de l'alcool ou de la drogue comme béquille.

Après que son père avait appelé le médecin qui savait déjà Helen condamnée depuis plusieurs semaines, après que le médecin en question avait constaté officiellement le décès, après l'enterrement, Albert Crown avait dit à ses fils que leur mère ne souffrait plus et qu'elle était désormais aux côtés de Jésus. Puis il était parti à l'Oasis, laissant seuls Titus, treize ans, et Marquis, onze ans. À l'époque, c'était le père de Jasper qui gérait l'établissement. Quand Albert était rentré quelques heures plus tard, ivre mort et en larmes, Titus avait eu le temps de changer les draps souillés du lit de ses parents, de préparer un bol de bouillon de poule pour son frère et lui, de faire la vaisselle et de la ranger, et de se coucher après avoir bordé Marquis.

Parce qu'après le départ de sa mère, il avait bien fallu que quelqu'un prenne les choses en main. Son père avait fini par se ressaisir, il était même devenu diacre, mais Titus n'avait jamais oublié que le jour où il avait enterré sa mère, son père avait abandonné ses deux petits garçons après leur avoir servi un vague sermon censé les rassurer.

La blessure avait cicatrisé avec le temps, mais il restait toujours en lui ce petit garçon de treize ans qui détestait un peu ce père qui ne s'était pas montré à la hauteur.

Albert se leva et posa la main sur l'épaule de Titus.

« Tant que je serai vivant, tu ne seras pas seul, fils », dit-il avant de s'éloigner vers l'escalier.

Et cette simple phrase, ces quelques mots empreints de douceur, étaient la raison pour laquelle l'amour que vouait Titus à son père était plus fort que la rancœur du petit garçon qu'il avait été. C'était la bénédiction du sang.

Après avoir débarrassé, Titus éteignit la lumière de la cuisine et sortit sur le porche. Même dans le Sud, les températures peuvent chuter, au mois d'octobre – les vents qui soufflent de la baie ramènent le froid de l'Atlantique nord, tel un fantôme qui vous caresse les joues et vous fait claquer des dents.

Titus écarta les bras et se laissa embrasser par cet air qui lui piquait le visage et aiguisait son attention. Le lendemain, il demanderait à Trey d'appeler le département de médecine légale. Lui sillonnerait les routes du comté de 7 à 21 heures. Les gens avaient peur. Le meilleur moyen de les rassurer était de leur montrer que leur shérif était sur le pied de guerre, pas planqué derrière son bureau. Quatre-vingt-dix pour cent de son boulot consistait à faire respecter la loi, mais les dix pour cent restants, les dix pour cent que les gens voyaient, se résumaient à créer une image. Il n'aimait pas ça, mais il savait qu'il n'y pouvait rien. Il avait promis à Darlene qu'il n'avait pas peur. Ce n'était pas tout à fait vrai. Il avait peur, mais pas de l'homme qui avait assassiné ces enfants et qui avait probablement assassiné Cole Marshall. Il avait peur de ce que cet homme, ce Dernier Loup, était en train de faire à son comté. Titus savait qu'il devait s'emparer de cette peur et la plier à sa volonté. À un moment ou à un autre, tout le monde se retrouve devant un fossé nommé « échec ». La peur est le pont qui permet de franchir ce fossé.

« Titus ! s'écria Darlene. Ta radio, on t'appelle ! »

Titus se retourna. Par la porte ouverte, il la vit au sommet de l'escalier, vêtue d'un vieux tee-shirt de l'université de Virginie qu'elle lui avait emprunté. Il rentra et gravit les marches quatre à quatre.

« Shérif Crown, j'écoute.

— Titus, on a une situation délicate, au bureau, dit Pip.

— Quel genre de situation ?

— Darnell Posey nous a déposé une boîte avant d'essayer de s'enfuir à travers bois. On l'a rattrapé et on l'a placé en cellule. »

Titus rapprocha le micro de ses lèvres.

« Qu'est-ce qu'il y a dans la boîte ? » demanda-t-il.

Il fallut cinq minutes à Titus pour se rendre au département, contre dix en temps normal. Pip et Douglas l'attendaient dans son bureau, devant une boîte à chaussures portant un logo bien connu en forme de virgule.

« Il y a un papier avec une inscription à l'encre noire », dit Pip.

Titus enfila les gants que lui tendait son adjoint et saisit la feuille.

« "Je suis la bête brute qui traîne la patte vers Bethléem", lut-il.

— C'est tiré de la Bible ? demanda Pip.

— Non, c'est un extrait d'un poème de Yeats, répondit Titus en rendant la feuille à Pip pour qu'il la place dans un sac à scellés. Et ce n'est pas un papier, c'est de la peau.

— Hein ? » s'exclama Douglas.

Pip sortit un sac congélation de la boîte à chaussures.

« En même temps, c'est cohérent, puisqu'il y avait aussi ça à l'intérieur », dit-il en tendant l'objet à son chef d'une main tremblante.

Titus posa le sac à plat sur le bureau.

Le visage aveugle de Cole Marshall le regardait, la bouche figée en un hurlement de douleur éternel.

Charon

À l'image des gens qui les peuplent, les petites villes sont pleines de secrets. Secrets de la chair, secrets du sang. Serments cachés et promesses murmurées qui se transforment en mensonges aussi vite que le lait caille sous un chaud soleil d'été.

Dans le Sud, le mythe de Main Street, la fameuse rue principale censée représenter l'âme de chaque ville, est un pur fantasme. L'âme d'une ville se trouve sur les routes secondaires au bitume craquelé, sous un ciel chargé de nuages. Elle se trouve sur la banquette arrière d'une Buick rongée par la rouille et sur le plateau d'un pick-up délabré. Le cœur du comté de Charon bat au rythme des spirituals *qui emplissent les églises tous les dimanches matin, mais son âme est une vérité qu'il faut extraire de la sueur des amants adultères et du sang qui coule du nez de la présidente de l'association des parents d'élèves, après que son mari a encore un peu trop forcé sur la boisson. Une vérité dissimulée derrière les numéros de série des billets de dix et vingt dollars que les enfants chéris de Charon échangent contre les échantillons de quiétude qui les enverront au pays des rêves, la bave aux lèvres.*

L'âme de Charon danse parmi les vapeurs du poêle à pétrole qui suspend à jamais la respiration d'un père, d'une mère et d'un petit garçon dans un mobile home glacé.

L'âme de Charon persiste lorsque les subtilités de la courtoisie s'effritent sous le poids de leur propre fugacité.

L'âme de Charon est tapie dans les yeux du Loup qui a enterré six adolescents, filles et garçons, sous le saule pleureur de Tank Billups. Ce Loup qui rêve d'archanges aux ailes déployées et aux traits déformés par la folie. Ce Loup qui se complaît dans les secrets. Qui tire plaisir à cacher son vrai visage.

Oui, les petites villes sont à l'image des gens qui les peuplent.

Tôt ou tard, elles finissent par livrer leurs secrets, mais pour cela, il faut d'abord payer le prix du sang.

15

Titus pénétra dans la salle d'interrogatoire. Une fois assis en face de Darnell Posey, il frappa la table du plat de la main pour le réveiller.

Darnell redressa la tête en sursaut, essaya de se lever, se rendit compte qu'il était menotté à la table et retomba sur sa chaise en métal. Titus posa un dossier devant lui.

« Comment vas-tu, Darnell ? demanda-t-il.

— Pourquoi je suis là, j'ai rien fait !

— Ce n'est pas tout à fait vrai, puisque tu as laissé une boîte à chaussures à la porte de notre département avant de t'enfuir à travers bois. Alors, comment tu appelles ça, toi ?

— Je sais pas, moi. Une blague ? Pourquoi, y avait quoi dedans ? Une merde de chien ou un truc comme ça ? »

La peau brune de Darnell avait un côté terreux et cendré, comme s'il était déshydraté après avoir traversé le désert à pied.

« Il y avait ça », répondit Titus en sortant du dossier une photo au format A4 du sac congélation et de son contenu.

Après un regard vers l'image, Darnell essaya à nouveau de se lever.

« Putain, mais c'est quoi, ce truc ? On dirait… Putain, c'est un visage ?

— C'est effectivement un visage, Darnell, confirma Titus. Il reste même un peu de sang. Alors t'as intérêt à te mettre à table tout de suite, et t'as intérêt à me convaincre.

— Mais je sais rien du tout, moi !

— Là, par exemple, tu vois, je ne suis pas convaincu. On va commencer par le début : où est-ce que tu as trouvé cette boîte ?

— Devant ma porte. Je me suis réveillé vers 23 heures et elle était là, avec une enveloppe. Dans l'enveloppe, y avait cinq cents dollars en liquide et une lettre qui disait *Livre ce paquet au département du shérif*, alors c'est ce que j'ai fait. Je vous jure que je savais pas qu'il y avait un putain de visage à l'intérieur. Merde !

— Darnell, je suis obligé de te poser la question, mais pourquoi tu ne t'es pas contenté de récupérer l'argent et de te débarrasser de la boîte ?

— Parce que la personne qui l'avait laissée à ma porte était sûrement en train de m'observer pour vérifier que je suivais bien ses instructions, tiens ! »

Titus glissa la photo dans le dossier et forma une petite pyramide avec ses doigts.

« Darnell, qu'est-ce que tu peux me dire sur Latrell Macdonald ? Et avant que tu me répondes que tu ne le connais pas ou que tu n'es au courant de rien, je préfère t'informer : je sais déjà que vous étiez amis.

— Qu'est-ce que Latrell a à voir avec tout ça ?

— Est-ce que tu as envie que je t'arrête pour meurtre, Darnell ? Parce que ce visage appartient à un homme qui a été assassiné. Alors si tu veux un jour pouvoir refumer un pétard, tu ferais mieux de me dire tout ce que tu sais. »

Titus observa Darnell. Il le regarda se mordre les lèvres, il regarda ses yeux qui s'agitaient dans leurs orbites. Est-ce que le jeune homme avait compris que Titus bluffait et qu'à part cette boîte à chaussures déposée devant la porte du département, le shérif ne disposait d'aucune preuve contre lui ? Car si ses adjoints avaient bien identifié les empreintes de Darnell sur l'extérieur du colis, ils n'avaient en revanche rien trouvé à l'intérieur ni sur le sac congélation contenant le visage de Cole. Darnell n'avait rien d'un génie du crime. Or l'absence d'empreintes témoignait d'une personne organisée et méticuleuse.

Un meurtrier organisé et méticuleux, se corrigea Titus. Un meurtrier qui s'était servi de Darnell pour leur signifier que c'était lui qui avait assassiné Cole. Le Dernier Loup les défiait. Titus n'était pas autrement surpris. Ce suspect, la personnalité dominante de ce trio de criminels, était un narcissique. Il considérait la police en général et Titus en particulier comme l'ennemi. Mais ce besoin de prouver sa supériorité causerait sa perte, de la même manière qu'il avait causé la perte du tueur en série BTK dans les années 2000. Titus en était convaincu.

« Écoutez, ça m'est arrivé de traîner avec Latrell, reconnut Darnell.

— Vous vous défonciez ensemble ? »

Darnell hésita une seconde, puis ses épaules s'affaissèrent. Il n'avait plus la force de résister.

« Euh… ouais, finit-il par répondre. Latrell avait toujours de la bonne came. Il faisait des petites missions pour Jasper Sanderson.

— Quel genre de missions ?

— À votre avis ? Vous savez très bien que Jasper dirige la moitié du comté.

— Est-ce que Latrell t'a déjà parlé de Jeff Spearman ou de qui que ce soit en rapport avec Jeff Spearman ?

— Non, jamais. Mais je suis pas surpris que Latrell ait buté tous ces gosses. Il était cinglé. Tu pouvais passer des heures avec lui, il était détendu, tranquille, et d'un coup il se foutait un bout de verre sous la gorge en jurant qu'il voulait en finir.

— Est-ce qu'il t'a dit pourquoi il voulait se suicider ? » demanda Titus.

Il avait une idée de la réponse, mais Darnell semblait prêt à tout déballer comme un enfant le jour de Noël, et il comptait en profiter.

« Je sais pas, dit Darnell. La dernière fois que je l'ai vu, il était bizarre. On aurait dit qu'il avait peur de quelque chose. En même temps, il avait pris un coup sur la gueule, alors… Et… bon, il m'a raconté un truc. Je veux bien vous le répéter, mais faut me promettre que vous allez pas me chercher d'histoires par rapport à cette boîte, là. Je peux vous jurer sur une pile de bibles posée sur la tête de ma mère que je savais pas ce qu'il y avait dedans.

— Dis toujours, répliqua Titus en se penchant vers lui. Pour les promesses, on verra après. »

Darnell se mit à se tortiller nerveusement sur sa chaise.

« Bon, donc la dernière fois que j'ai parlé à Latrell, il y a une semaine environ, il m'a raconté qu'il était allé voir Jasper à l'Oasis pour récupérer un paquet à livrer du côté de Gloucester. Avant de partir, il est passé aux chiottes, et il a entendu Jasper et Cotton discuter dans le bureau. Ils se vantaient d'avoir un adjoint au shérif qui les prévenait chaque fois qu'une descente était prévue et, apparemment, ils se marraient parce que dès qu'ils filent une enveloppe à l'adjoint en question, ce con va déposer le fric à la banque. Quand Latrell est sorti des chiottes, il a eu la mauvaise idée de les interroger sur cette histoire et Cotton lui a collé une droite. Mais bon, Latrell m'a assuré qu'il s'en foutait, parce qu'il avait des problèmes beaucoup plus graves. Je voyais pas ce qui pouvait être plus grave que de se mettre Jasper et Cotton à dos, mais enfin… En tout cas, je vous jure que c'est tout ce que je sais. »

Titus ne laissa filtrer aucune émotion. Pourtant, un ouragan faisait rage dans son estomac. S'il n'avait pas eu cette même conversation avec Marquis deux jours plus tôt, il aurait certainement considéré les aveux de Darnell comme les élucubrations d'un junkie cherchant à s'extraire du trou dans lequel il s'était fourré. Sauf qu'il avait eu cette conversation. Et désormais, deux sources différentes lui assuraient qu'un de ses adjoints était un pourri. Titus ne croyait pas aux coïncidences ; il lui fallait maintenant des preuves.

Il songea au bleu qu'il avait remarqué sur le visage de Latrell, devant le lycée.

« Est-ce que tu me mens, Darnell ? demanda-t-il. Est-ce que tu as inventé toute cette histoire ?

— Putain, mais vous êtes sérieux, là ? Pourquoi je vous raconterais des bobards ? En plus, y a pas que Latrell qui le dit. Beaucoup de gens pensent que Jasper a un de vos adjoints dans la poche. »

Titus décida de revenir au sujet qui l'intéressait.

« Est-ce que Latrell a déjà évoqué une connexion entre Jeff Spearman et Jasper ? Est-ce qu'il les avait déjà vus ensemble, par exemple ?

— Non, il m'a jamais parlé de M. Spearman. Mais lui, c'était un gros pervers.

— Qu'est-ce qui te fait dire ça ? »

Darnell se mit à fixer le plafond.

« À l'époque où j'étais au lycée, la bagnole de mes parents tombait tout le temps en panne, ce qui fait que j'étais régulièrement à la bourre le matin et que je devais parfois rater les entraînements de basket pour rentrer en bus. Un jour, en cours de géo, Chris Mason s'est foutu de ma gueule à cause de ça, alors je l'ai tabassé. Au lieu de m'envoyer chez le proviseur, Spearman m'a dit de rester après la classe. Il m'a demandé pourquoi j'avais réagi comme ça, je lui ai expliqué, et il m'a proposé de me ramener chez moi en voiture après les entraînements. J'étais genre : “Sérieux, mec ?” Évidemment, j'ai accepté. »

Darnell baissa la tête et croisa le regard de Titus.

« La première fois qu'il m'a déposé chez moi, on s'est serré la main. La deuxième fois, il a voulu qu'on se prenne dans les bras. La troisième, il a aussi voulu qu'on se prenne dans les bras, mais ça a duré un peu plus longtemps. La quatrième fois… Disons qu'il y a pas eu de cinquième fois. Je me suis fait virer de l'équipe et, comme le basket était la seule raison pour laquelle j'allais encore au lycée, j'ai carrément tout lâché. Tout ça parce que ce porc voulait que je le branle dans sa bagnole. »

Titus réprima un haut-le-cœur.

« Tu as déjà parlé de cette histoire à quelqu'un ? » demanda-t-il.

Darnell eut un petit ricanement.

« Qui on aurait cru ? Le prof préféré des élèves ou le Noir qu'est tout le temps absent ?

— Si j'avais été là, moi, je t'aurais cru, dit Titus.

— Ouais, ben vous étiez pas là. »

Titus se leva.

« Reste ici, ordonna-t-il. Je reviens tout de suite.

— Vous voulez que j'aille où, de toute façon ? »

« Alors ? » demanda Pip lorsque Titus l'eut rejoint dans le bureau.

La boîte à chaussures et le sac congélation contenant le visage de Cole Marshall étaient désormais entreposés dans la salle des scellés, prêts à être emportés au département de médecine légale dès le lendemain matin.

« Il m'a dit que Spearman avait essayé d'abuser de lui à l'époque où il était encore au lycée et que Latrell avait effectué quelques missions pour Jasper, répondit Titus. Par contre, il ne sait rien sur d'éventuels liens entre Latrell et Spearman. À mon avis, c'est notre troisième suspect qui l'a envoyé ici avec le paquet.

— Ne le prenez pas mal, chef, mais qu'est-ce qui vous le prouve ? objecta Pip. J'ai déjà arrêté Darnell cinq fois pour détention de stupéfiants. Franchement, c'est un miracle qu'il ne se soit pas encore fait virer de la conserverie. D'ailleurs, je suis presque sûr qu'il est défoncé en ce moment même.

— On s'en fiche, de Darnell. Celui qui nous intéresse, c'est l'homme qui l'a engagé comme coursier. Tu crois vraiment que c'est un hasard si la personne qui nous livre une boîte contenant le visage de Cole Marshall est une de celles qu'on a interrogées au sujet de Latrell ? Non, le suspect nous a vus discuter avec Darnell et a décidé de se servir de lui pour nous faire passer un message.

— Quel message ?

— Il sait qu'on est à ses trousses, et il nous met au défi de l'attraper », répondit Titus.

Il bâilla longuement et s'étira jusqu'à ce que son dos craque.

« Demain, je retournerai parler à Elias, ajouta-t-il. Et à Jasper.

— Si je peux me permettre, pourquoi vous ne demanderiez pas plutôt à Douglas d'interroger Jasper ? Entre Austin que Marquis a défiguré et Cotton à qui vous avez fait avaler ses cordes vocales, je ne suis pas sûr que vous soyez le mieux placé pour obtenir des renseignements de la part de leur cousin, si ? »

Titus prit quelques secondes de réflexion.

« Tu as raison. Il faut absolument qu'on sache ce que Jasper faisait hier soir.

— Alors, vous pensez que c'est lui, notre troisième homme ?

— D'après Darnell, Jasper se servait de Latrell comme mule et il a laissé Cotton lui taper dessus. Pour moi, ça en fait au minimum un suspect potentiel. »

Titus n'évoqua pas les pots-de-vin dont avait parlé Darnell.

« Dis-moi, Pip, pourquoi tu ne t'es jamais présenté au poste de shérif ? demanda soudain Titus.

— Je ne vous cache pas que ça m'a traversé la tête, à une période. Mais à force de voir l'état dans lequel ça mettait Ward, ça a fini par me couper l'envie. Non, m'sieur. Ce genre de responsabilités, c'est trop lourd pour mes petites épaules !

— Parfois, je regrette de ne pas avoir fait le même choix », soupira Titus.

Lorsqu'il rentra à la maison, Darlene s'était endormie. Il se glissa dans son dos et, quand il l'enveloppa de ses bras, elle posa la main sur la sienne et se nicha contre lui.

« Tout va bien ? murmura-t-elle.

— Oui », mentit-il.

16

Titus démarra la journée sur les chapeaux de roues. À 7 heures, il était au bureau. À 7 h 30, il fouillait la salle des scellés à la recherche de la ceinture de Marquis, pour remplacer la sienne qui s'était cassée lorsqu'il s'était accroupi pour faire son lacet – il espérait d'ailleurs que ce n'était pas un mauvais présage pour le reste de la journée.

Lorsque Carla arriva, Titus l'envoya immédiatement porter la boîte à chaussures à Richmond. Puis il rassembla le reste de son équipe pour un briefing matinal.

« Steve, tu retournes à la conserverie Cunningham et tu pousses les employés dans leurs retranchements, ordonna-t-il. Latrell, Darnell et Cole travaillaient là-bas, et Darnell nous a livré hier le visage de Cole Marshall. Je veux savoir si Spearman avait le moindre lien avec cette usine. Interdiction d'en partir tant que tu n'auras pas obtenu de réponse.

— Compris, chef.

— Rien d'officiel pour le moment, mais je suis sûr à quatre-vingt-dix-neuf pour cent que c'est bien Cole Marshall qu'on a envoyé au département de médecine légale. Steve, avant de partir, tu me convoques sa copine, je veux lui parler d'ici la fin de la journée. J'ai demandé à Carla de profiter de son aller-retour à Richmond pour récupérer le téléphone portable de Cole, histoire qu'on voie avec qui il a communiqué en dernier. Il ne s'est pas rendu à Ten Devil's Hop Road de sa propre initiative.

— On lui a peut-être tendu un piège, suggéra Davy. Cette route est un lieu de rendez-vous connu.

— Tu m'as l'air bien informé, commenta Douglas.

— Euh, c'est que… Je… J'ai souvent dû en chasser des couples d'ados, bafouilla Davy.

— Détends-toi, Davy, je te taquine ! s'esclaffa Douglas.

— Douglas, va interroger Jasper et Cotton, indiqua Titus. Je veux savoir où ils étaient hier soir et quand ils ont parlé à Latrell pour la dernière fois.

— Euh… j'ai une question, intervint Davy.

— Je t'écoute.

— Vous avez dit que c'étaient Spearman et le troisième suspect qui avaient fait des trucs à ces enfants et que, sur les vidéos, Latrell était présent, mais qu'il ne participait pas.

— Tout à fait. Et donc ?

— J'ai beau réfléchir, j'arrive pas à comprendre : qu'est-ce qu'il faisait là si ce genre de choses ne l'excitait pas plus que ça ? »

Titus se tapota la lèvre du bout de l'index avant de répondre.

« Je pense que Latrell était un jeune homme très perturbé, et que Spearman et le troisième suspect en ont tiré profit. Je pense qu'ils se sont servis de lui comme appât.

— Comme appât ? répéta Steve, perplexe.

— Comment croyez-vous que deux hommes blancs ont pu approcher ces adolescents noirs qu'on a retrouvés enterrés sous le saule pleureur ? »

Un lourd silence s'installa.

« Bon, vous savez ce que vous avez à faire, dit enfin Titus. Rendez-vous ici à 15 heures pour faire le point. »

Tous les adjoints se levèrent. Au moment où Trey allait sortir, Titus le retint.

« Attends une seconde, Trey. Ferme la porte, s'il te plaît. »

Trey s'exécuta et revint se planter au milieu de la pièce.

« J'ai conscience qu'entre l'enquête interne sur la fusillade et tout le reste, je t'en demande déjà beaucoup, mais…

— … mais vous avez besoin que je vous rende un service, devina Trey avec un petit sourire en coin.

— Exactement. Est-ce que tu pourrais passer voir Fraser Woodall, ce matin ?

— Le directeur de la Citizen Mercantile Bank ? s'étonna Trey.

— Oui. Mack Bowen m'a délivré un mandat pour obtenir les relevés bancaires de tous les membres de notre département qui ont participé à des descentes à l'Oasis. Il s'agit de Roger, Steve, Pip et Carla. Je voudrais que tu vérifies s'il y a eu des dépôts en liquide anormalement élevés autour des dates de ces descentes. »

Trey fronça les sourcils.

« Vous êtes sûr que c'est une bonne idée de gérer ça en interne, chef ? Ça ne me dérange pas de m'en occuper, mais je n'ai toujours pas terminé mon enquête sur la fusillade. On pourrait peut-être confier cette affaire à la police d'État, non ?

— Non, pas encore. Écoute, je t'ai choisi pour enquêter sur la fusillade parce que tu es intelligent et rigoureux, mais surtout parce que je te fais confiance. Quant à cette histoire de relevés bancaires, elle est trop délicate pour que je la délègue à qui que ce soit d'autre.

— Vous croyez vraiment que l'un d'entre eux est corrompu ? demanda Trey.

— J'espère me tromper, répondit Titus en pianotant sur son bureau. Mais je me trompe rarement. »

Titus frappa à la porte de l'église du Rocher-Sacré-du-Rédempteur. Elle était verrouillée.

« Elias ! cria-t-il en tambourinant sur le lourd battant de bois pour évacuer sa frustration de la matinée.

— Je crois pas qu'il soit là. Je l'ai pas vu de la journée. »

Une voix rauque dans son dos. Titus se retourna et vit une femme blanche d'un certain âge assise sur le perron d'un mobile home, de l'autre côté de la fine bande d'asphalte qui faisait office de route.

« Je vous ai aperçu, l'autre jour, ajouta la femme. J'espérais que vous étiez venu pour leur faire fermer boutique.

— Pourquoi ? demanda Titus en retirant ses lunettes de soleil. Vous avez remarqué une activité illégale, ici ? »

L'autre eut un petit ricanement. Elle glissa une main dans sa tignasse blanche parsemée de brun. Titus traversa la route, posa le pied sur la première marche du perron et s'accouda à la rampe. Son interlocutrice devait avoir une bonne soixantaine d'années, mais ses yeux verts pétillaient d'une malice presque enfantine.

« Depuis que j'ai emménagé ici, ces cinglés passent tous leurs dimanches à beugler comme des fanatiques. Je vous jure, ils me font penser à la secte de Jim Jones.

— Vous n'êtes donc pas née ici, madame… ?

— Barry. Griselda Barry. Et non, contrairement à la majorité des habitants de ce caillou, je suis pas du coin. Je suis arrivée en 1988, pour rejoindre mon futur mari, Otis Barry. Il est mort en 1995 et moi, j'ai décidé de rester. Déjà, parce que je savais que ça agaçait l'autre gourou et sa bande de tarés, mais aussi parce qu'il fallait bien que je m'occupe de mes beaux-parents. Eux sont nés ici. Ils étaient pas ravis que leur fils épouse une espèce de hippie venue de Virginie-Occidentale, et j'avoue que j'étais pas franchement ravie non plus de les avoir pour beaux-parents, mais quand Otis s'est noyé, j'ai pas trop eu le choix. Depuis quelques années, ils sont à la maison de retraite de Lake Castor, à Red Hill.

— Ils ont de la chance de vous avoir eu comme belle-fille, commenta Titus.

— Tu parles ! C'est surtout que j'avais nulle part où aller ! Soit je tendais le pouce pour rentrer à Wheeling, soit je leur préparais leur soupe et je vérifiais qu'ils se pétaient pas la hanche.

— Mon père s'est cassé la hanche, l'année dernière.

— La grosse tuile, ça… J'ai l'impression qu'après ce genre de blessure, on n'est plus jamais vraiment le même.

— De quoi avez-vous été témoin, pour estimer que je devrais faire fermer la paroisse d'en face ? »

Son instinct lui soufflait que cette beatnik sur le retour avait des choses importantes à lui apprendre. Il avait tout de suite compris que Griselda avait des comptes à régler avec Elias et, en tant qu'ancien agent du FBI, il savait que la rancœur était la clé qui permettait de résoudre de nombreux crimes.

« Pour commencer, c'est des tarés, mais ça, tout le monde est au courant, ricana Griselda. Il s'est toujours passé des trucs étranges, dans cette église. Vous avez jamais entendu parler du garçon qui habitait là ?

— Quel garçon ?

— Attendez deux secondes, parce que c'est une longue histoire. »

Griselda sortit un paquet de Pall Mall de la poche de son sweat à capuche délavé et y piocha une cigarette. Elle gratta ensuite une allumette sur le talon de ses grosses chaussures en cuir et tira une grande bouffée, avant de recracher deux tourbillons de fumée grise par les narines.

La brise agitait les feuilles des hortensias qui encadraient le porche. Griselda croisa les jambes.

« Ça devait être au début des années 1990. Otis était encore en vie. Ses parents possédaient un petit bungalow un peu plus bas sur cette route, et ils fréquentaient cette paroisse. Toutes les semaines, ils essayaient de nous convaincre de les accompagner à l'église. Un dimanche, j'ai fini par céder. Grossière erreur. Vous avez déjà assisté aux messes de ce genre d'excités, shérif ? On dirait une comédie musicale sur l'Apocalypse ! Et je vous parle même pas de leurs foutus serpents ! J'ai fait à Otis : “C'est la première et la dernière fois que je fous les pieds ici !” Il se trouve que ce fameux dimanche, c'est aussi le jour où Elias et Mare-Beth ont présenté le bébé en prétendant que c'était le leur.

— Le garçon que vous évoquiez ? Il n'était pas d'eux, alors ?

— Clairement pas ! Mare-Beth était plus fertile qu'une lapine en chaleur, mais la grossesse lui faisait prendre beaucoup de poids. Du poids qu'elle perdait ensuite en courant après toute sa ribambelle de gosses ou en dansant avec le Saint-Esprit le dimanche matin. Sauf que là, elle avait pas pris un gramme. Je le sais, je la voyais pratiquement tous les jours.

— D'où venait ce bébé, alors ? Une de leurs filles qui aurait accouché en secret ? »

Griselda secoua la tête.

« C'est ce que j'ai cru, dans un premier temps. Sauf que leurs filles tiennent du père : toutes maigres comme des clous de cercueil. Je l'aurais remarqué aussi, si l'une avait été en cloque. Non, je sais pas où ils ont déniché ce pauvre gosse, mais il aurait mieux valu pour lui qu'il grandisse ailleurs…

— Ils le maltraitaient ? devina Titus.

— Ça, c'est le moins qu'on puisse dire. Ils lui filaient des coups de pied, pire qu'à un chien galeux. Et vous auriez vu comment ils le faisaient trimer… À neuf ans, il devait passer la tondeuse à rouleau sur tout le terrain, et toutes les semaines. Et l'été, ils le forçaient à repeindre les marches en plein soleil. Un jour, j'ai été obligée de demander à Otis d'aller parler à Elias, parce que je l'avais vu allonger une beigne à ce pauvre môme sous prétexte qu'il avait fait tomber un casier à crabes qu'il était en train de réparer. J'ai même appelé votre prédécesseur à plusieurs reprises, mais personne n'en avait rien à foutre de ce qui se passait sur cette île, surtout si ça concernait un petit métis scolarisé chez les zinzins… »

Griselda aspira une autre bouffée de sa cigarette.

« Le garçon était métis ? demanda Titus. Vous en êtes sûre ?

— Certaine. Il avait la peau très mate, mais c'est surtout ses cheveux qui le trahissaient. D'ailleurs, Elias lui rasait régulièrement la tête. Ça le rendait dingue, ces cheveux frisés !

— Ça, je n'ai aucun mal à l'imaginer. Pour un homme d'Église, Elias n'est pas ce qu'on fait de plus tolérant. Mais ça ne répond pas à la question : d'où venait cet enfant ? »

Griselda lâcha un petit grognement.

« Peut-être une fille-mère sans le sou qui le leur a confié en pensant lui donner un meilleur départ dans la vie ? Si c'est ça, elle s'est sacrément gourée, parce que je suis à peu près sûre qu'il y a des grands sorciers du Ku Klux Klan plus modérés qu'Elias. Quand il est pas en train de beugler à son pupitre, il va manifester en centre-ville avec ses copains qui se sont toujours pas remis de la défaite du général Lee. Je suis convaincue que si cet enfant avait été son petit-fils, il l'aurait tué. »

Titus haussa un sourcil.

« Vraiment ?

— Elias a tout le temps le bon Dieu à la bouche, mais ma mère disait que le diable aussi savait citer la Bible. Pour moi, Elias est ce qui s'en rapproche le plus. » Elle tira sur sa Pall Mall, avant d'ajouter, avec la même grimace qu'affichait le père de Titus lorsqu'il évoquait les rats qui grimpaient dans les mangeoires des oiseaux pour voler les graines : « Et puis il y a eu Henry, le frère d'Elias.

— Ah ? » fit Titus.

Il ne voulait pas presser Griselda. Il sentait qu'elle attendait de raconter cette histoire depuis des années.

« Henry Hillington était aussi méchant et sournois que les serpents avec lesquels ils gesticulent pendant leurs messes. Le genre d'homme qui en veut au monde entier parce qu'il se déteste et qu'il ne sait pas pourquoi. Il était encore pire qu'Elias, avec le petit. Il passait son temps à le frapper, à l'insulter et à se moquer de sa façon de marcher ou de sa façon de parler. Il allait tellement loin que je lui ai gueulé dessus plusieurs fois pour qu'il lui foute la paix. »

Griselda écrasa sa cigarette et en alluma une autre.

« Mais ça n'a pas suffi. Rien n'a suffi. Personne n'a fait ce qu'il fallait pour ce pauvre garçon. Surtout quand Henry a commencé à l'emmener sur son bateau pour relever les casiers. Juste tous les deux, sur ce bateau. »

Griselda plongea le regard dans celui de Titus, pour lui exprimer ce qu'elle ne pouvait pas se résoudre à dire à voix haute. Titus entendit les mots qu'elle refusait de prononcer et sentit un frisson lui parcourir la peau.

« Et puis un jour, dans la petite salle à l'arrière de l'église, Henry Hillington s'est fait mordre par sept ou huit serpents – des mocassins à tête cuivrée et des mocassins d'eau, je crois. Quelqu'un l'avait enfermé là-dedans et lui avait renversé un des vivariums sur la tête. Il a pas survécu. Il me semble que ça s'est passé en 2000.

— Je n'ai jamais entendu parler de cette histoire, dit Titus. Pourtant, j'étais dans le coin, en 2000, c'était ma dernière année de lycée.

— Ça ne m'étonne qu'à moitié. Personne ne pouvait piffer Henry, à commencer par l'ancien shérif. Je suis sûre que la majorité des gens à Charon ne se souviennent pas de lui. Et puis, Elias a tout fait pour qu'on conclue à un accident. Certainement qu'il ne tenait pas à ce que le shérif Bennings vienne fourrer le nez dans ses affaires.

— Et ça aurait été le garçon le responsable ? Qu'est-ce qu'il est devenu, d'ailleurs ?

— Je sais pas, répondit Griselda en expirant un nuage de fumée. Il a disparu peu après. Si vous voulez mon avis, soit il a fugué, soit Elias l'a foutu dehors. En tout cas, où qu'il se trouve aujourd'hui, j'espère que ses voisins ferment leur porte la nuit et qu'ils gardent un œil sur leurs animaux de compagnie.

— Donc vous pensez que c'est lui qui a renversé ces serpents sur la tête du frère d'Elias et qui l'a tué ?

— Honnêtement, Henry était le genre de type qui aurait fini tôt ou tard par se faire buter. Une chose est sûre, je peux pas dire que sa mort m'attriste. Mais ce pauvre gosse… Tout ce qu'il a subi. Toute cette haine qu'ils ont déversée sur lui au nom de ce qu'ils osent appeler une Église… J'ai du mal à imaginer qu'il se soit limité à un seul meurtre. Une telle souffrance n'est jamais rassasiée. » Griselda écrasa sa deuxième cigarette, avant d'ajouter : « Il faut la nourrir. »

17

Titus se gara à sa place attitrée sur le parking du département, sortit son carnet de sa poche et, sous le nom d'Elias Hillington, il inscrivit : *Garçon disparu ? Assassiné ?* Si la moitié de ce que lui avait dit Griselda était vraie, alors le Rocher-Sacré-du-Rédempteur méritait toute son attention.

La phrase gravée sur le front d'une des victimes, qui avait figuré sur le panneau d'accueil de la paroisse. Le mystérieux enfant métis qui avait tué le frère d'Elias. Un pasteur raciste qui avait élevé et maltraité un enfant métis. Le fait que toutes les victimes étaient des adolescents et des adolescentes noirs dont l'âge était compris exclusivement entre quinze et dix-sept ans. Titus avait le sentiment que tous ces éléments capitaux étaient liés, mais il ne voyait pas encore la connexion.

À l'académie du FBI, ses instructeurs lui avaient présenté leur propre version de la théorie des cordes. À les croire, il existait des liens invisibles qui vibraient entre les secrets, les rumeurs, les ombres et les mensonges.

La clé pour résoudre une enquête consistait à détricoter ces liens, voire à les trancher.

En sortant de son SUV, Titus remarqua sur le parking une camionnette immatriculée dans l'Indiana. Il soupira. Il aurait dû se douter que Kellie ne suivrait pas ses conseils. C'était sa manière de fonctionner : elle préférait foncer et s'excuser après coup. En même temps, elle n'avait pas besoin de sa bénédiction pour franchir la frontière de la Virginie. Titus regrettait simplement qu'elle ne l'ait pas écouté, pour une fois.

« Les regrets n'ont jamais fait avancer les choses », grommela-t-il en poussant la porte du département.

À côté du standard, Kellie était plongée dans une discussion avec Carla, sous le regard de Davy, de Steve et d'un autre homme que Titus n'avait jamais vu. Davy avait plus d'étoiles dans les yeux que la galaxie d'Andromède.

Kellie faisait parfois cet effet.

« Ah, bonjour, chef, le salua Carla. On était en train de parler avec votre amie. »

Sans raison apparente, Davy se mit à rougir jusqu'aux oreilles.

« Chef ? s'amusa Kellie. C'est comme ça que tu les forces à t'appeler, Virginia ? »

Elle lui jeta un regard par-dessus son épaule, ses longs cheveux auburn tombant en cascade jusqu'au milieu de son dos – une allégorie de l'automne. Titus savait que sous la crinière, sous la veste en cuir et sous le chemisier se trouvait un tatouage qui lui prenait presque l'intégralité du dos. Il s'agissait d'un château médiéval avec l'inscription « Doute que l'étoile est de feu » au niveau des omoplates et « Mais jamais ne doute que j'aime[1] » au-dessus des fesses. Kellie adorait Shakespeare. Titus repensa à toutes les fois où il avait scruté ces deux phrases pendant que Kellie, dans un murmure rauque qui supplantait le désir, répétait les mêmes mots en boucle : « Plus fort. »

Il ferma les yeux derrière ses verres polarisés et tenta de se rassurer : c'était forcément le choc de la revoir en chair et en os après deux ans qui avait ravivé ce souvenir. Il retira son chapeau et rejoignit Kellie et son auditoire d'un pas qu'il espéra naturel.

« Je ne force personne à rien, répliqua-t-il. Ce n'est pas comme ça que ça marche, ici.

— Titus n'est pas homme à outrepasser son autorité », déclara Kellie en lui adressant un clin d'œil.

Titus prit une longue inspiration.

Si son nez ne lui faisait pas défaut, Kellie avait sauté sa cigarette matinale. Pourtant, l'odeur était encore là, diffuse, sur sa peau et sur ses cheveux, signe qu'elle ne s'était toujours pas débarrassée de cette mauvaise habitude qu'il avait en horreur. L'ego de Titus lui soufflait qu'elle avait renoncé à cette cigarette pour lui faire plaisir. Le flic en lui lui soufflait qu'elle l'avait fait pour l'amadouer et qu'il accepte de répondre à ses questions. Aucune importance. Il était content de la voir. D'entendre son rire mélodieux. Leur histoire appartenait au passé et il était plus qu'heureux avec Darlene, mais il devait bien reconnaître que retrouver Kellie Stoner et ses yeux couleur miel n'était pas désagréable.

1. Ces deux citations sont extraites du même passage d'*Hamlet*, de Shakespeare. Traduction de Jean-Michel Déprats. (*N.d.T.*)

« Vous avez tout à fait raison sur ce point, Miss Stoner », dit-il d'un ton très sérieux qui fit hausser un sourcil à la journaliste.

À l'époque, ils se titillaient constamment, tous les deux. Il n'eut pas le temps de se remémorer leurs taquineries qu'un autre souvenir lui revint en pleine figure – la fois où il avait outrepassé son autorité, avec Red DeCrain. *Et pas qu'à moitié*, murmura la voix dans sa tête.

« Tu me vouvoies, maintenant ? » s'étonna Kellie, visiblement vexée.

Puis elle remarqua le petit sourire en coin sur les lèvres de Titus et éclata de rire.

« Une plaisanterie ? s'exclama-t-elle. C'est tellement rare venant de toi que je croyais avoir plus de chances de croiser un jour le yéti sur le dos du monstre du Loch Ness !

— C'est vrai que vous êtes sortis ensemble ? » demanda soudain Davy.

Il avait dû se retenir de poser la question pendant si longtemps qu'elle avait jailli de sa bouche en une rafale de syllabes.

« On sera plus tranquilles dans mon bureau, Kellie », dit Titus. Puis, s'adressant à Carla et Davy : « Et nous, on se retrouve juste après pour faire le point, d'accord ?

— Je sais que c'est pas mes oignons, insista Davy, mais alors du coup, c'est vrai que… ?

— Tu as raison, le coupa Titus. Ce ne sont pas tes oignons.

— Un an et demi, intervint Kellie. On est sortis ensemble pendant un an et demi, et ensuite Titus a décidé de repartir dans sa Virginie natale. Au moins, il m'a fait l'honneur de me l'annoncer en face. » Elle se tourna vers Titus. « Tu sais que tu as oublié ton tee-shirt Luke Cage chez moi ? Je m'en suis servie comme oreiller pendant longtemps. »

Son sourire n'atteignit jamais ses yeux couleur miel. Titus sentit son cœur se serrer. Il s'éclaircit la gorge.

« Euh, allons discuter dans mon bureau », dit-il.

Il s'apprêtait à poser la main sur le bas du dos de Kellie afin de la diriger vers la porte, mais se ravisa au dernier moment, comme s'il avait manqué toucher un poêle brûlant.

« Oui, chef, répliqua Kellie en lui adressant un salut militaire. Au fait, je me demandais, ces menottes que tu as à la ceinture, ça fait partie de ton équipement de travail ou tu les as prises dans ta table de nuit ? »

La journaliste éclata à nouveau de rire, tandis que Titus s'éloignait vers son bureau sans un mot. Lorsque Kellie et l'homme qui la suivait avec des yeux de merlan frit l'eurent rejoint, Titus retira son chapeau et s'assit.

« Tu ne peux pas dire des choses comme ça devant mes adjoints, la réprimanda-t-il.

— De quoi tu parles ? Oh, les menottes ? Ça va, Virginia, c'était une blague. On est entre adultes, quand même. »

Kellie eut un petit ricanement, et Titus devina qu'elle se retenait de lui adresser une remarque sarcastique. À l'époque, il l'aurait sermonnée, elle lui aurait lancé une pique, il l'aurait sermonnée de plus belle, et ils auraient fini collés l'un à l'autre, plaqués contre le mur.

Mais cette époque était révolue.

« Au fait, Kellie, tu ne m'as pas présenté ton ami.

— Ah oui, voici Hector. Hector, voici le shérif Titus Crown, ancien agent du FBI à l'antenne de Fort Wayne. »

Hector tendit une main que Titus serra fermement, sans toutefois chercher à la broyer. Hector essaya de faire force égale. Il échoua.

« Ravi de faire votre connaissance, shérif, dit Hector. C'est moi qui m'occupe du son, pour le podcast.

— Et vous n'avez pas d'équipement ?

— Si, si, dans la camionnette. Kellie a dit…

— J'ai dit qu'il valait mieux passer te voir avant toute chose parce que, si je t'avais appelé, tu aurais trouvé toutes les excuses du monde pour remettre à plus tard mes demandes d'interview, intervint Kellie.

— Et tu aurais eu raison, reconnut Titus en retirant ses lunettes. On a beaucoup de boulot, en ce moment, et pas seulement à cause de l'affaire Spearman.

— Pourtant, je note que tu ne nous as pas encore mis à la porte. »

Titus secoua la tête.

« Je ne peux pas t'empêcher de poser des questions, Kellie. Que ce soit à moi ou aux habitants de ce comté. Par contre, je ne peux pas évoquer les détails d'une affaire en cours.

— Mais ce n'est pas grave, ça, dit la journaliste en se penchant vers lui. Tu n'as qu'à me parler de toi. Qu'est-ce que ça t'a fait de découvrir qu'il y avait un tueur à Charon depuis toutes ces années ? Enfin, trois tueurs, plutôt. Comment tu te sens ? »

Comment je me sens ? songea Titus. Comme le chasseur lorsqu'il se retrouve face au grand méchant loup. Je sais que je vais devoir ouvrir le ventre de quelqu'un pour que tout soit bien qui finisse bien. Voilà comment je me sens.

« Je te connais assez pour savoir que je n'arriverai pas à te faire changer d'avis, soupira-t-il.

— Hector, va chercher le matos ! s'écria Kellie. Je te jure que tu le regretteras pas, Virginia ! »

Hector se leva de sa chaise.

« Rasseyez-vous ! » ordonna Titus.

Hector s'exécuta.

« Deux ou trois points avant de commencer, ajouta Titus. Je prononce une déclaration sommaire, je dis quelques mots sur l'enquête, et c'est tout. Est-ce que nous sommes bien d'accord, Indiana ?

— Bien sûr ! répondit Kellie avec un grand sourire.

— Parfait. Maintenant, vous pouvez aller chercher votre équipement, Hector. »

Lorsque l'homme eut quitté le bureau, Titus ne put s'empêcher de demander à Kellie :

« Est-ce que c'est ton… ?

— Hector ? Non, c'est juste mon ingé son. Il m'aide aussi pour le montage. Mais si tu veux absolument savoir, je sors avec mon tatoueur. Pourquoi, serais-tu jaloux, Virginia ? Je croyais que Darlene et toi, c'était du sérieux…

— Comment tu… ? Laisse-moi deviner. Davy ?

— Il est tellement balourd que c'en est presque mignon, acquiesça Kellie.

— Davy est un brave type, mais il est plus bavard qu'une pie qui tiendrait un salon de coiffure… Cela dit, c'est vrai, je suis avec Darlene depuis pratiquement un an.

— Tu es heureux ? demanda Kellie.

— Et toi ?

— Toi d'abord ! »

Titus se laissa aller contre le dossier de son fauteuil.

« Oui. C'est une femme bien et j'ai de la chance d'être avec elle.

— Si Darlene est bien pour toi et que tu es bien pour elle, alors je suis contente que vous vous soyez trouvés. Paul et moi, c'est pas encore très sérieux. On n'est pas ensemble depuis assez longtemps pour savoir si on est heureux ou pas. »

Titus croisa le regard de Kellie. Avec le temps, il était devenu un expert pour identifier les menteurs. Kellie ne mentait pas, mais elle ne disait pas non plus toute la vérité.

Comme lui.

« Je... », commença Titus, avant de s'interrompre.

Hector venait de faire son retour.

« Tout le monde est prêt ? » s'enquit l'ingénieur du son.

Finalement, la petite interview se transforma en une conversation de trois quarts d'heure. À la fin, alors qu'Hector rangeait son matériel, Kellie s'approcha de Titus et lui donna une tape sur le bras.

« La vache, tu fais toujours tes deux cents pompes par jour ? s'exclama-t-elle.

— Tous les deux jours.

— Désolée, je me suis laissé distraire par tes gros biceps, mais je voulais te proposer de passer à notre *bed and breakfast* dans quelques jours, si ça t'intéresse d'écouter la version définitive du podcast.

— Vous logez au Todd's Inn ?

— Tes capacités de déduction sont vraiment extraordinaires », commenta Kellie.

Quand Titus se tourna vers elle, il vit qu'elle souriait jusqu'aux oreilles.

« Qu'est-ce que tu veux, c'est l'avantage des petites villes : il n'y a pas d'autre auberge à plusieurs kilomètres à la ronde.

— Je m'en doute. En tout cas, tu es le bienvenu. »

Pendant quelques minutes, ils se contentèrent de regarder Hector enrouler ses câbles et ranger ses micros.

« Pourquoi pas, mais ce sera sûrement en fin de soirée, finit par accepter Titus.

— Pas de souci. Je ne suis pas sûre que la trépidante vie nocturne de Charon nous occupe beaucoup ! »

Titus les raccompagna à leur camionnette. Hector s'installa au volant, Kellie sur le siège passager. Lorsqu'elle baissa sa vitre et fit signe à Titus d'approcher, celui-ci s'avança d'un pas, les bras croisés.

« Ça m'a fait très plaisir de te revoir, Virginia, dit Kellie.

— Moi aussi.

— Tu m'avais manqué. »

Titus nota qu'elle avait parlé au passé.

« Tu mérites mieux que ce que j'avais à t'offrir », dit-il.

Kellie déposa un baiser dans le creux de sa propre main avant d'attraper celle de Titus.

« Tu es incapable de reconnaître à quel point on a été heureux, tous les deux. Tu es trop occupé à te punir pour des choses que tu ne peux pas contrôler. »

Elle resserra délicatement les doigts. De l'extérieur, le geste ressemblait à une simple poignée de main.

« Ce… C'est pas ça, Kellie, bredouilla Titus.

— Si tu le dis, Virginia », soupira Kellie, et elle lâcha la main de Titus après une dernière étreinte.

Titus regarda la camionnette s'éloigner jusqu'à ce que les feux arrière deviennent flous.

18

Titus était assis à son bureau, les doigts entrecroisés. Steve, Davy, Carla, Douglas et Trey faisaient cercle autour de lui.

« Carla, tu as trouvé quelque chose d'intéressant dans le téléphone de Cole ? demanda Titus. Et que t'a dit la légiste au sujet du visage dans la boîte ? »

Carla consulta ses notes sur son portable.

« La docteure Kim a identifié Cole grâce à ses empreintes dentaires, déclara-t-elle. Par rapport au visage, il va falloir quelques jours pour avoir un résultat officiel, mais elle a confirmé que c'était lui, ce qu'on savait déjà. J'ai fouillé le téléphone de Cole. Dernier appel reçu, une plate-forme de télémarketing qui vend des extensions de garantie. Dernier appel passé, un numéro qui n'est plus attribué. Dernier message reçu, un SMS de Dayane Carter qui dit “On se retrouve à l'endroit habituel ?” avec un émoji diablotin. »

Titus se redressa vivement.

« Dayane, celle qui travaille à la conserverie ? »

Carla acquiesça.

« Ça colle avec ce que j'ai trouvé aujourd'hui », intervint Steve.

D'un geste, Titus l'encouragea à développer.

« Bon, donc Lydia Hart m'a confié que Cole et Dayane étaient assez proches, reprit Steve. Tellement proches qu'elle soupçonne même qu'il trompait sa copine avec elle. Mais surtout, elle m'a appris qu'il arrivait à Latrell d'accompagner Cole quand la boîte l'envoyait sur de grosses livraisons. Elle ne l'avait pas mentionné quand on l'a interrogée la première fois parce qu'elle ne voulait pas attirer d'ennuis à Cole mais, maintenant qu'à peu près tout le monde est au courant qu'il est mort, elle estime que ça n'a plus d'importance. Sinon, hier soir, Jasper et Cotton étaient au champ de courses de Dinwiddie avec leurs compagnes. Les filles confirment et Jasper m'a montré les tickets. Il m'a assuré qu'il n'avait pas vu Latrell depuis des semaines, mais je pense que sur ce point, il ment. En tout cas, ce qui est sûr, c'est qu'il n'était pas à Charon hier soir. »

Titus se leva et fit le tour de son bureau.

« Bon, donc il est hors de cause pour le meurtre de Cole, conclut-il. De mon côté, je suis convaincu que la phrase gravée sur le front d'une des victimes provient de la paroisse du Rocher-Sacré-du-Rédempteur. Et plus précisément du pasteur, Elias. J'ai aussi entendu une histoire sur un garçon qui aurait vécu là-bas pendant quelques années. »

Et il leur relata la conversation qu'il avait eue avec Griselda au sujet de cet enfant maltraité et du trépas prématuré du frère d'Elias, Henry.

« Est-ce que Cole fréquentait cette paroisse ? demanda Carla.

— Non, répondit Davy. Il allait à l'église méthodiste des Premiers-Corinthiens, comme moi. Quand on était gosses, on suivait le même stage de catéchisme, l'été.

— Cole avait-il des affinités avec Ricky Sours et sa bande ? s'enquit Titus. Parce qu'apparemment Elias, oui.

— Non, dit Carla. Il partageait peut-être leurs idées mais, d'après ce que j'ai trouvé, il était trop occupé avec ses deux boulots pour aller se déguiser en rebelle confédéré le week-end. »

Davy émit un petit bruit de bouche. Titus le regarda.

« Un problème, Davy ?

— Hein ? Euh… non, mais… Faut pas croire que tous les membres des Fils de la Confédération sont racistes, marmonna Davy.

— Donc, d'après toi, les membres de ce collectif qui se rassemblent régulièrement pour rejouer avec nostalgie les batailles de la guerre de Sécession n'estiment pas tous que l'esclavage était un modèle économique acceptable ?

— Je… euh…

— Permets-moi de reformuler : d'après toi, les membres des Fils de la Confédération n'adhèrent pas tous au dogme de leur idole Alexander Stephens, selon lequel le nègre doit être asservi à l'homme blanc ?

— Tout ce que je voulais dire, c'est que mon cousin en fait partie et il est pas raciste. »

Titus se posta dans le dos de son adjoint et se pencha à son oreille.

« Davy, ton cousin n'est peut-être pas raciste, mais il n'a visiblement aucun problème à traîner avec des racistes. Pour moi, ça ne fait aucune différence. Est-ce qu'on peut revenir au sujet, maintenant ?

— Oui, chef », souffla Davy.

Titus retourna s'asseoir à son bureau.

« Carla, rappelle la légiste et demande-lui si elle a réussi à identifier d'autres victimes. Si c'est le cas, il faut qu'on établisse une cartographie de l'origine de ces gosses et qu'on la compare avec les livraisons qu'ont effectuées Latrell et Cole.

— Je comprends votre logique, chef, mais si Cole était le troisième suspect, alors qui l'a assassiné ? objecta Steve. Un quatrième suspect ? »

Titus réfléchit à voix haute en pianotant sur son bureau.

« Non, il n'y avait que trois hommes sur ces vidéos. Je pense que Cole connaissait l'identité du tueur. Dans le doute, je veux quand même savoir d'où venaient ces enfants. Steve, garde un œil sur Elias. Utilise ton véhicule personnel, ce sera plus discret.

— Compris, chef.

— Si je peux me permettre, que vient faire Elias dans cette affaire, d'après vous ? » intervint Carla.

Titus ouvrit le tiroir de son bureau et en sortit un marqueur et quatre feuilles de papier. Sur la première, il inscrivit *Elias*, sur la seconde *Cole*, sur la troisième *Latrell* et sur la dernière *Spearman*. Puis il se leva, retira du panneau d'affichage accroché au mur le prospectus pour la Fête de l'alose le mois précédent et y punaisa les quatre feuilles.

« La phrase sur le corps d'une des victimes provient d'Elias, déclara-t-il. Son frère a été assassiné par un enfant qu'il élevait. Un enfant métis. Ça fait d'Elias notre priorité numéro un. Latrell et Cole effectuaient parfois des livraisons ensemble, et maintenant, ils sont morts tous les deux. Existe-t-il un lien entre eux et Elias ? Elias est-il le tueur ? Physiquement, il ne me paraît pas assez fort pour maîtriser Cole. Cole, qui a appelé ici en nous révélant qu'il avait travaillé pour un type sur un projet de construction, et qu'on retrouve assassiné dans la foulée, alors qu'il avait reçu un dernier texto de Dayane Carter.

— Peut-être qu'Elias a simplement cherché à couvrir quelqu'un, dit Steve. Un de ses fils, par exemple ?

— Comment ? » fit Titus en se retournant.

Steve répéta.

« C'est très bien vu, ça, Steve, approuva Titus. Changement de programme : demain, à l'aube, on va cueillir Elias. Il pourra peut-être nous dire qui était ce garçon qui vivait chez lui et ce qu'il est devenu. Carla, tu me convoques Dayane Carter. Je suis curieux de savoir pourquoi elle a proposé un rendez-vous à Cole le soir où il s'est fait massacrer. » Il marqua une pause avant de conclure : « Très bien, je crois qu'on a fini. »

Tous les adjoints quittèrent le bureau, à l'exception de Trey.

Titus ferma la porte et revint s'asseoir.

« Tu n'as pas dit grand-chose. J'imagine que c'est parce que la recherche que je t'ai confiée a porté ses fruits ? »

Trey acquiesça.

« Je suis passé à la banque, ce matin. J'ai parlé au directeur et à Nadia Manchester, la chargée de clientèle – on était au lycée ensemble.

— Et ? » s'impatienta Titus.

Trey sortit une feuille de papier de la poche intérieure de sa veste et la tendit à son chef.

« Le mandat que vous m'avez donné ne concernait que les relevés bancaires des personnes qui figuraient sur la liste et, de ce côté-là, rien à signaler. Par contre, histoire de ne rien laisser au hasard, j'ai demandé à Nadia de m'imprimer les relevés de tous les employés du département. Y compris le mien, par souci de transparence. Ma requête n'ayant rien d'officiel, je ne sais pas si ce que j'ai trouvé serait admissible devant un tribunal ou si le procureur du comté serait prêt à engager des poursuites... En tout cas, même s'il s'agit de preuves indirectes, elles concordent avec les déclarations de Darnell. »

Et avec celles de Marquis, songea Titus en examinant le document et le nom qui y figurait.

« Comment vous voulez procéder ? demanda Trey.

— Pour l'instant, gardons ça pour nous, répondit Titus en secouant lentement la tête. Les dates correspondent mais, à moins que Jasper accepte de témoigner qu'il a versé des pots-de-vin à cette ordure, ce document ne prouve rien. Même un avocat aussi médiocre que Vaughn Callis s'en rendrait compte. Par contre, laisse-moi te dire que je ne vais pas me gêner pour le virer, cet enfoiré. »

Sa voix était montée se percher dans les aigus, ce qui arrivait parfois lorsqu'il était au comble de la colère.

« En tout cas, ça complique les choses, par rapport à la fusillade, dit Trey en se dirigeant vers la porte.

— Au fait, Trey, qu'est-ce qui t'a donné l'idée de demander les autres relevés bancaires ? »

L'adjoint se retourna, la main sur la poignée.

« C'est ce que vous auriez fait, à ma place. »

Et il quitta la pièce.

Le reste de la journée s'écoula aussi lentement que fond une bougie, au rythme des tâches administratives. Le soir, Titus glissa son ordinateur portable et divers documents dans la mallette qu'il gardait sous son bureau. Il comptait y jeter un œil une fois rentré chez lui, dans l'espoir d'identifier un des fameux liens invisibles chers à ses instructeurs du FBI.

Alors qu'il attrapait son chapeau sur la patère, la sonnerie du téléphone retentit. Il hésita. Envisagea un instant de demander à Cam de prendre un message, mais il se ravisa. L'étoile sur sa poitrine était là pour lui rappeler que répondre au téléphone faisait aussi partie de sa fiche de poste.

Il reposa son couvre-chef et décrocha le combiné.

« Quelqu'un qui veut vous parler, sur la une, annonça Cam.

— C'est bon, dit Titus avant d'appuyer sur le bouton correspondant. Shérif Crown, en quoi puis-je vous aider ? »

La voix qui s'adressa à lui était démoniaque et lui évoqua tout de suite celle de Mercedes McCambridge, dans *L'Exorciste*. Il nota que son interlocuteur se servait d'un modificateur de voix numérique, une application téléchargeable sur à peu près n'importe quel téléphone portable.

« Apocalypse de Jean, chapitre 21, verset 4 », dit la voix.

Un long silence, perturbé seulement par le grésillement de la ligne. Titus fit passer le combiné de son oreille droite à son oreille gauche et ferma les yeux dans l'espoir d'identifier un bruit quelconque en arrière-plan. Il aurait aimé qu'il s'agisse d'un canular téléphonique monté par un gamin désœuvré, mais son instinct lui soufflait que c'était sérieux. La solennité de son interlocuteur ne laissait aucune place au doute.

« "Il essuiera toute larme de leurs yeux", récita Titus de mémoire. "La mort ne sera plus. Il n'y aura plus ni deuil, ni cri, ni souffrance, car le monde ancien a disparu." Si c'est pour un quiz biblique, je suis désolé, mais je n'ai pas de temps à perdre et cette ligne n'est pas faite pour ça. »

Un nouveau silence. Titus ne perçut aucune autre voix ni aucun autre son – pas de voiture, pas de tondeuse à gazon… Cela signifiait que son interlocuteur était à l'intérieur, probablement dans une pièce fermée et sans fenêtres. Il pouvait presque l'imaginer, immobile, le combiné collé au visage.

« D'après vous, shérif, pourquoi Jésus n'a-t-il pas tendu la main depuis le ciel pour essuyer les larmes de ces pauvres enfants, lorsque j'ai gravé les mots de la sainte Bible sur leur peau ? »

Titus tira sur le cordon du téléphone jusqu'à atteindre la porte, puis il claqua discrètement des doigts pour attirer l'attention de Cam.

« Note le numéro », articula-t-il en mimant le geste.

Le fait que les victimes présentaient des inscriptions bibliques sur la peau n'avait pas été rendu public. Certains de ses adjoints n'étaient même pas au courant.

C'était le Dernier Loup qui l'appelait.

« C'est ce que vous auriez voulu ? demanda Titus en regardant Cam pianoter sur le clavier de son ordinateur. Vous attendiez une réaction de sa part ? »

Sa voix, d'un calme absolu, n'était plus celle du flic, mais du psychologue. Encore une chose qu'il avait apprise à l'académie du FBI : peu importait la perversité du sujet à qui il avait affaire, il devait tenter par tous les moyens d'établir un lien de confiance avec lui. Même si cela lui donnait envie de se laver la bouche avec de l'eau de Javel.

« Genèse, chapitre 9, versets 20 à 27, dit la voix.

— La malédiction de Canaan ? Est-ce que c'est la raison pour laquelle Spearman, Latrell et vous avez ciblé des jeunes garçons et des jeunes filles ? » demanda Titus d'un ton conciliant.

Faire preuve d'empathie vis-à-vis de ce monstre lui donnait la nausée. Il revoyait les supplices qu'avaient endurés ces enfants – car, même si certains étaient presque adultes lorsque Spearman et ce psychopathe s'étaient acharnés sur eux pendant que Latrell pleurnichait en arrière-plan, ils restaient avant tout des enfants. Quant aux images, elles étaient gravées à jamais dans la mémoire de Titus.

« Latrell m'a… surpris, dit la voix. Je ne pensais pas qu'il aurait le cran de commettre un meurtre. D'ailleurs, je crois que vous m'avez sauvé la vie, shérif.

— Ce n'était pas mon intention. Et je peux vous assurer que ça ne se reproduira pas. »

Il y avait des limites à son empathie. À l'autre bout du fil, l'homme ricana.

« Jean, chapitre 10. »

Titus fronça les sourcils. Il connaissait cet extrait, mais il ne se souvenait plus de la formulation exacte.

« Alors, shérif, reprit la voix après un long silence, j'ai fini par vous coller ? Je vous donne un indice :

est-ce que vous fuirez quand vous me verrez venir ? Est-ce que vous fuirez quand le loup s'attaquera à votre troupeau ? »

L'homme raccrocha. Titus se précipita vers Cam.

« Dis-moi qu'on le tient ! s'exclama-t-il.

— Je… Désolé, chef, il a appelé en numéro masqué… »

Titus se prit la tête à deux mains. À cet instant, il aurait donné sa vie pour avoir un ou deux techniciens – même médiocres – à sa disposition. Malheureusement, Charon était un tout petit comté au budget limité, pas une métropole dotée d'une police qui bénéficiait d'un service spécifique chargé de la surveillance et du renseignement.

« Ce n'est pas grave, Cam. On fait avec les moyens du bord. »

Titus retourna dans son bureau et composa le numéro du Bureau of Criminal Investigation, le nom officiel du service d'investigation de la police d'État.

« BCI, j'écoute.

— Ici le shérif Titus Crown, du comté de Charon. Je voudrais parler au sergent Geary.

— Le sergent Geary n'est pas disponible. Est-ce que vous voulez que je lui laisse un message ?

— Oui. Dites-lui de mettre la ligne fixe de mon département sur écoute. Le tueur vient de nous appeler. »

19

Titus quitta le département et prit la direction de la West River, dont le cours sinueux marquait la frontière avec le comté voisin de Strayer. Il suivit quelque temps Griffin Road avant de s'engager dans Kingston Lane, un petit chemin qui comptait trois maisons alignées les unes derrière les autres le long de la rivière. La première était celle de Cabot Venturis, chef cuisinier au Pax Romana, un restaurant qui, à Charon, passait pour une table gastronomique. La seconde était habitée par Seth et Sueann Sutcliff. Seth était chef d'équipe à l'usine de drapeaux et Titus croyait se souvenir que Sueann vendait des bougies et des désodorisants d'ambiance via une société de marketing de réseau plus ou moins opaque qui lui coûtait plus d'argent qu'elle n'en gagnait.

La troisième maison appartenait à un de ses adjoints.

Titus remonta l'allée ombragée bordée de chênes blancs aux branches coiffées de longues perruques de mousse espagnole et se gara à côté d'un pick-up rouge, d'une berline grise et d'un petit coupé bleu. Il sortit de son SUV, rajusta sa cravate et son chapeau, et sonna à la porte.

Barbara Sadler lui ouvrit.

« Bonjour, Titus. »

Ses cheveux blonds étaient attachés en un chignon lâche et elle était vêtue d'un tee-shirt sale et d'un short découpé dans un vieux jean. Plutôt que de l'inviter à entrer, elle resta plantée sur le seuil, les mains sur les hanches et les lèvres pincées. Titus devina qu'elle lui en voulait d'avoir suspendu son mari.

« Tom est là ? demanda-t-il.

— Dans le jardin, répondit Barbara sans bouger d'un pouce. On était en train de vider la piscine.

— J'ai besoin de lui parler. Est-ce que je peux entrer ? »

Barbara lui jeta un regard méprisant, mais finit par s'écarter.

« Il est sur la terrasse », lui indiqua-t-elle.

Titus traversa le salon et la cuisine, avant de franchir la baie vitrée coulissante qui menait au jardin. Barbara ne le suivit pas.

Tom était assis dans un fauteuil en bois, un gobelet en plastique jaune à la main. Quand Titus se planta devant lui, il but une longue gorgée qui le fit grimacer, puis posa le récipient à côté de lui sur une table basse.

« Comment ça va, chef ? Du nouveau dans l'affaire Spearman ? » Titus toisa son adjoint. Prit le temps d'examiner son nez couperosé, son teint jaune et les cernes sous ses yeux vitreux. Depuis combien d'années Tom était-il alcoolique ? Et pourquoi Titus ne l'avait-il jamais remarqué ? La réponse était évidente : Tom était quelqu'un qui avait toujours suivi le mouvement sans faire de vagues – une attitude faussement décontractée qui lui avait permis de dissimuler à la fois son addiction et sa malhonnêteté.

« Je ne suis pas venu pour parler de ça, dit Titus.

— Vous êtes venu pour m'annoncer que je ne suis plus suspendu, alors ? hasarda Tom, sans trop y croire lui-même.

— Tom, je suis au courant, pour Jasper et toi », lâcha Titus, qui n'avait aucune intention de tourner autour du pot.

Tom vida son gobelet d'un trait. Trop vite, car des gouttes de liquide ambré se mirent à rouler jusqu'à son menton mal rasé.

« Au courant de quoi ? fit-il en reposant le verre. Il m'arrive d'aller boire un coup à l'Oasis. C'est pas un crime, que je sache… »

Titus retira ses Aviator et tapota l'étoile sur sa poitrine avec une des branches.

« Tu vois ce truc qu'on porte tous, là ? Ce n'est pas seulement un insigne, c'est une promesse : protéger et servir. En arborant cette étoile, tu t'engages à assurer la sécurité de nos concitoyens. Et la sécurité de leurs enfants, de leurs frères et sœurs, de leurs conjoints. En tout cas, c'est le principe. Par contre, si tu trahis ton serment, cette étoile redevient un vulgaire bout de ferraille et toi, tu deviens un menteur.

— Titus, de quoi vous parlez ? demanda Tom d'une voix qui était à peine plus qu'un murmure.

— Tu as fourni des informations à Jasper contre rémunération. Cette année, on a fait quatre descentes à l'Oasis qui se sont toutes soldées par des échecs. Et chaque fois, la semaine précédente, tu as effectué un dépôt conséquent à la banque : neuf mille neuf cent quatre-vingt-dix-neuf dollars, soit un dollar de moins que le seuil de signalement automatique au fisc. En tout, ça représente une somme de quarante mille dollars. »

Titus parlait d'un ton neutre. Il exposait des faits. Tom examina le gobelet vide sur la table à côté de lui.

« En tant qu'adjoint, je gagne vingt-huit mille dollars par an, dit Tom. Ma fille veut intégrer l'université de Mary Washington, en septembre prochain. Ma femme a subi une mammectomie et risque de devoir en subir une deuxième.

— Tom, je suis désolé pour Barbara et j'espère vraiment qu'Allison sera acceptée à Mary Washington, mais épargne-moi tes histoires à faire pleurer dans les chaumières alors qu'il y a une Jeep Gladiator, une Lexus et une Mini Cooper garées devant ta belle maison en brique, et qu'on est en train de discuter sur une terrasse de quarante mètres carrés surplombant une piscine. Ne me manque pas de respect, s'il te plaît. En tout cas, pas plus que tu ne l'as déjà fait, ajouta Titus en pensant à son propre véhicule personnel, une Jeep Wagoneer de 2009.

— Je cherche pas à vous manquer de respect, chef. Je vous explique juste où j'en suis. Vous pouvez pas comprendre le… la pression que je subis.

— C'est pour ça que tu as abattu Latrell ? À cause de la pression ?

— Hein ? Comment vous pouvez dire ça ?! »

Titus s'approcha de Tom. Au loin, dans les marais, un canard cancana.

« Latrell t'avait vu parler à Jasper. Il savait que tu touchais des pots-de-vin. Alors quand il s'est présenté en haut des marches après avoir collé une balle dans la tête de Spearman, tu t'es dit que c'était l'occasion rêvée de te débarrasser d'un témoin potentiel. Et comme en plus il était armé et dangereux… Tu as vu une opportunité et tu l'as saisie. Le pire, c'est qu'il y a toutes les chances que tu ne sois jamais inquiété. Le procureur du comté n'osera pas s'en prendre à l'homme qui a mis hors d'état de nuire le Noir complètement cinglé qui menaçait la vie des lycéens de Charon. Tu es un héros, maintenant, et personne ne se risquera à retirer le masque d'un héros. »

Titus fit un pas supplémentaire et posa les mains sur les accoudoirs du fauteuil de Tom. Leurs visages étaient à présent si proches qu'on aurait pu croire qu'ils étaient sur le point de s'embrasser.

« Je peux pas t'arrêter pour homicide volontaire, par contre je vais récupérer ton insigne et ton arme de service et faire en sorte que tu travailles plus jamais de ta vie pour le département du shérif de Charon, murmura Titus. C'est pas grand-chose. À vrai dire, c'est à peine mieux que rien du tout, mais ça me permettra d'honorer ma promesse de protéger les gens de ce comté. Et je te préviens : à partir de maintenant, t'as intérêt à te conduire comme un citoyen modèle. Je te tiens à l'œil et je te garantis qu'au premier écart, je te coffre et je fais tout ce qui est en mon pouvoir pour que tu finisses en taule. Alors que je te voie pas glisser un stop, compris ? »

Titus se redressa :

« Tu peux renvoyer l'étoile par la poste. Par contre, passe au département demain pour me remettre ton arme de service.

— Titus, je ne…

— Tom, combien d'enfants de ce comté ont fait une overdose parce que tu bossais pour Jasper ? Combien sont morts et enterrés parce que tu avais besoin d'une nouvelle pompe pour ta piscine ? Réfléchis un peu à ça avant de m'adresser à nouveau la parole. »

Titus descendit les marches de la terrasse. Alors qu'il faisait le tour de la maison pour regagner son SUV, il crut entendre Tom sangloter.

En poussant la porte de chez lui, Titus fut aussitôt accueilli par une délicieuse odeur d'oignons, de poivrons, d'ail et de viande grillée. Il retira son chapeau et ses lunettes et rejoignit son père, qui était en train de faire cuire des côtes de porc dans la cuisine.

« Et alors, l'ancien, on essaie de mettre le feu à la baraque ? dit Titus de son air le plus sérieux.

— Tais-toi donc, gamin, répliqua Albert sans se retourner. Je prépare des grillades pour le buffet de demain.

— Attends, tu veux dire que c'est pas pour ce soir ? Mais qu'est-ce que je vais manger, moi ? »

Albert poussa un soupir.

« Tu crois vraiment que j'oublierais de nourrir mon fils ? Va voir dans le frigo. »

Titus s'exécuta. Il trouva une assiette toute prête garnie de côtes de porc, de purée et de haricots verts, qu'il glissa dans le micro-ondes. Puis il décapsula une bière et, pendant que son repas chauffait, il regarda les mouvements que faisaient les épaules de son père chaque fois qu'il remuait la viande dans la poêle brûlante.

Au bout de quelques minutes, Albert finit par regarder son fils.

« Je me disais… Je sais que tu es très occupé avec ton enquête et je sais aussi que l'église, c'est pas trop ton truc, mais donc, je me disais que, peut-être…

— Papa, arrête de tourner autour du pot, l'interrompit Titus, même s'il avait déjà deviné à son air grave ce que son père voulait lui demander.

— Tu accepterais de venir avec moi à l'enterrement de Gene, demain ? Il lui restait plus beaucoup de famille et il risque de pas y avoir grand monde et… Pour tout te dire, ça me ferait du bien que tu sois là, fils. Je… Gene était un de mes meilleurs amis. »

Albert s'essuya les mains sur son tablier, puis il se frotta la bouche avec le dos de sa main, en prenant garde à ne pas approcher de ses yeux celle avec laquelle il avait touché les oignons. Titus but une gorgée de bière.

« C'est compliqué, papa. Je suis en plein milieu d'un truc, et en plus je viens de virer un de mes gars.

— Quoi ? Qui ça ?

— Ça n'a pas d'importance. Tout ça pour dire, je pense pas que je vais pouvoir me libérer. »

Albert baissa le feu sous la poêle. En quelques secondes, le crépitement de l'huile bouillante perdit en intensité.

« Je te demande pas souvent grand-chose, dit Albert, le dos tourné à son fils. J'ai conscience que t'as beaucoup de responsabilités. Et Dieu sait que tu les honores. Tu te comportes en adulte, depuis que ta mère n'est plus là. Ça m'embête d'insister, mais c'est important, pour moi. Je me disais que peut-être, on pourrait en profiter pour aller fleurir la tombe de ta mère. »

Albert soupira.

« C'est bizarre, tu sais. Au début, t'y vas toutes les semaines. Tu penses à rien d'autre. Et ensuite, petit à petit, comme un pneu qui se dégonfle lentement, tu te rends compte que t'y vas moins, jusqu'au jour où tu réalises que ça fait pile un an et que tu t'apprêtes à enterrer ton meilleur ami le jour de ton anniversaire de mariage. »

Albert marqua une courte pause, avant de conclure :

« Je suis pas sûr de pouvoir y arriver tout seul, fils. »

Titus posa sa bière sur le plan de travail. Il n'avait plus vu son père aussi proche des larmes depuis très longtemps.

« C'est d'accord, papa. Je t'accompagnerai. »

Albert retira la poêle du feu et prit Titus dans ses bras.

« Merci, fils. Merci. »

Il lui tapota le dos. Une fois, deux fois, trois fois.

« Et maintenant, mange tes côtes de porc. Tu vas voir, je me suis surpassé ! »

Quelques heures plus tard, alors que Titus était au lit en train de retourner l'affaire en tous sens dans sa tête, la sonnerie de son portable retentit.

« Allô ?

— Salut, toi, dit Darlene.

— Quoi de neuf ?

— Pas grand-chose. Je me demandais ce que tu faisais. Tu m'as pas donné de nouvelles, aujourd'hui. »

Titus ferma les yeux.

« Je sais, je suis désolé, mais ça n'a pas arrêté. Grosse journée.

— J'ai bien envie de te rejoindre mais… j'ai un peu peur de marcher jusqu'à ma voiture », avoua Darlene.

Elle lâcha un petit rire nerveux.

« C'est pas grave, dit Titus, t'as qu'à venir demain soir, plutôt. J'ai du boulot le matin et j'emmène mon père à l'enterrement de son ami Gene l'après-midi, mais ensuite, j'ai rien de prévu.

— J'ai vu une camionnette de la télé en ville, ce matin. Et Wanda Leigh m'a dit qu'il y avait une dame à la sortie du supermarché qui arrêtait les gens pour leur poser des questions sur l'affaire. Elle fait un podcast, je crois, ou quelque chose comme ça. Je… je sais pas, j'ai l'impression qu'on n'est plus à Charon, mais dans un film d'horreur. Et je veux pas jouer le rôle de la dernière survivante.

— Écoute, il faut que je te dise quelque chose. »

Un long silence.

« Oui ? finit par faire Darlene après quelques secondes.

— Tu sais, cette journaliste qui interrogeait les clients du supermarché ? Elle s'appelle Kellie Stoner et elle vient de l'Indiana. Elle est passée au bureau, ce matin. »

Un nouveau silence de quelques secondes.

« Oui, apparemment, elle te connaît, lâcha Darlene.

— C'est un peu plus que ça, soupira Titus. On est sortis ensemble quelques mois, à l'époque où j'habitais dans l'Indiana. Je voulais que tu le saches.

— D'accord.

— Ça va, Darlene ?

— Ben oui, pourquoi ça irait pas ? C'était il y a longtemps, non ? »

Oui, songea Titus. Mais aujourd'hui, quand je l'ai vue, mon cœur s'est mis à tambouriner dans ma poitrine et j'arrivais plus à déglutir. Au lit, c'était souvent tellement violent que parfois, après coup, je me sentais sale. Mais ça me plaisait. Et je m'en veux que ça m'ait plu. Et il y a en elle quelque chose de sauvage qui m'attire et qui me rend fou. Et j'aime pas quand je perds le contrôle.

« Oui, c'était il y a longtemps », affirma-t-il.

20

Le lendemain, à 7 heures, Titus franchit la porte du département, où il trouva Cam, ainsi qu'un mot laissé par l'équipe de nuit. Mme June Baker, une octogénaire qui n'y voyait plus très clair, avait tiré un coup de fusil dans sa fenêtre vers 22 heures, après que des gamins du voisinage avaient frappé au carreau. D'après le rapport de Pip, Mme Baker avait cru qu'il s'agissait de « ce type qu'a massacré tous ces pauvres gosses ». Les enfants s'en étaient sortis sans une égratignure – seulement quelques éclats de verre dans les cheveux et quelques gouttes d'urine dans le pantalon.

« Le département de médecine légale sur la deux », cria Cam alors que Titus avait encore sa tasse de café à la main.

Titus décrocha le combiné, le coinça entre son épaule et son menton, et posa sa mallette sur le bureau.

« Allô ?

— Bonjour, shérif. Docteure Kim. Je voulais vous annoncer qu'on avait reçu les résultats d'analyse de l'ADN pour le corps que vous nous avez envoyé et qu'ils confirment ce qu'indiquaient déjà les empreintes dentaires : il s'agit bien de Cole Marshall. Pour le morceau de peau, par contre, j'attends encore les conclusions définitives du labo.

— Merci, docteure. Vous êtes vraiment efficace, la félicita Titus en songeant qu'il allait devoir le notifier aux parents de Cole et mettre un message sur la page Internet du département.

— Je ne fais que mon boulot – d'ailleurs, je suis sûre que c'est ce que vous diriez, à ma place. Au fait, tant que je vous tiens, on a aussi effectué des tests ADN sur les échantillons prélevés sur les corps des enfants. Il existe une nouvelle technique qui permet d'établir des liens grâce à l'ADN familial. On devrait recevoir les résultats ce week-end.

— Si on pouvait réussir à en identifier quelques-uns, ce serait une excellente nouvelle, soupira Titus. On aurait bien besoin d'un coup de pouce, en ce moment.

— Dernière chose, shérif : nous avons retrouvé les mêmes fibres synthétiques sur le corps de M. Marshall que sur ceux des adolescents – des cheveux qui pourraient provenir d'une perruque. »

Titus hocha la tête. Cela confirmait ses soupçons : c'était bien le Dernier Loup qui avait assassiné Cole Marshall.

« Quelle est la cause du décès de Cole ? demanda-t-il. J'imagine que c'est de s'être fait trancher la gorge, mais est-ce qu'il était encore en vie à ce moment-là ? Et est-ce que vous avez pu identifier l'arme du crime ?

— La cause du décès est une lacération combinée de la carotide et de l'artère fémorale, mais nous pensons que la victime était vivante quand l'assaillant a procédé à l'extraction des poumons. L'os hyoïde est abîmé, ce qui concorderait avec une prise d'étranglement. Quant à l'arme du crime, il s'agit probablement d'un instrument à lame large extrêmement bien affûtée. Je pencherais pour un couteau Bowie. » Avant que Titus ait pu réagir, elle ajouta : « Shérif, la personne qui a fait ça est quelqu'un de très très perturbé. Mais je suis sûre que je ne vous apprends rien.

— Non. Là-dessus, vous ne m'apprenez rien. »

Titus officialisa le décès de Cole Marshall sur la page Internet du département. Il avait appelé les parents de Cole une heure plus tôt. Depuis toutes ces années qu'il travaillait dans le maintien de l'ordre, il ne s'était jamais habitué aux hurlements d'une mère qui découvre que son enfant ne reverra jamais la lumière du soleil.

Steve frappa à la porte ouverte de son bureau.

« Entre, Steve. Tu es allé chercher Elias ?

— Justement, c'est de ça que je voulais vous parler, chef. Je me suis présenté là-bas il y a une demi-heure, mais sa femme m'a dit qu'il était pas là. Une de ses cinglées de filles a fini par m'avouer que ça fait plusieurs jours qu'il est pas rentré.

— Trouve le modèle de sa voiture et le numéro d'immatriculation et demande à Cam de publier un avis de recherche. »

Steve fronça les sourcils.

« Vous croyez que c'est lui, chef ? Vous croyez qu'il s'est enfui ?

— Je l'ignore, mais je préférerais le savoir ici que dans la nature.

— Je pensais à un truc, reprit l'adjoint. Elias a quel âge ? Soixante-cinq, soixante-dix ans ? Et il doit peser dans les trente kilos tout mouillé… Franchement, j'ai du mal à l'imaginer accrocher Cole Marshall à un arbre.

— Moi aussi, Steve, mais j'ai quand même envie de l'interroger. Ce n'est pas un hasard si le tueur a inscrit sur le front d'une de ses victimes cette phrase qu'Elias utilise depuis des années. Le pasteur a forcément un lien avec cette affaire. Reste à découvrir lequel. »

Même si j'ai déjà ma petite idée sur la question, songea-t-il.

« Et sinon, Dayane Carter ? Est-ce qu'elle aussi, elle a pris la fuite ? demanda le shérif.

— Non, chef. Carla vient de la récupérer. Elle va pas tarder à arriver.

— Parfait. Vois avec Cam pour cet avis de recherche, et ensuite, va interroger le voisinage. Essaie de découvrir si quelqu'un a croisé le pasteur, hier soir.

— Ça marche. Dites, chef, ce tueur… On va l'attraper, hein ? »

Titus se redressa dans son fauteuil.

« Pourquoi, Steve ? Tu penses que non ? »

L'adjoint baissa la tête.

« Non, non, enfin, si. C'est juste que… Si Elias n'est pas notre suspect, vous croyez vraiment qu'il s'est enfui ? Parce que c'est pas trop son genre, de quitter le comté sans prévenir.

— Ça ne sera pas facile, ça ne l'est jamais, mais on va attraper le tueur, affirma Titus. En attendant, occupe-toi de cet avis de recherche.

— Oui, chef. »

L'agent spécial Tolliver Young, l'ancien superviseur de Titus, avait coutume de dire qu'être un bon chef consistait parfois à faire comme si tout allait bien alors qu'on était dans la merde jusqu'au cou. Les choses n'en étaient pas encore là, mais Titus ne pouvait pas se permettre de laisser le doute s'installer dans la tête de ses adjoints et progresser inexorablement. Retrouver Elias était désormais la priorité. Ce vieil illuminé était lié à cette affaire, d'une manière ou d'une autre. Sa disparition le prouvait.

« Chef, Dayane est là, annonça Carla dans l'encadrement de la porte. Elle a accepté de venir, mais il a fallu insister. »

Titus prit son carnet et un stylo et se leva.

« Récupère le dossier Cole Marshall et rejoins-moi dans la salle d'interrogatoire, ordonna-t-il. Tu as réussi à la convaincre de répondre à nos questions, alors peut-être qu'elle sera plus à l'aise si tu es présente.

— Si vous pensez que c'est une bonne idée, d'accord.

— Oui, je pense que c'est une bonne idée. Pour elle comme pour toi. Je sais que tu ambitionnes d'occuper mon poste un jour, et je serais un bien mauvais chef si je ne t'aidais pas à acquérir l'expérience nécessaire pour y parvenir. »

Titus n'avait jamais eu l'intention de rester shérif toute sa vie. Mais, depuis qu'il avait épinglé cette étoile sur son torse, il avait compris une chose : il devait tout faire pour barrer la route aux hommes comme Tom ou Roger qui, s'ils étaient élus, n'hésiteraient pas à suivre l'exemple de Ward Bennings et à faire du comté de Charon leur fief personnel.

Carla esquissa un sourire.

« Merci, Titus. Vraiment.

— Il n'y a pas de quoi, Carla. Et maintenant, allons voir ce que Dayane a à nous apprendre. »

Lorsqu'ils pénétrèrent dans la salle d'interrogatoire, Dayane était assise à la table, bras croisés, mâchonnant un chewing-gum. Titus et Carla prirent place en face d'elle.

Titus songea que Dayane avait dû être très belle, à une époque. Non pas qu'elle fût désormais hideuse, mais elle commençait à payer le prix de ses excès : des pattes-d'oie de la taille du Grand Canyon à la commissure des paupières, un sourire jaune et édenté... Depuis la nuit où il l'avait arrêtée sur le parking du supermarché en train de fumer de la méthamphétamine avec Danny Fields, elle paraissait avoir pris cinq ans. Au moins, elle était encore là. Danny, lui, était décédé d'une overdose quelques semaines plus tard.

Dayane avait attaché ses épais cheveux blonds en une queue-de-cheval si serrée que la peau de son front semblait sur le point de se fendre. Elle portait un pantalon de survêtement, une veste en jean et un tee-shirt à l'effigie d'un groupe de musique dont Titus n'avait jamais entendu parler : The Dionysus Effect.

« Comment vas-tu, Dayane ? commença Titus.

— À votre avis ? Votre fliquette est venue me chercher à l'usine pour me traîner jusqu'ici, et chaque minute qui passe est une minute où je pourrais être en train de gagner de l'argent. Donc, pour répondre à votre question : pas top.

— Écoute, on va tout faire pour te retenir le moins longtemps possible, d'accord ? On a simplement quelques questions. Et puis, tu as remporté le concours de décorticage de crabes à la Foire d'automne, l'année dernière, alors je suis sûr que tu réussiras à rattraper le temps perdu. »

Dayane se contenta de lui jeter un regard noir.

Titus sortit une photo format A4 de l'enveloppe en papier Kraft qu'avait apportée Carla et la posa à l'envers sur la table en métal.

« Bon, je ne vais pas tourner autour du pot, reprit-il. On sait qu'il t'arrivait de fricoter avec Cole, et on s'en fiche. Ce qu'on veut savoir, c'est pourquoi tu lui as donné rendez-vous "à l'endroit habituel" quelques heures avant qu'il se fasse trancher la gorge. »

Dayane se mordit la lèvre.

« Vous avez fouillé son portable, hein ? J'ai rien à cacher : j'avais envie qu'il me baise, alors je lui ai envoyé un texto, je me suis pointée à l'antenne-relais et, comme il était pas là, je suis repartie.

— À quelle heure es-tu arrivée et combien de temps es-tu restée sur place ?

— Je sais pas, genre vers 21 heures. J'ai attendu un quart d'heure et je me suis barrée.

— Faux, l'arrêta Titus.

— Comment ça, "faux" ? Puisque je vous le dis ! Cole était un bon coup, mais j'allais pas non plus poireauter toute la nuit !

— Faux, parce que Cole est parti de chez lui à 20 h 30 et qu'il habite à dix minutes. Donc si tu étais vraiment arrivée à 21 heures, tu l'aurais croisé. Alors recommence mais, cette fois, je veux la vérité. »

Dayane arrêta de mastiquer et avala son chewing-gum en regardant Titus droit dans les yeux.

« Bon, il était peut-être plutôt 22 heures, reconnut-elle. J'avais pas les yeux sur ma montre, non plus.

— Dayane, nous avons retrouvé Cole attaché à un arbre à même pas cinquante mètres de l'antenne-relais. Quelqu'un lui avait sorti les poumons par le dos et avait fait ça à son visage. »

Titus retourna la photo – un gros plan sur la face écorchée de Cole – et observa Dayane qui luttait intérieurement. Son cerveau refusait de voir l'image, mais ses yeux voulaient savoir. La curiosité l'emporta. Une victoire de courte durée, car Dayane détourna aussitôt le regard.

« Pourquoi vous me montrez un truc pareil ? s'écria-t-elle.

— Parce que je sais que tu mens, rétorqua Titus. Et il y a autre chose que je sais : Cole nous a appelés pour nous parler de quelqu'un qu'il jugeait dangereux. Quelqu'un qu'il avait aidé pour un projet de construction. Il nous a confié qu'à la fin du chantier, il avait régulièrement ramené des filles chez cette personne, et qu'ils avaient passé du bon temps dans une pièce avec des images d'anges aux murs. Je pense que tu es une de ces filles, Dayane. Et je pense aussi que tu vois très bien à quel endroit je fais référence. Alors, oui, avec Cole, il vous arrivait de vous donner rendez-vous à l'antenne-relais, mais seulement quand vous aviez envie de tirer un petit coup rapide. Cet endroit dont je parle appartient à quelqu'un en qui Cole et toi aviez confiance. Sauf qu'après ma conférence de presse, Cole s'est mis à avoir des doutes. Il a revu cette pièce avec des anges partout et il m'a téléphoné, avant de se raviser au dernier moment. Ensuite, il a commis l'erreur d'aborder le sujet avec cet homme en qui vous aviez tous les deux confiance, lequel s'est empressé de te contacter pour te demander un service : faire sortir Cole de chez lui. Tu as obéi et, maintenant, Cole est mort. Comme tous ces gosses qu'on a retrouvés enterrés sous le saule pleureur. Parce que c'est la même personne qui les a tués. »

Titus avait conscience que sa théorie comportait des trous mais, globalement, elle tenait la route. Il l'avait échafaudée la veille, et les fibres trouvées par la légiste la confirmaient.

« J'ai aucune idée de quoi vous parlez, lâcha Dayane.

— Dayane, si tu sais qui a fait ça à Cole, t'as tout intérêt à nous le dire, intervint Carla.

— Je peux rien vous dire, vu que je sais rien.

— Est-ce que tu penses être en sécurité ? demanda Titus.

— Quoi ? »

Titus sortit d'autres clichés de l'enveloppe en papier Kraft.

« Il considérait Cole comme un ami, et pourtant ça ne l'a pas empêché de le massacrer. Tu crois vraiment qu'il hésitera à te faire subir le même sort ? Tu crois vraiment qu'il y réfléchira à deux fois avant de t'égorger avec son gros couteau Bowie ? Tu en sais trop, Dayane. Il ne peut pas te laisser vivre. Si tu nous dis son nom, on peut t'aider. Sinon, tu risques de te retrouver assez rapidement dans un frigo de la morgue… »

Titus avait conscience que ses mots étaient durs, à la limite de la menace, mais il sentait Dayane sur le point de flancher – sa respiration saccadée, sa façon de se mordre la lèvre, son pied gauche qui tapotait le sol à toute vitesse. C'était le moment de la pousser dans ses retranchements. Surtout qu'il n'exagérait pas : cette jeune femme était bel et bien en danger, et il y avait toutes les chances qu'il ne la revoie jamais vivante si elle ne leur disait pas tout de suite ce qu'elle savait.

« Je sais rien, réitéra Dayane. Donc maintenant, soit vous me mettez en garde à vue, soit vous me laissez retourner travailler.

— J'ai l'impression que tu as peur, Dayane, observa Titus en disposant les photos devant elle. C'est un bon début, mais crois-moi, ça ne suffit pas. Tu devrais être terrifiée. »

Dayane leva les yeux au plafond pour ne pas voir les images.

« Je veux retourner au travail.

— Je t'en prie, Dayane, réfléchis, insista Carla.

— Puisque je vous dis que je veux m'en aller ! » hurla soudain la jeune femme.

Titus et Carla échangèrent un regard, puis Titus hocha la tête. Ils n'avaient pas de quoi l'inculper. Ils n'avaient même pas de quoi la forcer à témoigner.

« Si c'est ce que tu veux, je te raccompagne », dit Carla en se levant pour sortir.

Dayane l'imita. Alors qu'elle quittait la pièce, Titus lui lança :

« Je serais toi, Dayane, j'achèterais de quoi me protéger. »

Dayane se retourna.

« Et je serais vous, shérif, je m'occuperais d'arrêter celui qui a tué ces gosses et qui a tué Cole. Je m'occuperais de protéger mon troupeau. »

Titus sentit un frisson glacé lui parcourir la colonne vertébrale. Il se leva d'un bond et rattrapa la jeune femme.

« Qu'est-ce que tu viens de dire ? »

Comme elle ne faisait pas mine de ralentir, il la saisit par le bras.

« Je t'ai posé une question, Dayane !

— J'ai juste dit que c'est vous qui devriez penser à vous protéger.

— Non, tu as parlé de mon "troupeau". Pourquoi ?

— Je sais pas, moi ! Je me souviens même pas d'avoir dit ça.

— Tu mens. »

Dayane voulut se dégager, mais Titus la tenait fermement.

« J'ai une mission pour toi, murmura-t-il entre ses dents. La prochaine fois que tu le verras, préviens-le que j'arrive. Préviens-le qu'il va payer pour ce qu'il a fait à ces gosses. Et quand il t'ouvrira le ventre du nombril au menton, rappelle-toi qu'on a essayé de t'aider. »

Il lâcha la jeune femme.

« Je sais pas du tout de quoi vous parlez, protesta Dayane avant de se précipiter vers la sortie.

— Qu'est-ce qui vous a pris, chef ? demanda Carla.

— Hier, j'ai reçu un appel d'un homme qui connaissait des détails sur l'affaire qui n'ont jamais été rendus publics. Il a parlé d'un troupeau, et du fait qu'il était le loup qui s'apprêtait à le dévorer. Et voilà que Dayane évoque un troupeau. »

À travers la vitre en verre grillagé de la porte du département, Titus regarda Dayane se diriger vers la voiture de patrouille de Carla.

« Ramène-la à la conserverie, dit Titus. Et retournes-y un peu avant la fin de sa journée. Je veux garder un œil sur elle.

— Vous croyez vraiment qu'elle sait qui a assassiné Cole ?

— J'en suis convaincu. Et je pense que cette personne est l'homme masqué sur les vidéos.

— Si c'est le cas, alors Dayane…, commença Carla.

— Alors Dayane peut nous mener à lui, compléta Titus. Allez, dépêche-toi, elle t'attend. »

Titus quitta son bureau un peu après 13 heures afin d'aller récupérer son père pour l'enterrement de Gene. La plupart du temps, les routes de Charon étaient encombrées de camping-cars et de pick-up rehaussés tirant des bateaux de plaisance en direction de la rivière ou de la baie. Même à cette période de l'année, il était habituel de tomber sur des touristes venus profiter de quelques derniers jours de détente bien arrosés de whisky.

Sauf que là, les routes étaient quasiment désertes. En rentrant chez lui, Titus dépassa une moissonneuse-batteuse aux lames relevées et se fit la réflexion que les seuls véhicules qu'il croisait appartenaient à des locaux. La Mort, sentinelle toute de noir vêtue, avait écourté la saison touristique de deux grands coups de faux. Le premier avait été l'exhumation des corps dans la clairière. Le second, la découverte de celui de Cole Marshall. Malgré le dégoût que cela lui inspirait, Titus devait bien reconnaître que, sur ce point, Scott avait raison : tous ces meurtres semblaient avoir paralysé le poumon économique de Charon.

Raison de plus pour arrêter ce monstre, songea Titus.

Il se gara devant chez lui et retrouva son père à la cuisine. Vêtu de son vieux costume noir, Albert s'affairait au-dessus d'un plat de côtes de porc. Titus se fit la réflexion que, n'étaient ses mains calleuses, son père aurait pu passer pour un avocat ou un banquier.

« T'as de l'allure, l'ancien, lui lança-t-il. Il faut croire que c'est vrai, ce qu'on dit : les peaux noires résistent mieux au temps !

— La peau, peut-être, répliqua Albert avec un grognement. Mais à l'intérieur, il y a plus rien qui fonctionne.

— T'es prêt, papa ?

— Tu comptes venir en uniforme ?

— Au moins, j'ai une cravate », rétorqua Titus.

Albert hocha la tête. Son fils consentait à l'accompagner à l'église – c'était déjà ça.

« Laisse-moi t'aider, avec ce plat, proposa Titus.

— Je m'en occupe, fils. Prends plutôt les haricots verts et la purée. Et les fleurs, aussi. Elles sont dans le bas du frigo. »

Titus s'exécuta. Il récupéra les grosses boîtes hermétiques contenant la nourriture ainsi qu'un magnifique bouquet de roses jaunes et de lys orientaux. Puis il suivit son père jusqu'à la Jeep Wagoneer. Il cala les boîtes par terre derrière le siège conducteur et les fleurs bien à plat sur la banquette arrière, avant de s'installer au volant. Il regarda son père grimacer en prenant place à côté de lui.

« Ça va, papa ?

— Ouais, juste ma hanche qui me fait des misères. Tu sais ce que ça veut dire ? Il va pleuvoir, aujourd'hui.

— Si tu le dis, monsieur Météo ! »

Albert lâcha un petit ricanement.

Sur le parking de l'église Emmanuel, Titus se gara entre l'antique Cadillac El Dorado de Bernice Berry et la Chevrolet Chevelle de Ridley Marks – le modèle de 1973, rouge cerise avec des bandes noires. Il descendit de la Jeep et récupéra la nourriture à l'arrière.

« Tu peux refermer la portière, papa ? Je vais apporter tout ça en cuisine.

— Ça marche. Je te garde une place à l'intérieur. »

En voyant Titus se diriger vers l'arrière de la bâtisse avec ses grosses boîtes dans les bras, Tammy White, une des diaconesses, s'empressa de lui ouvrir.

« Eh ben, Titus, t'avais vraiment pas envie de faire deux voyages, hein ? » plaisanta Tammy.

Tammy n'avait que cinq ans de plus que lui, mais sa manière de s'habiller et son allure générale lui donnaient l'air d'une femme beaucoup plus âgée.

« C'est papa qui a préparé tout ça pour le buffet, dit Titus.

— Attends, je vais te débarrasser. Ça me fait bien plaisir de te voir, en tout cas. Je me doute que tu dois être très pris, avec toutes ces histoires par rapport à M. Spearman. Il faut croire qu'on ne connaît jamais vraiment les gens, hein ?

— Ça, c'est sûr. Tout le monde a ses secrets, Tammy. »

Il songea que, s'il était encore de ce monde, Red DeCrain ne lui aurait pas donné tort.

Titus s'arrêta dans l'entrée de la bâtisse pour retirer son chapeau et ses lunettes de soleil et prendre plusieurs longues inspirations régulières. Kellie lui avait enseigné diverses techniques de respiration de yoga à l'époque où ils étaient ensemble. Depuis qu'ils s'étaient séparés, il n'y avait encore jamais eu recours, mais là, il sentait dans sa poitrine un frémissement qui gagnait rapidement tout son corps et il comprit qu'il était en train de faire ce qu'un psychologue aurait qualifié de mini crise d'angoisse. Depuis la mort de sa mère, c'était seulement la deuxième fois que Titus remettait les pieds dans cette église. Il y était repassé un an plus tôt, un vendredi soir, à l'occasion de la réunion hebdomadaire du conseil de la paroisse, pour demander aux fidèles de lui donner leur vote.

La crise passée, Titus pénétra dans la grande salle. Il rejoignit son père au troisième rang et prit le programme qu'il lui tendait. Le cercueil de Gene était d'un gris profond, avec des poignées noires. De là où il était assis, Titus pouvait apercevoir le visage du mort, figé dans un sommeil qui semblait plutôt agité. Le vieux Gene Dixon arborait en effet un air renfrogné que les thanatopracteurs n'avaient visiblement pas réussi à gommer.

« Levez-vous, s'il vous plaît », déclara une voix grave.

Titus imita le reste des fidèles, alors que le directeur du funérarium remontait l'allée centrale, suivi du pasteur et des proches du défunt. Titus aurait reconnu l'épouse de Gene même s'il n'avait pas passé de nombreux dimanches après-midi à courir dans sa cuisine avec ses deux fils, Gerald et Charlie – elle arborait la même expression que son père à l'enterrement de sa mère.

Le révérend Jackson s'installa à sa chaire et regarda les employés des pompes funèbres fermer le cercueil, tandis que la femme de Gene, leurs deux fils et leur fille Rosie parlaient ensemble le langage des inconsolables. Titus songea que ces gémissements de chagrin auraient dû inciter Dieu à redonner vie à Gene, rien que pour mettre un terme aux tourments de cette famille éplorée.

Mais il n'avait jamais assisté à un tel miracle. Il n'avait jamais assisté à aucun miracle, d'ailleurs. Et il portait toujours au fond de son cœur le souvenir glacial de sa mère l'observant des profondeurs du néant, le visage immobile tel celui d'une sirène des abysses.

Dès le début de la cérémonie, quelqu'un alluma les quatre antiques climatiseurs asthmatiques de la salle. Cette paroisse était une des plus fréquentées du comté. Titus estimait qu'un bon dimanche, la quête devait rapporter dans les mille, mille cinq cents dollars. Une église aussi rentable aurait dû avoir les moyens de s'offrir un climatiseur central dernier cri. Ainsi que des bancs de meilleure qualité. Et un nouveau bardage.

Par ailleurs, il ne pouvait pas s'empêcher de remarquer la belle robe noire aux broderies d'or du révérend Jackson, tout comme il n'avait pas manqué de remarquer la Lexus flambant neuve stationnée sur l'emplacement réservé au pasteur. Chaque année, une nouvelle voiture semblait y faire son apparition. Peut-être que c'était ça, en fin de compte, ce que les vrais croyants appelaient un miracle.

Ou alors le révérend Jackson profitait d'une congrégation tellement attachée à sa vieille église, à son antique institution, qu'elle préférait fermer les yeux plutôt que regarder les lignes rouges sur le registre de la paroisse. Peut-être les fidèles pensaient-ils que Dieu changerait le rouge en noir, comme il avait changé l'eau en vin. En attendant, le révérend Jackson habitait une des plus grandes demeures de Charon.

Alléluia, songea Titus.

À la fin de la cérémonie, Albert donna un petit coup de coude à Titus.

« Hé, murmura-t-il. Quand ils sortiront le cercueil, t'auras qu'à en profiter pour aller chercher les fleurs.

— Oui, papa.

— Bon Dieu, il va me manquer, ce vieux Gene… Mais je le reverrai. Ouais, je le reverrai. »

Albert essuya une larme, et Titus garda pour lui son opinion sur la vie après la mort.

Les employés des pompes funèbres soulevèrent le cercueil et s'éloignèrent en direction du cimetière. Titus regarda son père suivre le cortège et descendre les marches de l'église en grimaçant.

« Tu es sûr que tu ne veux pas que je t'aide ? proposa-t-il.

— Je suis pas encore mort, rétorqua Albert. Fais plutôt ce que je t'ai dit et va chercher les fleurs. »

Titus s'exécuta et rejoignit ensuite la petite foule en prenant soin de se tenir à l'écart, de peur qu'on ne croie que son bouquet était pour Gene. Dans le ciel, les nuages se massaient, tels de jeunes délinquants préparant un mauvais coup. Bientôt, les premières gouttes de pluie s'écrasèrent sur le rebord de son chapeau, tandis que les sanglots de la famille de Gene se faisaient plus discrets.

Titus attendit que les gens se soient dispersés pour se diriger vers la tombe de sa mère. En se retournant, il vit son père un peu plus loin, en pleine discussion avec le révérend Jackson. Malgré la distance, il sentit qu'Albert n'était pas enchanté.

Il s'approcha.

« Donc voilà, je pense que c'est pour le mieux, déclara le révérend Jackson de sa voix profonde comme une mine de charbon.

— Qu'est-ce qui est pour le mieux ? intervint Titus.

— Ah, bonjour, Titus, je suis content de te voir, même si les circonstances sont bien tristes.

— Qu'est-ce qui est pour le mieux ? répéta le shérif, ignorant les civilités d'usage.

— Le révérend Jackson estime que, vu qu'il n'y avait que Gene et moi qui nous occupions du potager de la paroisse, il vaut mieux tout raser et vendre le terrain », expliqua Albert.

Titus n'avait jamais entendu son père aussi dépité.

« Le potager là-bas, juste derrière le cimetière ? demanda-t-il. Vous voulez le vendre à qui, au juste ? Qui va acheter un terrain d'à peine mille mètres carrés à côté d'un cimetière ?

— Titus, l'église pense que c'est pour le mieux, répondit le pasteur. La recette permettrait de faire beaucoup de choses.

— Vous payer une nouvelle voiture, par exemple ? »

Le révérend Jackson et Albert sursautèrent, interloqués.

« Je te demande pardon ? fit le pasteur.

— Ce n'est pas à moi qu'il faut demander pardon, répliqua Titus, mais à mon père, à Gene et à Jojo Ware, qui ont commencé à cultiver ce potager bien avant que vous débarquiez ici avec vos costumes à cinq cents dollars. Combien de familles ont-ils sauvées de la famine, d'après vous ? Combien de personnes ont-ils sauvées de la prison, en leur fournissant de quoi nourrir leurs gosses, afin qu'ils ne soient pas obligés d'aller braquer la caisse d'une supérette ? Et maintenant, vous voulez vendre ? Je regrette que Jésus n'existe pas, parce que vous mériteriez qu'il vous botte le cul.

— Fils, surveille ton langage ! tonna Albert.

— Non, papa. Cet escroc l'a pas volé. Voilà ce que je vous propose, révérend : à la prochaine réunion du conseil de la paroisse, je débarque avec un auditeur pour vérifier les comptes de l'église. Qu'est-ce que vous en pensez ? On verra, à ce moment-là, si vous avez vraiment besoin de vendre ce bout de terrain.

— Pour quelqu'un qui ne vient quasiment jamais à la messe, tu sembles avoir beaucoup à dire sur la façon dont je gère mon église. »

Titus s'avança vers le pasteur jusqu'à le dominer du haut de son mètre quatre-vingt-dix.

« Sauf que ce n'est pas votre église, gronda-t-il. Vous êtes simplement la personne qui occupe la chaire. »

Le révérend Jackson fit un pas en arrière, trébucha, et manqua tomber à la renverse.

« Nous reparlerons de tout ça plus tard, Albert », dit-il avant de s'éloigner à travers le cimetière, au moment où la pluie commençait à s'intensifier.

Titus retourna auprès de la tombe de sa mère. Albert le rejoignit.

« Titus, je sais que… Je sais que tu portes pas l'Église dans ton cœur, mais c'est pas une raison pour parler au pasteur comme ça. En plus, je crois qu'il a pas tort. Même toi, tu t'inquiétais pour moi, l'autre jour. »

Titus déposa le bouquet.

« Cette bâtisse, là-bas, ce tas de pierres et de poutres enveloppé dans un bardage en PVC, ce n'est pas l'Église, dit-il en passant un bras autour des épaules de son père. La véritable Église, c'est ce que vous faisiez, Gene et toi. Je ne suis peut-être plus croyant, papa, mais ça, j'en suis convaincu. Alors ne laisse jamais cet escroc te dire le contraire. » Il marqua une pause, avant d'ajouter : « Tu te souviens du verset préféré de maman ?

— Psaumes, chapitre 37, verset 25, murmura Albert.

— “J'ai été jeune et j'ai vieilli sans jamais voir un juste abandonné, ni ses descendants mendier leur pain”, récita Titus. C'est toi, le juste, papa. Grâce à toi, de nombreuses personnes n'ont jamais eu à mendier leur pain. »

Ils restèrent ainsi côte à côte un long moment. Si des larmes roulèrent sur leurs joues, elles furent masquées par la pluie.

21

Il pleuvait à verse lorsque Titus remonta l'allée qui menait à leur maison. Il s'apprêtait à garer la Jeep quand soudain, entre deux coups d'essuie-glaces, il aperçut à la lueur des phares une forme colorée près de la porte d'entrée. Une grosse tache rouge et blanc. Titus éteignit les essuie-glaces. L'espace d'un instant, avant que la pluie ne recouvre le pare-brise d'une fine pellicule d'eau, il crut voir de quoi il s'agissait.

« Papa, reste dans la voiture et appelle la police, ordonna Titus.

— C'est quoi ce… ce truc, sur la porte ? demanda Albert, les yeux plissés.

— Dès que je serai sorti, verrouille les portières.

— Titus, qu'est-ce que c'est ?

— Les portières, papa », insista Titus.

Il descendit de la Jeep et dégaina son pistolet. La pluie qui tombait en travers l'aveuglait à moitié mais, au bout de quelques pas, il put distinguer ce qui se trouvait sur la porte. L'arme prête à faire feu, il entreprit de contourner la maison pour sécuriser le jardin. Personne – à moins que quelqu'un ait eu l'idée de se cacher sous le tas de bois. Titus revint à l'avant de la maison, rangea le SIG Sauer dans son holster et posa les mains sur les hanches.

La forme près de la porte était un petit agneau tout blanc, qu'on avait égorgé et cloué au battant au moyen d'un piquet de tente. La pointe métallique était plantée dans l'œil de la pauvre bête et ressortait par l'arrière de son crâne. La plaie béante ne saignait plus, mais la pluie poussée par le vent avait étalé du rouge un peu partout sur le porche.

Titus déglutit.

Le Dernier Loup était venu chez lui et lui avait lancé un avertissement en pensant lui faire peur. Il se trompait. Car en clouant cet agneau à la porte de Titus, l'assassin ne faisait que lui prouver son anxiété. Il était en train de perdre le contrôle. Or, dès qu'un tueur organisé se laissait guider par son instinct, il commettait des erreurs. Comme cet agneau. Titus était prêt à parier que l'animal provenait de la ferme pédagogique de River Oak, une structure équipée d'un système de vidéosurveillance. Peut-être que, comme les Romains de l'Antiquité qui utilisaient le sacrifice pour s'attirer les faveurs des dieux, le sang versé par cette pauvre bête apporterait bientôt une bénédiction.

Titus n'avait d'autre choix que de mettre de côté le fait que sa maison avait été prise pour cible par un homme qui avait assassiné des enfants, torturé Cole Marshall et massacré un agneau dans le seul but de faire passer un message. Il n'avait pas le temps pour la colère et la peur. Il devait se concentrer sur l'essentiel.

Vingt minutes plus tard, l'allée grouillait de véhicules de police et de voitures personnelles, et la nuit tombante scintillait de lueurs rouge et bleu. L'agneau avait été placé dans un sac en plastique. Douglas, Carla et Davy avaient commencé à quadriller le quartier, interrogeant les voisins pour savoir s'ils avaient vu ou entendu quelque chose, pendant que Pip et Trey aidaient Titus à s'occuper de la porte. Steve était de repos, mais il avait quand même appelé pour prendre des nouvelles. Bref, tous ses adjoints étaient sur le pont, et Titus leur en était reconnaissant.

« Vous avez pas de caméra extérieure, chef ? demanda Trey.

— Non, mon père n'est pas trop nouvelles technologies et, honnêtement, je ne pensais pas en avoir besoin un jour.

— En tout cas, je viens d'avoir la confirmation que quelqu'un est bien entré par effraction à River Oak pour voler un agneau, dit Pip en rempochant son téléphone portable. Cory a remarqué un trou dans la clôture, ce matin, et il a recompté toutes ses bêtes. »

La pluie avait cessé, mais l'atmosphère saturée d'humidité donnait à Titus l'impression de traverser une nappe de brouillard.

« Emmenez cet agneau à Richmond, ordonna-t-il. Et relevez les empreintes sur la porte, même s'il y a toutes les chances que ça ne donne rien. Je voudrais aussi que quelqu'un dépose mon père chez mon frère.

— À ce propos, dit Trey. Votre père refuse d'aller où que ce soit.

— Ouais, confirma Pip. Il se montre assez inflexible.

— Je vais lui parler, soupira Titus. Au fait, qui est chargé de la surveillance de Dayane ? »

Pip et Trey échangèrent un regard.

« Les gars, ne me dites pas que personne n'a d'yeux sur elle ! s'exclama Titus. Et Elias ?

— Chef, dès qu'on a entendu cette histoire d'agneau, on a tout lâché pour venir à la rescousse, répondit Trey.

— Et c'est tout à votre honneur, mais Dayane est notre meilleur moyen d'arrêter le tueur. C'est en la suivant et en retrouvant Elias qu'on bouclera cette affaire. Bon, je vais voir mon père. »

Titus s'était efforcé de ne pas se montrer trop dur avec ses deux adjoints, car il avait conscience que tous les shérifs ne bénéficiaient pas d'une équipe aussi dévouée que la sienne. Mais ce n'était pas pour autant que ses hommes pouvaient négliger leur devoir. Surtout que lui était encore en vie. Les morts, eux, méritaient toute leur attention.

« Papa, il faut que tu ailles passer quelques jours chez Marquis, dit Titus en s'approchant de son père, assis sur une souche à côté du tas de bois.

— Trente ans, j'ai dormi dans mon lit, répliqua Albert. Toujours du même côté. C'est pas ce cinglé qui va me faire changer mes habitudes.

— C'est pour ton bien, papa, insista Titus. J'essaie simplement de te protéger.

— Et je t'en remercie, fils. Vraiment. Mais je partirai pas de chez moi. J'ai un Colt 1911 qui appartenait à mon père. Je le glisserai sous mon oreiller avant de me coucher. »

L'espace de quelques instants, Titus se retrouva projeté dans le passé – il avait face à lui le jeune Albert, pétant la forme et refusant de se laisser marcher sur les pieds. Il tapota l'épaule de son père.

« D'accord, papa, céda-t-il. On reste.

— Titus ! » s'écria soudain une voix féminine.

Titus se retourna et vit Kellie et Hector qui essayaient de franchir le cordon formé par ses adjoints. Il fonça aussitôt vers le petit attroupement.

« Kellie, qu'est-ce que tu fais ici ?

— On a une radio branchée sur la fréquence de la police, répondit la journaliste. Est-ce que tu vas bien ? » Elle tendit vers lui un petit micro sans fil et ajouta : « Pouvez-vous nous expliquer ce qui s'est passé, shérif ? Est-ce que c'est l'œuvre du tueur, d'après vous ? »

Le ton qu'elle avait employé était celui d'une professionnelle, mais ses yeux exorbités et rougis trahissaient son inquiétude. Titus voyait bien qu'elle avait peur pour lui.

« Kellie, retourne à ton auberge. Je répondrai à tes questions plus tard. Là, tu nous gênes.

— Vous avez entendu ce qu'a dit le chef, mademoiselle, intervint Carla en posant une main sur l'épaule de la journaliste.

— Me touchez pas ! » aboya Kellie.

Une rage animale avait envahi son visage. Titus se plaça entre les deux femmes.

« Kellie, va-t'en, s'il te plaît. Je te passe un coup de fil bientôt, je te le promets.

— Ouais, ben d'ici là, tu pourrais peut-être rappeler à ta Jennifer Lopez en uniforme le principe de la liberté de la presse, cracha la journaliste avant de s'éloigner, suivie par Hector.

— Vous avez dit quoi, là ? » s'exclama Carla en faisant volte-face.

Titus saisit le bras de son adjointe avant qu'elle ait pu rattraper Kellie.

« Si tu veux occuper mon poste un jour, Carla, tu ne peux pas te permettre de te laisser mener par tes émotions, dit-il.

— Je comprends vraiment pas ce que vous avez pu lui trouver, chef. »

Titus soupira.

« C'est une longue histoire. »

Douglas, Carla et Davy avaient fait le tour du quartier, mais personne n'avait rien vu. Au moment où le tueur avait laissé son message, la plupart des voisins de Titus étaient soit partis faire des courses, soit encore au travail. Trey avait appelé Titus de la ferme pédagogique de River Oak pour lui annoncer que les images de vidéosurveillance étaient de très mauvaise qualité. Apparemment, on apercevait un individu portant un masque et une capuche qui découpait une ouverture dans le grillage avec une paire de cisailles et qui repartait quelques secondes plus tard avec le pauvre animal. Il était impossible de déterminer la taille de l'individu en question, ni sa couleur de peau, ni même s'il s'agissait d'un homme ou d'une femme. Titus avait demandé à Trey de récupérer l'enregistrement afin de le faire parvenir au BCI le lendemain matin. Après quoi il avait ordonné à Carla de retourner surveiller Dayane et à Davy de passer au Rocher-Sacré-du-Rédempteur pour vérifier si, par hasard, Elias n'était pas rentré entre-temps. Enfin, il avait renvoyé tout le monde.

« Vous ne voulez pas que l'un d'entre nous reste en poste ici, chef ? avait proposé Pip.

— Non. Si le tueur revient, je saurai l'accueillir », avait répliqué Titus d'un ton bravache.

La réalité était qu'il craignait de mettre ses adjoints en danger. Cette personne, ce Dernier Loup, cet Ange de la Mort obsédé par l'apocalypse avait commencé à perdre son sang-froid – le chaos final n'était donc plus très loin. Pip méritait de prendre sa retraite, pas de mourir en héros à cause des pulsions suicidaires d'un fou.

Quelques heures après avoir congédié ses adjoints, Titus était assis sur le porche, une bouteille de Jameson à la main, un fusil antiémeute posé sur les genoux. Les nuages avaient fini par se dissiper, laissant apparaître un ciel fantomatique constellé d'étoiles. Grenouilles, grillons et engoulevents se disputaient son attention. Titus dormait peu d'une manière générale, aussi s'attendait-il à rester éveillé jusqu'au lever du soleil. Et là, dans le noir, alors que son père avait dû s'endormir en serrant son vieux revolver contre lui, Titus prit enfin conscience de toute l'horreur qu'il venait de vivre.

Il ne pouvait en vouloir à personne d'autre qu'à lui-même : il avait défié le tueur en lui faisant passer un message par l'intermédiaire de Dayane, et le tueur avait réagi. Titus avait toujours mis en garde ses adjoints contre les risques de laisser le travail polluer leur vie privée, or il venait de déclencher une marée noire.

Il sortit son portable de sa poche et composa le numéro de Darlene.

« Tu vas bien ? demanda-t-elle en décrochant.

— Oui, oui. Je t'appelais pour ne pas que tu t'inquiètes.

— Je ne suis pas inquiète, je suis morte de trouille.

— Pourtant, je t'assure qu'il n'y a aucun souci à se faire, Darlene.

— Un cinglé a cloué une chèvre sur ta porte, Titus ! »

Un agneau, songea Titus, mais j'imagine que la rumeur n'est pas à un détail près.

« Je sais, Darlene. On va simplement se montrer un peu plus prudents que d'habitude. D'ailleurs, je pense qu'il serait plus sage que tu ne viennes pas ce soir. Ni pendant un petit moment.

— C'est combien de temps, un petit moment ?

— Je n'en ai aucune idée. Je suis convaincu qu'on va finir par attraper ce tueur, mais… S'il t'arrivait quelque chose d'ici là, je ne me le pardonnerais jamais.

— Mais moi non plus, je ne veux pas qu'il t'arrive quelque chose ! répliqua Darlene.

— Il ne m'arrivera rien. Tout ce qui m'importe, c'est de te savoir en sécurité, d'accord ?

— Je t'aime, Titus.

— Moi au… Moi aussi, je t'aime.

— Rappelle-moi demain matin. Je suis tellement stressée que j'ai pris un somnifère. Je sens qu'il commence à faire effet.

— Ça marche. Fais de beaux rêves.

— Toi aussi, mon gros Texas Ranger. »

Il raccrocha, porta la bouteille de whisky à ses lèvres et ferma les yeux. Il essaya alors de visualiser l'affaire comme un puzzle dont il entreprit d'assembler les pièces. Cole Marshall, assassiné après lui avoir téléphoné. Dayane, qui connaissait l'identité du meurtrier des adolescents de la clairière et de Cole. Elias, porté disparu, lui aussi après avoir discuté avec Titus. Et si Elias n'était pas le tueur, mais le mobile, dans cette affaire ? Ou plutôt, la genèse. Peut-être qu'il était un personnage dans l'histoire du tueur. Griselda avait dit qu'elle ne savait pas ce qu'était devenu le garçon dont Elias avait eu la charge. Qu'avait-elle ajouté à son propos, d'ailleurs ? « Où qu'il se trouve aujourd'hui, j'espère que ses voisins ferment leur porte la nuit. »

Et s'il se trouvait à Charon ?

Et si ce garçon était rentré dans le comté où il avait grandi pour devenir le Dernier Loup ?

Titus but une autre gorgée de Jameson. L'alcool ne lui embrumait pas l'esprit. Au contraire, il semblait l'aiguiser.

Admettons que ce gosse maltraité par Elias et son frère soit revenu vivre dans le coin, songea-t-il. Il a gardé cette profonde souffrance en lui. Cette souffrance qu'il faut nourrir, comme a dit Griselda. Il croise la route de Spearman et se rend compte qu'ils partagent plus ou moins les mêmes intérêts pervers. D'une manière ou d'une autre, Latrell se retrouve mêlé à leur projet, et c'est ça qui va causer leur perte. Maintenant que ses deux acolytes sont morts, maintenant que sa grande mission, sa guerre contre Dieu, a été contrecarrée, le gosse devenu adulte règle ses comptes et s'enfonce peu à peu dans le trou noir de sa propre folie.

« Ils ont brisé quelque chose en toi, hein ? murmura Titus. Et maintenant, t'es complètement cassé. »

Il porta la bouteille à ses lèvres.

Si sa théorie était bonne, il y avait de grandes chances pour qu'Elias soit mort, et pour que Dayane subisse bientôt le même sort. Restait à espérer que

Carla retrouve la trace de la jeune femme au plus vite. Pour l'instant, son adjointe ne l'avait toujours pas recontacté.

Titus rouvrit les yeux et téléphona à Trey.

« Oui, chef ?

— Demain matin, je veux que tu ailles demander au juge de te délivrer un mandat afin qu'on récupère toute la comptabilité de Cole Marshall, dit Titus. Cole avait un statut d'autoentrepreneur pour ses chantiers, donc il devait forcément déclarer ses revenus. Si son copain l'a payé en liquide pour le travail qu'il a effectué chez lui, on l'a dans l'os. Par contre, s'il lui a fait un chèque, on aura une trace. L'idée, c'est d'établir une liste de tous les clients de Cole et de voir si quelqu'un parmi eux correspond à notre profil : un homme, entre vingt-cinq et trente-cinq ans, plutôt costaud, et possédant assez de terrain pour s'y faire construire une espèce de dépendance.

— Très bonne idée, chef. Je m'en occupe à la première heure. Et sinon, je sais que c'est peut-être pas le meilleur moment pour évoquer le sujet, mais… comment ça s'est passé, pour l'autre truc ? »

Titus entendait une voix étouffée de femme en arrière-plan – Trey s'était isolé pour ne pas que son épouse entende leur conversation.

« C'est réglé, répondit simplement Titus.

— Tant mieux. Eh bien je m'occupe de ce que vous m'avez demandé, alors.

— Bonne nuit », dit Titus avant de raccrocher.

Il porta la bouteille à ses lèvres.

Malgré tout ce qu'il avait vu au cours de sa carrière, malgré tout ce qu'il avait fait, il sentait que l'image de cet agneau cloué à sa porte le hanterait longtemps. Les enfants et les animaux étaient des proies faciles. Ils n'avaient pas appris à se méfier des bonnes intentions et des belles paroles.

22

Preston Jefferies regrettait souvent de ne pas pouvoir contrôler la météo. Le syndicat agricole avait beau prétendre que la période de sécheresse était terminée, la facture d'électricité de son système d'irrigation n'était pas du même avis. Cette année, malgré les douze mille dollars qu'il avait investis dans ledit système d'irrigation, son maïs avait mis une éternité à pousser et à mûrir, si bien qu'il avait dû attendre la troisième semaine d'octobre pour pouvoir enfin démarrer la moissonneuse-batteuse et espérer égaler le rendement de la saison passée. Il savait depuis longtemps qu'il ne le dépasserait pas. Mais s'il parvenait à s'en rapprocher suffisamment, il pourrait peut-être bénéficier de l'aide de l'État. Preston était un des rares fermiers noirs dans le sud-est de la Virginie, et ces aides permettaient d'endiguer l'hémorragie lorsque l'appel d'offres d'un grand producteur d'éthanol lui passait sous le nez ou quand les requins de l'agroalimentaire faisaient baisser les prix.

D'après Preston, le système capitaliste était formidable pour les gens qui avaient la même couleur de peau que la majorité des députés qui siégeaient au Congrès.

Pour les autres, cela s'apparentait parfois à essayer de grimper à un poteau enduit de graisse avec une paire de moufles.

Preston démarra sa moissonneuse-batteuse. Les 268 chevaux du moteur poussèrent un vrombissement sourd. Preston actionna alors l'accélérateur et sortit de la remise où il garait l'engin. Le soleil commençait à peine à poindre au-dessus de l'horizon. Malgré la longueur des journées, malgré les douleurs constantes, malgré la précarité du métier, ce genre de moments était là pour lui rappeler pourquoi il aimait travailler aux champs. Faire tourner une ferme était un acte de pure volonté, qui consistait à arracher son salaire au sol à la seule force de sa détermination. Mais ce lien unique à la terre était aussi ce qui rapprochait Preston de son père et du père de son père. Cette ferme était son héritage, et il espérait qu'elle serait l'héritage de ses deux fils.

Preston gagna l'extrémité de son champ et commença la moisson, fredonnant pendant que la machine séparait les épis des tiges, avant de laisser retomber ces dernières au sol, où elles participeraient à fertiliser la terre pour la prochaine saison. Bientôt, le fredonnement prit la forme de la chanson de R&B qu'il avait chantée à sa femme à leur mariage : *Always*, d'Atlantic Starr.

Preston atteignit l'autre extrémité de son champ. Sa ferme était toute petite, comparée à certaines exploitations du Midwest, mais son œil aguerri et sa détermination sans faille lui permettaient d'obtenir d'excellents rendements. Il braqua le volant sur la droite et effectua son demi-tour pour entamer les rangs suivants. Alors qu'il allait attaquer la note aiguë qui avait fait verser une larme à sa femme pendant le repas de noces, il aperçut un objet étrange au milieu des plants de maïs.

Il actionna le frein à main et descendit de la moissonneuse-batteuse.

« Dieu du ciel », murmura-t-il lorsqu'il fut assez près pour voir de quoi il s'agissait.

Titus se tenait debout devant le panneau de liège de son bureau, les yeux rivés sur les feuilles de papier qui y étaient punaisées. Carla lui avait annoncé la mauvaise nouvelle dès qu'il était arrivé.

« Je suis repassée chez Dayane, mais sa voiture n'était plus là. J'ai parlé à sa colocataire, qui m'a confié que Dayane avait fait son sac et qu'elle était partie sans dire où ni pour combien de temps. Je suis restée en poste quelques heures pour surveiller, au cas où, mais elle n'est pas revenue. »

Titus n'avait pas réprimandé son adjointe. Ils avaient fait une erreur et, désormais, ils devaient rectifier le tir.

En attendant, il avait inscrit le nom de Dayane sur une feuille et l'avait ajoutée au panneau d'affichage.

Steve l'avait appelé pour lui dire qu'Elias non plus n'était pas rentré.

« Interroge sa femme au sujet du garçon qu'ils ont élevé, lui avait ordonné Titus. Pose-lui des questions sur le frère d'Elias et demande-lui si elle a des photos du gosse et si elle sait ce qu'il est devenu. Il semblerait qu'il ait été adopté illégalement et qu'il n'ait jamais été scolarisé, donc on n'a aucune idée de ce à quoi il ressemblait à l'époque, ni de ce à quoi il ressemblerait maintenant.

— Vous pensez que ce garçon est notre suspect ? avait demandé Steve.

— Il reste quelques points d'ombre, mais oui, ça collerait. Insiste, pour les photos. »

Trey frappa à la porte du bureau.

« Entre, lui dit Titus.

— J'ai consulté les comptes de Cole Marshall – enfin, si on peut appeler ça des comptes. Il faisait la plupart de ses petits boulots au noir. Le peu qu'il déclarait, c'était surtout pour des personnes âgées : défricher un terrain par-ci, tondre une pelouse par-là… J'ai demandé à sa copine s'il avait déjà évoqué un projet de construction concernant un appentis ou une dépendance, mais elle m'a répondu qu'il ne parlait jamais de son travail. Bref, c'est un échec, conclut Trey.

— Tant pis, ça valait le coup d'essayer. »

Titus se retourna vers le panneau d'affichage.

« Faisons le point sur ce qu'on sait et ce qu'on croit savoir, dit-il. Le tueur est un ami de Cole Marshall et de Dayane Carter. Il est du coin. Il s'agit peut-être d'un garçon qui a subi des maltraitances au Rocher-Sacré-du-Rédempteur et qui aurait assassiné son oncle pédophile. Il est devenu intime avec Spearman, avec qui il partageait les mêmes délires sadiques. Tous les deux se sont associés à Latrell, qui a pu les aider à convaincre ces gosses – probablement méfiants, pour certains – de monter dans une voiture avec eux. Cole, Latrell et Dayane travaillaient tous les trois à la conserverie Cunningham.

— Peut-être qu'on devrait retourner interroger la petite amie de Cole pour lui demander de qui il était réellement proche, suggéra Trey. Avec qui il traînait quand il allait au bar.

— Bonne idée, fais donc ça. Il n'y a pas si longtemps, j'ai croisé Cole et sa copine en compagnie de Dallas Processer et sa femme. Essaie de savoir si Cole et Dallas étaient proches.

— Dallas ? Franchement, ça m'étonnerait. Il était à l'école avec moi. Son rêve a toujours été de conduire un camion-poubelle, comme son père. Un gosse discret. Non, j'ai du mal à imaginer qu'il puisse être notre homme.

— Le masque, Trey, lui rappela Titus. Tout le monde porte un masque.

— Vous avez raison », abdiqua Trey. Il marqua une courte pause, avant d'ajouter : « Est-ce qu'on peut parler de la fusillade ?

— Je t'écoute », répondit Titus en lui accordant toute son attention.

Trey s'éclaircit la gorge.

« Bon, j'ai lu les rapports d'incident, j'ai regardé un paquet de vidéos en ligne et j'ai interrogé pas mal de lycéens. Titus, j'ai retourné ce truc dans tous les sens et, malgré ce qu'on sait sur Tom, je suis obligé de conclure à la légitime défense. Latrell a foncé sur vous avec une arme à la main. Je porte pas Roger dans mon cœur et on a établi que Tom était une ordure mais, sur ce coup-là, je pense qu'ils ont rien à se reprocher. Je vous enverrai une copie de mon rapport.

— Tu es sûr, Trey ? Tu ne cherches pas à couvrir notre département ?

— C'est pas comme ça que vous nous avez élevés, chef ! »

Titus acquiesça. Il ne se débarrasserait jamais de ses doutes, mais la réalité était que l'insigne les protégeait. Latrell était armé, il avait tué quelqu'un, il avait participé au meurtre de plusieurs enfants. Jamal Addison et ses semblables auraient beau se lamenter, la mort de Latrell serait vue par la plupart des gens comme la seule solution au problème qu'il représentait. Ce serait le récit que l'histoire retiendrait. Et tant pis pour les détails fâcheux.

Celui qui contrôlait le récit contrôlait la vérité.

Encore une leçon que Titus avait apprise avec l'affaire Red DeCrain.

La sonnerie de son téléphone fixe retentit. Il décrocha sans prendre la peine de demander au préalable à Kathy de qui il s'agissait.

« Shérif Crown, se présenta-t-il.

— Bonjour, shérif. Ici la docteure Kim.

— Bonjour, docteure.

— Nous avons identifié quatre victimes supplémentaires grâce aux analyses dentaires et ADN. Malheureusement, il en reste une – la dernière – sur laquelle nous n'avons toujours rien. Est-ce que vous voulez ces informations pour pouvoir contacter les proches ?

— Vous n'avez qu'à me les envoyer par e-mail. Par contre, je veux bien que vous me disiez d'où venaient ces enfants.

— Alors, attendez que je regarde… Bon, donc on avait Baltimore, mais vous le savez déjà, et… Voilà : Columbia, en Caroline du Sud ; Hillsborough, en Caroline du Nord ; Wilmington, dans le Delaware, et enfin Philadelphie, en Pennsylvanie, récita la légiste.

— Et est-ce que vous avez les dates de leur disparition sous la main ? demanda Titus en sortant son carnet.

— Oui. La victime de Columbia a disparu le 21 janvier 2013 ; celle de Hillsborough, le 30 juillet 2014 ; celle de Wilmington, le 1er août 2015 et celle de Philadelphie le 10 juin de l'année dernière. Baltimore, c'était en 2010. On sait également que celle qui reste non identifiée est la plus récente. On va tenter une reconstruction faciale.

— Merci, docteure.

— Shérif, il y a autre chose. »

Davy fit soudain irruption dans le bureau de Titus, sans prendre la peine de frapper. Il se planta au milieu de la pièce, les mains sur les genoux, haletant comme un cheval après une course.

« Il faut venir tout de suite, chef ! débita-t-il à toute vitesse. Preston Jefferies a découvert un cadavre dans son champ de maïs. C'est moche, chef. C'est très, très moche !

— Je vais devoir vous laisser, docteure, dit Titus. Est-ce que vous pouvez m'envoyer le reste par e-mail ?

— Shérif, je crois vraiment que…

— Je suis désolé, docteure, je dois y aller. On a un nouveau corps. »

Il raccrocha, s'empara de son chapeau et emboîta le pas de son adjoint.

Et maintenant, il joue avec nous, songea Titus. Le vent faisait murmurer les maïs, et il flottait dans l'air une odeur très étrange, mélange de terre humide, de pesticides, et de mort.

« Qui l'a recouvert d'un drap ? demanda Titus.

— Preston, répondit Pip. C'est lui qui a appelé les secours. Il a dit qu'il ne voulait pas laisser le corps sans surveillance, mais qu'il n'arrivait pas non plus à le regarder. »

Du sang avait imbibé le tissu blanc, y dessinant une œuvre abstraite. Titus baissa la tête et constata que la terre était piétinée – des traces de pas appartenant à Preston, à Pip, à Steve et à tous les curieux qui s'étaient approchés pour assister au spectacle morbide. Aucune chance d'identifier les empreintes du tueur, songea-t-il. La route se trouvait à environ quatre rangs de maïs. Titus entendait régulièrement des voitures passer sans ralentir, mais il percevait aussi parfois le bruit de gravillons de celles des inévitables badauds qui s'arrêtaient sur le bas-côté.

Il enfila une paire de gants en caoutchouc et retira le drap.

« La vache », murmura-t-il.

Elias Hillington avait souffert.

Son corps, entièrement nu, était empalé par l'anus sur un pieu en bois de la largeur d'une matraque qui le maintenait en position verticale. Les derniers jours avaient été très doux pour la saison, si bien que les mouches qui avaient épargné Cole Marshall se rattrapaient sur le pasteur, tournant autour de son cadavre en bourdonnant de plaisir.

« On ne s'échappe pas de cette contrée sauvage. »

Les mots étaient gravés sur la poitrine d'Elias. À première vue, cette scarification ne constituait qu'une infime partie des supplices qu'il avait endurés. Son corps et son visage étaient tailladés en plusieurs dizaines d'endroits, et son ventre présentait de profondes blessures compatibles avec un couteau Bowie. Par ailleurs, il avait des clous plantés dans les paumes et le tueur était allé jusqu'à lui arracher la peau du pénis.

Titus déglutit et s'approcha du cadavre, qui dégageait une épouvantable odeur de vomi, d'excréments et de putréfaction. D'une main, il souleva le menton du pasteur et remarqua qu'il avait quelque chose dans la bouche. Avec l'autre main, il pinça délicatement le nez de la victime et entreprit d'écarter la mâchoire.

Libéré de sa prison, un serpent des blés tomba par terre, mort.

Titus recula vivement.

« "Le Seigneur est mon berger, je ne manque de rien", murmura Davy.

— "Sur de frais herbages il me fait coucher", ajouta Pip.

— "Près des eaux du repos il me mène" », compléta Steve.

Bientôt, les trois adjoints récitaient à l'unisson le psaume 23.

Titus ne se joignit pas à eux.

Dieu n'était pas là. Cet épouvantail de cauchemar était l'œuvre d'un démon, et ce démon était un homme.

Titus retourna au bureau pendant qu'un corbillard emportait le corps du révérend Elias Hillington jusqu'au département de médecine légale de Richmond. Pip s'était porté volontaire pour informer l'épouse du pasteur.

« J'étais à l'école avec Mare-Beth, il y a très longtemps de ça, avait-il dit à Titus. Je pense qu'il vaut mieux que ce soit moi qui le lui annonce. »

Titus verrouilla la porte de son bureau et s'assit dans son fauteuil, conscient d'être engagé dans une course contre la montre. Le Dernier Loup était en train de perdre les pédales mais, ce faisant, il laissait derrière lui un sillage de cadavres. Titus s'en voulait de l'appeler le « Dernier Loup ». Il le lui avait donné, son surnom, finalement. Sans s'en rendre compte, il avait contribué à en faire un mythe.

Le shérif se passa les mains sur le visage. Le meurtre d'Elias confirmait ses soupçons concernant l'identité du tueur : il était quasiment certain désormais qu'il s'agissait du petit garçon qu'Elias et sa famille avaient maltraité pendant des années. Titus se lança dans des calculs. Si l'enfant avait une douzaine d'années en 2000, alors il avait à présent entre vingt-cinq et trente ans. Titus ferma les yeux et consulta son trombinoscope mental. Il passa en revue les visages qui appartenaient de près ou de loin à sa communauté et essaya de visualiser un métis d'une trentaine d'années. En vain. Mais peut-être que le tueur avait la peau tellement claire qu'on le prenait pour un Blanc ? Cela expliquerait pourquoi Titus ne parvenait pas à l'identifier.

Un martèlement sur sa porte le tira de ses pensées.

« Ouvrez, Titus, il faut que je vous parle ! »

Scott Cunningham. Titus se pinça l'aile du nez. Fort.

Il se leva, déverrouilla la porte, et Scott s'engouffra dans le bureau, le torse bombé, arborant son air supérieur comme un étendard.

« Qu'est-ce que vous voulez, Scott ? »

Le président du conseil de comté s'assit sans qu'on l'y ait invité et croisa les jambes.

« Titus, je pense qu'il est temps de reconnaître que vous n'avez aucun contrôle sur la situation. Nous venons de perdre un membre du clergé, bon sang ! Et je ne vous parle même pas de la fréquentation touristique en chute libre.

— Ravi de constater que vous gardez le sens des priorités. »

Scott lui décocha le sourire éclatant du chat qui vient de se rendre compte que la cage du canari est restée ouverte.

« Titus, je vous l'ai déjà dit mille fois, mais je vais vous le répéter : je ne suis pas votre ennemi. Tout ce qui m'importe, c'est Charon – depuis la création du comté, ma famille a toujours vécu ici. Admettez-le : les derniers événements dépassent le champ de vos compétences. Je me suis donc permis de prendre contact avec la police d'État, et on m'a…

— Vous avez fait quoi ? s'étrangla Titus.

— J'ai pris contact avec la police d'État pour qu'elle prenne les rênes de l'enquête, mais on m'a expliqué qu'il fallait que ce soit vous qui en fassiez la demande, en tant que shérif. Vous allez faire cette demande, Titus. Et après tout ce qui s'est passé, je suis sûr que je n'aurais aucun mal à obtenir votre destitution, maintenant. »

Alors que Scott semblait savourer la menace qu'il venait de proférer, Titus prit soudain conscience qu'il s'en fichait. Les motions, la politique, tout cela ne l'intéressait pas. Lui, il voulait attraper le meurtrier. Point. Et peut-être… peut-être qu'il était effectivement temps de faire appel à la police d'État. Pas pour qu'elle prenne les commandes, non, mais pour qu'elle mobilise toutes ses ressources.

« L'humilité ne signifie pas avoir une moins bonne opinion de soi-même, mais moins penser à soi », avait coutume de dire un de ses instructeurs, à l'académie du FBI. Plusieurs années plus tard, Titus avait découvert qu'il s'agissait d'une citation de C. S. Lewis, l'auteur du *Monde de Narnia*, mais ça n'enlevait rien à sa pertinence.

L'idée de s'abaisser devant Scott lui répugnait. Et pourtant, si ce que ce petit potentat local proposait était en mesure d'endiguer le flot de sang qui inondait Charon, alors peut-être que Titus devrait carrément se prosterner à ses pieds et baiser ses richelieus.

« Scott, je pense que..., commença Titus, avant d'être interrompu par une alerte sur son téléphone portable.

— Ce que vous pensez n'a plus d'importance, à ce stade. En tant que président du conseil de comté, il est de mon devoir de réfléchir à la meilleure option pour Charon. Or je suis navré de vous le dire mais, dans la situation actuelle, cette option, ce n'est pas vous. »

Scott avait beau essayer d'avoir l'air désolé, il n'y parvenait pas.

Une nouvelle alerte sur le portable de Titus.

« Bon, regardez ce que c'est, qu'on en finisse avec cette conversation », lâcha Scott d'un ton méprisant.

Titus sentit son agacement monter d'un cran, mais il le réprima et consulta son téléphone.

Il avait reçu un e-mail de la légiste, intitulé *Important/Confidentiel*.

Titus se mit à lire, pendant que Scott se lançait dans une diatribe sur l'honneur de Charon qu'il ne fallait pas salir.

Shérif,

J'ai effectué une comparaison ADN avec la base de données du CODIS, sans résultat. À tout hasard, j'ai également pris contact avec plusieurs sites Internet spécialisés dans la généalogie, dans l'espoir de trouver un lien familial grâce à l'ADN partagé, et ça a marché ! Nous avons obtenu une correspondance.

Titus lut le reste de l'e-mail.

Après quoi il rempocha son téléphone et posa les mains à plat sur le bureau.

« J'imagine que c'est entendu, Titus ? dit Scott. Alors, si vous n'y voyez pas d'inconvénient, je voudrais que vous appeliez la police d'État tout de suite, pour lui passer officiellement le relais. »

Titus joignit les mains.

« Scott.

— Je vous en prie, Titus, ne rendez pas les choses plus compliquées qu'elles ne le sont déjà. »

Le président du conseil de comté partit alors dans un nouveau monologue interminable qui évoqua à Titus le son d'une machine à laver remplie de briques. L'insécurité d'un homme, cachée derrière beaucoup de bruit.

« Scott, regardez-moi. »

Celui-ci finit par s'interrompre lorsqu'il vit dans les yeux de Titus la férocité du prédateur s'apprêtant à fondre sur sa proie.

« Scott, parlez-moi de votre demi-frère. »

Les sourcils de Cunningham se froncèrent jusqu'à former de profonds canyons.

« De quoi vous parlez, Titus ? Si c'est un stratagème pour garder votre boulot, je vous assure que ça ne marchera pas.

— Il n'est plus question de moi, coupa Titus. Je sais que vous avez une sœur, Alanna. Par contre, j'ignorais que vous aviez un demi-frère.

— Mais j'ai pas de demi-frère, bordel ! éclata Scott.

— Si. Du côté de votre mère. Je viens de recevoir un e-mail du département de médecine légale. La légiste a envoyé l'ADN qu'elle a retrouvé sur les corps des enfants à plusieurs sites Internet de généalogie et elle a obtenu une réponse positive : une correspondance au niveau de plusieurs marqueurs maternels. Apparemment, vous avez fait parvenir un échantillon au site TheFamilyTree.com, l'année dernière. Donc je répète : parlez-moi de votre frère. Parce que c'est lui qui a aidé Spearman à tuer tous ces gosses. Et c'est lui qui a assassiné Cole Marshall et Elias Hillington. Alors s'il n'y a vraiment que Charon qui vous importe, comme vous le prétendez, donnez-moi son nom.

— On a fait ce truc d'ADN pour l'anniversaire de maman, marmonna Scott. Elle a toujours cru qu'on avait des ancêtres sur le *Mayflower*. Il se trouve que non.

— Donnez-moi son nom, insista Titus en détachant chaque syllabe.

— J'en sais rien ! s'écria Scott. Puisque je vous dis que j'ai pas de demi-frère !

— Les résultats sont formels. Voyez par vous-même. »

Était-ce de la satisfaction dans le ton de Titus ? Peut-être.

Il fit glisser son portable vers Scott et le regarda lire le message de la légiste en remuant les lèvres. Au bout de quelques secondes, Scott se prit la tête à deux mains, la respiration saccadée.

« Calmez-vous, Scott, vous allez faire un malaise, dit Titus en s'efforçant de ne pas se montrer sarcastique. Je me rends bien compte que vous ignoriez tout de cette histoire. »

Sa petite satisfaction passagère s'était dissipée. Ce n'était pas la première fois qu'il révélait un secret de famille à quelqu'un, et il n'en tirait aucun plaisir. Quand bien même ce quelqu'un était une ordure finie comme Scott Cunningham.

« La salope, marmonna Scott, qui ne s'était probablement pas aperçu qu'il avait parlé à haute voix.

— Qui, Scott ? demanda Titus avec douceur, même s'il savait très bien à qui le président du conseil de comté faisait allusion.

— Il faut que j'y aille, dit Scott en se levant.

— Je vais devoir l'interroger. »

Scott s'arrêta, la main sur la poignée de la porte.

« Je vous interdis de vous approcher de ma mère. »

Titus soupira – c'était de plus en plus fréquent, depuis quelque temps.

« Je n'ai pas d'autre choix, Scott. Elle a eu un fils, votre demi-frère, dont l'ADN a été retrouvé sur le corps de ces enfants assassinés.

— Ma mère est une diabétique de soixante-huit ans qui vit seule dans notre vieille propriété familiale. Ne vous approchez pas d'elle, ou je vous colle un procès pour harcèlement. »

À l'évidence, Scott avait repris du poil de la bête.

« Je vais l'interroger, réitéra Titus, imperturbable. Et je vais le faire aujourd'hui. Essayez de m'en empêcher et c'est moi qui vous arrête pour entrave à la justice. Je peux même m'arranger pour que le juge soit trop occupé pour se pencher sur une libération sous caution, histoire que vous passiez les prochains jours en cellule, le temps de vous calmer. Vous voyez, vous n'êtes pas le seul à savoir proférer des menaces. Sauf que moi, j'ai un insigne et des menottes pour les mettre à exécution.

— Si mon père était encore en vie, il…

— … il me lancerait une insulte raciste à la figure et il essaierait de m'intimider, tout comme vous venez de le faire. Et moi, je l'ignorerais, tout comme je viens de vous ignorer. Je n'arrive pas à croire que je doive vous l'expliquer, mais on n'est plus en 1949, Scott. Vous êtes le président du conseil de comté, vous êtes blanc et vous êtes probablement l'homme le plus riche de la région. Mais tout ça, je m'en moque. Vous êtes lié par le sang à un homme qui a assassiné des adolescents et des adolescentes noirs après les avoir torturés. À votre place, ce n'est pas pour ma mère que je m'inquiéterais, mais pour les conséquences qu'aura ce scandale sur ma carrière.

— Ne vous approchez pas d'elle », répéta Scott.

Et il quitta le bureau en claquant la porte.

« On peut pas cracher face au vent et s'attendre à pas finir mouillé », murmura Titus.

Encore une fois, les petites maximes de sagesse qu'affectionnait sa mère se révélaient particulièrement pertinentes.

23

La plantation Blue Hills avait été fondée par la famille Cunningham plus de deux siècles auparavant. En 1816, précisément, si l'on en croyait le panneau accroché à un poteau vermoulu à l'entrée de la voie carrossable. La demeure avait survécu aux ouragans, aux inondations et à la guerre de Sécession. Gros producteurs de tabac, les Cunningham avaient au fil des décennies réussi une transition tout en douceur en ouvrant d'abord une conserverie spécialisée dans les fruits de mer, puis une usine de drapeaux.

Un été, en stage de catéchisme, Mme Jojo avait raconté au groupe de Titus un épisode particulièrement sombre de l'histoire de Charon : Hollis Cunningham, revenu de la guerre blessé et plein de haine, avait enfermé les esclaves qui lui restaient dans une grange, avant d'y mettre le feu.

« L'armée de l'Union approchait, et il a préféré brûler ses esclaves plutôt que les libérer », avait expliqué Mme Jojo d'une voix tranchante comme un rasoir.

Ils n'ont pas beaucoup changé, songea Titus en remontant l'allée gravillonnée bordée d'énormes magnolias aux fleurs fanées. Les branches s'étendaient au-dessus de la chaussée étroite et s'entrecroisaient avec celles d'en face pour former un tunnel de verdure. Après un dernier virage à droite, puis un dernier virage à gauche, Titus arriva en vue de la demeure et gara son SUV entre les deux seuls véhicules stationnés là : un pick-up assez récent et une vieille Chrysler Fifth Avenue parfaitement entretenue.

Le temps n'avait pas fait de cadeau à la plantation Blue Hills. La bâtisse de deux étages menaçait ruine : il manquait tellement de barreaux à la balustrade de l'immense véranda enveloppant la maison que celle-ci semblait arborer en permanence un sourire édenté. Les volets, dont la peinture s'écaillait, étaient quasiment tous fissurés. Quant aux hortensias et aux bougainvilliers qui flanquaient le perron, ils n'avaient pas été taillés depuis si longtemps qu'ils avaient commencé à envahir l'escalier en bois.

Ignorant les gémissements de protestation des marches, Titus s'avança jusqu'à la porte et actionna la sonnette, dont le tintement résonna dans les entrailles de la bâtisse. Combien de personnes avec sa couleur de peau avaient vu cette demeure dans leurs cauchemars ? Combien de personnes avec sa couleur de peau l'avaient contemplée du temps de sa splendeur en se disant qu'ils n'auraient jamais les mêmes droits ni les mêmes privilèges que ses propriétaires ?

Titus songea que l'esclavage était une tache incrustée à jamais dans les fondations de son comté natal. Une tache de sang que tout l'argent du monde ne parviendrait pas à laver, et que des gens comme Ricky Sours refusaient encore de regarder en face.

Une jeune femme noire que Titus n'avait jamais vue ouvrit la porte. Elle portait une blouse d'infirmière, avec sur la poitrine un badge à son nom : Natalie Bivens.

« Vous devez être le shérif Crown, dit-elle.

— Tout à fait, madame Bivens. J'aurais voulu m'entretenir avec Mme Cunningham.

— Vous pouvez m'appeler Natalie, le reprit la jeune femme. Scott m'a téléphoné pour me demander de ne pas vous ouvrir, mais… Mme Polly tient à vous parler.

— Si je puis me permettre : est-ce que Mme Cunningham est… Est-ce qu'elle a toute sa tête ? Son fils m'a prévenu qu'elle avait pas mal de soucis médicaux. »

Natalie esquissa un sourire.

« Mme Polly a soixante-huit ans, donc elle n'est pas dans la meilleure forme de sa vie, c'est certain, et elle a souvent besoin d'un fauteuil roulant pour se déplacer, mais son esprit est toujours aussi affûté. Et j'insiste, elle tient à vous parler. »

L'infirmière l'invita à entrer, et Titus referma la porte derrière lui.

Les cloisons lambrissées semblaient absorber la lumière en provenance des fenêtres octogonales. Aux murs, plusieurs générations de Cunningham en teintes sépia l'observaient. Titus gravit les deux marches qui séparaient le vestibule du petit salon, avant de suivre l'infirmière jusqu'à une grande pièce caverneuse au plafond cathédrale. Les murs consistaient en de larges bibliothèques, entre lesquelles étaient éparpillés les cadavres pétrifiés de ratons laveurs, de lapins et de renards empaillés.

Polly Anne Cunningham était assise dans un fauteuil, à proximité d'un canapé deux places qui avait au moins cinquante ans et d'un fauteuil roulant qui ne devait pas être beaucoup plus récent. Titus retira son chapeau et ses lunettes.

Lorsque la propriétaire des lieux posa sur lui un regard froid, il constata que ses yeux bleus avaient gardé tout leur éclat. Encadré par de longs cheveux blancs qui lui tombaient sur les épaules et la poitrine, le visage de la mère de Scott portait la marque du temps, bien sûr, mais les rides semblaient lui donner plus de gravité. Dans sa longue robe à fleurs bleu et blanc, Titus songea qu'elle aurait pu passer pour une prophétesse de l'Ancien Testament, si l'interprétation de la parole divine n'avait pas été réservée aux hommes.

« Shérif, je dois dire que je n'aurais jamais cru voir un jour un Noir arborer cet insigne », déclara Polly Anne.

Sa voix, claire et forte, évoquait celles qu'on pouvait entendre aux réunions de parents d'élèves ou aux levées de fonds pour des organisations comme l'Union des filles de la Confédération.

« Et ça vous perturbe ? demanda Titus.

— Pas le moins du monde. Ça me surprend de la part d'un comté comme Charon, c'est tout. Je vous en prie, asseyez-vous. »

Titus prit place sur le canapé. L'odeur qui en émanait n'était ni âcre ni désagréable, simplement brute, terreuse – le parfum de milliers d'heures d'utilisation.

« Natalie, vous voulez bien m'aider, s'il vous plaît ? » demanda Polly Anne.

L'infirmière s'approcha, glissa les bras sous les aisselles de Polly Anne et la fit passer sans difficulté du fauteuil inclinable au fauteuil roulant. Titus songea que la vieille dame ne devait pas peser beaucoup plus lourd qu'un oisillon.

« Très bien, maintenant, installez-moi face à mon invité, dit Polly Anne. Et si pouviez demander à Crutch de nous apporter de l'eau ?

— Bien sûr, madame, répondit Natalie avant de s'effacer.

— Bon, je ne sais pas si votre fils vous a dit de quoi je souhaitais vous entretenir, commença Titus, mais ça concerne quelque chose de… de délicat. Et j'imagine que ça risque d'être difficile, pour vous, mais il y a des vies humaines en jeu et…

— Vous voulez me parler de mon fils, le coupa Polly Anne. Celui que j'ai donné.

— Euh, tout à fait, madame, acquiesça Titus, surpris. Le sujet est sensible, j'en ai conscience, mais j'ai besoin que vous me racontiez votre histoire. Nous soupçonnons votre fils d'être mêlé aux derniers meurtres qui ont secoué Charon, ainsi qu'à d'autres, plus anciens. »

Un Noir d'un certain âge, pantalon à pinces et chemise blanche, fit son entrée dans la pièce, avec un plateau sur lequel étaient posés un pichet d'eau glacée et deux verres. Il plaça le plateau sur un petit guéridon à proximité du fauteuil roulant, remplit les deux verres, en tendit un à Polly Anne et l'autre à Titus.

« Merci, Crutch, dit Polly Anne.

— Mais il n'y a pas de quoi, madame. Ne vous fatiguez pas trop, surtout. »

Et il s'éclipsa discrètement.

« Crutch travaille ici depuis que Scott est entré au lycée, expliqua Polly Anne. À l'époque, Alanna était en primaire. C'est grâce à Crutch que je ne suis pas encore en maison de retraite. »

Polly Anne désigna le pichet.

« Je suis désolée, shérif, mais c'est tout ce que j'ai à vous proposer, ajouta-t-elle. Je n'ai plus le droit de boire que ça, désormais. À trop abuser du thé glacé, j'ai fini par perdre tous mes orteils. Que voulez-vous, ce sont les dangers du Sud… »

Titus baissa la tête et constata que les pieds de Polly Anne étaient comprimés dans des bas de contention et qu'ils semblaient en effet tronqués à la naissance des orteils. Il serait peut-être temps que je prenne rendez-vous pour vérifier ma glycémie, moi aussi, songea-t-il.

« Scott veut vous envoyer en maison de retraite ? demanda-t-il.

— Ça l'arrangerait bien, oui. Comme ça, il n'aurait pas à attendre que je meure pour revendre cette maison et les dix hectares de terrain qui vont avec.

— Vous m'avez pourtant l'air très bien, ici, fit remarquer Titus.

— Qu'est-ce que vous voulez que je vous dise ? Mon fils – celui que je n'ai pas abandonné – est un requin. Heureusement, le vieux Crutch et moi, on n'arrête pas de déjouer ses plans. Mais vous n'êtes pas venu jusqu'ici pour m'écouter parler de cette partie de ma famille dysfonctionnelle.

— En effet, madame. J'ai toutes les raisons de croire que le fils dont vous avez confié la garde à Elias Hillington est devenu un meurtrier. Il a assassiné Elias. Un certain Cole Marshall, également, ainsi que six adolescents et adolescentes noirs. Et hier soir, il a cloué un agneau sur la porte d'entrée de ma maison. Il faut que je l'attrape avant qu'il s'en prenne à quelqu'un d'autre ou à lui-même. »

Polly Anne but une gorgée d'eau et posa son verre sur le guéridon.

« J'aime mes enfants, shérif. Malheureusement, ce ne sont pas ce qu'on pourrait appeler des gens bien. Deux sont pourris gâtés et considèrent les dollars comme la seule véritable preuve d'amour. Le troisième… Le troisième, vous savez très bien comment il a tourné. Je me demande quelle est ma part de responsabilité, d'ailleurs. Est-ce que les péchés de ses parents ont pollué son âme ? »

La voix de Polly Anne se brisa et, l'espace d'un instant, Titus songea qu'elle allait fondre en larmes. Mais la vieille femme se ressaisit.

« Shérif, avez-vous déjà pris ce que vous estimiez être une bonne décision sur le moment, pour vous rendre compte que cette décision vous hanterait ensuite pendant des années ? demanda Polly Anne.

— Oui, madame. Je crois. »

Titus revit Red DeCrain, à genoux, le suppliant de lui passer les menottes.

« Quand j'avais dix-neuf ans, j'ai fait la connaissance d'Horace Cunningham à l'université Washington et Lee. C'était l'homme le plus beau, le plus intelligent et le plus charmeur que j'avais jamais rencontré. Un an plus tard, j'avais arrêté les études et nous étions mariés. Horace était quelqu'un de très gentil, de très doux. Il était riche, bien sûr, mais, contrairement au reste de sa famille, il n'en faisait pas étalage. Quand il a obtenu son diplôme, nous avons emménagé ici, à Blue Hills. Lui a pris la direction de la conserverie et, moi, j'ai pris à cœur mon rôle d'épouse modèle. J'ai appris l'art de recevoir et de faire la conversation. Tous les soirs, je me couchais auprès de mon mari et je priais pour qu'il se retourne, qu'il me serre dans ses bras et qu'il m'embrasse. Mais il ne l'a jamais fait.

— Horace était homosexuel », devina Titus.

Polly Anne esquissa un sourire.

« Lui préférait dire qu'il avait une vision de l'amour différente. Au bout de quelque temps, son père a exigé que nous lui donnions des descendants. Horace a pleuré avant, et il a pleuré après. Pendant, il a fermé les yeux et j'ai fermé les miens, et je crois que nous sommes tous les deux partis très, très loin. Après la naissance de Scott et d'Alanna, nous avons trouvé un… un accord. Nous serions mari et femme à tous les niveaux, sauf un. Horace était libre d'explorer l'amour comme il l'entendait, et moi de même.

— Ce garçon, il était métis », dit Titus de la voix la plus douce possible.

Il se demanda à quand remontait la dernière fois que Polly Anne avait eu une discussion avec quelqu'un d'autre que Natalie ou Crutch. Il se demanda à quel point les regrets pesaient sur son âme. Et il se demanda si cette confession la soulageait.

« À l'université, j'étudiais l'histoire, dit Polly Anne. Je n'ai jamais adhéré au dogme raciste que prêchaient la plupart des membres de la famille d'Horace. À l'époque, je fréquentais le Honey Drop, le Club 24, Gardner's… J'y faisais… des connaissances. Est-ce que je me servais de mon privilège de jeune femme blanche pour trouver de l'affection dans les bras d'hommes avec qui je n'aurais jamais pu être vue en public ? Évidemment, mais ça ne m'empêchait pas de considérer certaines personnes que je retrouvais là-bas comme de véritables amis. Jojo Ware, Ruth et Jimmy Packer, Gene Dixon… J'ai même connu Albert, votre père. J'espère que vous ne me jugerez pas trop cruellement, shérif. J'étais une femme très seule, et ces soirées que j'ai passées en compagnie de gens qui ne remettaient pas en question ma présence et qui me traitaient comme un être humain et non comme un objet de décoration comptent parmi les plus heureuses de ma vie.

— Vous avez connu mon père ? » s'étonna Titus.

Polly Anne eut un petit ricanement.

« Pas de la manière que vous croyez, shérif ! Albert aimait le whisky et il aimait danser mais, ce qu'il aimait par-dessus tout, c'était votre mère. N'ayez aucun doute là-dessus. »

Elle reprit une gorgée d'eau.

« À l'été 1987, Horace a commencé à perdre du poids, poursuivit Polly Anne. C'était un homme plutôt imposant, donc, au début, on ne s'est pas inquiétés pour quelques kilos en moins. Et puis il s'est mis à avoir des bouffées de chaleur. Il se réveillait au milieu de la nuit, trempé de sueur. Il est mort en janvier 1988. Trois mois plus tard, je tombais enceinte. »

Polly Anne regarda une photo accrochée au mur, derrière Titus. Il l'avait remarquée en entrant dans la pièce. On y voyait Horace Cunningham jeune homme. Pendant quelques secondes, les rides semblèrent disparaître du visage de la vieille dame, et un sourire se dessina au coin de ses lèvres.

« Il était tellement prudent, pourtant, soupira-t-elle. Il faut croire que quelqu'un d'autre ne l'a pas été. Mais bref, vous comprenez mon dilemme : une veuve qui se retrouve enceinte alors que son mari est mort et enterré depuis plusieurs mois, ça fait désordre.

— C'est vous qui avez décidé de confier votre nouveau-né aux Hillington ? Pourquoi eux ? Vous les connaissiez ? Vous ne saviez pas de quoi ils étaient capables ?

— Non. Après le décès d'Horace, ses frères se sont immiscés dans nos vies. C'est Lemuel, l'aîné, qui s'est chargé de tout. Je n'ai jamais vu le visage de mon enfant, et ils m'ont interdit d'entrer en contact avec lui. Je pense que si je l'avais vu, j'aurais tout fait pour le garder, même si je sais que les Cunningham ne m'auraient jamais autorisée à l'élever en compagnie de Scott et d'Alanna. Pour eux, cet enfant était impur. »

Polly Anne voulut attraper son verre d'eau, mais sa main tremblait. Titus se leva pour l'aider.

« Je suis allée le voir une fois, reprit Polly Anne. Après la mort de Lemuel. J'ai demandé à Crutch de m'emmener, et on s'est garés un peu à l'écart de l'église. Le petit devait avoir neuf ans, à l'époque… » Polly Anne marqua une pause. « Il était dehors, tout seul. Au moment où j'allais descendre de la voiture, il a sorti un crabe bleu d'une nasse et l'a fracassé avec un caillou. Un crabe vivant. Et il tapait, il tapait… J'ai refermé ma portière et on est rentrés à la maison. Je ne l'ai jamais revu. »

Cette fois, de grosses larmes roulèrent sur ses joues.

« Je… Souvent, je me dis que si je l'avais gardé, si je l'avais élevé, il ne serait peut-être pas devenu un monstre. Si je n'avais pas laissé les Cunningham m'intimider, j'aurais pu l'aider. Tous ces pauvres gosses, Cole, et même Elias… J'ai leur sang sur les mains. »

Polly Anne éclata en sanglots. Natalie fit irruption dans la pièce, mais Titus lui fit signe de rebrousser chemin, et l'infirmière s'exécuta.

Il prit alors la main de Polly Anne dans la sienne. Elle lui sembla si menue… Peu à peu, les sanglots s'espacèrent.

« Le sang est sur les mains de ceux qui le font couler, dit-il. Vous n'êtes pas responsable de ce qu'il a fait. Mais je vous promets que si vous m'aidez, je ferai tout pour qu'il obtienne les soins dont il a besoin. Est-ce que vous avez une photo de lui, par hasard ? Et est-ce que vous connaissez son nom ?

— Je n'ai aucune photo. J'ai honte de l'avouer, mais je me souviens à peine de son visage. En revanche, je sais que les Hillington l'ont appelé Gabriel.

— Comme l'archange. »

Titus venait de partir quand Natalie le rattrapa sur le pas de la porte.

« Ça va se savoir, pas vrai ? demanda-t-elle. Le bébé, tout le reste ? »

Titus remit ses lunettes.

« Oui. Mais seulement quand on l'aura arrêté.

— Ça fait des années que Mme Polly attend de pouvoir parler de ce qui s'est passé. Scott était adolescent quand elle a eu cet enfant. Je ne sais pas pourquoi, mais il pense que sa mère est responsable de la mort de son père. Il risque de mal réagir quand toute cette histoire sortira. Je préfère vous prévenir.

— Croyez-moi, je me moque complètement de la réaction de Scott Cunningham. J'espère que ce ne sera pas trop dur pour sa mère, par contre.

— Au contraire, ce sera un soulagement.

— Tant mieux. Elle en a assez bavé.

— Je n'ai pas l'habitude de croiser un policier qui ait un cœur, lui confia Natalie.

— On fait du mieux qu'on peut, répliqua Titus. C'est ce qu'aurait dit ma mère, en tout cas. Je vous souhaite une bonne journée, Natalie. »

Une fois dans son SUV, il composa le numéro de Trey pour avoir des nouvelles.

« Bonjour, chef. J'ai parlé à Jessica. D'après elle, Dallas et Cole n'étaient pas particulièrement proches. C'est elle qui est amie avec la femme de Dallas depuis la maternelle. Elle m'a dit que Cole traînait parfois avec Denver Carlyle et qu'il s'entendait bien avec Jasper et toute l'équipe de l'Oasis. J'ai réussi à parler à Dallas, mais il a un alibi en béton : le soir du meurtre, il est allé à Harrisonburg récupérer une remorque pour son camion. Denver a refusé de répondre à mes questions, et Jasper m'a assuré qu'il connaissait à peine Cole. »

Titus tapota le volant de son SUV. Encore une impasse.

« Va chercher Denver et explique-lui qu'il est convoqué en tant que témoin, dit Titus. Je vous retrouve au bureau dans une demi-heure.

— On a le droit ? protesta Trey. Rien ne l'oblige à témoigner...

— Sauf que ça, il ne le sait pas », répliqua Titus.

Il se détesta d'avoir prononcé ces mots mais il n'était pas d'humeur subtile. Il avait un meurtrier à attraper et, s'il devait abuser de sa position et de son statut pour obtenir ce qu'il voulait, il y était prêt. Il aurait tout le temps plus tard pour les remords.

En pénétrant sur le parking du département, Titus vit Jamal Addison appuyé sur le capot de sa Toyota Prius. Il descendit de son SUV et Jamal vint à sa rencontre.

« Révérend.

— Bonjour, shérif, je vous attendais. Est-ce que vous auriez quelques instants à m'accorder ? »

Titus remarqua que le pasteur avait l'air sombre – il semblait avoir perdu toute combativité.

« Vous savez que notre temps est précieux, révérend. Nous avons un meurtrier à attraper. »

Une brise fraîche venue de l'est avait chassé la douceur du début de journée.

« C'est justement de ça que je voulais vous parler, dit Jamal. Est-ce que vous avez réfléchi à la possibilité d'annuler la Foire d'automne ?

— Je vous l'ai déjà expliqué, Jamal. Je ne suis pas habilité à prendre une telle décision. Seuls le conseil de comté et le comité de la Foire d'automne ont ce pouvoir, et ça m'étonnerait qu'ils en fassent usage.

— Je suis au courant que cet événement rapporte chaque année beaucoup d'argent au comté, mais je vous rappelle que Ricky Sours et sa bande ont l'intention de défiler en beuglant des slogans sur le sang et le sol, le grand remplacement, et les droits des Blancs. De là à ce qu'ils reprochent aux Noirs la mort de Cole Marshall et d'Elias Hillington, il n'y a qu'un pas et, à mon avis, ils n'hésiteront pas à le franchir.

— Donc vous êtes au courant, pour Elias ? demanda Titus en songeant qu'il allait devoir prendre Davy entre quatre yeux pour savoir à combien de personnes il en avait parlé.

— Tout le monde est au courant, shérif, mais je maintiens ce que j'ai dit : je n'ai aucun mal à imaginer Ricky et ses acolytes nous accuser à tort d'être responsables des meurtres de Cole et d'Elias. Tous ces gens rassemblés au même endroit et galvanisés par l'alcool, la haine et la peur ? Ça ne peut que mal finir, Titus.

— Jamal, est-ce que vous êtes en train de sous-entendre que vous avez prévu une contre-manifestation ? »

Le jeune pasteur s'appliqua à ne pas croiser le regard de Titus, préférant se concentrer sur ses pieds.

« Vous ne vous rendez pas compte de tout ce qui se raconte, dans ce comté. Déjà qu'ils nous détestent, maintenant ils essaient de nous faire porter le chapeau. Ces suprémacistes sont convaincus de l'innocence de Spearman et ils veulent charger Latrell ou, à défaut, le premier Noir venu qui correspondra au stéréotype du petit voyou. Mais on n'est plus au temps de Martin Luther King, Titus. Il y a beaucoup de gens, blancs et noirs, qui en ont assez de Ricky Sours et de sa bande, et à qui la non-violence ne parle plus. »

Jamal remonta dans sa voiture. Lorsqu'il arriva à la hauteur de Titus, il baissa sa vitre.

« Demandez-leur d'annuler, Titus. Ça vaudra mieux pour tout le monde. »

24

Titus entra dans son bureau, s'approcha du panneau d'affichage et y punaisa une feuille de papier sur laquelle il inscrivit *Gabriel*. Sous le nom, il se mit à noter les motivations et pathologies potentielles de son suspect. Plus que du profilage, c'était pour lui un moyen de faire du tri dans ses pensées.

« Il est obsédé par la religion et les anges, marmonna-t-il en écrivant. Physiquement, il est fort, très fort. Est-ce qu'il déteste son côté noir ? Il y a de grandes chances qu'il se considère comme blanc et qu'il se fasse passer pour tel. Il a beaucoup de culot, mais c'est le cas de la majorité des sociopathes. Entre Spearman, Latrell et lui, c'était lui le mâle alpha. Mais comment les a-t-il rencontrés ? Latrell ne semblait pas participer activement aux tortures et aux meurtres. Il servait uniquement d'appât. »

Titus s'interrompit. Il avait appris à ses dépens que le profilage n'était pas une science exacte. Au mieux, il s'agissait d'une série d'hypothèses crédibles basées sur un certain nombre de statistiques et d'analyses. Mais certaines personnes étaient impossibles à évaluer.

Certaines personnes ne correspondaient pas au profil. Certaines personnes ne correspondaient même pas à la race humaine.

Il y avait des monstres parmi les monstres.

Carla frappa à sa porte.

« Qu'est-ce que tu as trouvé ? lui demanda Titus.

— J'ai interrogé le responsable des livraisons à la conserverie. Les dates auxquelles Latrell a accompagné Cole sur sa tournée ne concordent pas du tout avec celles des disparitions des enfants. »

Titus hocha la tête.

« Pas grave, dit-il. Je n'avais pas grand espoir, de toute façon. Cole n'était pas le tueur. D'ailleurs, il n'a deviné son identité qu'en entendant ma conférence de presse. Par contre, je n'arrive pas à m'ôter de la tête cette idée que Latrell et le meurtrier ont œuvré ensemble pour enlever ces gosses. Il s'est servi de Latrell comme appât. J'en suis convaincu, mais je n'ai encore rien trouvé qui me permette de le prouver.

— Peut-être que Latrell et le meurtrier faisaient des allers-retours le long de la côte est quand l'envie leur en prenait ? suggéra Carla.

— Possible. Dans ce cas, ce sera d'autant plus difficile d'arrêter le… » Titus s'interrompit. Il avait failli appeler l'assassin le Dernier Loup. « D'arrêter le tueur, se reprit-il. Son imprévisibilité est son atout principal.

— Et nous, c'est quoi, notre atout principal ?

— La détermination. »

Titus passa les heures suivantes à répondre à des e-mails et à gérer les tâches administratives qu'il avait négligées les deux derniers jours. Il avait de bonnes raisons de ne pas s'en être occupé, mais les habitants de Charon n'y verraient que des excuses.

Titus se connecta aux différentes pages consacrées au comté de Charon sur les réseaux sociaux. Ces pages étaient les nouvelles machines à café autour desquelles se rassemblait la communauté. C'était aussi l'endroit où certaines personnes n'hésitaient pas à afficher ouvertement leur racisme, leur misogynie et leur bêtise, protégées par un anonymat qu'elles pensaient à tort inviolable.

Parmi l'abondance de messages au sujet de la fusillade, quelques-uns émanaient de citoyens inquiets qui demandaient qu'on prie pour Charon, mais la majorité des contributeurs se réjouissaient de la mort de Latrell et voyaient dans cette tragédie une occasion en or de faire étalage de toute l'étendue de leur vocabulaire raciste. Quelques posts concernaient la Foire d'automne. La plupart étaient tout à fait inoffensifs et évoquaient les deux concours que tout le monde attendait avec impatience : celui du plus gros mangeur de tartelettes et celui du relevage de casiers à crabes, qu'Albert Crown avait remporté à trois reprises. Mais certains laissaient présager de potentiels débordements.

Mes drapeaux sont prêts pour le défilé !

Le Sud se soulèvera à nouveau !

On laissera pas les hippies s'en prendre à notre héritage !

Titus se déconnecta en songeant que le Sud était certainement l'endroit le plus contrarié par son passé et le plus terrifié par son avenir.

Il envoya un e-mail au conseil de comté pour annoncer son intention de faire appel aux shérifs des comtés voisins pendant les trois jours que durerait la Foire d'automne. Il espérait que ce renfort ne serait pas nécessaire, tout en ayant conscience que l'espoir n'avait jamais empêché un fanatique de balancer un cocktail Molotov dans une foule.

Titus ferma son ordinateur portable et consulta sa montre. Il était 18 heures passées et il n'avait rien mangé de la journée. Il envisagea d'appeler Darlene pour lui proposer de la retrouver au Gilby's, mais il se ravisa en pensant à l'agneau cloué à sa porte. Il irait se chercher un plat à emporter et dînerait à son bureau.

Alors qu'il se dirigeait vers l'accueil, il tomba sur Trey et Pip encadrant un Denver Carlyle récalcitrant.

« J'ai des droits, bande d'enfoirés ! hurla Denver.

— J'en déduis qu'il n'était pas d'accord pour être convoqué en tant que témoin, devina Titus.

— Figurez-vous que le génie ici présent a eu la bonne idée de détaler au volant de sa voiture et de la planter dans un fossé, expliqua Pip. Ce qui nous donne donc une conduite en état d'ivresse doublée d'un délit de fuite. Et ça, c'est si le procureur du comté se sent l'âme charitable ! »

Titus prit une longue inspiration. Denver empestait tellement l'alcool qu'on aurait pu croire qu'il avait fait des longueurs dans un tonneau de whisky.

« Tu te rends compte qu'il ne tient qu'à moi de faire sauter ton permis poids lourd, Denver ? demanda-t-il.

— Va te faire foutre ! Allez tous vous faire foutre ! J'ai des droits. Je suis un homme blanc en Amérique. Ouais, je l'ai dit : un homme blanc. J'ai pas honte de ma race sous prétexte qu'il y a des gens qui possédaient des esclaves il y a plus d'un siècle.

— Mais tu veux leur rendre hommage, à ces gens qui possédaient des esclaves, fit remarquer Titus. C'est bien le but de votre petit défilé devant la statue, non ? »

Denver secoua la tête.

« Vous essayez de détruire notre histoire ! beugla-t-il. Vous essayez de nous effacer !

— Donc, si j'ai bien compris, ça ne te dérange pas que tes ancêtres aient été des propriétaires d'esclaves, mais ça te dérange qu'on le leur reproche ? Mettez-moi ce guignol en cellule et appelez le procureur. »

Alors que Pip s'éloignait avec le prisonnier, Trey s'approcha de Titus.

« Juste pour info, je lui ai posé des questions sur Cole, dans la voiture. Il est en état d'ébriété, donc rien de ce qu'il m'a confié n'est recevable, mais il m'a juré qu'il n'avait pas parlé à Cole depuis plusieurs mois. Franchement, il est tellement obsédé par le défilé à venir que je le crois.

— Quand il aura décuvé, demande-lui s'il accepte de nous fournir un échantillon d'ADN.

— Vous pensez qu'il a un rapport avec tout ça ? dit Carla.

— Je préfère n'écarter aucune piste.

— Je comprends bien, chef, mais je connais ce crétin depuis que je suis née, et il n'a jamais quitté Charon de toute sa vie, contrairement au garçon qu'Elias et sa famille ont adopté.

— Tu as entièrement raison, Carla, mais ça ne coûte rien de faire une comparaison d'ADN. On ne sait jamais, peut-être que je me trompe et que le gamin élevé au Rocher-Sacré n'a rien à voir avec cette histoire.

— Vous vous trompez rarement, chef.

— Cette fois, pourtant, je t'assure que je préférerais. »

Titus était à son bureau, à attendre que Denver soit en état de répondre à ses questions, quand la sonnerie de son téléphone portable retentit. Appel masqué. Titus hésita. Probablement un démarcheur qui voulait lui proposer un nouveau forfait téléphonique. Mais peut-être que c'était important. Dans le doute, il décrocha.

« Allô ?

— Le troupeau n'est pas en sécurité », déclara une voix démoniaque.

Titus se redressa.

« Comment avez-vous obtenu ce numéro ? »

L'homme poussa un ricanement qui fit frissonner Titus.

« On peut tout trouver, sur Internet, dit la voix. Le troupeau n'est pas en sécurité, Titus.

— Est-ce que c'est le message que vous avez essayé de me faire passer avec cet agneau… Gabriel ? » demanda Titus.

Il espérait le déstabiliser en utilisant son vrai prénom.

« C'est pas comme ça que je m'appelle, cracha la voix.

— Votre mère m'a pourtant assuré que si. Votre vraie mère, Gabriel. Elle regrette de vous avoir abandonné, vous savez ? »

Titus écouta la respiration rauque de son interlocuteur.

« Et vous, votre mère, elle va comment ? Elle est toujours morte ? demanda la voix, mais l'homme avait clairement perdu de son aplomb.

— Oui, ma mère est morte. Mais elle m'aimait, Gabriel. Elle ne m'a pas abandonné, elle. Est-ce que c'est pour ça que vous avez assassiné tous ces enfants ? Vous pensiez tuer une partie de vous-même, peut-être ? Celle que votre mère refusait d'accepter ?

— Foutez-moi la paix avec vos techniques de flic. Et n'oubliez pas ce que je vous ai dit. Votre troupeau n'est pas en sécurité. »

L'homme mit fin à la conversation.

Titus jeta son téléphone sur le bureau. Il avait le sentiment que la folie du Dernier Loup irradiait de l'appareil pour s'insinuer dans son cerveau et ronger son âme. Parler à un tel psychopathe, devoir réfléchir comme lui, était corrosif.

La sonnerie du portable retentit de nouveau.

Titus vit le numéro de son père s'afficher sur l'écran. Il décrocha, la boule au ventre.

« Un problème, papa ?

— Non, non, t'inquiète pas, fils. J'appelais juste pour te dire que c'était pas la peine de t'arrêter prendre à manger. J'ai préparé du poulet, des légumes, du pain de maïs et de la salade de pommes de terre. Et je nous fais livrer des huîtres.

— Ça fait pas un peu beaucoup, pour deux ? »

Albert lâcha un petit ricanement.

« Allez, dépêche-toi, fils !

— C'est qu'il me reste pas mal de choses à faire…

— Titus, au pire, tu pourras toujours retourner travailler après dîner. Mais là, je veux que tu rentres. Fais vite, le repas est quasiment prêt.

— Qu'est-ce qui se passe, papa ? Je t'ai dit que je ne voulais pas que Darlene vienne à la maison tant que cette affaire ne serait pas terminée.

— C'est pas Darlene, gros nigaud. Allez, dépêche-toi. »

Titus descendit de son SUV et se dirigea vers la porte d'entrée, qui semblait désormais recouverte d'un vernis rose clair. À peine l'eut-il poussée qu'une délicieuse odeur de nourriture lui chatouilla les narines – de toute évidence, Albert avait passé la journée en cuisine.

« J'ai l'impression que tu t'es encore surpassé, papa ! s'exclama-t-il.

— Faut ce qu'il faut, fils, répliqua Albert en touillant un pichet de thé glacé.

— Ton fameux thé à la lavande ?

— Je sais pas s'il est si fameux que ça, mais effectivement ! »

Titus avisa le plat rempli de cuisses de poulet, la casserole fumante de macaronis au fromage, la salade de pommes de terre…

« Papa, tu as une bonne amie à me présenter, c'est ça ? demanda Titus, et Albert éclata de rire.

— Assieds-toi donc et arrête de dire des bêtises. Je vais te préparer une assiette en attendant notre hôte.

— Je peux me débrouiller, tu sais ?

— Comme tu voudras, céda Albert, et il retourna à son thé glacé.

— Tu ne comptes pas m'en dire plus sur l'identité de ce mystérieux invité ? insista Titus en se servant une cuillerée de macaronis.

— C'est toi qu'as bossé pour le FBI, rétorqua Albert. T'as qu'à mettre à profit tes capacités de déduction ! »

Titus goûta les pâtes et les trouva délicieuses. Son père était un vrai cordon-bleu.

La table était dressée pour trois, Albert préparait son thé à la lavande… Titus jeta un coup d'œil vers le four et aperçut des croissants au jambon en train de gratiner derrière la vitre. Sauf que, quand Marquis et lui étaient petits, ils n'appelaient pas ça des croissants.

« Attends, papa, t'as fait des p'tits roulés ? Tu crois vraiment que Marquis va venir, alors ? »

Le visage d'Albert s'éclaira d'un grand sourire.

« Finis ton assiette, dit-il.

— Papa, ça fait des années qu'il a pas mis les pieds ici. Qu'est-ce qui te… »

Titus n'eut pas le temps de terminer sa phrase qu'on frappa à la porte.

« Désolé, ils avaient plus d'huîtres ! s'exclama Marquis en pénétrant dans la cuisine armé d'un pack de six bières. Salut, frangin ! T'as l'air en forme, et un peu flippant, comme d'hab ! Papa, tu veux bien mettre ces bouteilles au frigo ?

— T'as qu'à te débrouiller, répliqua Albert. Le thé est prêt. On boira les bières plus tard.

— T'es sûr qu'il est prêt, papa ? Parce qu'on a l'impression que t'as encore un compte à régler avec cette cuillère en bois », railla Marquis en donnant un petit coup de poing dans l'épaule de son père.

Albert fit volte-face et présenta sa garde. Par réflexe, Titus se leva de sa chaise mais, lorsqu'il vit le sourire sur leurs visages, il ne put s'empêcher de sourire, lui aussi.

Une fois le poulet englouti, le thé bu et le pack de bière vidé, Albert, Titus et Marquis se laissèrent tous trois aller contre le dossier de leur chaise, le ventre plein et les joues engourdies d'avoir trop ri.

« Je peux plus rien avaler, commenta Marquis.

— C'était délicieux, papa, confirma Titus.

— Eh, il sait encore y faire, en cuisine, l'ancien ! s'esclaffa Albert avant de réprimer un bâillement. Bon, les enfants, je vais me coucher.

— Papa, il est 20 h 30, objecta Marquis.

— Exactement. Je devrais déjà être au lit ! »

Tous les trois éclatèrent de rire.

« Non, mais sérieusement, j'ai pris un antidouleur pour ma hanche, ajouta Albert. Je commence à avoir les yeux qui se croisent. »

Il se leva en grimaçant, posa la main sur l'épaule de Marquis et adressa un petit signe de tête à Titus.

« En tout cas, ça m'a fait très plaisir d'avoir mes deux garçons avec moi, ce soir. »

Et il se dirigea vers l'escalier d'un pas lent.

« Tu sais si papa a toujours un bocal de gnôle qui traîne ? demanda Marquis.

— Au même endroit que d'habitude, répondit Titus.

— Tu te souviens de la fois où on lui en a piqué un et qu'il nous a forcés à le boire jusqu'au bout ?

— Tu parles ! Aujourd'hui encore, j'ai la nausée si je sens une odeur de framboise ! s'esclaffa Titus tandis que Marquis attrapait le bocal dans le placard sous l'évier. Cette espèce de purée de fruits rouges qui restait au fond, à la fin… Beurk !

— Ça te va si on s'installe sur le porche ? suggéra Marquis. Je crois que je suis pas très à l'aise à l'idée de boire ça dans la maison.

— Tu m'étonnes ! La seule fois où j'ai entendu un semblant de dispute entre papa et maman, c'était après la cuite monstrueuse qu'il s'est mise un soir dans la cuisine avec Gene et Gary Parrish. »

Marquis prit deux verres et se dirigea vers la porte d'entrée, s'arrêtant au passage dans le salon pour souffler un baiser au portrait de mariage de ses parents.

Marquis et Titus s'assirent l'un à côté de l'autre sur des chaises de jardin et se firent passer le bocal d'eau-de-vie jusqu'à ce qu'une douce ivresse les enveloppe comme un brouillard.

« Je suis obligé de te poser la question, dit Titus après un long silence. Qu'est-ce qui t'a décidé à venir, ce soir ?

— Quand quelqu'un cloue un mouton sur la porte de ton père, ça me paraît être la moindre des choses de prendre de ses nouvelles, non ?

— Pas faux. Je te demandais ça parce que… je sais que c'est dur pour toi, de rentrer dans cette maison.

— Si je pense pas au râle qui s'est échappé de sa gorge à la toute fin, ça va, confia Marquis.

— Moi, j'y pense tout le temps.

— Pourquoi tu te tortures comme ça ? »

Titus avala une gorgée de gnôle.

« Je crois que quelque part, je me dis que si je commence à oublier cette nuit-là, ce serait manquer de respect à maman. J'ai le sentiment que c'est… je sais pas, mon devoir, d'honorer sa mémoire.

— J'ai pas dit que je voulais oublier maman. Je veux juste pas penser à sa dernière nuit. À ses six derniers mois, d'ailleurs. Je préfère me souvenir du jour où elle nous a aidés à construire des cerfs-volants. »

Titus éclata de rire.

« La décharge électrique que tu t'étais prise !

— J'avais jamais vu maman aussi en colère et aussi terrifiée à la fois, ricana Marquis en récupérant le bocal d'alcool. Bon, et sinon, comment tu vas, toi ? Je sais que tu cours après ce cinglé qui s'amuse à charcuter les gens et à les planter dans les champs comme des épouvantails… Ça doit te foutre une sacrée pression, non ?

— Bah, c'est le boulot, relativisa Titus. J'ai signé pour ça.

— À ce que je sache, frangin, t'as pas signé pour te retrouver dans *Le Silence des agneaux* ! Je te rappelle qu'on est à Charon. Ton métier, ça devrait se limiter à séparer les mecs qui se battent devant l'Oasis.

— En parlant de l'Oasis, t'avais raison. Jasper filait bien des pots-de-vin à un de mes adjoints. »

Titus tendit la main et Marquis lui passa le bocal.

« C'est ce que j'avais entendu dire, ouais, soupira Marquis.

— Et t'avais entendu dire ça parce qu'il t'arrivait toi aussi de faire des missions pour Jasper ? » demanda Titus.

Marquis tourna son énorme tête vers son frère.

« Vaut mieux que tu le saches pas, frangin. Mais imaginons, de manière purement hypothétique, que ç'ait été le cas. En bon petit frère, tu crois pas que j'aurais tout arrêté le jour où t'as été élu, pour éviter de t'attirer des ennuis ?

— Ça te dérange pas si on extrapole un peu ? Admettons donc que tu bossais pour Jasper. Je t'embarque pour une bagarre et, comme par hasard, dans la foulée, je vire le pourri qui le renseignait. Ça risque pas de te retomber dessus ? Parce que je voudrais pas que ça aille plus loin que quelques tables cassées, ce coup-ci.

— Ils oseraient pas s'en prendre à moi. On devrait changer de sujet, sinon tu pourras plus nier que tu savais rien et tu perdrais ton statut de petit chouchou, dit Marquis avec un clin d'œil.

— J'ai jamais été le petit chouchou, rétorqua Titus.

— Arrête… Tout le monde est au courant que je suis le mouton noir de la famille, sans mauvais jeu de mots, et que toi, t'es le fils prodigue. Reçu premier de ta promo à l'université de Virginie, un master à Columbia, et ensuite le FBI pendant quoi, dix ans ? Franchement, je sais pas pourquoi t'es revenu. Et me dis pas que c'est à cause de la hanche de papa. »

Marquis but une grande lampée de gnôle, puis rendit le bocal à Titus.

« Au fait, c'est ma ceinture, que tu portes ?

— La mienne s'est cassée et je trouve que celle-ci va pas trop mal avec mon uniforme, malgré la lame cachée dans la boucle. Mais je persiste : j'ai jamais été le chouchou. »

Marquis s'esclaffa. Un rire qui résonna dans la nuit et auquel répondirent quelques engoulevents ainsi qu'un hibou solitaire.

« Titus, t'es un mec tellement droit qu'on pourrait se servir de ton dos pour tracer un trait ! »

Titus but à son tour une longue gorgée de gnôle qui le réchauffa jusqu'aux orteils.

« Tu m'as demandé pourquoi j'étais revenu, dit-il en plaçant le bocal dans la main tendue de Marquis. T'as raison, c'était pas seulement pour papa. Ça a pesé dans la balance, mais c'était surtout pour moi. » Une pause, puis il ajouta : « Rends-moi ce bocal, j'ai encore soif. »

Marquis s'exécuta sans faire le moindre commentaire, et Titus vida d'un trait ce qui restait d'eau-de-vie.

« Ce que je vais te dire, je l'ai jamais raconté, commença Titus. Le FBI a étouffé l'affaire, j'ai démissionné, et il n'y a plus personne pour remettre en cause la version officielle. »

Il se laissa aller contre le dossier de sa chaise et se rendit compte qu'il était très ivre. Un mal pour un bien car, sobre ou légèrement éméché, il n'aurait jamais pu partager ce secret avec son frère.

« *In vino veritas*, marmonna-t-il.

— Hein ? fit Marquis.

— Rien. Bon, après quelques années à l'unité des sciences du comportement du FBI, j'ai obtenu ma mutation au terrorisme intérieur. Il y avait plus de possibilités d'évolution, et j'étais ambitieux. À l'époque, je sortais avec une fille et ça devenait sérieux – je cherchais une maison à acheter dans l'Indiana. Mais bref, ma première mission dans ce service, c'était une opération conjointe avec la DEA et l'ATF pour faire tomber un suprémaciste blanc qui trafiquait de la drogue et qui s'était constitué un véritable arsenal dans le nord de l'État. Cette ordure s'appelait Ronald DeCrain, dit Red. Mais Red n'était pas seulement un gros dealer raciste qui collectionnait les armes, c'était surtout un putain de gourou qui vivait reclus dans un camp, en compagnie d'une cinquantaine d'adeptes tous plus cinglés les uns que les autres. Avec l'aide d'un mec à nous infiltré dans sa secte, on a réussi à pousser Red et les repris de justice qui l'entouraient à franchir illégalement la frontière de l'État pour acheter des armes volées. »

Titus marqua une pause, avant de reprendre :

« Avec le nombre de lois qu'ils avaient enfreintes, tout le monde allait pouvoir se gaver. Donc on a enfilé nos gilets pare-balles, on a sauté dans nos SUV, et on a pris la direction du camp pour aller arrêter Red et cinq de ses lieutenants. D'après mes collègues spécialisés dans le profilage, Red DeCrain ne souffrait pas du complexe des martyrs, c'est-à-dire qu'en cas de confrontation, il ne chercherait pas à se battre jusqu'à la mort. Ils avaient en partie raison. Mais en partie seulement… »

Titus ramassa le bocal, se rappela qu'il était vide et le reposa par terre.

« Je t'épargne les détails sordides, mais ça a été un bain de sang. Red et ses hommes nous attendaient. Notre infiltré s'était fait démasquer et, après s'être fait découper trois orteils à la tenaille, il avait fini par leur balancer toute l'opération. Au début, ça ressemblait à une bataille rangée. Et puis, peu à peu, on a gagné du terrain, jusqu'à pénétrer dans le camp. Je suis entré en premier avec un ami à moi, l'agent spécial Tolliver Young. Derrière nous, quatre agents de l'ATF. »

Titus s'interrompit, ferma les yeux.

« Titus, si t'as pas envie, t'es pas obligé de continuer, murmura Marquis.

— Si, j'en ai besoin. Et t'es la seule personne à qui je peux en parler.

— T'es sûr ? Parce que là, on dirait que t'as vu un fantôme…

— Laisse-moi finir, frangin. Il faut que ça sorte. C'est important. » Après quelques secondes, il poursuivit : « On a réussi à encercler Red. Au début, on a cru qu'il tentait de s'enfuir. Il était avec sa femme et ses trois fils. L'aîné avait quatorze ans, le plus jeune sept – un petit blondinet avec une tête à la Denis la Malice. »

Titus s'interrompit à nouveau et déglutit péniblement.

« Je leur ai ordonné de mettre les mains en l'air et de se coucher au sol sans faire de gestes brusques. Et tu sais comment a réagi Red ? Il a souri. La véritable folie, ça ressemble à une aura autour de quelqu'un. Ça fait des flammes bleues, comme de l'essence qui brûle. Et c'est contagieux. Cette folie brute, je l'ai vue apparaître dans les yeux de sa femme et de ses enfants. Ils étaient comme en transe. »

Titus se frotta le visage avec les deux mains.

« Red a crié "*Sic semper tyrannis !*", et sa femme et ses trois gosses ont actionné leur veste explosive. Instantanément, j'ai eu l'impression de me retrouver dans la gueule d'un dragon : une lumière aveuglante, une chaleur infernale qui m'a cramé les sourcils. Si Tolliver ne s'était pas trouvé juste devant moi, je serais mort. Leurs vestes étaient bourrées de petites billes en métal. Tolliver a été vaporisé. Les quatre agents de l'ATF qui se tenaient côte à côte aussi. Moi, une bille m'a perforé la poitrine. »

Titus déboutonna sa chemise et montra la cicatrice à Marquis.

« Quand j'ai repris connaissance, mes tympans sifflaient tellement que je n'arrivais plus à réfléchir. Je me suis levé. J'ai glissé plusieurs fois à cause de tout le sang. J'avais des éclats d'os appartenant à Tolliver et à la famille de Red incrustés dans le visage. Ils y sont toujours, d'ailleurs. J'ai perdu vingt pour cent d'audition dans l'oreille droite. Et quasiment l'intégralité de mes dents de ce côté-là. Tu vois, tout ça ? »

Titus passa sa langue sur ses incisives.

« C'est des implants, ajouta-t-il. J'étais blessé, mon ami et le reste de mon équipe étaient morts, la femme et les fils de DeCrain aussi. Même le petit dernier, putain… Red avait réussi à convaincre son gosse de sept ans de se suicider, tout ça parce que son papa n'aimait pas les Noirs et les Mexicains. Bref, tout le monde était mort à part moi… et Red DeCrain. Je vais pas te mentir, il était pas en très bon état. Il avait un trou de la taille d'une balle de tennis dans la cuisse, mais il était vivant.

« Je me suis approché de lui. Encore auréolé de sa folie meurtrière, il m'a parlé. Il voulait se rendre. Il voulait voir un médecin. Il voulait que je lui passe les menottes. Il voulait aller retrouver ses petits copains en prison. Il voulait, il voulait, il voulait. Il n'y avait que lui qui comptait. Par contre, pas un mot pour sa femme et ses gosses, et évidemment, pas un mot non plus pour mon ami et pour les pauvres types qui avaient eu le malheur de mettre les pieds dans ce nid de vipères. L'égoïsme à l'état brut. »

Titus serra et desserra les doigts.

« À la mort de maman, je me suis juré de tout faire pour protéger les gens, et j'ai également décidé que je ne laisserais plus rien au hasard, dans ma vie. Le monde est cruel, capricieux et indifférent, et cette église que maman adorait et ce Dieu qu'elle suppliait de la guérir ne pourront jamais nous immuniser contre le poison dans lequel on baigne au quotidien. C'est pour ça que j'ai choisi d'entrer dans la police. Je voulais mettre de l'ordre dans le monde et je voulais mettre de l'ordre dans ma vie. Et là, je me retrouve face à Red DeCrain, le chaos personnifié, qui va sûrement s'en sortir et vivre encore au moins une trentaine d'années – sous réserve qu'il ne soit pas condamné à la peine capitale, évidemment. Cet enfoiré qui avait transformé cinq femmes en veuves et qui était responsable de la mort de toute sa famille allait pouvoir profiter du reste de sa vie avec tous ses petits copains taulards. À ce moment-là, je me suis dit : à quoi ça t'a servi de suivre les règles, jusqu'à présent ? Qu'est-ce que ça t'a apporté, d'essayer de mettre de l'ordre dans le chaos ? »

Titus prit une énorme inspiration qui fit doubler son torse de volume.

« Alors je l'ai tué. Deux balles dans la tête, deux balles dans le cœur. Je l'ai tué, alors que mon visage était encore couvert du sang de sa famille et de mon ami. Une deuxième équipe est arrivée au moment où je rengainais mon arme. Assez rapidement, le FBI a demandé, ou plutôt exigé ma démission. Il y a eu un communiqué qui sous-entendait que Red était armé lorsqu'il avait été abattu. J'ai fait une croix sur le job de mes rêves, mais j'ai évité la prison. Six mois plus tard, papa se faisait opérer.

— Et tu ne lui as jamais dit ? Ton nom n'est jamais sorti dans la presse ? »

Titus secoua la tête.

« J'ai touché le chômage pendant quelques mois et, quand je suis rentré à la maison, mes blessures avaient eu le temps de cicatriser. Quant à mon nom, il n'a jamais été divulgué, puisqu'il a carrément été effacé du rapport officiel. Le FBI s'est donné beaucoup de mal pour étouffer l'affaire. Ils ne voulaient pas d'un autre Waco. Il y a eu quelques entrefilets dans les journaux locaux, mais c'est à peu près tout. À mon avis, en dehors de l'Indiana, personne n'a entendu parler de cette histoire. Une chose est sûre, c'est à cause de Red DeCrain que j'ai décidé de devenir shérif.

— Attends, je comprends pas, là. Tu butes un raciste, et ça te donne envie d'être shérif ?

— J'ai tué un homme, Marquis. Un homme abominable, mais un homme quand même, et je m'en suis tiré parce que je représentais la loi – ça m'a ouvert les yeux. J'ai repensé au fait d'avoir grandi à Charon, et à tout ce que ceux qui portaient l'étoile se permettaient de nous faire subir sous prétexte qu'ils représentaient la loi, et je me suis dit qu'il fallait que ça cesse. Je voulais… changer les choses de l'intérieur. Beaucoup plus facile à dire qu'à faire. Tu vois, ce boulot, c'est ma pénitence.

— Pour quelqu'un qui croit pas en Dieu, t'utilises beaucoup de jargon religieux, fit remarquer Marquis. Écoute, frangin, tu dois rien à personne. T'as buté un raciste ? Tant mieux, t'as sûrement sauvé des vies. Et c'est pas ton boulot de mettre de l'ordre partout.

— Si, littéralement. Mais j'arrête pas de me demander comment maman aurait réagi si elle l'avait appris.

— Tu as choisi d'être shérif, tu peux aussi choisir de ne plus l'être. C'est pas à toi de tout réparer sous prétexte que t'as pas pu sauver maman. Personne aurait pu la sauver, frangin. D'ailleurs, je vais te rappeler un petit souvenir de l'époque où on allait encore au catéchisme. Ce besoin que tu as de vouloir sauver la Terre entière ?

C'est de l'orgueil. Et tu sais ce que dit la Bible : "Avant la ruine, il y a l'orgueil." Je me répète, mais tu ne dois rien à personne. Ni à moi, ni à papa, ni à maman, ni à aucun habitant de Charon. Et pour répondre à ton interrogation, je suis sûr que maman aurait dit : "Mets-lui quatre balles de plus, à cet enfoiré." »

Titus ramassa le bocal vide et regarda la lumière du porche danser sur le verre.

« Je crois que si j'arrête d'essayer de tenir le monde à bout de bras, c'est moi qui risque de m'écrouler, dit-il.

— Merde, Titus », murmura Marquis en posant son énorme main sur l'épaule de son frère.

Et, dans la nuit, les engoulevents entonnèrent un chant en leur honneur.

25

Titus ouvrit les yeux avec dans la bouche le goût de ses mauvaises décisions de la veille. Il se leva et se força à faire deux cents pompes avant de passer sous la douche, dans l'espoir que la transpiration suffirait à éliminer ce qui restait d'alcool dans son corps.

Lorsqu'il descendit, il trouva Marquis endormi sur le canapé. Il choisit de ne pas le réveiller. Il sortit et s'installa au volant de son SUV, pour constater que les bords du pare-brise étaient recouverts d'une fine pellicule de glace – la température avait chuté de plus de dix degrés au cours de la nuit. Le ciel gris donnait au paysage un aspect délavé et, en suivant les petites routes qui menaient à la nationale, Titus eut l'impression de regarder une copie non restaurée d'un vieux film muet. Il songea que cela correspondait bien à l'état d'esprit actuel de Charon, à présent qu'un meurtrier avait décidé d'en faire son terrain de chasse.

Il se garait sur sa place réservée quand son portable émit un tintement pour lui signifier qu'il avait un nouvel e-mail.

Shérif Crown, le conseil ne soulève aucune objection concernant votre demande de renforts. Néanmoins, nous espérons que vous avez conscience des risques que représente une présence policière accrue, en termes d'image. Nous ne souhaitons pas que cela affecte la fréquentation de la Foire d'automne.

Cordialement, Julie Narrows, vice-présidente du conseil de comté de Charon

« Ils sont vraiment à côté de la plaque », marmonna Titus.

Il rempocha son téléphone et descendit de son véhicule.

« Bonjour, Titus, l'accueillit Cam dès qu'il eut franchi la porte du département. Steve m'a dit de vous prévenir que Denver avait été présenté devant le procureur et qu'il avait été libéré sous caution il y a une heure.

— Est-ce qu'il a accepté de nous fournir un échantillon d'ADN ?

— Non. Dès que vous êtes parti, il a appelé un avocat. Vous pensez vraiment que c'est lui, chef ? » demanda Cam d'une voix presque implorante.

Titus ne laissa rien paraître de sa frustration.

« Je ne sais pas, Cam. Sans son ADN, on ne peut ni l'arrêter, ni l'éliminer de la liste des suspects. »

Titus se fit la réflexion que Cam était assez représentatif de la majorité des habitants de Charon. Ils voulaient qu'on les rassure, ils voulaient que l'homme à l'étoile leur promette que le monstre était vaincu. Bref, ils attendaient de lui une solution magique, alors que les éléments auxquels il était confronté étaient bien réels.

Il entra dans son bureau et s'assit dans son fauteuil, avec sur ses épaules le poids des responsabilités qu'avait évoqué Pip, quelques jours plus tôt. Il consulta sa boîte mail, vérifia les notes de frais de ses adjoints, parcourut le registre d'arrestations et posta un message sur les réseaux sociaux enjoignant à quiconque aurait la moindre information concernant le meurtre d'Elias de se présenter au département du shérif. Comme toujours, il éprouvait un sentiment étrange à s'occuper de ces banalités administratives alors qu'il avait un tueur à traquer, mais cela faisait partie du job. Et comme toujours, dans ces cas-là, la journée s'écoula à une lenteur exaspérante.

Trey gardait un œil sur Denver mais, depuis sa libération sous caution, l'homme s'était contenté d'aller acheter un gros pack de bière à la supérette pour le boire dans la foulée. Dayane Carter restait introuvable, et personne ne semblait avoir la moindre idée de l'endroit où elle aurait pu se cacher. À un moment, Steve avait appelé Titus pour lui dire qu'il avait surpris deux jeunes en train de taguer une pierre tombale au cimetière des Premiers-Corinthiens, soi-disant pour rendre hommage au tueur du Saule pleureur.

Merci, Davy, avait songé Titus en raccrochant.

Il contacta ses homologues des comtés de Queen, Red Hill et Gloucester et leur demanda s'ils pouvaient lui fournir des renforts pour les deux jours de la Foire d'automne. Le shérif du comté de Queen refusa tout net, mais les deux autres promirent d'envoyer chacun trois de leurs adjoints.

C'est loin d'être suffisant, songea Titus. Très loin, même. Mais il savait qu'il n'obtiendrait rien de plus – inutile d'insister. Le jour commençait à décliner. Titus se leva, fit craquer son dos et se planta devant le panneau en liège.

« Bien souvent, tout ce dont tu as besoin pour élucider une affaire est déjà à ta disposition, lui avait dit un jour l'agent spécial Tolliver. Il faut t'imaginer un puzzle géant représentant un blizzard. Pour le résoudre, tu dois reculer jusqu'à voir toutes les pièces. À ce moment-là, seulement, tu pourras déterminer comment elles s'assemblent. »

Titus examina le panneau.

La réponse était là, il le savait. Il n'avait simplement pas encore le recul nécessaire.

Soudain, son portable se mit à vibrer dans sa poche.

« Allô ?

— Salut, Virginia, comment ça va ? demanda Kellie.

— Bien, bien. Désolé pour l'autre soir, j'étais un peu à cran.

— T'en fais pas. C'est moi, j'étais… Mais peu importe, si tu vas bien, c'est tout ce qui compte. Je t'appelais pour te dire qu'on a fini le montage de la partie de l'épisode qui te concerne. Est-ce que tu veux l'écouter ?

— Ce ne serait peut-être pas une mauvaise idée. Histoire au moins de m'assurer que tu ne m'as pas fait passer pour un guignol. »

Kellie pouffa.

« Je suis douée, Titus, mais même avec toute la volonté du monde, je n'arriverais jamais à te faire passer pour un guignol. Tu préfères que je t'envoie le fichier ou tu veux venir l'écouter ici ? C'est toi qui vois. »

Titus ne répondit pas tout de suite.

Le plus simple aurait été qu'elle lui envoie le fichier par e-mail.

D'un autre côté, il pouvait bien faire un petit détour par l'auberge où elle logeait. Après tout, ce serait l'occasion de discuter un peu avec elle et Hector. D'évoquer le bon vieux temps. Bien sûr, Kellie lui poserait des questions sur l'affaire, mais il pourrait aussi la titiller en lui parlant de la fois où elle s'était retrouvée à la porte de l'appartement en sous-vêtements. Ce n'était pas comme s'il s'agissait d'un rencard non plus. Et puis, Titus aimait Darlene, et il était fidèle. Jamais il ne la trahirait.

Non, ce serait simplement une discussion entre deux vieux amis. Une petite heure où Titus pourrait retirer son étoile, mettre sa mission entre parenthèses et profiter d'un moment de détente. Il l'avait mérité, non ?

« Il me reste quelques trucs à faire ici, donc ce ne sera pas avant 22 heures, dit-il. Est-ce que ça fait trop tard, pour vous ?

— Non, c'est parfait. Tu veux que j'achète des côtes d'agneau pour le dîner ?

— Kellie…

— Quoi, c'est encore trop frais pour en rigoler ? À tout à l'heure, Virginia. »

26

Comme tant de vieilles demeures du Sud ou d'anciennes plantations, Todd's Inn se dressait au bout d'une longue allée sinueuse couverte de coquilles d'huîtres pilées et bordée de cornouillers luxuriants. Titus songea que le comté de Charon comptait probablement autant de ces longues allées que de cours d'eau. Celle-ci était éclairée tous les six mètres par des réverbères à la lueur spectrale. Quelques minutes plus tard, il finit par arriver en vue de la bâtisse d'un étage surplombant Spill's Creek. Là, la chaussée se divisait en deux. Par la gauche, on atteignait une série de bungalows nichés dans la forêt ; par la droite, on accédait à ceux qui donnaient sur la rivière. Kellie lui avait précisé dans un texto qu'ils occupaient le numéro 14. Si Titus en croyait le panneau coloré cloué à un arbre, il devait prendre à gauche. Il dépassa les treize premiers bungalows, tous plongés dans le noir – comme ils étaient inoccupés, Lucy Todd n'avait pas dû juger nécessaire d'allumer l'éclairage extérieur.

Les phares du SUV se posèrent brièvement sur l'arrière de la camionnette de Kellie, avant de s'immobiliser sur la façade du bungalow.

La porte était ouverte.

La réaction de Titus fut immédiate. Il coupa le contact, sauta du véhicule et dégaina son arme de service. Une porte ouverte ne laissait pas nécessairement présager un drame, mais à une heure aussi tardive et alors que la température extérieure était inférieure à dix degrés, ce n'était pas un détail à prendre à la légère.

Titus s'approcha, le canon de son pistolet braqué droit devant lui. Le battant n'était pas seulement ouvert, il avait été fracassé avec une telle violence que l'encadrement était fissuré. Durant quelques secondes, le chant des rossignols, les aboiements des chevreuils et tous les autres bruits des animaux nocturnes disparurent derrière les battements de son cœur.

« Kellie ? » s'écria Titus.

Il se sentit idiot. Soit la journaliste était là, et elle était probablement blessée et incapable de lui répondre. Soit elle n'était plus là, et l'appeler était inutile.

Titus pénétra dans le bungalow.

Hector était avachi contre un mur, les mains enserrant sa gorge. Du sang s'échappait de sa bouche et d'entre ses doigts. Titus s'apprêtait à lui venir en aide quand un hurlement retentit.

Kellie.

Sans perdre un instant, il traversa le salon et s'engouffra dans la cuisine.

« Plus un geste ! » cria-t-il de toute la puissance dont étaient capables ses poumons.

Un homme lui tournait le dos, devant la porte d'un grand placard ou d'une arrière-cuisine. Il était vêtu intégralement de noir – jean noir, sweat-shirt noir et gants noirs scotchés à ses manches – et son visage était dissimulé derrière un masque en cuir en forme de tête de loup.

Mais surtout, il brandissait un couteau Bowie à la lame ensanglantée, dont il venait visiblement de se servir pour s'attaquer à la porte du placard. À l'intérieur, Kellie poussait des hurlements paniqués.

« À terre ! » vocifÉra Titus.

L'homme au masque de loup ne se retourna pas.

« Si tu ne lâches pas ce couteau tout de suite, je te jure que je te mets une balle dans la nuque », dit Titus.

Le tueur resta immobile. Débuta alors un combat de détermination silencieux. Aucun des deux adversaires n'était prêt à céder le moindre pouce de terrain à l'autre.

Soudain, Hector pénétra dans la cuisine et s'agrippa à l'épaule de Titus, avant de s'écrouler tête la première sur le carrelage dans une gerbe de sang. Surpris, Titus eut un mouvement de côté. L'homme au masque de loup sauta sur l'occasion : il fit volte-face et lança son couteau de toutes ses forces vers Titus. Celui-ci parvint à esquiver et ouvrit le feu. Malheureusement, il manqua sa cible et la balle alla transpercer la vitre de la porte coulissante qui donnait sur la terrasse.

L'intrus ne perdit pas de temps. L'épaule en avant, il se jeta sur la baie vitrée fragilisée par le tir de Titus et la traversa dans un fracas de verre brisé. Titus voulut se lancer à sa poursuite et tira quelques coups de feu supplémentaires, mais la lumière extérieure était éteinte et l'homme au masque de loup avait déjà disparu, englouti par la nuit.

Dans le placard, Kellie hurlait toujours.

Titus commença par s'accroupir auprès d'Hector. Sa tentative aussi vaine que maladroite de secourir

Kellie avait eu deux conséquences néfastes : elle avait permis à l'assassin de s'enfuir, et elle avait précipité le décès de l'ingénieur du son. Sa peau était déjà froide au toucher.

Titus se redressa, s'approcha du placard et ouvrit la porte.

Kellie tomba aussitôt dans ses bras, en le suppliant de la sauver, de l'aider, de la protéger. Sur ces trois requêtes, il y en avait une à laquelle Titus n'avait pas satisfait. La plus importante.

Titus était assis sur le siège conducteur de son SUV, les jambes à l'extérieur, pendant que Carla et Davy déroulaient une Rubalise jaune autour du bungalow. Trey s'approcha.

« Kellie m'a raconté qu'ils t'attendaient pour te faire écouter l'épisode quand quelqu'un a défoncé la porte. Elle s'est tout de suite précipitée vers le placard pendant qu'Hector s'interposait. Elle n'a pas entendu de voiture, donc on peut en déduire que l'intrus s'est garé un peu plus loin et qu'il est venu à pied par les bois.

— Il voulait s'approcher en toute discrétion, confirma Titus d'un ton détaché.

— C'est vrai qu'il portait un masque de loup ?

— Oui. Il était habillé tout en noir, avec les gants scotchés aux manches, comme sur les vidéos. Un mètre quatre-vingts, je dirais, et pas loin de quatre-vingt-dix kilos. Il était costaud. La baie vitrée était fragilisée par la balle, mais il l'a quand même traversée comme si c'était du papier crépon.

— Pourquoi il est venu ici, d'après vous, chef ? demanda Trey.

— Pour s'en prendre à moi, indirectement. Kellie est une de mes amies. » Titus se tut quelques instants et tritura le bord de son chapeau. « On a été ensemble pendant un certain temps, finit-il par ajouter. Je suis surpris que tu ne sois pas au courant, Trey. Tout le monde le sait. En tout cas, le tueur le savait, lui.

— Bien sûr que j'étais au courant, mais pourquoi s'attaquer à votre ex et pas à Darlene ? Non pas que j'aurais préféré, hein !

— Kellie venait d'arriver à Charon. Elle était au centre de toutes les conversations. Ça a dû attirer l'attention du tueur.

— Ça se tient. En tout cas, Carla l'a emmenée au Hampton Inn et va passer la nuit avec elle. Apparemment, votre ex a l'intention de rentrer chez elle demain à la première heure. Est-ce qu'on la laisse partir ? »

Titus descendit du SUV.

« Ouais, répondit-il. Si on a besoin d'elle, on pourra toujours lui demander de revenir. J'ai récupéré le contact des proches d'Hector. Je vais les appeler pour leur notifier son décès.

— Vous préférez pas que je m'en occupe, chef ? Il vaudrait peut-être mieux éviter de vous replonger dans tout ça…

— Non, c'est à moi de le faire.

— Chef, vous avez dit que le tueur voulait s'en prendre à vous. Pourquoi vous en particulier ?

— Parce qu'il est obsédé par moi. Il pense que je suis celui qui a détruit son petit trio. Et puis, je l'ai provoqué : au téléphone, et par l'intermédiaire de Dayane. Il m'a rappelé aujourd'hui, et je l'ai poussé dans ses retranchements en évoquant sa mère biologique et en l'appelant par son prénom. Le prénom qu'Elias lui avait donné.

— Attendez, il a rappelé ? s'étonna Trey. Et vous aviez l'intention de nous en parler quand, au juste ?

— Demain matin, lors de la réunion quotidienne », répondit Titus en remettant son chapeau.

Il se tourna vers le bungalow. Vers la porte fracturée.

« Il m'a dit que mon troupeau n'était pas en sécurité, ajouta-t-il. Il faut croire qu'il avait raison. »

Lorsque Titus arriva chez lui, son père et Marquis dormaient déjà. Il monta dans sa chambre, retira son uniforme et rangea son pistolet dans le tiroir de sa table de chevet en songeant qu'il en avait fait usage au cours d'une tentative d'arrestation et qu'il allait donc devoir demander à Trey de rédiger un rapport. Si Titus ne se conformait pas à la règle qu'il imposait à son équipe, alors la règle ne servait à rien.

Il s'allongea sur son lit et fixa le plafond.

Le tueur était un ami de Cole Marshall même si, de toute évidence, Cole évitait de se montrer en public avec lui. Dayane connaissait son identité, mais elle avait disparu. Soit elle se terrait quelque part, soit elle était enterrée quelque part. Titus avait le sentiment de n'avoir jamais été à la fois aussi proche et aussi loin d'arrêter ce salopard. S'il s'était lancé à sa poursuite au lieu de réconforter Kellie, il aurait peut-être réussi à le rattraper, à lui arracher son masque pour voir son visage. Le visage d'un monstre à forme humaine. Mais aurait-il pu continuer à se regarder en face s'il n'avait pas sorti Kellie de ce placard ?

Plutôt que de chercher la réponse à cette question, il s'enroula dans sa couverture. Quelques minutes plus tard, son téléphone se mit à vibrer sur la table de nuit. Il l'attrapa, regarda l'heure. 1 heure passée.

C'était Darlene.

« Allô ?

— Coucou, dit Darlene.

— Coucou. Comment tu vas ?

— C'est plutôt moi qui devrais te poser cette question. J'ai entendu que quelqu'un s'était fait tuer à l'auberge où résidait ton amie. »

Titus grimaça. Il avait perçu quelque chose dans le ton de Darlene.

« Ouais, une tentative d'effraction qui a mal tourné, mentit-il.

— Est-ce que tu peux venir me voir ?

— Je… Tu es sûre ? Je ne veux pas risquer de te mettre en danger, Darlene. Ce type a l'air d'en avoir après moi.

— J'ai besoin que tu viennes. S'il te plaît. »

Titus se gara entre la petite citadine de Darlene et la haie de buis que son père avait plantée pour marquer la limite de la propriété lorsqu'ils avaient emménagé, en 1998. Darlene lui avait raconté le jour où, la mort dans l'âme, son père avait dû se résoudre à demander au fils Parker de venir tailler la haie parce qu'il n'était plus en mesure de s'en occuper lui-même, à cause de son arthrose.

Titus descendit de sa Jeep. Darlene sortit avant qu'il ait pu frapper à la porte.

« Il y a un problème ? demanda-t-il en constatant qu'elle avait les yeux rouges. Vous avez reçu de la visite ? »

Darlene secoua la tête.

« Non, répondit-elle. Papa a monté la garde avec son fusil jusqu'à ce qu'on vienne les chercher.

— Hein ? Comment ça, qu'on vienne les chercher ? Où sont tes parents ?

— À Patterson's Walk, une maison de retraite à Williamsburg. Mardi, on a fermé définitivement la boutique de fleurs, mais on ne l'a encore dit à personne.

— Quoi ? Mais pourquoi tu ne m'en as pas parlé ? J'aurais pu au moins vous donner un coup de main. J'aurais pu…

— Qu'est-ce que t'aurais pu faire, au juste ? l'interrompit Darlene. Tu es accaparé par l'affaire Spearman, et c'est bien normal : les gens sont terrifiés et ton devoir est de les rassurer. C'est même ta vocation. Alors j'ai préféré ne pas te déranger.

— Tu m'aurais pas dérangé… »

Darlene se mordit la lèvre et essuya ses larmes avec sa main estropiée.

« Titus, moi aussi, je pars, lâcha-t-elle.

— Tu pars ? s'étrangla Titus en s'appuyant à la rampe du perron. Tu pars où ? Et nous, alors ? »

Darlene esquissa un sourire mélancolique.

« Quand on a commencé à sortir ensemble, j'ai vite compris qu'il y avait comme un poids, sur tes épaules. Même physiquement, ça se voyait. J'ai pensé que je pourrais t'aider à t'en débarrasser. Et j'ai essayé. J'ai vraiment essayé, Titus. Parce que, de toutes les personnes que je connais, tu es sûrement celle qui mérite le plus d'être heureux. Mais t'as pas envie qu'on t'aide. Ou, en tout cas, t'as pas envie que moi, je t'aide. Je sais pas pourquoi, mais tu as l'air d'estimer que tu dois souffrir. Que tu le mérites.

— Dis pas ça, Darlene. Je… je t'aime. Je sais pas ce qui t'arrive, mais on peut trouver une solution.

— Tu ne m'aimes pas, Titus. Tu voudrais m'aimer, et je voudrais tellement que tu m'aimes, mais tu n'y arrives pas. Chaque fois que j'essaie de m'accrocher à toi, tu te dérobes. Quand mes parents m'ont dit qu'ils avaient pris la décision de partir en maison de retraite, je crois que je me suis rendu compte que moi aussi, il était temps que je m'en aille. Ça fait trop longtemps que je suis ici. J'ai trente-sept ans et j'ai jamais pris l'avion de ma vie. J'ai même quasiment jamais franchi la frontière de l'État. Pendant longtemps, je me disais que si je restais, c'était pour mes parents. Et ensuite je t'ai rencontré et je me suis dit que je restais pour toi. Mais mes parents ont fait leur choix et nous… Je ne sais même pas ce qu'on est… »

Titus prit la main de Darlene dans la sienne. Sentit la chaleur entre ses doigts.

« On est un couple, Darlene. Voilà ce qu'on est. On est un couple et on s'aime.

— Tu dis ça parce que tu es quelqu'un de bien et que tu veux pas me faire du mal, murmura Darlene en retirant sa main. Mais… Je suis soulagée pour toi, que t'aies pu sauver ton amie, mais qu'est-ce que tu faisais là-bas à 22 heures ? »

Titus déglutit.

« Je… je devais les retrouver pour écouter leur podcast. Je te jure que c'est tout, Darlene. J'avais aucune arrière-pensée. Tu me connais, enfin ! »

Darlene lui déposa un baiser sur la joue, avant de placer une main sur son torse.

« Oui, Titus, je te connais. Et je sais que tu n'es pas allé là-bas dans l'intention de me tromper. Tout ce que je dis, c'est que si tu m'aimais vraiment, tu ne serais pas allé là-bas du tout. Si tu m'aimais vraiment, après coup, tu aurais immédiatement envoyé un de tes adjoints vérifier qu'il ne m'était rien arrivé. Mais ça ne t'est pas même venu à l'idée, pas vrai ? »

De grosses larmes roulaient à présent sur ses joues.

Titus ne savait pas quoi répondre, parce qu'elle avait raison. Il baissa la tête et ferma les yeux.

« Darlene, je…

— Je pars demain matin pour Atlanta, le coupa-t-elle. Ma cousine a une boutique de robes de mariée, là-bas. Prends soin de toi, Titus. »

Elle l'embrassa sur la bouche.

« J'espère que tu trouveras quelqu'un qui te fera sourire », ajouta-t-elle avant de rentrer et de fermer la porte derrière elle.

Titus resta planté sur le seuil. Il entendit le verrou tourner, il vit la lumière du couloir s'allumer, puis s'éteindre. Comme une bougie qu'on souffle.

Charon

On ne peut plus nier l'obscurité.

Tout le monde la sent, à présent. Elle s'engouffre dans les cœurs comme un vent d'hiver glacé. Elle envahit les journées comme une éclipse et enveloppe les nuits comme une couverture de terreur.

Preston Jefferies s'est rendu chez le médecin à Red Hill pour qu'il lui prescrive de quoi faire cesser les rêves. Depuis qu'il a retrouvé le corps du pasteur intégriste dans son champ, il ne s'est pas passé une nuit sans qu'il se réveille en hurlant, et il se demande s'il parviendra jamais à retrouver la paix derrière le mur du sommeil.

Paul Garnett fait désormais très attention quand il sort les poubelles. Il s'efforce de ne pas faire s'entrechoquer les cinq ou six bouteilles de bourbon vides que contient toujours le sac en plastique. Le midi, au déjeuner, il sort sa flasque de sa poche et boit discrètement. Il tente de se rassurer en se disant que c'est le stress du boulot. Il faut reconnaître que c'est compliqué, à l'usine : les ventes sont en baisse par rapport à l'année dernière. Malgré ses promesses, le nouveau président ne s'est toujours pas décidé à commander les nouveaux drapeaux censés équiper les bâtiments fédéraux et les bases militaires du pays. Paul n'a pas voté pour lui, mais même lui ne s'attendait pas à une telle incompétence. Il se dit que c'est à cause de ça qu'il doit aller faire le plein trois fois par semaine au rayon alcool du supermarché. Pourtant, lorsque la boisson vient à manquer, c'est le visage écorché de Cole Marshall qu'il voit.

Les dimanches ne parviennent pas à dissiper les nuages sombres qui s'amoncellent au-dessus de Charon. Que ce soit chez les méthodistes, les catholiques, les pentecôtistes, les luthériens ou les témoins de Jéhovah, les pasteurs, curés, sages et autres prédicateurs se rendent compte que leurs discours sur la résilience et la force divine ne parviennent pas à rassurer leurs fidèles. Quel Dieu laisserait une telle calamité s'abattre sur les siens ? Personne n'ose l'évoquer, mais nombreux sont les paroissiens à traverser une crise spirituelle et à se tourner désormais vers les cartouches de chasse et les balles de calibre.357 Magnum plutôt que vers le charpentier de Galilée.

Pour les enfants et les adolescents du comté, le meurtrier est désormais le tueur du Saule pleureur, et les rituels ésotériques pour l'invoquer sont devenus monnaie courante, que ce soit lors de fêtes ou de soirées autour d'un grand feu de joie. Les plus jeunes voient en lui la dernière incarnation du croque-mitaine, à la différence que les crimes de cet assassin sont bien réels et qu'ils sont détaillés au journal télévisé. Lavon Macdonald a en permanence un petit couteau d'office dans la poche, au cas où le tueur viendrait frapper à sa porte. Son frère lui manque. Son frère qui était capable d'imiter n'importe quel personnage de dessin animé sur demande. Il lui manque tellement que Lavon a parfois l'impression de devenir fou, même s'il ne peut pas en être sûr. Quand il voit son père qui n'arrête pas de pleurer, il se demande si c'est ça, perdre la raison.

Darlene passe devant la statue de Joe le Rebelle avant de s'engager sur la route 18. Elle se dit qu'elle a fait le bon choix, même si elle a un peu forcé la main à ses parents en leur annonçant qu'elle partait. Elle ne regrette pas d'avoir quitté Titus, mais elle ne peut s'empêcher de se poser la question : en aurait-elle été capable si le tueur du Saule pleureur n'avait pas essayé d'assassiner Kellie ? Sa copine Sandra lui a dit qu'elle la trouvait courageuse de déménager comme ça à Atlanta, sur un coup de tête. Darlene n'a pas eu le cœur de lui avouer que ce n'était pas le courage qui avait motivé sa décision, mais la peur. La terreur pure. Car dès l'instant où elle a appris ce qui s'était passé, le même mot s'est mis à tourner en boucle dans sa tête : « Fuis. »

Fuis cette ville. Fuis Titus, si tu ne veux pas qu'il continue à tailler ton cœur en pièces. Fuis ce tueur qui l'a pris pour cible et qui a décidé de s'attaquer à ses proches. Ce n'était pas tant que Darlene pensait Titus incapable de la protéger. C'était surtout qu'elle avait compris que s'il devait choisir entre elle et son ex, entre elle et Albert, ou entre elle et Marquis, elle passerait toujours en deuxième. Cette prise de conscience l'avait poussée à faire ses valises.

Les membres du comité d'organisation de la Foire d'automne s'entêtaient dans leurs préparatifs avec la détermination des musiciens du Titanic. *Mort, obscurité, terreur – rien ne les empêcherait de monter leurs stands et d'ériger leur plate-forme pour le concours du relevage de casiers à crabes. À la dernière réunion d'organisation, Elizabeth Morehood, la présidente du comité, s'était fendue d'un discours digne de celui de Léonidas avant la bataille des Thermopyles, lors duquel elle avait rappelé que la Foire d'automne était d'une importance capitale pour le comté, et qu'il ne fallait pas laisser un monstre gâcher la fête. L'honneur de Charon était en jeu.*

En revanche, elle s'était bien gardée d'évoquer les pots-de-vin qu'elle avait acceptés pour octroyer certains emplacements et les bénéfices de la tombola annuelle qu'elle avait détournés, pour un total de plusieurs milliers de dollars. Elle n'avait pas non plus expliqué comment elle comptait combler le trou en réinjectant de l'argent provenant des frais de stationnement et de la vente de billets pour les diverses attractions de la foire. Elle n'avait pas parlé non plus du fait qu'elle n'avait aucune intention de laisser ce sale Noir lui passer les menottes, comme il l'avait fait à ce pauvre Alan Cunningham.

Ricky Sours s'efforçait de raisonner certains de ses partisans les plus enragés, qui comptaient venir armés pour le défilé. Il n'aurait pas eu plus de succès s'il avait tenté de caresser un ours affamé. Dans leurs yeux brûlait une excitation qui lui faisait peur. Ils voulaient un affrontement. Ils voulaient fendre des crânes et fracasser des genoux. Et comme ils ne pouvaient pas s'en prendre au monstre qui assassinait leurs voisins, ils étaient prêts à passer leur frustration sur tous ceux qui ne partageaient pas leurs opinions.

Bref, Ricky se sentait comme Mickey dans le dessin animé avec les balais qui dansent. Il avait perdu le contrôle de sa création.

Mare-Beth Hillington essayait de pleurer son mari, mais ses yeux restaient secs. Elle songeait qu'elle ne recevrait plus jamais de paires de claques sous prétexte qu'elle avait oublié un verre dans l'évier.

Dayane Carter savourait l'obscurité. Dans ses bras, elle trouvait la paix. Elle se sentait en sécurité. Car, dans le noir, elle ne pouvait pas voir les sévices qu'il avait infligés à son corps.

27

La Foire d'automne battait son plein.

Titus se tenait à l'angle de Main Street et de Courthouse Lane, devant l'ancienne pharmacie. Fermée pour la journée, Courthouse Lane était la rue le long de laquelle on trouvait à la fois le tribunal, la vieille prison coloniale, le bureau du trésorier du comté, ainsi que le parc municipal, avec ses bancs, ses fontaines et sa statue polémique de Joe le Rebelle.

La plupart des activités se tenaient dans le parc. Il y avait là divers manèges, des stands tenus par des artistes locaux, le parcours de la course à trois jambes, l'estrade pour le concours du plus gros mangeur de tartelettes, des food trucks, des machines à barbe à papa et tout un fourbi coloré qui ne voyait la lumière du jour qu'une fois par an.

La plate-forme pour le concours du relevage de casiers à crabes se dressait à une dizaine de mètres de haut, légèrement à l'écart. Les participants installés au sommet devaient hisser un casier le plus vite possible. Titus se demanda si quelqu'un arriverait enfin à faire tomber le record détenu par son père depuis presque trente ans. L'année précédente, Jaime Chambers, un gros costaud qui travaillait sur le *Busted Bottle*, n'était pas passé loin.

Titus regardait la foule déambuler sur la pelouse et dans la rue fermée, poumon qui s'étirait et se rétractait de manière aléatoire. Une chose était sûre, il y avait beaucoup plus de monde que ce à quoi il s'était attendu. Après les derniers événements, il avait anticipé une participation en forte baisse par rapport à la dernière édition. Il se trompait rarement, mais là, il devait bien reconnaître qu'il avait eu tort.

Il entendait les enfants crier, les parents rire, les jeunes s'apostropher. Autour du parc, une atmosphère joyeuse emplissait l'air comme l'odeur des jonquilles au printemps. Mais cette joie avait quelque chose de forcé, et Titus devinait que les habitants de Charon s'étaient mis d'accord entre eux pour passer un bon moment envers et contre tout.

Il fit quelques pas. Un groupe d'enfants glissait sur le toboggan installé pour l'occasion. Plus loin, quelques lycéens s'empiffraient de tartelettes dans l'espoir de remporter le concours. Titus aperçut des visages qu'il connaissait depuis toujours, d'autres qu'il avait appris à connaître au cours des deux dernières années, et d'autres encore qu'il n'avait jamais vus, mais qui exprimaient toute leur joie de participer à ce petit festival, dans un comté perdu au milieu des plaines de la Virginie.

Si seulement cette ville pouvait toujours ressembler à ça, songea-t-il.

Il consulta sa montre. 14 heures.

Le défilé de Ricky Sours et de ses hommes devait commencer un quart d'heure plus tard. Titus attrapa le micro de sa radio.

« Je vous rappelle que le défilé commence dans quinze minutes, dit-il. Mettez-vous en place.

— Bien reçu, répondit Carla.

— Pareil, euh… Je veux dire, bien reçu aussi, bafouilla Davy.

— En place, Davy, ordonna Titus.

— Bien reçu, répondit Danforth Sampson, un adjoint au shérif du comté de Red Hill. On arrive par l'est, on est au niveau du parc. »

Titus prit une grande inspiration, huma l'odeur sucrée des pop-corn et des gaufres, et croisa les doigts pour que tout se passe bien. Il espérait que Jamal avait tort. Il espérait que Ricky Sours parviendrait à tenir ses hommes. Et il espérait qu'il n'aurait pas besoin des renforts qu'il avait demandés, même s'il valait mieux prévenir que guérir.

« L'espoir, c'est se jeter à l'eau pour traverser une rivière à la nage ; la précaution, c'est de consulter une carte pour déterminer le meilleur endroit où la franchir », avait coutume de dire l'agent Tolliver.

Ce jour-là, au camp DeCrain, ils n'avaient pas pris les précautions nécessaires. Titus ne referait pas cette erreur.

Soudain, il perçut un murmure derrière les rires ambiants, alors que Danforth et ses deux collègues rejoignaient Carla, Davy, Steve et Pip, et que Caldwell Thomas et ses adjoints du comté de Gloucester prenaient place sur le trottoir d'en face. Titus avait rencontré Caldwell lors d'une formation quelques mois plus tôt et avait été étonné de se découvrir des affinités avec cet homme aux larges épaules et à la coupe en brosse. En quelques heures, Caldwell était presque devenu un ami.

Machinalement, Titus effleura son insigne du bout des doigts.

« Certains vont t'aduler, d'autres vont te détester, mais avant tout, ils doivent te respecter et, pour ça, tu vas devoir trouver le juste milieu », lui avait dit un jour un de ses instructeurs.

Celui-ci évoquait le fait de devenir un bon agent, mais Titus songea que le conseil s'appliquait aussi à devenir un bon shérif.

« Gaaaaaaaaarde-à-vous ! » hurla Ricky Sours.

Titus plissa les yeux.

« Qu'est-ce que c'est que ce bordel ? » murmura-t-il.

Ricky et sa bande étaient environ une trentaine, tous vêtus de l'uniforme gris de l'armée sudiste. Jasper brandissait une hampe de deux mètres de long à laquelle était fixé un immense drapeau confédéré. Titus entendit un fifre accompagné d'un roulement de tambour, ce qui, il en était presque certain, constituait un anachronisme. Puis les Fils de la Confédération se mirent en marche.

« Tenez-vous prêts, ils arrivent », annonça Titus.

Il sentit comme un picotement sur sa peau. Il savait très bien qu'on était en 2017, que l'abolition de l'esclavage remontait à plus d'un siècle, que le racisme était loin d'avoir disparu et qu'en tant que shérif, son rôle était d'arrêter les fauteurs de troubles, quelle que soit leur couleur de peau.

Et pourtant.

La répugnance qu'il éprouvait était quelque chose d'atavique. Voir défiler ces hommes qui avaient le culot de s'estimer ostracisés sous prétexte que toutes leurs entreprises n'étaient pas systématiquement couronnées de succès le rendait malade. Pas effrayé, pas inquiet, mais physiquement malade. Comme s'il avait mordu dans un steak pour découvrir qu'il grouillait d'asticots.

« Faites reculer les gens sur la pelouse d'un mètre ou deux », ordonna Titus dans sa radio.

Il ne pensait pas que cela poserait problème – la plupart des badauds étaient trop occupés à jouer aux anneaux et à manger des tranches de pastèque imbibées de whisky pour prêter attention à Ricky et à sa bande. Il y avait bien quelques spectateurs qui agitaient la main et qui applaudissaient le passage de la petite troupe, mais cela ressemblait plus à de la politesse qu'à un véritable soutien.

« Ils approchent de la statue, indiqua Carla, un peu plus loin.

— Bien reçu », dit Titus.

Les Fils de la Confédération avaient obtenu l'autorisation de passer devant la statue et de faire demi-tour au bout de la rue. Après cela, ils étaient libres de retourner panser leur fierté blessée autour d'un pack de bière bon marché, et de pester dans l'intimité de leurs garages contre les immigrants, les Noirs et tous ceux qui n'étaient pas blancs et hétérosexuels.

Soudain, Titus entendit une clameur dans son dos. Des voix qui chantaient. Il reconnut la mélodie avant même de se retourner.

« *We shall overcoooome*[1] *!* »

---

1. La chanson protestataire *We Shall Overcome* (« Nous triompherons ») est connue, entre autres, pour avoir été l'hymne non officiel du mouvement pour les droits civiques dans les années 1960. (*N.d.T.*)

Le large groupe qui venait de tourner l'angle de Main Street et qui remontait Courthouse Lane était l'incarnation de tout ce qui terrifiait Ricky Sours et ses semblables : des Noirs, des Blancs, des Latinos, des homos, des hétéros, des jeunes et des vieux qui marchaient côte à côte.

« Renforts demandés à l'angle de Main Street et de Courthouse Lane ! cria Titus dans sa radio. Je répète : renforts demandés à l'angle de Main Street et de Courthouse Lane ! »

Il quitta le trottoir et se posta au milieu de la chaussée pour accueillir les soixante protestataires. En réaction, ceux-ci resserrèrent les rangs et continuèrent à avancer, bras dessus bras dessous. Jamal Addison était au premier rang, au centre. L'espace de quelques instants, Titus croisa son regard et ce qu'il y vit ne fut pas pour le rassurer : Jamal avait les yeux d'un homme résigné, d'un homme qui s'attendait à endurer des souffrances atroces, et qui avait accepté son sort.

Les yeux d'un martyr.

Ce n'était pas la première fois que Titus voyait cette expression sur le visage de quelqu'un.

« Arrêtez-vous ! s'écria-t-il. Arrêtez-vous tout de suite ! Vous n'avez pas d'autorisation ! Les Fils de la Confédération ont obtenu…

— On s'en fout, de tes autorisations ! cracha quelqu'un dans la foule.

— Non au grand remplacement ! Non à l'oubli ! »

Cette fois, les slogans étaient proférés par le contingent confédéré qui continuait à progresser dans son dos.

« Arrêtez-vous ! » ordonna Davy qui, avec Steve, avait rejoint Titus au milieu de la chaussée.

Titus vit Caldwell et ses hommes se poster face à la petite troupe de Ricky pour retenir les quelques excités qui voulaient rompre les rangs et aller à la rencontre des contre-manifestants.

« Caldwell, essaie de les diriger vers le parc ! ordonna Titus dans sa radio.

— Ça marche, répondit Caldwell.

— Jamal, fais quelque chose, bon sang ! » vociféra Titus.

Mais Jamal se contenta de le regarder en se remettant à chanter de plus belle.

« Sales nègres ! » beugla un des confédérés.

Titus sentit l'insulte autant qu'il l'entendit. Elle était remplie d'une rage imbécile – le hurlement furieux d'un animal tombé dans le piège qu'il a lui-même tendu.

Une bouteille de bière vide vola au-dessus de la rue et se fracassa aux pieds de Jamal en milliers de petits papillons tranchants comme des rasoirs.

Et merde, songea Titus.

Une vingtaine de contre-manifestants s'élancèrent vers les confédérés, bousculant Titus, Davy et Steve au passage. Les adjoints de Caldwell se retournèrent aussitôt pour faire front. Malheureusement, leur résistance fut de courte durée car, dans leur dos, les hommes de Ricky poussaient eux aussi pour en découdre. Bientôt, ce fut un véritable déferlement de colère et de haine, un tourbillon de coups de poing, tandis que Titus beuglait dans sa radio pour appeler tout le monde en renfort. Il se tourna vers Steve et Davy et leur ordonna de contenir les derniers contre-manifestants. Dans le parc, les gens couraient dans tous les sens, et les enfants poussaient des hurlements de terreur.

C'est alors que Titus entendit le camion.

En quelques secondes, le grondement annonciateur d'un cataclysme avait couvert les cris de peur et de fureur. Le moteur était un dragon annonçant son arrivée.

Les contre-manifestants ne se firent pas prier pour s'enfuir à toutes jambes. Certains couraient sur le trottoir, d'autres trouvaient refuge dans le parc. Quelques-uns, dont le révérend Calhoun Wilkes, ne furent malheureusement pas assez rapides pour échapper au poids lourd qui fonçait droit sur eux.

Titus vit le corps du pasteur s'envoler à plusieurs mètres au-dessus du sol. Bientôt, un autre corps s'éleva dans les airs, tournant et virant comme une feuille de papier prise dans un courant d'air. À présent que la foule s'était dispersée, Titus distinguait parfaitement le camion, un gros fourgon rouge et blanc. Sur le capot, le logo de l'usine de drapeaux Cunningham.

Titus regarda autour de lui.

Steve et Davy avaient disparu.

Croyant percevoir du mouvement en périphérie de son champ de vision, il tourna la tête et vit ses deux adjoints qui s'enfuyaient avec le reste des passants apeurés. Caldwell et ses hommes avaient réussi à repousser la majorité des confédérés, mais quelques acharnés des deux bords continuaient à se battre.

Le cerveau de Titus tournait à cent à l'heure. Ses synapses crépitaient comme des feux d'artifice. Au volant du camion, le chauffard le fixait à travers le pare-brise, le visage illuminé d'un sourire démoniaque.

Titus dégaina son arme.

Il resta planté au milieu de la chaussée, tel un cow-boy avant un duel. Sauf que l'adversaire qui lui faisait face était un monstre d'acier de trois tonnes.

Soudain, Carla apparut à ses côtés, elle aussi prête à faire feu.

Titus visa le pare-brise.

« Tire dans les pneus ! » ordonna-t-il à son adjointe.

Sans un mot, Carla posa un genou à terre.

Le conducteur du camion écrasa la pédale d'accélérateur et le grondement du moteur se transforma en un rugissement monstrueux. Dans son dos, Titus entendit des voix implorer Dieu, Jésus-Christ et toutes les divinités susceptibles d'être disponibles.

Il tira cinq coups de feu rapprochés, tandis que Carla vidait son chargeur sur le pneu avant gauche.

Les balles traversèrent le pare-brise et percutèrent Denver Carlyle. Le camion braqua à gauche, monta sur le trottoir et, dans un fracas assourdissant, termina sa course folle dans la vitrine d'une boutique de souvenirs. Titus courut jusqu'au véhicule, s'adossa à la remorque et, de la main droite, il ouvrit la portière conducteur. Carla le rejoignit, le canon de son pistolet encore fumant.

Le corps de Denver Carlyle tomba de la cabine et s'écroula sur le bitume froid. Titus constata que quatre de ses cinq tirs avaient atteint la tête. Ce serait un enterrement avec cercueil fermé.

Au bout de quelques minutes, Davy et Steve finirent par revenir.

« Vous allez bien, chef ? demanda Pip, qui s'était approché, lui aussi. J'avais jamais rien vu d'aussi dingue de toute ma vie ! Vous avez tenu tête à un camion, bon sang ! »

Titus rengaina son arme et s'élança vers le révérend Wilkes.

« Titus ? appela Pip derrière lui. Ça va ? »

Le pasteur était étendu sur le flanc, la jambe droite tordue à un angle anormal, les deux bras brisés en plusieurs endroits. Titus s'accroupit. Le sang qui s'échappait de la bouche du révérend Wilkes avait inondé sa longue barbe grise, et ses yeux vitreux regardaient quelque chose qu'il était désormais le seul à voir.

Titus aurait voulu lui clore les paupières, mais cela ne fonctionnait que dans les films.

Il se redressa et courut en direction du deuxième corps. Il reconnut aussitôt Sandra James, une amie de Darlene. Elle aussi avait plusieurs membres fracturés, mais elle respirait encore, entre deux gémissements de douleur.

Titus se tourna vers son équipe et vers Caldwell, Danforth et leurs hommes, qui s'étaient rassemblés autour de lui.

« Elle est en vie ! dit-il. Appelez une ambulance, sécurisez la scène de crime et allez chercher des draps pour Denver et Wilkes. »

Voyant que personne ne semblait réagir, il haussa le ton.

« Allez, magnez-vous ! Faites votre boulot !

— Vous avez entendu le chef, renchérit Carla. On s'active ! »

Titus toucha à nouveau l'insigne sur sa poitrine. Parfois, il voyait cette étoile comme un bouclier placé devant son cœur, parfois il la voyait comme une ancre qui l'attirait vers le fond. Et parfois… Parfois, il ne voyait rien d'autre qu'un morceau de métal sans valeur.

L'ambulance emmenait Sandra vers l'hôpital. Les corbillards emportaient Denver et le pasteur Wilkes vers la morgue. S'appuyant sur des renseignements fournis par Caldwell et ses hommes, Titus avait fait arrêter cinq confédérés et trois contre-manifestants.

Le calme revenu, il s'approcha de Jamal, assis seul sur un banc, près de la statue.

« Ça va ? s'enquit Titus. Vous n'avez pas besoin qu'un médecin vous examine ? »

Jamal secoua la tête et se tourna vers Titus, l'air hagard.

« Le révérend Wilkes était quelqu'un de bien. Je lui avais dit, pourtant, qu'il n'était pas obligé de venir. Mais il m'a répondu qu'en tant qu'homme de Dieu, c'était son devoir. »

Jamal se prit le visage à deux mains.

« Ils changeront jamais, hein ? demanda-t-il d'une voix tremblante. Les gens comme Ricky, comme Denver ? On manifeste, on chante, et ils ne comprennent rien. Ils n'écoutent pas. Leur cœur est fermé à double tour. Et maintenant, le révérend Wilkes est mort. »

Titus prit place à côté de Jamal.

« Je ne sais pas, révérend. Ce que je sais, en revanche, c'est que la violence engendre la violence, et que la violence est une preuve de souffrance. Ceux qui souffrent ont tendance à faire souffrir les autres. Ricky avait galvanisé ses partisans, à commencer par Denver. Or il se trouve qu'hier, pour la troisième fois en cinq ans, on a arrêté Denver pour conduite en état d'ivresse. Il allait perdre son permis poids lourd, et donc son boulot. Évidemment qu'il était remonté par rapport à cette histoire de statue, mais il y avait autre chose. Quelque chose de plus personnel. Denver avait l'impression qu'il était pris dans une spirale infernale, qu'on lui arrachait tout. Son boulot, sa vie. Pour ces gars-là, cette statue représente tout ce qu'ils craignent de voir disparaître. Et en face, il y a des gens comme vous, des gens comme moi, des gens comme le révérend Wilkes… On est les boucs émissaires parfaits.

— Vous savez ce que m'a dit Ervin, l'autre jour ? Il était à l'Oasis et il a entendu Denver raconter une blague. "C'est quoi, six petits Noirs enterrés au fond d'un bois ? Un bon début." C'est à ce genre d'individus qu'on a affaire, Titus. Je ne sais pas. Peut-être qu'il est temps d'abandonner. Qu'ils la gardent, leur putain de statue. Le révérend Wilkes serait encore parmi nous si je n'avais pas…

— Denver Carlyle a tué le révérend, le coupa Titus. Pas vous. N'abandonnez pas la lutte. Un jour, cette statue tombera. Et Ricky n'aura que ses yeux pour pleurer. »

Il se leva et alla trouver Elizabeth Morehood pour lui annoncer qu'il fallait annuler le reste des festivités. Elle commença par protester.

« Deux personnes sont mortes, Elizabeth, s'agaça Titus. La Foire d'automne est terminée pour cette année. Rentrez chez vous.

— Je comprends bien, shérif, mais on en a besoin. Je vous propose qu'on suspende les activités pendant quelques heures et qu'on rouvre ce soir, pour le bal. »

Titus la dévisagea, ébahi.

« Elizabeth, vous voulez que les gens dansent dans les flaques de sang ?

— On nettoierait entre-temps, bien sûr.

— Ça suffit, coupa Titus. Rentrez chez vous ou je vous fais arrêter pour entrave au travail de la police. »

Il vit alors le visage de la présidente du comité d'organisation se transformer en un masque de haine. Lorsqu'elle se retourna pour partir, elle semblait avoir vieilli de dix ans.

De retour au département, Titus s'enferma dans son bureau, où Pip ne tarda pas à le rejoindre.

« Vous n'aviez pas le choix, Titus.

— D'après les médecins de l'hôpital, Sandra risque de rester paralysée. Le révérend Wilkes est mort. On a un fou en liberté qui trucide les gens et qui a assassiné des enfants avec la complicité du fils d'un ami à moi et d'un enseignant adoré de tous. Ah oui, et je t'ai pas dit ? La présidente du comité d'organisation de la Foire d'automne voulait poursuivre les festivités comme si de rien n'était. Mais qu'est-ce qui ne va pas, chez les gens, Pip ? Qu'est-ce qui ne va pas, à Charon ? »

Pip s'assit en face de Titus. Il retira son chapeau et écarta une mèche de cheveux poivre et sel de devant son visage.

« Quand j'étais petit, ma grand-mère m'expliquait que les premiers membres de l'Église mennonite étaient contre l'esclavage parce qu'ils estimaient que posséder un être humain ne pouvait pas faire partie du plan de Dieu. Pour eux, les propriétaires d'esclaves se rendaient coupables d'un péché impardonnable qui les mènerait directement en enfer et qui condamnerait leurs descendants sur plusieurs générations. » Pip prit une grande inspiration, avant de poursuivre : « Charon a été le théâtre de tellement d'atrocités, par le passé. Peut-être que ma grand-mère avait raison et qu'on est maudits à cause des péchés de nos ancêtres.

— Tu as arpenté le monde pendant dix ans quand tu étais dans le Corps de la paix, Pip. Tu ne vas pas me faire croire que tu penses que si on souffre aujourd'hui, c'est à cause de la malédiction de Caïn ou du péché originel », protesta Titus.

Pip secoua la tête.

« Vous m'avez demandé ce qui n'allait pas, à Charon. Je n'ai pas de meilleure réponse à vous donner… »

Titus poussa la porte de chez lui. Aussitôt, Albert quitta le salon où il était installé en compagnie de Marquis et prit son aîné dans les bras.

« Faut arrêter de me faire peur comme ça, mon garçon ! »

Titus se demanda comment son père gérait cette crainte, du temps où il travaillait encore pour le FBI. Il se demanda aussi comment Albert réagirait s'il savait à quel point son fils était passé près de la mort, avec Red DeCrain. Et s'il savait qu'il s'était fait justice lui-même, ce jour-là.

Il étreignit son père.

« Tout va bien, papa. »

Albert recula d'un pas. Marquis en profita pour donner une petite tape sur l'épaule de son frère.

« On va devoir faire de la place sur le mur, dit-il.

— Comment ça ? »

Marquis désigna la tête de cerf – le fameux douze-cors que Titus avait abattu à treize ans.

« T'as une autre tête à accrocher, non ? » s'esclaffa Marquis.

Titus resta de marbre.

« Désolé, ajouta Marquis en voyant que son frère ne goûtait pas la plaisanterie. J'essayais juste de cacher le fait que j'ai eu très peur pour toi.

— Marquis m'a dit qu'on parle de toi, sur les Internet, intervint Albert.

— T'en fais pas, papa. C'est rien que du bla-bla, le rassura Titus.

— Peut-être, mais c'est le genre de bla-bla qui met de l'huile sur le feu, fit remarquer Marquis. Jasper semble avoir beaucoup de choses à raconter, d'ailleurs. »

Il y avait dans la voix de Marquis une froideur qui inquiéta Titus.

« Comme je disais, c'est du bla-bla, insista-t-il. Vous fatiguez pas avec ça.

— Hmmm, fit Marquis.

— Je suis sérieux, Marquis. Lâche l'affaire, d'accord ? »

Marquis haussa les épaules.

« On a plus de gnôle, mais j'ai acheté du Jameson.

— Pas pour moi, merci, dit Titus. Je vais me coucher.

— Arrête de faire ça, s'il te plaît, protesta Marquis en secouant la tête.

— De faire quoi ?

— Arrête de tout vouloir porter tout seul. Allez, viens boire un verre avec papa et moi. On pourra trinquer à maman. »

Titus regarda son frère, vit à quel point cela lui avait coûté de mentionner leur mère, et il sentit le poids sur ses épaules s'alléger un tout petit peu.

« D'accord », céda-t-il.

Albert était allé se coucher après deux petits verres. Une heure plus tard, Titus et Marquis avaient fini la bouteille. À présent, Titus était assis à la table de la cuisine, à écouter Marquis ronfler sur le canapé du salon. Il ramassa la bouteille vide et la jeta à la poubelle. Il se sentait comme un chien méchant à qui on aurait retiré sa laisse. Et il n'aimait pas cette impression, parce qu'il savait qu'au fond de lui, dans un endroit que peu de personnes à part Kellie avaient eu l'occasion de découvrir, il se délectait de ce sentiment de sauvagerie et de liberté.

Il se servit un verre d'eau au robinet et regarda par la fenêtre. Désormais, Red DeCrain n'était plus seul à l'attendre au pays des rêves.

Titus rinça le verre et s'aspergea le visage d'eau fraîche.

Il était fatigué. Plus fatigué qu'il ne l'avait jamais été. Et cette fatigue était si profonde qu'il lui faudrait beaucoup plus qu'une nuit de sommeil pour recharger les batteries. Un mois de coma, peut-être. Ou alors, il fallait qu'il devienne somnambule pour pouvoir continuer à travailler.

Sa radio grésilla.

Il n'eut même pas la force de soupirer.

« Titus, j'écoute.

— Bonsoir, Titus, dit Kathy. Je viens de recevoir un appel de Calvin Macdonald. Lavon n'est pas rentré de l'école, aujourd'hui. Ses parents pensaient qu'il était peut-être allé à la Foire d'automne, mais quand ils ont appris ce qui s'est passé avec Denver, ils… Titus, il est 21 heures et personne n'a revu ce gosse depuis qu'il est parti de chez lui ce matin. »

Titus sentit le poids sur ses épaules l'écraser de plus belle, tandis qu'un nœud se formait dans son estomac.

J'ai vu ton frère marcher seul aujourd'hui.

28

Titus avait les yeux secs comme du papier de verre.

Il était debout depuis presque vingt heures. À force d'engloutir des boissons énergisantes et des cafés pour contraindre son corps à tenir, il était à deux doigts d'avoir des hallucinations.

Il avait rappelé tous ses adjoints, sans exception. Il avait contacté la police d'État. Il avait publié des messages sur les divers réseaux sociaux. Il avait déclenché une alerte enlèvement. Et il avait personnellement sillonné toutes les petites routes du comté à bord de son SUV – il était même allé jusqu'à Piney Island.

En vain.

La veille au soir, il s'était rendu au domicile de Calvin et Dorothy, où il avait trouvé deux coquilles vides aux traits tirés. Deux fantômes qui n'étaient plus que l'ombre d'eux-mêmes. Titus avait tout de suite remarqué que Dorothy était assise à une extrémité du canapé et que Calvin avait opté pour le fauteuil situé à l'opposé, comme si la proximité leur était devenue insupportable. Si les drames peuvent rapprocher certaines personnes, ils peuvent aussi rouvrir de vieilles blessures.

« Retrouve-le, Titus, avait imploré Calvin, la voix brisée par l'angoisse. Je t'en prie, retrouve notre petit garçon. »

À cet instant, son ami d'enfance était l'incarnation de la fragilité. Il était au bord de l'abîme, prêt à sombrer pour de bon. Dorothy, elle, semblait ailleurs. Dans un monde où son premier fils n'était pas mort et où le second n'était pas porté disparu.

Titus était reparti sans faire de promesse. Il en avait fait une à la mère d'un autre enfant, qu'il n'avait toujours pas réussi à honorer. Il ne voulait surtout pas donner de faux espoirs à Calvin et Dorothy, dans l'état où ils étaient. Si on retrouvait Lavon sain et sauf, ce serait merveilleux. Quasi miraculeux. Mais si on ne le retrouvait pas, ou si on ne retrouvait que son corps, cette promesse aurait été une touche de cruauté que Calvin et Dorothy ne méritaient pas.

« Titus, vous me recevez ? »

La voix de Carla, dans la radio.

« Titus, j'écoute.

— Les gars de la police d'État sont là avec les plongeurs. Vous voulez qu'on vous attende ou on peut commencer sans vous ? »

Titus ferma les yeux et crut entendre ses paupières s'entrechoquer.

« Non, ne m'attendez pas, répondit-il. Allez-y.

— Bien reçu, chef. »

Sans grand espoir, Titus avait demandé à la police d'État de venir draguer la rivière ainsi que le lac artificiel de l'ancienne carrière. Il ne voulait rien laisser au hasard, mais il était convaincu que c'était une perte de temps. Lavon n'était pas tombé à l'eau, il n'avait pas été victime d'un accident. S'il était encore en vie, il était avec le Dernier Loup. Et c'était la faute de Titus.

Ce meurtrier, cet Ange de la Mort, ce tueur du Saule pleureur s'était montré plus malin que lui à tous les niveaux. Peut-être qu'il avait eu de la chance, mais le constat restait le même : l'assassin qu'ils traquaient semblait toujours avoir un coup d'avance sur eux. Titus l'avait vu, pourtant. Il l'avait même tenu en joue. À cette occasion, il avait pu constater que le monstre n'était qu'un homme. Malheureusement, cet homme était peu à peu en train de devenir un mythe, une légende rurale dont les forfaits s'ajouteraient à la longue liste des tragédies qui émaillaient l'histoire de Charon.

Le Dernier Loup avait amorcé la saison des larmes, et Titus avait désormais le sentiment que cette saison ne s'achèverait jamais.

La vibration de son portable le ramena à la réalité.

« Allô ?

— Bonjour, shérif, ici la docteure Kim.

— Bonjour, docteure.

— Je voulais vous dire que l'autopsie de Denver Carlyle était terminée et qu'on devrait recevoir les résultats des examens toxicologiques des six ados dans la journée. »

Titus resta silencieux.

« Shérif ? demanda la légiste.

— Oui, oui, je suis là. Euh… Merci d'avoir appelé, mais… J'ai contacté la police d'État. Elle va prendre la main pour l'enquête sur la mort de Carlyle. Et… » Titus marqua une pause, avant de reprendre : « Je vais également confier l'affaire Spearman à ses agents. On va continuer à fournir un soutien, bien sûr, mais c'est eux qui en seront chargés, désormais. Je pense que votre interlocuteur sera le sergent Adam Geary, du BCI. »

Le mot « échec » semblait clignoter en lettres fluorescentes devant ses yeux, mais il savait que c'était son orgueil qui lui jouait des tours. Un bon chef devait savoir quand il était dépassé et quand il avait épuisé son équipe. Or Titus avait poussé ses adjoints jusqu'à leurs limites. C'était des gens bien, tous autant qu'ils étaient, mais cette affaire dépassait leurs compétences. Et les siennes, par la même occasion. La pilule était dure à avaler, mais tant pis – au besoin, il la croquerait et la réduirait en poudre dans sa bouche. Il aurait préféré ne pas passer le relais, évidemment, mais ce qu'il désirait n'avait aucune importance. Seules deux choses comptaient, à présent : trouver Lavon, et trouver le tueur.

Son grand-père avait coutume de dire que prendre la bonne décision n'était pas toujours facile, mais qu'on ne le regrettait jamais. Cette décision n'avait pas été facile à prendre. Restait à espérer qu'il ne le regretterait pas.

La légiste resta silencieuse une bonne minute.

« Je comprends, finit-elle par reprendre. Même si j'ai quand même quelques réserves.

— Comment ça ? »

Un nouveau silence.

« Titus, ces six ados étaient noirs. »

Elle n'avait pas besoin de développer. Titus comprenait très bien.

« Je ne les abandonne pas, docteure, répliqua-t-il. Je serai toujours là. C'est simplement que la police a plus de ressources que nous. Et puis, mes adjoints sont à bout de forces. »

Il détestait les mots qui étaient sortis de sa bouche.

« Je ne vous accuse pas de les abandonner, shérif. Je sais que vous ne feriez jamais une chose pareille. C'est juste que… Je ne suis pas sûre que le BCI aura autant à cœur que vous de résoudre cette affaire. »

Les paroles de la légiste résonnèrent en lui. Elle aussi était une personne de couleur qui occupait un poste à responsabilités et qui devait certainement lutter au quotidien contre des gens qui cherchaient en permanence à la décrédibiliser.

« Je m'assurerai personnellement qu'ils honorent leurs engagements, affirma Titus.

— Je vous crois, soupira la docteure Kim. Avec un peu de chance, ils nous aideront peut-être à identifier ce fichu T en métal. De tous les objets que nous avons retrouvés sur les corps, c'est le seul qui reste un mystère.

— Le T en métal, répéta Titus, qui ne voyait pas à quoi la légiste faisait référence.

— Mais si, vous savez, les deux espèces de tuyaux perpendiculaires avec une base un peu bombée. »

Un vague de chaleur envahit Titus. Il se redressa d'un bond sur son fauteuil.

« Docteure, pourriez-vous m'envoyer la photo de cet objet ?

— Je croyais que vous aviez décidé de confier l'affaire au BCI ?

— Pas encore. Envoyez-moi cette photo. »

C'était ça, il en était sûr : le fameux lien manquant. La dernière pièce du puzzle.

« C'est fait », annonça la légiste.

Quelques secondes plus tard, le portable de Titus émit une vibration.

Il examina l'objet sur l'image, décapa mentalement la rouille dont il était couvert et le vit non seulement pour ce qu'il était, mais pour ce qu'il représentait. Cet objet, c'était la clé qui permettrait de laisser enfin entrer la lumière et de dissiper l'obscurité qui les enveloppait depuis qu'ils avaient découvert les corps de ces pauvres enfants enterrés sous le saule pleureur.

Titus se gara devant l'entrée de l'usine de drapeaux Cunningham réservée au public et consulta sa montre. 9 heures. Bientôt l'heure de la première pause, pour l'équipe du matin. Non pas que cela eût la moindre importance : il n'était pas là pour parler aux ouvriers mais pour interroger le directeur de l'usine. Or tout le monde à Charon savait que Caleb Cunningham ne s'approchait des ouvriers qu'au moment de traverser la salle des machines pour retrouver son Hummer, à la fin de la journée.

Titus se présenta à l'accueil. Une grosse femme blanche assez âgée était assise derrière un long comptoir. Dans son dos, un bureau aux parois de verre, à travers lesquelles on devinait les entrailles labyrinthiques de l'usine. Des métiers à tisser qui s'étendaient sur plusieurs dizaines de mètres, des presses industrielles, des tables à repasser pneumatiques et des tapis roulants qui sifflaient et grondaient comme des bêtes affamées de doigts et de mains. C'était là qu'on tissait, cousait, brodait, repassait et pliait les drapeaux américains, les drapeaux de la Virginie et les divers étendards militaires qui étaient ensuite distribués dans tout le pays.

Et notamment le long de la côte Est, songea Titus.

Le nez sur son téléphone portable, la réceptionniste n'avait toujours pas remarqué la présence du shérif.

« Excusez-moi, je voudrais parler à Caleb », dit-il.

La femme leva la tête et plissa les yeux.

« Vous avez rendez-vous ?

— Pas besoin, répondit Titus en tapotant son insigne. Il faut que je lui parle. Tout de suite. »

La secrétaire ouvrit la bouche, la referma. Elle décrocha le combiné de son téléphone et actionna quelques boutons. À travers la paroi en verre, Titus vit Caleb répondre. Le directeur de l'usine leva la tête, reconnut Titus, prononça quelques mots et raccrocha.

« Vous pouvez y aller », dit la réceptionniste.

Titus souleva la partie amovible du comptoir, poussa une porte en bois et pénétra dans le bureau aux murs en verre. Caleb ne se leva pas. Il ne lui offrit pas non plus sa main à serrer. À travers la semelle de ses chaussures, Titus pouvait sentir le vrombissement constant des machines.

« Que puis-je faire pour vous, Titus ? demanda Caleb d'une voix qui n'avait rien de serviable.

— Bonjour, Caleb. Il me faut les carnets de suivi du camion que conduisait Denver Carlyle ces dernières années.

— Hein ? Et pourquoi, je vous prie ?

— Ça me regarde », répliqua Titus.

Caleb fronça les sourcils.

« Ces carnets sont confidentiels ; ils sont la propriété de l'usine Cunningham. Je ne suis pas sûr de pouvoir vous les présenter si vous n'avez pas de mandat officiel. Par ailleurs, nous sommes en pleine discussion avec nos avocats afin de savoir qui va nous dédommager pour le camion que Denver a détruit – il se pourrait même qu'on doive porter plainte contre le comté. D'ailleurs, au vu de la situation, je ne suis pas sûr que je devrais vous parler tout court. »

Titus était trop fatigué pour lever les yeux au ciel à l'idée que Caleb engage des poursuites contre le comté, sous prétexte qu'un de ses chauffeurs avait foncé sur une foule de manifestants avec son camion.

« Vous avez entendu parler des gosses qu'on a retrouvés enterrés sous un saule pleureur, sur la propriété de Tank Billups ? demanda Titus.

— Oui, bien sûr, mais je ne vois…

— L'un d'eux avait un de vos cadenas de camion enfoncé dans la gorge, le coupa Titus. Vous voyez, ces espèces de T en métal que vous utilisez pour protéger votre marchandise ? Eh bien, le tueur a forcé un ado de quinze ans à en avaler un. Je ne voyais pas de quoi il s'agissait, au début, et puis j'en ai vu un sur le camion que conduisait Denver, hier, quand il a essayé d'écraser Jamal Addison et ses partisans. Donc vous m'excuserez, mais j'ai pas le temps d'aller chercher un putain de mandat. Il me faut les carnets de suivi de Denver, et il me les faut maintenant.

— Je… Je… Euh…

— Caleb, j'ai pourtant été clair, non ? La vie d'un enfant est en jeu. Alors allez me chercher ces carnets ! »

Titus avait haussé le ton au point de couvrir le bruit des machines. Le peu de résistance que Caleb était prêt à offrir s'effrita, et il décrocha le combiné de son téléphone.

« Gloria, vous pouvez me sortir les carnets de suivi de Denver Carlyle sur les… euh…

— Les cinq dernières années, indiqua Titus.

— Sur les cinq dernières années… Oui, en PDF, ce sera parfait. »

Caleb raccrocha et se tourna vers Titus.

« On est passés à un système informatique l'année dernière, du coup on a tout scanné. »

Titus le regarda sans prononcer le moindre mot.

Au bout de quelques secondes, l'ordinateur portable de Caleb émit un tintement. Le président de l'usine ouvrit le document qu'il avait reçu et tourna l'écran vers Titus.

« Tout est là », dit-il.

Titus s'assit sur une chaise et se mit à examiner le PDF. Depuis qu'il travaillait comme livreur pour l'usine, Denver semblait avoir conduit presque exclusivement le camion portant le numéro 873. Alors qu'il faisait défiler les pages du document avec le pavé tactile de l'ordinateur, Titus sentit peu à peu un goût amer envahir sa bouche. Les dates ne concordaient pas. Il n'avait pas besoin de son carnet : toutes les informations étaient gravées dans sa mémoire. Il continua à cliquer, continua à regarder, continua à espérer.

« Vous ne trouvez pas ce que vous cherchez ? » demanda Caleb.

Titus l'ignora.

« Attendez, attendez, ces dates, là, en été…, marmonna Titus. Ce ne sont pas les initiales de Denver.

— Pardon ? »

Titus tapa la date du 1er août 2015 dans la barre de recherche.

« À qui correspondent les initiales RGL ? demanda Titus.

— Hmmm. Attendez, je peux regarder ? »

Titus tourna l'ordinateur vers Caleb.

« Ah, oui, je vois, dit le directeur. L'été, on a tendance à être débordés, et on recrute souvent des livreurs supplémentaires. On est même régulièrement obligés de louer des camions pour compléter notre flotte. Denver a demandé à conduire un de ces camions de location parce qu'ils sont plus récents et que la climatisation fonctionne mieux, du coup c'est un des extras qui a pris le sien. Cet été-là, on a vraiment fait pas mal de chiffre, quand j'y repense.

— Les initiales, Caleb.

— Oui, bien sûr. On recrute toujours des gens qui ont le permis poids lourd. Lui, c'est Royce Lazare. Celui qui conduit le bus scolaire, vous voyez ? Il est très bien, très pro. »

La bouche de Titus s'assécha instantanément.

Il reprit l'ordinateur et examina l'écriture penchée qui s'affichait sur l'écran. Et ces trois lettres, aux contours tranchants comme des lames de rasoir.

Royce Lazare.

Lazare. Si on déplaçait les lettres, on obtenait un autre nom.

Azraël.

L'Ange de la Mort.

« Avis de recherche pour Royce Lazare, annonça Titus dans sa radio. Il est armé et dangereux, et j'ai des raisons de croire qu'il détient Lavon Macdonald. Je répète, on recherche Royce Lazare. Soyez très prudents en l'approchant.

— Vous pensez que c'est lui ? »

La voix de Carla.

« Non, Carla, répondit Titus. Je *sais* que c'est lui. Cam, appelle le dépôt de bus et vérifie si Lazare travaille aujourd'hui. Si c'est le cas, que quelqu'un se charge de l'intercepter. De mon côté, je vais à son domicile, je suis à cinq minutes.

— Je suis à l'autre bout du comté, je vous rejoins dans un quart d'heure, chef, dit Carla.

— Et moi, sur Piney Island, ajouta Steve. Comptez vingt minutes.

— Non, non, ça sert à rien qu'on y aille tous. S'il n'est pas chez lui, je ne veux pas prendre le risque qu'il nous glisse entre les doigts. »

Titus filait à toute allure sur la route 18. Il ralentit, le temps de tourner sur Zephyr Road, puis écrasa à nouveau la pédale d'accélérateur. Il avait récupéré l'adresse de Royce à partir de l'ordinateur de bord de son SUV – 2274 Tall Chief Lane. D'un dérapage contrôlé, il avala un dernier virage serré.

Ignorant les grondements de protestation du moteur, il se mit à lire les numéros sur les boîtes aux lettres qu'il dépassait.

« 2268, murmura-t-il. 69. 70. »

Il freina brutalement.

Un pick-up rouge était stationné devant l'allée qui menait au 2274. Titus sauta de son SUV.

« Qu'est-ce que tu fous là ? s'écria-t-il. Fous le camp ! »

Tom Sadler descendit du pick-up.

« Je vous ai entendu à la radio, répondit son ancien adjoint. J'étais dans le secteur, je suis venu donner un coup de main.

— Tu travailles plus pour moi, Tom.

— Vous pouvez pas y aller tout seul, protesta l'autre en fermant sa portière. Si c'est vraiment lui, vous allez avoir besoin d'aide. Vous avez qu'à me réquisitionner. J'ai mon arme personnelle. Je suis prêt.

— J'ai pas le temps pour ces conneries. Fous le camp, je t'ai dit. Carla sera là dans cinq minutes.

— Et moi, je suis là maintenant ! Je veux aider. Chef, je vous en prie, j'en ai besoin. S'il vous plaît. »

Titus regarda l'allée qui traversait une pelouse d'herbe sèche et menait à une petite maison blanche à un étage.

« T'as ton gilet ? » demanda-t-il.

Tom souleva sa chemise, révélant un gilet pare-balles en Kevlar noir.

« S'il est chez lui, il y a des chances qu'il détienne Lavon Macdonald, dit Titus. Dans la mesure du possible, on essaie de l'interpeller, mais hésite pas à l'abattre si tu sens qu'il a pas l'intention de se laisser faire.

— Compris.

— Il est temps de mettre un terme à la saison des larmes, murmura Titus.

— Pardon ?

— Rien. Allons-y. »

29

À côté du SUV de Titus et du pick-up de Tom était stationné un vieux Ford Econoline blanc. Titus ne savait pas s'il appartenait à Royce mais, en tout cas, ce van tout ce qu'il y avait de plus banal correspondait à son *modus operandi* : se fondre dans la masse, passer inaperçu, faire partie intégrante du décor.

Titus dégaina son arme. Tom l'imita.

La maison était en très bon état : la véranda entourée de sa moustiquaire avait reçu une couche de peinture fraîche, il y avait une girouette décorative en métal plantée dans le jardin, et le revêtement extérieur de la bâtisse elle-même semblait avoir été récemment nettoyé au Kärcher.

Tentative d'effacer des preuves de la part de Royce ou simple souci d'esthétisme ? se demanda Titus.

Il poussa la porte à moustiquaire, ignora le salon de jardin et le barbecue en dur dans un angle de la véranda, et s'approcha de la porte d'entrée. Celle-ci était vitrée sur sa partie haute, avec six carreaux séparés par des baguettes blanches. Il frappa. Voyant que personne ne répondait, il risqua un coup d'œil par la fenêtre. La maison semblait vide.

Titus frappa à nouveau.

Rien.

« Qu'est-ce qu'on fait ? demanda Tom.

— On a toutes les raisons de croire que quelqu'un est en danger à l'intérieur, ce qui nous donne un motif valable d'entrer », répondit Titus.

Un mensonge, et il le savait. Si Royce n'était pas là, si Lavon n'était pas là, tout ce qu'ils trouveraient dans cette maison pourrait être déclaré irrecevable devant un tribunal. Et cela, même un étudiant en première année de droit le verrait.

Pourtant, Titus sentait dans ses tripes qu'il était au bon endroit. Qu'il avait trouvé l'abattoir. Et que Royce était le boucher.

Il actionna la poignée.

La porte n'était pas verrouillée.

« Allez, on entre », dit-il.

Il flottait à l'intérieur de la maison une odeur douceâtre et écœurante, comme si quelqu'un avait un peu trop abusé des bougies parfumées. Ils pénétrèrent dans un salon assez minimaliste, avec un canapé, un sofa et un petit écran plat accroché au mur, au-dessus d'une cheminée qui semblait condamnée. Titus se fit la réflexion qu'il n'y avait aucun cadre photo. Pas de famille, pas d'amis, pas de moments heureux immortalisés sur papier glacé. Devant eux s'étalait une immense cuisine ; sur leur gauche, une porte fermée.

Titus désigna la porte de l'index, sans prononcer le moindre mot. Tom acquiesça. Les deux hommes s'approchèrent discrètement. Tom s'adossa au mur côté droit, Titus fit de même côté gauche, et il tendit le bras pour attraper la poignée. Il compta jusqu'à trois avec les doigts et poussa le battant d'un coup.

Il pénétra dans la pièce, s'accroupit et balaya chaque angle avec le canon de son pistolet. C'était une petite chambre spartiate, avec un lit simple au centre. La décoration était aussi inexistante que dans le salon.

Dayane Carter était étendue sur le lit, les poignets et les chevilles attachés aux montants. Elle était nue et ne bougeait pas. Titus posa deux doigts sur son cou. Il y avait un pouls, mais il était très faible.

« Mon Dieu », murmura Tom.

La quasi-intégralité du corps de Dayane était zébrée de coupures et d'entailles qui formaient des mots et des phrases à connotation religieuse, mais que Titus n'avait jamais lus dans aucune bible. Après avoir tailladé sa victime, Royce avait visiblement tenté de cautériser ses plaies.

Il voulait la maintenir en vie le plus longtemps possible, devina Titus.

Si tel était le projet de Royce, il avait en grande partie échoué : de nombreuses coupures étaient infectées et dégageaient une odeur épouvantable. Titus comprit alors pourquoi le tueur avait autant abusé des désodorisants d'ambiance.

« On se sépare ? suggéra Tom à voix basse. Je prends l'étage, vous vous occupez du rez-de-chaussée ?

— Non, répondit Titus. Tu as vu la double porte dans la cuisine ? Elle doit sûrement mener à un cellier ou à une cave. Je vais aller vérifier. Toi, appelle les secours pour Dayane.

— Rien ne m'empêche de venir avec vous pendant que je passe le coup de fil…

— Si tu veux. Allons-y. »

Titus repartit vers la cuisine. Il entendit Tom dans son dos qui donnait l'adresse à Cam et qui lui demandait d'envoyer une ambulance ainsi que tous les renforts disponibles. La cuisine était deux fois plus grande que celle de son père et, contrairement au reste de la maison qui brillait par son austérité, cette pièce disposait de tout l'équipement moderne. Il y avait là une machine à espresso dernier cri, un réfrigérateur rétro en Inox, un énorme blender et un robot mixeur d'un rouge éclatant. Titus nota également la présence d'un gros grille-pain six tranches et d'une boîte à biscuits en porcelaine en forme d'ours en peluche. Le sol était recouvert d'un carrelage à damier noir et blanc en marbre, au centre duquel trônait une table métallique rouge pomme de forme à peu près ovale. Sur la gauche, une porte à moustiquaire qui donnait sur le jardin. Sur la droite, un piano de cuisson et un garde-manger dissimulé par un rideau.

« On vérifie le garde-manger, murmura-t-il en désignant le rideau.

— Il a pas l'air assez profond pour servir de cachette à quelqu'un, fit remarquer Tom sur le même ton.

— Pas grave. »

Tom tourna la tête pour ajouter quelque chose.

L'instant d'après, il se jetait sur Titus pour le plaquer au sol, alors qu'une détonation assourdissante faisait trembler les murs de la cuisine.

Titus eut à peine le temps de voir la tête de Tom Sadler se désintégrer qu'il tomba à la renverse contre la table en métal. Celle-ci glissa sur le carrelage et Titus, déséquilibré, écarta les bras pour amortir sa chute.

Royce Lazare franchit d'un bond la porte à moustiquaire détruite. Il était torse nu, et son éternelle casquette et sa longue tignasse brune avaient disparu. Il tenait à la main un fusil de chasse à double canon. Titus roula sur le carrelage pour se retrouver sur le dos et voulut braquer son arme vers le tueur mais celui-ci, se servant de son fusil comme d'un club de golf, lui fracassa les phalanges de la main gauche d'un coup de crosse.

Les oreilles de Titus bourdonnaient tellement qu'il n'entendit même pas le pistolet glisser sur le carrelage. Il se releva et se jeta sur Royce, le plaquant contre un des plans de travail. Royce lâcha son fusil et se mit à faire pleuvoir les coups de poing sur le dos de Titus, qui eut l'impression qu'on lui martelait la colonne vertébrale avec des parpaings. Titus verrouilla les mains derrière la taille de son agresseur et le souleva afin de le déséquilibrer.

Malheureusement, il n'eut pas le temps de terminer sa manœuvre qu'il sentit au niveau du flanc droit un coup encore plus puissant que les précédents. Le souffle coupé, il lâcha Royce et le repoussa le plus loin possible avec ses deux mains. Après quoi il tituba en arrière, glissa sur le sang de Tom et se retrouva à nouveau étendu sur le carrelage. Il sentit que l'endroit où il avait reçu le dernier coup était chaud et humide.

Royce s'avança vers lui, un couteau Bowie à la main.

Il doit en avoir toute une collection, eut le temps de songer Titus, avant de sentir quelque chose de dur sous ses fesses.

Le pistolet qu'il avait lâché.

Il s'en saisit au moment où Royce allait se jeter sur lui pour l'achever. Royce vit l'arme. Par réflexe, il tendit la main devant lui pour se protéger. Titus fit feu.

La balle traversa la paume de Royce, lui érafla la joue et lui arracha un morceau de l'oreille gauche. Le tueur poussa un hurlement de douleur et, battant en retraite, se précipita vers ce qui restait de la porte à moustiquaire. Titus roula sur le côté et pressa à nouveau la détente. Hélas, il n'eut pas le temps d'ajuster son tir et ne parvint à toucher que la machine à expresso posée sur le plan de travail. Royce en profita pour prendre la fuite. Une fois de plus.

Allongé sur le flanc gauche, Titus essayait de tenir son arme, mais elle lui paraissait si lourde. Sa chemise était imbibée d'un mélange de son sang et de celui de Tom. Un rayon de soleil traversa ce qui restait de la porte à moustiquaire pour se poser sur son visage. Une caresse tiède qui contrastait avec la froideur du carrelage.

Le carrelage n'est pas froid, songea-t-il. C'est le choc hémorragique.

Il s'efforça de chasser de son esprit cette idée qui le terrifiait. S'il s'autorisait à fermer les yeux un petit instant – une minute, pas plus –, il savait qu'il parviendrait à se ressaisir et à trouver les ressources nécessaires pour rattraper Royce Lazare et lui mettre une balle dans la tête.

Mais le choc, dans tout ça ? L'hémorragie ?

« C'est rien, c'est rien, marmonna Titus. Faut juste que je me repose un peu. »

Il ferma les yeux.

L'obscurité n'était pas si désagréable. Au contraire, elle était même plutôt réconfortante. Il avait tenté de la fuir pendant si longtemps qu'il ne lui était jamais venu à l'esprit que c'était peut-être là sa place, et que son destin était de ne faire qu'un avec les ombres, un avec la nuit infinie.

« Tu vas arrêter, avec tes bêtises ? »

Titus entendit la voix, mais il refusa de croire qu'elle était réelle. Mieux valait garder les yeux fermés et se laisser partir que les ouvrir et se rendre compte qu'il avait tout imaginé. Non, il ne se laisserait pas briser le cœur une fois de plus.

« Fais pas comme si tu m'entendais pas, Titus. Allez, il faut que tu te lèves, mon grand. Plus vite que ça. Il a Lavon avec lui et il risque de lui faire des choses horribles. Lève-toi, mon fils. Il n'a pas pu partir bien loin. Lève-toi.

— Mais je suis tellement fatigué, maman, bredouilla Titus.

— Je sais, mon grand, mais il faut quand même que tu te lèves. LÈVE-TOI ! »

Titus ouvrit les paupières.

Le rayon de soleil lui caressait toujours le visage. Il n'y avait personne dans la cuisine, à part Tom et lui. Il roula sur un côté et se redressa juste assez pour agripper la poignée du réfrigérateur. Un grognement, et il parvint à se mettre debout. L'épaule appuyée contre la porte en Inox, il tâta sa blessure à l'abdomen. Elle saignait abondamment. Il retira sa chemise et, avec lenteur, il la serra aussi fort que possible autour de sa taille. Il voulut ensuite respirer profondément, mais la douleur était telle qu'il se ravisa.

Titus baissa les yeux et vit son pistolet sur le carrelage. Comme il avait trop peur de perdre à nouveau connaissance s'il se penchait pour le ramasser, il s'accroupit tout doucement, serra les dents et, au premier essai, parvint à s'en saisir. Lorsqu'il s'éloigna du réfrigérateur, il constata qu'il en avait repeint la porte en rouge avec ses mains.

Il tituba jusqu'à la porte à moustiquaire, se força à prendre une difficile inspiration et sortit.

Des gouttes de sang luisaient dans l'herbe. Il les suivit, de la même manière qu'il avait suivi le douze-cors qu'il avait mortellement blessé, toutes ces années auparavant. La piste s'arrêtait au niveau d'une espèce de haie formée par six plants de rhododendrons. Titus tourna la tête à gauche, puis à droite.

À sa gauche, un champ récemment défriché ; à sa droite, une prairie luxuriante tapissée de chèvrefeuille. Il baissa les yeux et constata qu'à l'endroit où les gouttes de sang s'interrompaient, la pelouse paraissait plus terne. Les rhododendrons aussi avaient quelque chose qui manquait de naturel.

Il y a quelque temps de ça, j'ai aidé quelqu'un sur un projet de construction.

Titus tendit la main et toucha les rhododendrons. Passa ses doigts sur les feuilles, sur les fleurs.

Du plastique.

Il attrapa une branche et tira.

La trappe sur laquelle était fixé le faux buisson se souleva, révélant un large trou éclairé par des néons. Une échelle en métal permettait d'y descendre.

Titus se pencha. Au pied de l'échelle, Royce Lazare l'attendait. Il tenait Lavon devant lui et, de sa main valide, il appliquait la lame d'un couteau contre la gorge du garçon.

« Je me demandais si vous alliez réussir à trouver l'entrée, dit Royce en adressant un sourire démoniaque à Titus du tréfonds de son antre. Jetez votre arme et descendez. Allez, ne vous faites pas prier, rejoignez-nous dans le Tartare ! »

Son torse nu, son visage glabre et son crâne rasé étaient maculés de sang. L'espace d'un instant, Titus songea qu'il ressemblait effectivement à un ange. Un ange déchu.

30

La main tremblante, Titus lâcha son pistolet. Il savait que son corps ne fonctionnait plus que grâce à l'adrénaline et à l'endorphine, et que ce carburant était précieux. Il fallait qu'il descende sauver Lavon. C'était le plus important. Il n'avait pas réussi à sauver Latrell. Il réussirait à sauver son frère. Quoi qu'il en coûte.

Échelon par échelon, il descendit donc dans le bunker, qui se révéla plus spacieux qu'il ne l'avait anticipé.

La pièce dans laquelle il posa le pied devait faire six mètres sur douze et, contrairement au style pour le moins minimaliste qui caractérisait la maison, Royce avait ici mis le paquet sur la décoration. Un bandeau LED courait tout autour du plafond, baignant de sa lueur rouge et bleu une demi-douzaine de poufs poires répartis sur le sol, à côté de guéridons surmontés de lampes à lave. Une croix de Saint-André était appuyée contre un mur, à proximité d'une vieille table de thanatopraxie.

Et puis il y avait les anges. Des anges partout. Des tableaux encadrés dans le style de Caravage, de Rembrandt et de Bacon. Des posters bas de gamme représentant des anges de mangas et de bandes dessinées. Et une statue en granit que Royce avait dû dérober dans un cimetière et qui faisait face à la table de thanatopraxie.

Titus songea que ces archanges et ces séraphins avaient été témoins de la pire manifestation du libre arbitre qu'on pouvait imaginer.

« La table vous plaît ? demanda Royce. D'habitude, j'y mets une nappe quand je reçois des invités. Des invités que je compte laisser repartir, s'entend. »

C'était surtout l'avant-bras musclé de Royce qui maintenait Lavon en place, mais la lame du couteau Bowie était toujours trop proche de la gorge du garçon au goût de Titus.

« Tout va bien se passer, Lavon, je te le promets », dit Titus.

Royce fit claquer sa langue.

« Vous ne devriez pas faire de promesses que vous n'êtes pas en mesure de tenir, shérif.

— Vous portez une perruque parce que vous n'aimez pas vos cheveux au naturel, Gabriel ? demanda Titus. Ils frisent, c'est ça ? Est-ce que c'est à cause des Hillington que vous détestez cette partie de vous-même ? »

Royce fronça les sourcils.

« Les Hillington m'ont aidé à comprendre que le Dieu qu'on vénère est un sociopathe. Il nous laisse libres de nous faire des choses horribles les uns aux autres, et lui et ses anges profitent ensuite du spectacle, comme les Romains au Colisée. Et qui est le plus à plaindre, dans cette combine ? Les nègres. Ils sont la merde sous la chaussure de l'espèce humaine. Ils vivent dans un monde où tout est mis en place pour qu'ils se fassent niquer à tous les niveaux. J'ai rendu service à ces gosses. Quelle vie les attendait, en Amérique, cette terre bâtie sur des massacres au nom de Dieu le Père ? Tu parles d'un père ! Il ne s'est jamais occupé de nous, il nous a abandonnés. Aucun ange n'est jamais descendu du ciel pour nous empêcher de mener à bien nos projets. Aucun. Pourtant, j'ai prié pour qu'ils interviennent. Je voulais voir le feu sacré. Rien qu'une fois, putain ! »

Royce hurlait, à présent.

« C'est pour ça que tu as tué six adolescents noirs, Gabriel ? demanda Titus. Parce que tu en voulais à Dieu de ne pas t'avoir protégé de Henry Hillington ? »

Il regarda le couteau. Lavon s'était légèrement décalé sur la droite, pour se rapprocher de l'intérieur du coude de son ravisseur.

Titus avait la tête qui tournait. Il sentait qu'il était sur le point de perdre connaissance. Il devait agir vite.

Royce eut un sourire mauvais.

« Parce que vous croyez qu'il n'y en a eu que six ? »

Titus continua à parler pour le distraire.

« Je pense que vous avez tué des enfants noirs parce que vous vouliez tuer cette partie de votre identité. Je pense que c'est aussi pour ça que vous avez rejoint les Fils de la Confédération, que vous vous habillez comme eux et que vous écoutez la même musique qu'eux. Mais ça ne marchera pas, Gabriel, et vous le savez. »

Royce resserra son étreinte sur Lavon.

« Arrêtez de m'appeler comme ça, putain. C'est pas mon nom.

— Je sais ce qu'ils vous ont fait, reprit Titus en levant les mains en signe d'apaisement. Elias, Henry, les Hillington. Cette église. Et je sais que vous avez vécu dans la peur. La colère. Le désespoir. Prier Dieu de toutes ses forces pour se rendre compte qu'il s'en fiche, je connais ça, moi aussi. Quand j'étais encore enfant, j'ai prié Dieu pour qu'il épargne ma mère. Toute la nuit, parfois. Tout comme vous lui avez adressé des prières pour qu'il vous sorte de cet enfer.

— Et vous avez vu le résultat ? Il aurait pu me sauver, mais il ne l'a pas fait. Vous savez ce que c'est, l'enfer ? Oubliez les lacs de feu. L'enfer, c'est d'être ignoré par Dieu. J'étais en enfer, et jamais il n'a tendu la main vers moi. J'ÉTAIS UN ENFANT ! Un enfant… »

Les yeux écarquillés de Royce brillaient comme des émeraudes.

« Peut-être qu'il est en train de le faire maintenant, dit Titus d'une voix douce. Laissez-moi vous aider… Royce. Relâchez Lavon et laissez-moi vous aider. »

Il tendit la main. L'espace d'une demi-seconde, Royce ferma les yeux.

Quand il les rouvrit, Titus vit le démon qui y avait élu domicile.

« Voilà ce que je vous propose, dit Royce d'une voix glaciale. Vous n'avez qu'à prier pour que je ne tranche pas la gorge de ce gamin, et on verra bien si l'archange Michaël me frappe de son épée. »

Les doigts de Royce se crispèrent sur le manche du couteau Bowie.

Titus se prépara à intervenir.

C'est alors qu'il remarqua que Lavon avait enfoncé sa petite main brune dans sa poche pour en sortir discrètement un objet argenté.

Titus releva les yeux vers Royce, qui le regardait avec un grand sourire démoniaque tandis qu'il commençait à faire glisser la lame contre la gorge de l'enfant.

Titus se jeta sur lui au moment où Lavon enfonçait le couteau d'office jusqu'à la garde dans l'avant-bras de son ravisseur. Royce poussa un hurlement suraigu qui détonnait avec sa carrure athlétique. Lavon tomba à genoux et s'écarta le plus vite possible tandis que Titus percutait Royce de tout son poids.

Titus agrippa la lame du couteau Bowie de sa main droite et asséna un direct du gauche qui cueillit Royce en plein nez. Celui-ci cilla à peine et répliqua par un coup de coude. Titus eut l'impression qu'on l'avait frappé à la tête avec un sac de ciment.

Royce tira d'un coup sec sur le manche du couteau et Titus finit par lâcher prise, la paume en sang. L'homme brandit alors son arme et l'abattit sur le visage de Titus. Ce dernier sentit sa joue s'ouvrir en deux comme la mer Rouge. Il parvint malgré tout à sauter en arrière pour esquiver la deuxième attaque, dirigée vers son abdomen, et réussit à agripper à nouveau la lame avec sa main droite. Cette fois, il tourna vivement le poignet et Royce lâcha le couteau, qui tomba au sol.

Titus asséna alors un crochet du droit à son adversaire. Dans un rugissement terrible et interminable qui n'avait rien d'humain, celui-ci saisit Titus à la gorge et le plaqua contre un mur, faisant tomber deux tableaux au passage.

Titus sentit ses forces le quitter. Les doigts de Royce autour de sa gorge étaient un étau qui lui comprimait la trachée. Il parvint malgré tout à enfoncer un pouce dans l'œil de son adversaire mais celui-ci, pas perturbé le moins du monde, se contenta de resserrer sa prise. Alors que de petits points noirs se mettaient à danser dans son champ de vision, Titus vit les lèvres de Royce se retrousser comme les babines d'un loup.

À l'aveugle, il attrapa la boucle de sa ceinture.

Un *clic*, et elle se détacha.

Il actionna le mécanisme situé à l'arrière.

Dix centimètres d'acier tranchant jaillirent de la boucle rectangulaire.

Dans un ultime effort, Titus les plongea dans le cou de Royce, juste en dessous du menton. Puis il tira d'un coup sec vers la gauche, libérant un flot de sang. Royce lâcha Titus. Il tituba en arrière en se tenant la gorge à deux mains, se cogna à la table de thanatopraxie et s'écroula au sol, inanimé, tandis que le torrent de sang continuait à s'écouler de la plaie.

Titus se laissa glisser le long du mur jusqu'à ce qu'il sente la moquette sous ses fesses. Une fois assis, il voulut prendre une profonde inspiration, mais ses poumons refusèrent de se gonfler.

Très lentement, Lavon s'approcha de lui.

« Il est mort ? demanda-t-il.

— Oui.

— Bien fait pour lui. J'étais le seul à pas aller à la Foire d'automne, et il a pas voulu me laisser descendre du bus. Il a dit des choses très méchantes sur mon frère.

— Tout ce qu'il a pu te dire… C'est des mensonges. Ton frère t'aimait, Lavon. »

La voix de Titus n'était plus qu'un murmure. Il avait l'impression de flotter.

« Hé, tu veux bien… regarder dans ma poche ? Prends mon téléphone et appelle les secours. Dis-leur où on est. Ils vont pas trouver, sinon, et… j'ai besoin d'aide. »

Lavon s'exécuta.

« Oui, on est à…

— Au 2274 Tall Chief Lane. Dans un bunker dans le jardin », compléta Titus.

Lavon répéta le message. Quelques secondes après, il raccrocha.

« Ils ont dit qu'ils arrivaient bientôt. »

Titus ferma les yeux.

« Espérons », soupira-t-il.

Lavon s'assit par terre à côté de lui.

« Ça va aller », fit-il.

Titus ne savait pas s'il s'agissait d'une question ou d'une affirmation.

« Mon frère me manque, ajouta Lavon. Maman dit qu'il était malade, mais il me manque quand même.

— Je suis sûr que toi aussi, tu lui manques », eut la force de murmurer Titus avant de sombrer dans une nuit éternelle.

Titus avait l'impression d'avoir mâché du coton. Il ouvrit les yeux et vit Albert et Marquis assis de part et d'autre de son lit d'hôpital. Lorsque Albert se rendit compte qu'il était réveillé, il sauta de sa chaise avec une agilité inattendue, attrapa la main gauche de son fils et la serra si fort que Titus grimaça malgré les anti-douleurs.

« Mon fils, mon fils, tu es revenu ! s'exclama Albert, alors que de grosses larmes sillonnaient déjà son visage buriné pour se perdre dans sa barbe grise. Je savais que tu reviendrais !

— Je suis resté inconscient… combien de temps ? demanda Titus.

— Deux jours, répondit Marquis, qui s'était levé à son tour et agrippait fermement les montants du lit.

— Je t'aime, chuchota Albert en caressant le front de Titus.

— Moi aussi, je t'aime, papa, croassa Titus.

— Je vais aller te chercher de l'eau. Le docteur a dit que tu aurais le droit de boire de l'eau si… quand tu te réveillerais.

— Ouais, j'ai très soif.

— Je reviens tout de suite, promit Albert, et il quitta la pièce en boitillant, son agilité n'ayant été que temporaire.

— Qu'est-ce qu'elle a, ma voix ? souffla Titus à Marquis une fois certain que leur père n'était plus à portée d'oreille.

— Cet enfoiré t'a bousillé le larynx. Il a aussi touché ton foie et perforé ta vésicule biliaire mais, apparemment, ça, t'en as pas besoin. Les médecins ont dit que c'était pas gagné que tu t'en sortes. Avec papa, on leur a répondu que t'étais trop têtu pour y rester. Qui s'occupera d'arrêter les voleurs de pommes, si t'es plus là, hein ? »

Marquis prit délicatement la main droite de Titus dans la sienne.

Titus tourna la tête. La fenêtre de la chambre donnait sur un petit jardin d'herbes sauvages, avec un banc en bois entouré de monolithes en quartz disposés en cercles concentriques.

« Tu sais, quand il m'a poignardé, j'ai perdu connaissance, l'espace de quelques secondes, dit Titus. J'étais étalé sur le carrelage de la cuisine, baignant dans mon sang et celui de Tom, pas loin du choc hémorragique et… »

Titus essaya de déglutir, mais il avait l'impression d'avaler du fil de fer barbelé.

« Et quoi ? demanda Marquis, tandis que Titus se passait la langue sur les lèvres.

— Et je crois que je l'ai entendue.

— Qui ça ?

— Maman. Je sais bien que c'était l'instinct de survie. L'adrénaline qui tourne à plein régime et qui cause des courts-circuits dans le cerveau, mais ça m'a paru tellement réel, sur le moment… Je savais que c'était un rêve et que, si j'ouvrais les yeux, elle ne serait pas là. Pourtant ça m'a aidé à me relever. Je crois que mon esprit est allé chercher mon émotion la plus puissante et qu'il s'en est servi pour faire repartir la machine.

— Ton émotion la plus puissante, c'est le chagrin ? s'étonna Marquis.

— Non. La culpabilité.

— Titus, t'as pas à te sentir coupable de quoi que ce soit, par rapport à maman. T'aurais rien pu faire, je te l'ai déjà dit. Et papa et moi, on n'aurait rien pu faire non plus. C'était au-delà de nos compétences…

— Je sais bien. N'empêche que…

— Je vais te dire, j'y connais rien, moi, à ces histoires d'adrénaline et d'instinct de survie, et… j'entends bien que c'est ton cerveau qui t'a donné la force de te relever pour défoncer ce cinglé, mais… Et si c'était effectivement maman qui était revenue aider son fils ? Je sais que tu crois pas à ces choses-là, mais t'as pas trouvé ça agréable, d'entendre sa voix ? Moi, en tout cas, je donnerais tout pour pouvoir l'entendre une dernière fois. »

La respiration de Titus se fit de plus en plus rauque.

Quelques secondes plus tard, il pleurait à chaudes larmes, des sanglots puissants qui secouaient tout son corps, tandis que Marquis le serrait fort dans ses bras.

« Elle me manque tellement, sanglota Titus. J'ai pas pu la sauver. J'ai pas pu la sauver. Elle me manque tellement.

— Tu as sauvé Lavon, lui murmura Marquis à l'oreille. Tu as sauvé Kellie. Tu as sauvé Charon. Et maintenant, il serait peut-être temps que tu penses à te sauver toi-même. »

Et ils restèrent serrés dans les bras l'un de l'autre pendant un long moment.

31

Le crépuscule teintait le ciel du comté de Charon de reflets magenta, et la bise de décembre balayait la maison des Crown dans un concert de sifflements.

Dans la cuisine, Albert achevait de débarrasser la table, tandis que Marquis, qui avait terminé sa bière, se levait pour jeter la bouteille à la poubelle.

Titus descendit l'escalier. Il portait une veste en cuir noir, un tee-shirt noir et un blue-jean. Il posa le gros sac en toile qu'il avait sur l'épaule et rejoignit les autres.

« Alors, vous m'accompagnez jusqu'à la voiture ? » dit-il.

Après un mois et demi, sa voix n'avait toujours pas retrouvé son timbre habituel. Les médecins avaient proposé de l'opérer, mais Titus avait décliné leur offre – côté opérations, il avait donné. Dès sa sortie de l'hôpital, il avait appelé Kellie pour prendre de ses nouvelles. En l'entendant, elle avait fondu en larmes.

« Oh, Virginia, mais qu'est-ce qu'il t'a fait ? » avait-elle demandé entre deux sanglots.

Ils s'étaient promis de garder le contact, mais Titus n'y croyait pas. Il savait que chaque fois qu'elle le verrait ou qu'elle l'aurait au téléphone, cela lui rappellerait l'expérience la plus traumatisante de sa vie. Titus ne voulait pas lui imposer une telle torture.

« Je comprends pas pourquoi tu peux pas attendre demain matin pour partir, protesta Albert.

— Papa, j'ai quinze heures de route jusqu'à Bâton-Rouge. Si je pars maintenant, je serai sur le campus à 9 heures et j'aurai le temps de m'installer.

— J'arrive toujours pas à croire que tu vas devenir instit, intervint Marquis.

— Professeur, rectifia Titus.

— C'est pareil. En tout cas, je t'imagine pas assis derrière un bureau à corriger des copies et à distribuer les bons points !

— Je vais donner des cours de criminologie, donc je ne change pas non plus complètement de branche.

— N'empêche. Je pense que tu vas vite t'ennuyer. »

La vaisselle terminée, Albert se retourna.

« Si l'Oasis avait pas brûlé, j'aurais bien proposé qu'on aille y boire un dernier verre, dit-il en s'essuyant les mains avec un torchon.

— C'est pas comme si j'avais prévu de jamais revenir, papa, dit Titus. Et puis, de toute façon, l'Oasis était un bar pourri. Un bon incendie, c'est tout ce qu'il méritait. »

Il croisa le regard de son frère. Celui-ci n'alla pas jusqu'à lui adresser un clin d'œil, mais c'était tout comme.

« L'Oasis qui part en fumée, l'usine de drapeaux qui ferme, les Cunningham qui vendent leur conserverie et qui quittent le comté, et maintenant toi qui démissionnes, soupira Albert. J'ai l'impression que Charon est en train de s'effondrer. »

Titus repensa à la tête de Carla quand il lui avait remis son insigne.

« Euh… Vous avez le droit de faire ça ? avait-elle demandé.

— C'est déjà fait. J'ai remis ma démission au conseil de comté et je les ai informés que tu assurerais l'intérim. Tu vas donc finir mon mandat et ensuite, si tu veux te présenter, il y a des chances que tu te retrouves face à Roger. »

Carla avait longtemps regardé l'étoile dans sa main.

« J'aurais préféré que vous restiez, avait-elle soupiré.

— Tu te souviens, après la perquisition chez Spearman, quand tu m'as demandé comment je gérais le fait d'avoir toutes ces horreurs dans la tête ?

— Ouais, vous m'avez dit que vous essayiez de pas rêver.

— Exactement. Et là, j'ai envie de pouvoir m'endormir à nouveau sans avoir peur de ce que je verrai dans mes rêves. Si je peux te donner un conseil, Carla, présente-toi. Je pense que tu peux gagner. Rapproche-toi de Jamal Addison et il te fournira les voix qu'il te faut. Tu ferais une bonne shérif, Carla. Bien meilleure que moi. »

Elle l'avait pris dans ses bras.

« Tu sais, papa, il faut parfois brûler la récolte pour laisser à la terre l'occasion de se renouveler, dit Titus.

— T'as lu ça dans l'almanach du parfait petit fermier ? » railla Marquis.

Titus secoua la tête, un sourire aux lèvres.

« Allez, assez traîné, accompagnez-moi à la voiture. »

Lorsqu'ils sortirent, le soleil était à peine visible au-dessus de l'horizon. Ils s'immobilisèrent côte à côte sur le porche et prirent le temps de regarder le ciel.

« J'y vais », annonça Titus.

Albert serra son fils contre lui.

« Appelle-nous quand tu seras arrivé, dit-il. Et si tu t'arrêtes pour faire une pause. Enfin, appelle-nous, quoi. »

Il libéra Titus et fit un pas en arrière.

« Tu sais que je vais passer te chercher pour qu'on aille faire un tour tous les deux à La Nouvelle-Orléans, hein ? dit Marquis en étreignant son frère à son tour.

— J'y compte bien », lui murmura Titus à l'oreille.

Ils se donnèrent quelques tapes dans le dos, puis Titus monta dans sa Jeep et démarra.

Il baissa la vitre.

« Faites pas de bêtises en mon absence, hein ! Je vous passe un coup de téléphone en arrivant.

— Allez, file avant qu'on se remette tous à chialer comme des mômes », lui lança Marquis.

Titus s'esclaffa.

« Je vous aime, dit-il.

— Tout pareil, répliqua Marquis.

— Je t'aime, fils », répondit Albert.

Titus dépassa le supermarché et la pharmacie. À l'exception d'un opossum apeuré qui traversa devant lui, les rues de Charon étaient désertes. Il tourna à gauche sur Courthouse Lane. Ensuite, il récupérerait Zephyr Road, puis la route 19 et traverserait les comtés de Red Hill et de Maryville, pour enfin rejoindre l'autoroute aux abords de Newport News.

Alors qu'il passait devant le tribunal et la statue de Joe le Rebelle, il écrasa la pédale de frein.

Il actionna la marche arrière, se gara sur une des places de stationnement en épi qui se trouvaient là et descendit de la Jeep.

Un regard à droite et à gauche. Personne. Les derniers reflets du crépuscule avaient disparu, laissant la place à une nuit sans étoiles.

Titus ouvrit le coffre et déplaça ses valises sur un côté. Il souleva ensuite le cache de la roue de secours et retira le cric et le démonte-pneu, ainsi que les feux de détresse et le triangle réfléchissant que son père lui avait donnés quelques mois plus tôt, « au cas où ».

Enfin, Titus mit la main sur la sangle de traction jaune que lui avait offerte son père à la même occasion.

Il s'avança jusqu'à la statue. À la lueur de ses feux arrière, il lut la plaque apposée au piédestal.

À nos pères, nos fils et nos frères, qui se sont battus avec courage et dévouement pour préserver notre mode de vie. 1915 – Comté de Charon.

« Marre de leurs conneries », marmonna Titus en enroulant la sangle autour de la taille de Joe le Rebelle.

Une fois l'autre extrémité accrochée à sa boule d'attelage, il se remit au volant de la Jeep et passa la première.

Alors que les pneus crissaient sur le bitume en dégageant une fumée noire et que le moteur poussait des hurlements de frustration, Titus songea que l'opération était vouée à l'échec. Mais, après quelques secondes, comme le général Lee à Appomattox, la statue finit par rendre les armes.

La silhouette de bronze s'écrasa lourdement au sol. Dans sa chute, Joe perdit un bras, qui rebondit sur la route dans une gerbe d'étincelles.

Titus descendit, détacha la sangle, puis remonta à bord et démarra sur les chapeaux de roues, hilare.

Lorsqu'il franchit la limite du comté quelques minutes plus tard, il riait encore.

REMERCIEMENTS

Écrire un roman ne devient pas plus facile avec le temps mais, quand on a la chance d'être épaulé par une équipe exceptionnelle, ça ne devient pas plus compliqué non plus. Permettez que je prenne quelques instants pour leur exprimer toute ma gratitude.

Josh Getzler, mon agent, la première personne à avoir cru en moi et la première personne à m'avoir aidé à croire en moi. Merci pour tout ce que vous avez fait, cher monsieur.

Christine Kopprasch, mon éditrice, merci de me pousser à me renouveler sans cesse, que ce soit en tant qu'auteur ou en tant qu'artiste. Ta main ferme guide mes mots et les mondes que nous créons.

À Nikki Dolson, Chad Williamson, Bobby Mathews, Jordan Haper, Rob Hart, Rob Smith, Jonathan Janz, Eryk Pruitt, James Queally et Mark Bergin, merci d'avoir lu la première version de ce livre. Merci pour votre honnêteté, votre soutien, mais surtout, merci pour votre amitié. Si le monde est parfois obscur, vous en êtes la lumière.

Et enfin :

Merci à Kim. Elle sait pourquoi. Elle l'a toujours su.

Composition et mise en pages
Nord Compo à Villeneuve-d'Ascq

#lisez! engagé
www.lisez.com
Pour plus d'information :
Imprimé sur du papier issu de forêts gérées durablement.

Imprimé en Espagne par Liberdúplex
en mars 2025
Nº d'impression : 126176

POCKET – 92, avenue de France, 75013 Paris

S34614/02